I0632027

LES

ANCÊTRES DU VIOLON

ET DU VIOLONCELLE

LES LUTHIERS ET LES FABRICANTS D'ARCHETS

EN PRÉPARATION

LES ANCÊTRES DU PIANO

PARIS. — L. MARETHEUX, IMPRIMEUR, 1, RUE CASSETTE.

Laurent GRILLET

LES

ANCÊTRES DU VIOLON

ET DU VIOLONCELLE

LES LUTHIERS ET LES FABRICANTS D'ARCHETS

PRÉCÉDÉS D'UNE PRÉFACE

PAR

Théodore DUBOIS

Membre de l'Institut, Directeur du Conservatoire national de Musique.

TOME DEUXIÈME

PARIS

LIBRAIRIE GÉNÉRALE DES ARTS DÉCORATIFS
CHARLES SCHMID, ÉDITEUR
51, RUE DES ÉCOLES.

1901

4° Vm. 198 (2)

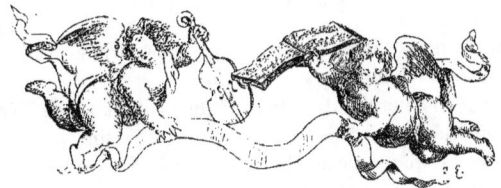

HORTULUS CHELICUS (FRONTISPICE)
J.-J. Walter. Mayence, 1694.

LES
ANCÊTRES DU VIOLON
ET DU VIOLONCELLE

LE VIOLON

ET SES DÉRIVÉS

L'ALTO, LE VIOLONCELLE ET LA CONTREBASSE

I

Nous voici arrivé à la dernière et définitive transformation du crouth, au violon, qui a reçu, non sans raison, le titre de roi des instruments.

Chanteur par excellence, il possède une sonorité chaude et vibrante. Ses moyens d'expression, d'une si grande richesse, lui permettent de passer alternativement du grave au tendre, du badin au sévère; d'être, tour à tour, noble ou spirituel, et de faire pleurer ou rire, selon son gré. En somme, grâce à ses qualités multiples, il peut traduire les sentiments les plus variés, les plus divers.

C'est en cherchant à donner du brillant et de l'éclat à la sonorité du pardessus de viole, ou « violino piccolo alla francese », que la forme définitive du violon fut trouvée.

Pour obtenir ce résultat :

On diminua presque de moitié la hauteur des éclisses, beaucoup trop élevées pour la grandeur de la caisse de résonance du pardessus de viole, et cause principale de son manque de timbre et de sa sécheresse de son.

Les tables du fond furent voûtées comme l'étaient déjà les tables supérieures.

Afin de donner plus de solidité aux tables, on leur laissa des bords dépassant légèrement les éclisses, au lieu de les couper au ras de ces dernières.

Les échancrures des côtés restèrent en forme de C, mais un peu plus fermées que dans les violes, et l'angle aigu des encoignures fut remplacé par une partie tronquée, ce qui rendit les contours plus gracieux. Les ouïes devinrent des *f f*.

Dans le but de faciliter le jeu de l'instrument, on supprima le mouvement concave de l'éclisse du haut, pour la raccorder à angle droit avec le pied du manche.

Les cordes furent réduites au nombre de quatre et accordées en quintes :

ce qui diminua le tirage imposé à la table d'harmonie, et, par suite, augmenta la sonorité, tout en conservant à peu près la même étendue qu'avec un plus grand nombre de cordes accordées en tierces et en quartes.

Enfin, le manche fut rétréci en raison du nombre des cordes, et une volute remplaça les têtes sculptées à l'extrémité du cheviller.

Le premier violon fut donc un pardessus de viole transformé et simplifié.

On aurait dû le nommer violin, puisque, en italien, « violino » veut dire petit violon, tandis que « violone », qui signifie grand violon, a toujours été employé pour désigner la contrebasse.

Il est bien certain que le pardessus de viole n'a pas été transformé en violon d'un seul coup, et que l'on est redevable de celui-ci au concours de plusieurs luthiers; mais on ignore leurs noms et rien ne fait prévoir que l'on doive les connaître un jour.

A cause de la dénomination : « violino piccolo alla francese » donnée au pardessus de viole, tout simplement parce qu'il était très usité en France, quelques auteurs ont prétendu que le violon était d'origine française ; mais jusqu'à présent rien n'est venu confirmer cette opinion. Le nom du luthier français à qui on devrait en attribuer la paternité est encore à trouver, et tout porte à croire que le violon a été créé en Italie, pendant la première partie du xvie siècle.

Andrea Amati, à Crémone, Gasparo da Salò et Giovanni-Paolo Maggini, à Brescia, ont le plus contribué à lui donner sa forme définitive. S'il a fallu bien des siècles pour amener le violon à son état de perfection, il n'a plus changé depuis 1550, et cela malgré les nombreuses tentatives qui ont été faites pour en modifier la forme et les conditions acoustiques.

L'élévation des voûtes a quelquefois varié ainsi que les dimensions du corps sonore ; mais aucun changement intérieur n'a été opéré, et les luthiers actuels construisent encore les contre-éclisses, les tasseaux, l'âme et la barre, exactement comme les vieux maîtres de Crémone et de Brescia.

En examinant un violon, on y remarque :

La table supérieure, dite *table d'harmonie*, et par abréviation la *table*, dans laquelle sont percées les *f f*, c'est-à-dire les ouïes.

Les *éclisses*, lames de bois qui font tout le tour de la caisse de résonance et relient la table d'harmonie avec la table de dessous, appelée *table de fond*, ou simplement le *fond*.

Les C C, échancrures pratiquées de chaque côté de la caisse, pour faciliter le jeu de l'archet, et qui se terminent en haut et en bas par les *coins*.

Le *manche*, fixé par son *talon* dans le haut de la caisse, et dont l'extrémité forme la *tête*, ornée d'une *volute* et contenant les *chevilles*.

Le *sillet*, petite pièce placée en travers au bas de la tête, et servant à surélever les cordes avant qu'elles ne passent au-dessus de la *touche*, qui est collée sur la poignée du *manche*.

Le *chevalet*, dont les pieds reposent sur la table d'harmonie, et qui soutient les cordes à une certaine hauteur.

Le *bouton*, placé au milieu de l'éclisse du bas, et auquel on accroche le *cordier*, ou *tire-cordes*, que l'on nommait autrefois la *queue*.

Lorsque le violon est ouvert, ou plutôt *détablé*, on aperçoit à l'intérieur :

Les *tasseaux*, pièces de bois se trouvant aux extrémités des tables, et contre lesquelles sont collées les éclisses; de plus un trou est pratiqué dans le tasseau du bas, pour y mettre le bouton, et le talon du manche s'ajuste contre le tasseau du haut; les *coins*, ou petits tasseaux, doublures des coins extérieurs; les *contre-éclisses*, rubans en bois adhérents aux bords des éclisses, dans tous leurs contours, et assez larges pour que l'on puisse y coller les tables afin de rattacher celles-ci aux éclisses. La *barre*, dite *barre d'harmonie*, pièce très importante collée sous la table supérieure dans toute sa longueur, et passant sous le pied gauche du chevalet. L'*âme*, petite tige de bois arrondie, qui ne se colle pas, mais se place entre les deux tables, un peu en arrière du pied droit du chevalet.

Les tasseaux, les coins et les contre-éclisses sont là

pour consolider la caisse et lui donner la force de résistance nécessaire.

Primitivement, il n'y avait pas toujours des contre-éclisses du côté de la table de dessous ; nous avons vu des violons italiens anciens, dans lesquels une petite rainure était creusée sur les bords du fond pour recevoir les éclisses et les empêcher de se déplacer. Dans ce cas, les filets n'étaient que dessinés sur le fond.

Selon Hart, Brensius de Bologne, faiseur de violes du xvᵉ siècle, plaçait déjà la barre de la même façon qu'on le fait encore de nos jours. Cet auteur ajoute : « La barre du violon ne sert pas seulement à fortifier cette partie de la table où la pression du chevalet se fait énergiquement sentir ; elle forme encore une partie fort curieuse et profondément intéressante de la construction du violon. On pourrait l'appeler, avec une grande vérité, le système nerveux du violon[1]. » En effet, avec une barre trop faible, la table cède rapidement et les deux cordes graves sont cotonneuses et nasillardes ; par contre, avec une barre trop forte, le côté gauche de la table est comme paralysé et n'a pas la souplesse nécessaire pour suivre les ondulations qui se produisent dans les autres parties lorsque la caisse est mise en vibration, et par suite les cordes basses sont dures, l'émission de certaines notes y devient très difficile.

L'âme, dont nous avons parlé longuement à propos du chevalet du crouth, joue aussi un rôle de la plus haute importance dans la construction du violon. F. Savart déclare qu'elle remplit trois fonctions : « 1° Elle communique le mouvement d'une table à l'autre ; 2° elle rend normales les vibrations des tables ; 3° elle rend immobile le pied droit du chevalet. L'âme ébranle la table dans toute son étendue et, quelle que soit la direction de l'ébranlement, elle le rend toujours normal dans les tables[2]. » En Italie et

---

1. HART. Le Violon.
2. Cours de physique expérimentale, professé au Collège de France pendant l'année

en France, elle se nomme l'âme, en Allemagne, la voix du violon, et Hart, assez heureux dans ses définitions, dit que l'âme du violon : « remplit avec une infaillible régularité les fonctions du cœur [1] ».

Ce qu'il y a de bien certain, c'est qu'elle exerce une très grande influence sur la qualité du son d'après la place qu'elle occupe : ainsi, lorsqu'on la rapproche un peu des bords, la chanterelle et le la deviennent plus mordants, plus incisifs, plus timbrés; mais, par contre, les troisième et quatrième cordes perdent en volume et en qualité. Au contraire, si on la repousse légèrement vers le milieu, le ré et le sol acquièrent de suite plus d'intensité et de rondeur. En somme, on peut régulariser la sonorité d'un violon en modifiant l'emplacement de l'âme; seulement, une main experte est nécessaire pour cela, et bien souvent le résultat n'est obtenu qu'après de nombreux tâtonnements.

Le chevalet, qui sert à la fois à maintenir les cordes à une certaine hauteur et à transmettre leurs vibrations à la table, demande aussi à être réglé avec beaucoup de soin. Trop épais, il produit l'effet d'un étouffoir; trop mince, le son est maigre; trop bas, les cordes frisent sur la touche; trop élevé, le son devient sec et le jeu de la main gauche très difficile. La sonorité change étonnamment, selon qu'il est trop large, trop étroit, ou construit avec du bois dur, léger ou passé; il en est de même si ses pieds n'adhèrent pas complètement à la table, et si on le place un peu plus à gauche ou à droite. La partie supérieure est arrondie et la quatrième corde plus élevée que la chanterelle, afin de faciliter le jeu de l'archet.

Depuis bien longtemps déjà, la forme du chevalet généralement adoptée est à peu près celle de Stradivari.

En résumé, le violon, qui est de si petite dimension, et, à première vue, paraît si simple, se compose de quatre-vingt-

scolaire *1838-1839*, par M. F. Savart, professeur. Publié dans l'INSTITUT, *journal des sociétés et travaux scientifiques*, etc., 1ᵐ section, *Sciences mathématiques, physiques et naturelles*, 8ᵉ année, nᵒ 319, 6 février 1840, p. 56.

1. Ouvrage cité.

trois pièces, y compris les cordes, quand les tables sont faites chacune d'une seule planchette, et de quatre-vingt-cinq, lorsque celles-ci se composent de deux. Voici le détail des pièces :

1 ou 2	pour	la table,
1 ou 2	—	le fond,
6	—	les coins et les tasseaux,
6	—	les éclisses,
12	—	les contre-éclisses,
18	—	les filets de la table,
18	—	les filets du fond,
1	—	le manche,
1	—	la touche,
1	—	le sillet de la touche,
1	—	le sillet du cordier,
2	—	le cordier,
1	—	l'attache du cordier,
1	—	le bouton,
4	—	les chevilles,
1	—	la barre,
1	—	l'âme,
1	—	le chevalet,
4	—	les cordes.

Et nous ne comptons pas les petits taquets, qui consolident le joint des tables, lorsque celles-ci sont de deux pièces, ni les ornements en nacre que l'on mettait autrefois aux chevilles, au bouton et au cordier.

II

On peut considérer le violon attribué à Duiffoprugcar, que nous donnons, page 10, comme un des premiers modèles de cet instrument. Construit à une époque où le dessin des ouïes et celui des contours de la caisse étaient encore indécis, il offre non seulement certains points de ressemblance avec

les deux violons dessinés par Pierre Wœriot, sur le portrait
du grand luthier lyonnais; mais, de plus, il est recouvert
d'un vernis brun rouge tout à fait identique à celui de la déli-
cieuse « viola a gambe » de ce maître, qui est actuellement
au musée Donaldson, à Londres.

Il mesure :

Longueur de la caisse	350	millimètres.
Largeur dans le haut.	152	—
— au milieu	98	—
— dans le bas	200	—
Longueur des ƒ ƒ	82	—
— des CC.	82	—
— de la poignée du manche.	123	—
— de la tête	110	—
Hauteur des éclisses en bas . . .	33	—
— — en haut. . .	27	—

Le musée du Conservatoire de Paris possède un violon,
que G. Chouquet décrit ainsi :

1. — VIOLON DE DUIFFOPRUGCAR.

« Ce violon marqueté porte le monogramme de Gaspard
Duiffoprugcar; parce qu'il a été fait avec un instrument
authentique de ce luthier célèbre. On a d'abord transformé
une viole de ce maître en petit violon; puis Georges Chanot
(Mirecourt, 20 mars 1801-Courcelle, 10 janvier 1883) a
fort habilement agrandi ce petit violon et lui a donné sa
forme actuelle.

« Il provient de la collection Maulaz et a longtemps
appartenu au célèbre violoniste J.-B. Cartier[1]. »

M. Joseph Chardon, beau-fils et successeur de Georges
Chanot, déclare que ce violon est bien de Duiffoprugcar,
mais qu'il était un petit violon à l'origine et non pas une
viole.

1. G. CHOUQUET. Le musée du Conservatoire national de musique, etc. Paris, 1884.

Cet instrument est intéressant, non seulement par le distique latin qui se voit sur la table de fond ; par ses *ƒ ƒ*, d'une très grande pureté ; mais encore par son étiquette :

```
FAIT PAR DVIFFOPRVGCAR
A la cofte fainᴅ Sebaftien
          À Lyon
```

Le violon commença à se répandre pendant la première moitié du xvie siècle. Jean-Marie Lanfranco le mentionne dans un ouvrage qu'il fit paraître à Brescia, en 1533[1] ; et un compte des *dépenses secrètes de François 1er*, de la même année, nous fait connaître les noms des joueurs de violon qui étaient alors au service du roi de France :

« A Lyon, le xxiiie jour de juing mil cinq cens trente troys. »

« *Fo 95 vo*. — Don à Nicolas Pyronet, Jehan Henry, Jehan Fourcade, Claude Pironet, Pierre de Cainguillebert (alias Pierre du Camp Guillebert), Paule de Milan, Nicolas de Lucques et Dominique de Lucques, tous vyolons et joueurs d'instrumens du Roy, de la somme de huict vingtz escuz soleil, qui est à chacun d'eulx vingtz escuz soleil pour leur ayder à avoir chacun ung cheval[2]. »

François 1er avait donc, en 1533, huit joueurs de *vyolons*, qu'il faisait voyager avec lui.

Il y avait aussi des violons à l'ambassade de Venise :

« A Thimodio de Laqua et ses compaignons, joueurs de viollons de l'ambassade de Venise[3]. »

1. *Scintille, ossia regole di musica*, etc.
2. *Les Comptes des Bâtiments du Roi (1528-1571)*, t. II, p. 220. A la page 270 du même ouvrage figurent les noms de : Francisque de Birague, Jehan Boulay, Orpheus Hestre, Barthelemy Broulle, Francisque de Malle, Melchior de Milan et Jehan de Bellac. Tous haulboys et viollons du Roy. (Année 1534.)
3. *Id.*, p. 246.

En 1550, le « mercredi et jeudy premier et second jour d'octobre », on voit le violon figurer dans les fêtes offertes par la ville de Rouen au roi Henri II et à la reine Catherine de Médicis. La relation de ces fêtes dit :

VIOLON ATTRIBUÉ A DUIFFOPRUGCAR
(xvi° siècle.)

« Au milieu d'iceluy roch, estoit assis sur un stuc de marbre polly, Orphée... à la dextre, les neuf muses vestues de satin blanc, lesquelles rendoient ensemble de leurs violons madréz et polly d'excellentes voix. »

A l'époque où la ville de Rouen donna ces fêtes, le violon commence non seulement à être très usité, mais son nom prend place dans le langage. Rabelais s'en sert, au figuré, pour peindre les mouvements des « Chats-fourréz », dans le

Faits et dits héroïques du bon Pantagruel, qu'il écrivait vers
1550 :

« Panurge, ces mots achevéz, jetta au milieu du parquet
une grosse bourse de cuir pleine d'écus au soleil. Au son
de la bourse commencèrent tous les Chats-fourréz joüer
des gryphes, comme si fussent violons démanchéz[1]. »

L'expression « violons démanchéz » a-t-elle été employée
par Rabelais pour traduire l'effet comique que l'on peut
obtenir sur le violon, en
traînant les doigts sur les
cordes, et par lequel on
imite assez bien les miau-
lements des chats? Ou a-
t-il voulu faire allusion au
peu d'habileté des instrumentistes de son temps
qui, ne pratiquant que la
première position, de-
vaient jouer bien faux lorsqu'ils quittaient le haut du
manche pour parcourir
toute l'étendue de la touche? Que l'on interprète

LA MORT RACLANT DU VIOLON
Danse du Grand-Bâle (XVIe s.).

cette phrase comme l'on voudra, il n'est pas douteux que
le violon était déjà très répandu à cette époque.

On voit la Mort raclant du violon sur un dessin de la
Danse du Grand-Bâle, que nous reproduisons ici. L'instrument y est parfaitement dessiné, on peut compter les quatre
cordes, seules les ouïes ne sont pas figurées.

C'est aussi sur un violon que racle un ménétrier de village, en Hollande, pour faire danser un petit cochon. Ici les
ouïes, en CC très allongés, existent; mais il n'y a pas d'échan-

1. Liv. V, chap. xiv.

crures sur les côtés. L'artiste a cependant eu l'intention de
reproduire un violon, car il y a quatre cordes et le cheviller
se termine par une volute.

M. A. Jacquot nous fait connaître les noms de plusieurs
joueurs de violon au service du duc de Lorraine :

« En 1555, Georges le Moyne, « joueur de violon en l'hôtel de Monseigneur »; en 1557, Mathieu le Saulvage, mort
en 1579. Alan Moureau, Giles Harent, mort en 1557. Thou-

LE COCHON SAVANT
D'après une estampe hollandaise (1558).

venin Coulevrine, Claude et Nicolas de Fleurance (1567); ces
deux derniers étaient des Italiens que Charles III fit venir à
sa Cour; et, Claude Le Gris, dit Tabouret. »

« Remy Noël et Simon Noël (1590); Nicolas Vernier,
joueur de violon et valet de chambre de la comtesse de Vaudémont (Christine de Salm); Antoine Vaujour, violoniste et
valet de chambre de Charles III (1602); Aimé Moreau, Denis
Chaveneau et François Buret (1608)[1], »

Tous ces artistes suivaient le prince dans ses voyages :

1. A. JACQUOT. *La musique en Lorraine*, p. 51 et 55.

« En 1561, deux cent cinquante francs sont délivrés aux cinq violons de Monseigneur (le régent) pour subvenir aux frais qu'ils pourroient faire à la suite de Monseigneur en son voyage d'Allemaigne. »

« Lorsque Charles III vint en France, ces mêmes musiciens reçurent en paiement cent soixante francs. »

En 1562 : « deux cent soixante-seize francs aux cinq violons de Monseigneur, pour acheter des trompes, violes et autres instruments de musique pour le service de Monseigneur. »

En 1563 : « deux cents francs aux violons de Monseigneur pour se fournir de cornets, violons et autres instruments; ainsi qu'aux sept hautbois »

« En 1568, aux violons de Monseigneur, quatre-vingts francs, pour eux s'entretenir et nourrir quelque temps à cause qu'il leur fut commandé de s'absenter de la suite de Monseigneur pour les dangiers de la peste qui régnoient[1] ».

Le joueur de violon, Mathieu Saulvage, faisait parfois la partie avec le duc :

En 1570, il fut donné à cet artiste : « vingt escuz d'or (quarante et un francs), qu'il a gagnés contre Monseigneur, au jeu de pelote et paulme, et pour trois douzaines de battoirs qu'il a fournis. »

En 1579 : « trois cents francs pour acheter des instruments aux six violons de Monseigneur : Claude Le Gris, Claude et Nicolas de Florence, Nicolas du Hault, René Moureau et Claude de Dreux[2]. »

La lecture de ces pièces d'archives montre que le violon, dès ses débuts, occupa très vite la première place dans les petits orchestres au service des princes; car les musiciens

1. *Id.*, p. 52 et 53.
2. *Ibid.*, p. 54.

qui en faisaient partie, quoique cultivant plusieurs instruments, y sont toujours désignés comme joueurs de violon, ou simplement les violons, appellation qui semble personnifier et comprendre tous les instrumentistes à la fois.

Le violon ne tarda pas non plus à être connu en Angleterre. En 1571, sous le règne d'Élisabeth, il y avait sept violons dans la Bande royale [1].

III

Andrea Amati fut le chef d'une famille de luthiers illustres, et de plus, le fondateur de la grande école de Crémone. Né, selon Fétis, pendant les premières années du XVIe siècle, il mourut vers 1580. Ses ascendants étaient de très bonne noblesse et sont mentionnés, dans les annales de Crémone, depuis 1097.

Il passe, d'après certains auteurs, pour avoir été l'élève de Giovanni-Marcello del Bussetto, faiseur de violes qui travailla à Crémone de 1540 à 1580. D'autres prétendent qu'il apprit son art chez Gasparo da Salò, à Brescia; mais le fait paraît plus que douteux, car, celui-ci étant né en 1542, se trouvait donc d'au moins vingt et quelques années plus jeune qu'Amati.

Charles IX, roi de France, lui commanda des instruments pour le service de sa Chapelle et de sa Chambre, à savoir : vingt-quatre violons, dont douze de grand patron et douze plus petits, six violes et huit basses. Vidal déclare que c'est une légende, et que malgré de longues et minutieuses recherches aux Archives, il n'a pu en découvrir la preuve. Il n'y aurait cependant rien d'impossible à ce que la chose fût vraie, et comme le disait si justement M. Julien Tiersot, dans une discussion similaire : « Tout en respectant l'autorité légitime des documents d'archives, gardons-nous pour-

---

1. Voyez R. *North's memoirs*, London, 1846.

tant d'en avoir la superstition et d'y voir les uniques maté-
riaux dont l'histoire puisse faire usage. L'on tomberait
ainsi dans le travers analogue à celui qui a conduit certain
historien à contester que Jeanne d'Arc ait été brûlée à
Rouen, et ce, parce qu'il n'a jamais pu trouver dans les
Archives le compte des fagots utilisés pour le bûcher[1]! »
Mais Vidal, lui-même, cite, d'après Cimber et Danjou[2], un
document qui démontre combien les œuvres des luthiers
crémonais étaient estimées, en France, à cette époque; et
par suite, que la commande de Charles IX à Amati pourrait
bien n'être pas une légende :

« 27 octobre 1572. Payé à Nicolas Delinet, joueur de fluste
et de violon dudict Sieur (le Roy), la somme de cinquante
livres tournois pour luy donner le moyen d'achepter ung
violon de Crémonne pour le service dudict Sieur[3]. »

Ajoutons que ce n'est pas seulement des violons que
Charles IX fit venir d'Italie, mais aussi des violonistes. Un
passage de ces mêmes *Comptes*, ignoré par Vidal, nous
apprend que « Baptiste Delphinon, violon ordinaire de la
Chambre du roi », fut envoyé au delà des Alpes pour recruter
un certain nombre d'artistes parmi lesquels figuraient :
« Loys Sai et Gabriel Nadrin, italiens, joueurs de violons
de la Chambre dudit Seigneur » et six autres « compagnons » dont nous ignorons les noms (10 octobre 1572).

Puisque Charles IX a payé un violon de Crémone à
Delinet, son joueur de flûte et de violon, comme en fait
foi la pièce d'archives ci-dessus, il a bien pu en commander
un certain nombre à Amati, qui était alors le plus habile
et le plus célèbre luthier de cette ville.

Parmi les instruments dits de Charles IX, et attribués à
Amati, il en est un dont l'authenticité ne paraît pas dou-

1. JULIEN TIERSOT. *La Semaine sainte à Saint-Gervais*. (*Le Ménestrel* du 24 avril 1895.)
2. CIMBER et DANJOU. *Archives curieuses de l'histoire de France*, 1re série, t. VIII, p. 358.
3. A. VIDAL. *La Lutherie et les Luthiers*, p. 11.

teuse. Nous voulons parler du charmant violoncelle, probablement un des premiers modèles de la basse de violon, qui appartient actuellement à M. Simoutre, le luthier parisien bien connu.

Grâce à l'extrême obligeance de ce dernier, nous pouvons

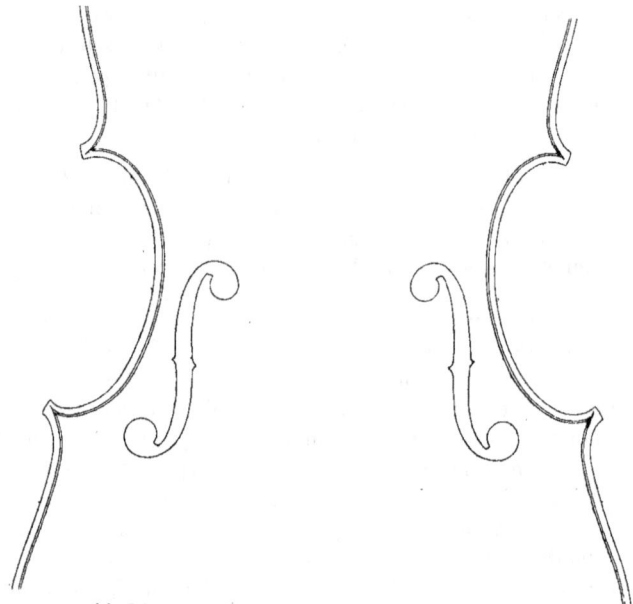

ƒƒ, CC ET COINS D'UN VIOLONCELLE D'ANDREA AMATI

donner la reproduction des *ƒƒ*, des CC, et des coins de cette pièce si curieuse et si intéressante pour l'histoire de la lutherie en général, et pour celle du violoncelle en particulier.

Les *ƒƒ* méritent surtout d'être examinées avec beaucoup d'attention, car les ouvertures rondes du haut y sont presque de même grandeur que celles du bas; détail que l'on retrouvera seulement dans les œuvres de Gasparo da

Saló et de Maggini. Ces *ff* diffèrent sensiblement de celles du violon attribué à Duiffoprugcar, reproduit plus haut; mais on peut en conclure que, si la forme des ouïes du violon et de ses dérivés n'était pas encore définitivement arrêtée à l'époque où travaillait Amati, celle qui fut adoptée depuis a été inspirée par le maître crémonais.

Comme dans les anciennes violes, l'ouverture des C C n'est pas très fermée. Les coins sont étroits. La voûte des tables commence presque aux filets. Quant à ceux-ci, très légers et placés près des bords, leur onglet se dirige vers l'angle intérieur du coin (détail de facture qui se remarque également dans les œuvres de ses descendants). Tout l'instrument est d'un travail remarquable, et les plus habiles luthiers modernes auraient beaucoup de peine à faire mieux. Le vernis, brun clair, d'une grande douceur de ton, n'a pas été rechargé, mais il a dû se foncer un peu avec le temps. Bien que les peintures qui décorent le fond soient un peu détériorées, on y distingue encore assez nettement : Les armes de France, entourées du collier de Saint-Michel, et surmontées de la couronne royale que soutiennent deux anges. De chaque côté des armoiries, se trouvent deux colonnes, entourées de liens en ruban, sur lesquelles on voit aussi des anges. Puis la devise : *Pietate justiciæ*, ainsi que trois lettres K, initiales de *Karolus*.

Enfin, une étiquette, ainsi conçue, imprimée en gros caractères romains, est collée à l'intérieur :

> *Andrea Amati in*
> *Cremona M.D.LXXII*

Ce violoncelle mesure :

Longueur totale de la caisse . . .	730 millimètres.
Largeur dans le haut . . , ...	340 —
— au milieu des C C.	230 —
— dans le bas	430 —

Longueur des ff . . . . , . . 140 millimètres.
Hauteur des éclisses. 120   —

Deux des fils d'Andrea Amati : Antonio (Crémone, 1545-1635) et Girolamo (Crémone, 1550 environ-1640), embrassèrent la carrière de leur père, et y devinrent également habiles et célèbres.

Ils travaillèrent ensemble, et ont produit quantité d'ins-

ff, CC ET COINS D'UN VIOLON D'ANTONIO ET GIROLAMO AMATI
ET SON ÉTIQUETTE

Antonius, & Hieronymus Fr. Amati
Cremonen. Andreæ fil. F. 1 630

truments d'un fini merveilleux. Leurs violons sont généralement de petit patron, avec des voûtes assez élevées et commençant à une certaine distance des bords.

Après la mort d'Antonio, Girolamo Amati travailla seul :

Hieronimus Amati Cremonensis
Fecit Anno Salutis 1640

Nicolo Amati (Crémone, 3 septembre 1596-12 avril 1684), fils et successeur de Girolamo, est le plus célèbre de toute sa famille. Jusqu'en 1645, il copia les modèles de son père; mais à partir de cette date, il agrandit son patron, abaissa

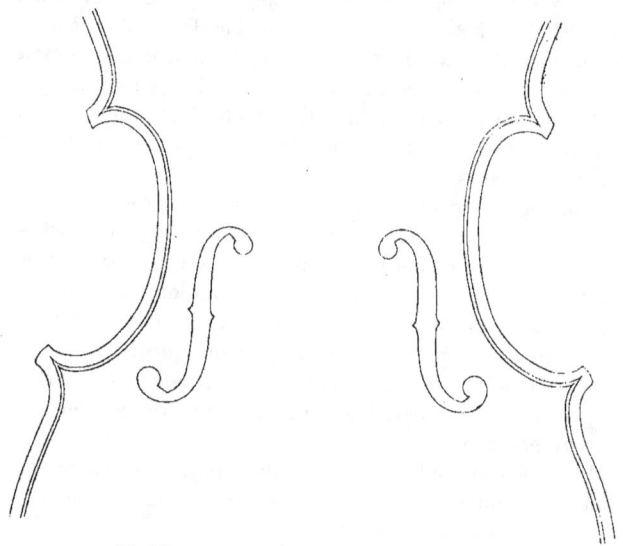

ff, CC ET COINS D'UN ALTO DE NICOLO AMATI
ET SON ÉTIQUETTE

Nicolaus Amatus Cremonę &
Hieronymi filii fecit. An 1651

un peu les voûtes et produisit les beaux instruments connus sous le nom de *grands Amati*. Il forma de nombreux disciples, parmi lesquels on remarque Andrea Guarneri, ainsi que l'immortel Antonio Stradivari.

Girolamo Amati (Crémone, 26 février 1649-21 février 1740), fils de Nicolo, fut le dernier luthier de ce nom. Ses œuvres sont peu connues.

Nous savons aujourd'hui, par des pièces d'archives découvertes récemment, que Gasparo da Salò, naquit, en 1542, à Salò, petite ville sur le lac de Garde, et qu'il mourut à Brescia, en 1609. Son nom patronimique était Bertolotti[1], mais il avait adopté, selon l'usage du temps, celui de son pays d'origine. Il travailla à Brescia, et son œuvre comprend des violons, des violes et des « violoni » ou contrebasses.

Dans le violon de ce maître, que nous reproduisons, la personnalité de l'auteur est accusée par les plus petits détails. Ce sont d'abord : la table avec sa voûte peu élevée et commençant près des bords ; les CC allongés et se terminant par des coins pointus, au milieu desquels se dirigent les onglets très courts des doubles filets qui décorent les tables ; puis les ff, également pointues, mais très ouvertes et placées presque parallèlement. Le vernis rouge brun est devenu presque noir.

D'une exécution hardie, ce violon inspire la confiance par son air de franchise ; on sent en lui le compagnon solide et sans prétention. Il mesure :

Longueur totale de la caisse . . .	351 millimètres,	
Largeur dans le bas.	200	—
— au milieu.	116	—
— dans le haut	160	—
Longueur de l'ouverture des CC.	80	—
— des ff	81	—

On voit que ce violon contient déjà le modèle de la voûte des tables, que Stradivari adopta un siècle plus tard, ainsi que la forme pointue des ff de Guarneri del Gesù.

Giovanni-Paolo Maggini, qui travailla à Brescia de 1590

---

1. G. Livi, *Nuova anthologia*, 16 août 1891, cité par le docteur Coutagne.

à 1640, s'était inspiré de Gasparo da Salò, dont il fut sans doute l'élève.

Ses violons les plus célèbres sont ceux qui ont appartenu à Charles de Bériot et à notre cher et regretté Léonard. Le premier est aujourd'hui la propriété de M. le prince de Chimay ; le second appartient à M. Marteau. Le patron est très grand, les voûtes commencent aux bords ; les ff longues, très ouvertes, sont bien placées ; les éclisses sont basses ; un double filet, dont les onglets ressemblent à ceux de Gasparo da Salò, se voit autour des tables, et des dessins et ornements décorent le fond ; très beau vernis jaune brun.

Son fils, Pietro Maggini, travailla aussi à Brescia de 1630 à 1680 ; il a laissé, dit-on, des instruments

VIOLON DE GASPARO DA SALÒ

qui surpassent en qualité ceux de son père.

Les trois luthiers que nous venons de citer sont les plus originaux et les plus illustres de l'école de Brescia.

pour la première époque du violon. Leurs successeurs
ont été bien moins personnels, et se rattachent plutôt, par
leurs travaux, à l'école de Crémone.

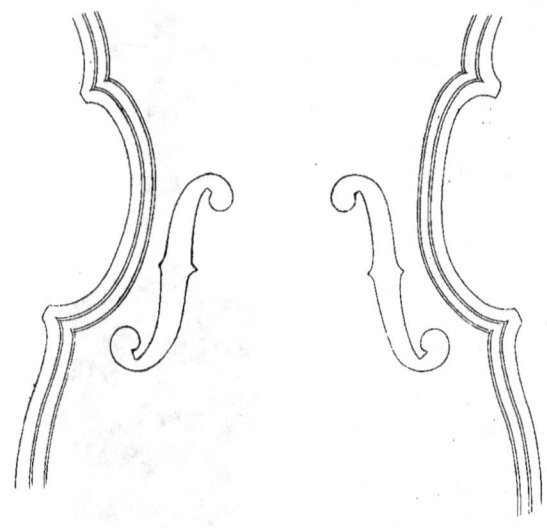

ff, CC, COINS ET ÉTIQUETTE D'UN VIOLON DE G.-P. MAGGINI AYANT
APPARTENU A CHARLES DE BÉRIOT

IV

Pendant qu'Andrea Amati, Gasparo da Salò et Giovanni-
Paolo Maggini perfectionnaient le violon à Crémone et à
Brescia, celui-ci se répandait de plus en plus. Il était même
devenu l'objet d'un commerce d'une certaine importance
dans les Flandres, car, en 1559, à Anvers, un nommé

Pietro Lupo vendit à un musicien envoyé par le magistrat d'Utrech, *cinq violons renfermés dans leur étui,* pour la somme de *soixante-douze livres.* Pour s'assurer de la qualité des instruments, on les faisait essayer par un joueur de profession avant de terminer le marché, et il en coûtait six

LE JOYEUX VIOLONISTE
Gérard Honthorst (fin du xvie siècle). Musée royal d'Amsterdam.

livres tant pour l'essai que pour le vin bu à cette occasion[1].

Vers la même époque, Gérard Honthorst peignait un buveur tenant un verre de la main droite, et de la gauche un

1. *Recherches sur les facteurs de clavecins et les luthiers d'Anvers,* etc., par le chevalier Léon de Burbure. (*Bulletins de l'Académie royale de Belgique,* 2e série vol. XV, 1863, p. 361.)

violon très exactement dessiné et qui possède un cordier
original et élégant. Un peu plus tard, Pieter van Slingelandt
nous montre un intérieur, où une ménagère semble s'inté-
resser au concert d'un violoniste et de deux chanteurs.

Depuis longtemps du reste le violon était d'un usage
général dans toute l'Europe occidentale. En France, il
figurait déjà dans les fêtes de la Cour. — Ceci mérite une
digression :

On lui voit notamment remplir un rôle très important
dans le ballet magnifique que Catherine de Médicis fit représenter, en 1573, en l'honneur des ambassadeurs polonais,
venus à Paris pour offrir au duc d'Anjou (depuis Henri III),
la couronne de Pologne :

« Elle les festina fort superbement en ses tuileries, dit
Brantôme, et après dans une grande salle faicte à Poste et
toute entourée d'une infinité de flambeaux, elle leur repré-
senta le plus beau ballet qui fut jamais faict au monde (je
puis parler ainsy), lequel fut composé de seize dames et
damoiselles des mieux apprises des siennes, qui compa-
rurent dans un grand roch tout argenté, où elles estoient
assises dans des niches en forme de nuées de tous costez.
Ces seize dames représentoient les seize province de France
avecques une musique la plus mélodieuse qu'on eust sceu
voir ; et après avoir faict dans ce roch le tour de la salle, par
parade comme dans un camp, et après s'être faict voir ainsy,
elles vindrent toutes à descendre de ce roch, et s'étant mises
en forme d'un petit battaillon bizarrement inventé, les violons montant jusqu'à une trentaine, sonnans quasy un air
de guerre fort plaisant, elles vindrent marcher soubs l'air
de ces violons, et par une belle cadence, sans en sortir
jamais, s'approcher et s'arrester un peu devant Leurs
Majestés ; et puis après, danser leur ballet si bizarrement
inventé[1]. »

1. Le P. Menestrier. *Des représentations en musique*, Paris, 1682.

Balthazarini, dit Beaujoyeulx, avait été amené de Turin à Paris par le maréchal de Brissac, gouverneur du Piémont, de 1550 à 1559, et présenté à Catherine de Médicis qui le plaça à la tête de sa Musique. Il prenait le titre de violon de la Chambre du roi, comme le montre la pièce suivante :

LEÇON DE CHANT
Pieter van Slingelandt (XVIIᵉ siècle). Musée royal d'Amsterdam.

« 9 mars 1582, Balthazard de Beaujoyeulx, violon de la Chambre du Roy, a confessé avoir eu et receu la somme de 30 escuz d'or soleil, 10 solz tournoys à lui ordonné tant pour ses gaiges, etc[1]. »

1. Bibl. nat., ms. fond français, n° 7835, pièce n° 24. Cité par Vidal.

Cet artiste se fit une grande réputation, d'abord par son talent sur le violon, puis comme organisateur de ballets.

Ce fut lui qui composa le fameux *Ballet comique de la Royne fait aux nopces de M. le duc de Joyeuse et de mademoiselle de Vaudémont*, représenté le 15 octobre 1581, dans la grande salle de l'hôtel de Bourgogne. Le programme de la fête nous apprend qu'on y avait élevé « deux galleries l'une sur l'autre, avec des accoudoeurs et balustres doréz, et à un bout de ladite salle qui regarde au levant, vous voyez un demi-théâtre ». L'auteur « a inscrit comique », dit-il dans un avis à son lecteur, « plus pour la belle, tranquille et heureuse conclusion où il se termine, que pour la qualité des person-sonnages, qui sont presque tous des dieux et des déesses ou autres personnes héroïques. »

Balthazarini ne composa pas la musique de ce divertisse-ment, il chargea de ce soin deux musiciens de la Chambre du roi, le sieur Beaulieu et maître Salmon. L'aumônier de la Cour, le sieur de la Chesnoye, en fit les vers, aidé, dit-on, par Baïf et Ronsard. Jacques Patin, peintre du roi, exécuta les décors. Balthazarini conçut le plan et dirigea l'exécution ; il fut l'inventeur et l'ordonnateur de cette fête merveilleuse, qui coûta, dit l'Étoile, douze cent mille écus.

L'enchanteresse Circé était l'héroïne de ce ballet.

Désolée, et ne pouvant se consoler du départ d'un *gentil-homme*, elle se met à sa poursuite. Le fugitif vient chercher asile à la Cour du roi Henri III. Tous les dieux et toutes les déesses de l'Olympe, les tritons, les naïades, les sirènes, le dieu Pan et les satyres s'intéressent à son sort et veulent le soustraire à la colère de Circé. Jupiter foudroie l'enchante-resse, puis la conduit chargée de chaînes, devant le roi, qui lui pardonne. Jupiter lui présente alors ses deux enfants qui vont se jeter aux pieds de Sa Majesté.

Circé sortait de son jardin sur l'air de la *Clochette*, joué gaîment par vingt violons, qui excitaient le plus vif enthou-siasme.

Le *Ballet comique de la Royne* fut dédié à Henri III. Sa représentation dura de dix heures du soir jusqu'à trois heures après minuit « sans qu'une telle longueur ennuyast ni depleust aux assistans, tel étoit et si grand le contentement de chacun [1] ».

Les ballets de la Cour n'étaient pas toujours aussi somptueux; ceux dont les airs furent composés par Chevalier, violon de la Chambre sous Henri IV et sous Louis XIII, semblent être purement comiques, si l'on en juge par leurs titres : le *Ballet des enfants fourrés de malice*, le *Ballet des morfondus*, le *Ballet des souffleurs d'alchimie et des vieilles sorcières*, le *Ballet des maîtres de comptes et des marguilliers*, le *Ballet des chambrières à louer*, etc.

On en donna encore de très importants sous Louis XIII, et les violons étaient de la partie soit comme acteurs ou exécutants. Ils ne pouvaient, il est vrai, se trouver en meilleure compagnie, car les plus grands personnages de la Cour y figuraient avec eux.

Le *Triomphe de Minerve* fut donné au Louvre, le 19 mars 1615. Mademoiselle de France représentait Minerve :

« Dans cette mer passoit une musique de tritons qui sonnoit un air sur des hautbois, et après eux venoit encore, en la dicte mer, la musique de la Chambre du Roy, vestue de rozeaux artificiels d'or et de soye, et le reste de l'habit de satin recouvert de clinquant d'or. Cette musique sortoit peu à peu de la mer [2]. »

C'est pendant le carnaval de 1626 que l'on donna la plus curieuse de ces représentations, sous le titre de : les *Doubles-femmes*; les violons du roi y firent leur entrée :

« Habilléz de sorte qu'ils paroissoient toucher leurs instrumens par derrière; mais c'est qu'en effet ils avançoient à

---

1. *Journal de l'Estoile*, année 1581.
2. *Mercure françois*, mars 1615, p. 9 et suiv.

reculons. Ils avoient des masques représentant des figures de vieilles femmes en bonne humeur, placéz derrière la teste[1]. »

Le reste du costume était à l'avenant, de sorte qu'en paraissant avancer, ils reculaient.

Mais on ne représentait pas des ballets qu'à Paris; en 1619, à Toulouse, il y eut de grandes fêtes en l'honneur du duc et de la duchesse de Montmorency :

« Il faudroit un gros livre pour rapporter icy la description de la salle où fut donné le ballet, et où madame la duchesse de Montmorency qui tenoit le premier rang, et les autres grandes dames du pays, estoient assises. L'entrée que chacune des quatre troupes de ballet firent avec leurs magiciens, leurs violons et instruments, la musique, les vers, etc.[2] »

A Paris, les membres de la Corporation des ménétriers, pour célébrer joyeusement la fête de leur patron, parcouraient les rues, dans la nuit de la Saint-Julien, en jouant de leurs instruments. C'était quelque chose comme nos retraites aux flambeaux modernes. En 1587, cette promenade musicale eut lieu avec « luts, épinettes, mandores, violons, flustes à neuf trous, tambour à main et fluste à trois trous, tambour de Biscoye, larigaux, le tout bien d'accord et sonnant et allant parmi la ville[3]. »

Le violon, qui avait pénétré dans toutes les classes de la société, était aussi cultivé par les grandes dames, et celles qui n'en jouaient pas étaient heureuses de l'entendre en toutes circonstances, même les plus tristes :

1. *Mémoires de Michel de Marolles*, abbé de Villeloin, t. I, p. 133.
2. *Mercure françois*, janvier 1619, p. 109.
3. Voyez *Recueil de ballets faits en 1600*, par Michel Henry (cité par Kastner). Ces promenades nocturnes furent interdites plusieurs fois pour cause d'abus. Un arrêt du parlement du 26 août 1595 fait défense à toutes personnes de s'assembler et aller en troupes par les rues y porter luths, mandolles et autres instruments de musique, et, sous quelque prétexte que ce soit, aller de nuit, à peine de la hart. (FÉLIBIEN, *Histoire de la Ville de Paris*, preuves, t. III, p. 28.)

« Catherine de Médicis, dit Titon du Tillet, avoit un si grand goût pour la musique, que deux ou trois jours avant sa mort, étant hors d'espérance de pouvoir guérir de la poi-

CONCERT INTIME
(XVIᵉ siècle).

trine, dont elle étoit attaquée, demanda qu'on lui jouât quelques airs de violon, entr'autres celui de la *Retraite des Suisses*, qu'elle aimoit beaucoup[1]. »

1. *Le Parnasse françois.*

Mademoiselle de Limeuil, une des filles d'honneur de la reine Catherine de Médicis, se fit aussi jouer du violon à sa mort, et c'est encore la *Défaite des Suisses*[1] qui en fit les frais. Voici comment Sauval raconte le fait :

« Mademoiselle de Limeuil, quand l'heure de sa mort fut venue, fit venir son valet Julien : — Julien, lui dit-elle alors, prenez votre violon et sonnez-moi toujours, jusqu'à ce que vous me voyez morte, la *Défaite des Suisses*. Et quand vous serez sur le mot : *Tout est perdu*, sonnez le pas quatre ou cinq fois le plus piteusement que vous pourrez. — Ce que fit Julien, et elle-même aidait de la voix ; et quand ce vint : *Tout est perdu*, elle réitera par deux fois ; puis se retournant de l'autre côté du chevet, elle dit à ses compagnes : — Tout est perdu à ce coup ! — Et à bon escient, car elle décéda à l'instant[2]. »

Un joueur de violon était attaché à la personne de Louis XIII, pendant sa jeunesse :

« Le 3 février, mardi, à Saint-Germain. — Le Dauphin avoit pour violon et joueur de mandore Boileau, et pour joueur de luth, Florent Hindret d'Orléans, pour l'endormir[3]. »

Ce prince aimait beaucoup la musique et la cultivait ; il passe même pour avoir composé des pièces musicales en assez grand nombre :

« Si tôt que l'on etoit revenu, on alloit chez la Reine... L'on avoit réglément trois fois la semaine, le divertissement

---

1. C'est le chœur célèbre de Jannequin, la *Bataille de Marignan*, que l'on appelait la *Retraite* ou la *Défaite des Suisses*, et aussi la *Guerre*.
2. *Galanteries des rois de France*. Weckerlin, qui cite ce passage de Sauval, ajoute : « Dans la chanson de Jannequin, les Suisses, mis en scène, ne disent pas : *Tout est perdu*, mais bien : *Tout est vertore*, et y ajoutant *Bigott!* un gros juron. »
3. *Journal de Jean Héroard sur l'enfance et la jeunesse de Louis XIII (1601-1628)*. Extrait des manuscrits originaux et publié avec l'autorisation de M. le ministre de l'Instruction publique, par M. Eud. Soulié et Ed. Barthélemy, Paris, Didot, 1868, t. I, p. 62.

de la musique, que celle de la chambre du Roi venoit donner, et la plupart des airs quon y chantoit étoient de sa composition [1]. »

L'histoire ne dit pas toutefois s'il composa l'air de la sarabande qui fut dansée certain soir, dans la chambre d'Anne d'Autriche, par le cardinal de Richelieu, son premier ministre, lequel avait revêtu un costume de baladin, pour la circonstance.

Cette anecdote curieuse est relatée dans les Mémoires du comte de Loménie-Brienne, qui la raconte ainsi :

« Le Cardinal, dit-il, etoit éperduement amoureux, et ne s'en cachoit point d'une grande princesse [2]. Le respect que je dois à sa mémoire m'empechera de la nommer. Le Cardinal avoit eu la pensée de mettre un terme à sa stérilité, mais on l'en remercia civilement, dit la chronique d'où je tire ce fait. La princesse et sa confidente [3] avoient en ce temps-là l'esprit tourné à la joie, pour le moins autant qu'à l'intrigue : un jour qu'elles causoient ensemble et qu'elles ne pensoient qu'à rire aux dépens de l'amoureux Cardinal : « Il est passionnément épris, Madame, dit la confidente; je ne sache rien qu'il ne fît pour plaire à Votre Majesté. Voulez-vous que je vous l'envoie un soir dans votre chambre, vêtu en baladin, que je l'oblige ainsi à danser une sarabande; le voulez-vous? il y viendra. — Quelle folie! » dit la princesse. Elle etoit jeune, elle etoit femme, elle etoit vive et gaie; l'idée d'un pareil spectacle lui parut divertissante. Elle prit au mot sa confidente, qui fut du même pas trouver le Cardinal.

Ce grand ministre, quoiqu'il eût dans la tête toutes les affaires de l'Europe, ne laissoit pas en même temps de livrer son cœur à l'amour : il accepta ce singulier rendez-

1. *Mémoires de Mlle de Montpensier*, t. 1, p. 40, édit. Cheruel, Paris, 1858.
2. Anne d'Autriche, femme de Louis XIII.
3. Mme de Chevreuse.

vous. Il se croyoit déjà maître de sa conquête; mais il en arriva autrement. Boccau, (sic), qui etoit le Baptiste d'alors[1], et joüoit admirablement du violon fut appellé. On lui recommanda le secret. De tels secrets se gardent-ils? C'est donc de lui qu'on a tout su.

« Richelieu etoit vêtu d'un pantalon de velours vert, il avoit à ses jarretières des sonnettes d'argent; il tenoit en main des castagnettes, et dansa la sarabande que joua Boccau. Les spectatrices et le violon etoient cachés avec Vautier et Beringhen, derrière un paravent d'où l'on voyoit les gestes du danseur. On rioit à gorge déployée; et qui pourroit s'en empecher, puisqu'après cinquante ans, j'en ris encore moi-même.

« On fit retirer Boccau, (sic), et la déclaration amoureuse fut faite dans toutes les formes. La princesse la traita toujours de pantalonade, et ses dédains assaisonnés du sel de la plaisanterie aigrirent tellement ce prélat orgueilleux, que, depuis, son amour se changea en haine. La princesse ne paya que trop cher le plaisir qu'elle avoit eu de voir danser une Eminence[2]. »

Jacques Cordier, dit Bocan, dont il vient d'être question, était né dans les dernières années du XVIᵉ siècle. Maître à danser de la Cour, il suivit Henriette de France, à Londres, quand elle épousa Charles Iᵉʳ, et revint à Paris lors de la révolution d'Angleterre. Bocan faisait encore partie de la Maison du roi, en 1648, car il figure, à cette date, sur la liste des officiers retraités et pensionnés par la cassette royale : « Jacques Bocan, balladin, 340 livres[3]. » Mersenne le cite comme un des meilleurs violonistes de son temps :

---

1. L'auteur fait sans doute allusion à Lulli.
2. *Mémoires inédits de Louis Henri de Loménie, comte de Brienne*, etc. publiés par F. Barrière, Paris, 1828, t. I, p. 274. Brienne écrit « Boccau », mais les autres auteurs appellent toujours ce violoniste « Bocan », qui doit être son vrai nom et que nous lui conservons.
3. *Archives nationales*, registre, cour des aides, Z, 1312 (cité par Vidal).

« Le son du violon, dit-il, est le plus ravissant, car ceux qui en jouent parfaitement comme le sieur Bocan, l'adoucissent tant qu'ils veulent et le rendent

LE BORGNE VIGOUREUX, ESTAMPÉ,
(XVII⁰ siècle).

inimitable par de certains tremblemens qui ravissent l'esprit[1]. »

1. Harmonie universelle.

II.

On voit, par ce qui précède, que Bocan employait déjà le
« vibrato » des doigts de la main gauche, comme moyen
d'expression[1].

L'ancienne estampe, que nous reproduisons p. 33, montre
que tous les joueurs de violon n'étaient pas appelés,
comme Bocan, à faire danser une Eminence,

C'est sans doute à ceux de cet acabit, que Tabarin fait
allusion, dans la scène qui suit :

« Tab. — Voilà mal enfourné, mon maistre, pour le premier coup. Peut-estre que votre père estoit de Marseille,
puisque vous déplorez tant les galeriens ; pour mon regard,
ceux que je trouve faire la pire fortune, ce sont les joüeurs
de violon, de luth et d'espinette.

« Le M. — Comment, Tabarin! Y a-t-il quelques-uns au
monde qui vivent avec plus de contentement qu'eux? Ils
sont continuellement en danses et en banquets.

« Tab. — Ils sont d'une condition si misérable, que
toutes leurs commoditez, leurs biens, leurs richesses et leur
vie mesme, ne despend que du bois et de la corde. N'est-ce
point estre infortuné? Ceux qu'on meine à la Grève n'en ont
point davantage[2]. »

Les mendiants s'étaient aussi emparés du violon, et sans

---

1. On a, au XVIIe siècle, dansé la bocane :

LOLIVE

Vous voulez peut-être une danse grave et sérieuse ?

M. GRICHARD

Oui, sérieuse, s'il en est, mais bien sérieuse.

LOLIVE

Eh bien la courante, la bocane, la sarabande ?

(Le Grondeur, comédie de Brueis et Palaprat,
représentée en 1691. Acte II, scène XVII.)

2. Les œuvres de Tabarin avec les adventures du capitaine Rodomont, la farce des
bossus, etc., nouvelle édition avec préface et notes par Georges d'Harmonville,
1622, Paris, Adolphe Delahays, 1858, p. 93.

nul doute Tabarin avait dû rencontrer des couples semblables à celui que nous reproduisons ici d'après une ancienne estampe.

LE MÉNAGE DES GUEUX, ESTAMPE
(XVIIe siècle).

Déjà, en 1592, on voit des joueurs de violon à l'armée du duc de Lorraine :

« 1592. Mest en despense, iceluy comptable, la somme

de vingt-deux francs, qu'il a plu à Monseigneur de Vaudémont donner et octroyer aux tambours et violons de l'armée de Son Altesse estant devant Chasteauvillain[1]. »

Ajoutons que, dès cette époque, le nom de violons servait à désigner, d'une façon générique, tous les instruments, même militaires. La preuve nous en est fournie par les *Mémoires de Du Guesclin*, vraisemblablement rédigés à la fin du xvie siècle :

« Cependant, Charles de Blois, qui n'avoit point de temps à perdre, parce que la place qu'il vouloit secourir étoit aux abois, partit en diligence avec son armée de Louvaux l'Abbaye. La revûe qu'il en fit, montoit à plus de trois mille hommes d'armes; cette petite armée fit une marche si longue, qu'elle vit dans peu le chateau d'Auray. Quand les assiégés aperçurent du Donjon les enseignes de Charles, et ce corps de troupes qui faisoient un mouvement vers eux, ils arborèrent aussi leurs étendards sur le haut de la tour, et pour témoigner la joie qui les transportoit, ils firent jouer leurs violons sur le même endroit, avec tant de bruit et de fracas, que les assiégeans l'entendirent, et tournans les yeux de ce côté-là, virent les drapeaux et les enseignes de la garnison qui flottoient en l'air au gré des vents[2]. »

Selon le P. Ménétrier, le violon convenait très bien pour dresser les chevaux et les préparer à danser des quadrilles dans les carrousels :

« On ne laisse pas, dit-il, de les dresser (les chevaux) et de les accoutumer à l'harmonie des violons; mais il en faut un grand nombre, que l'air soit de trompette, et que les basses marquent fortement les cadences[3]. »

1. A. JACQUOT. *La musique en Lorraine*.
2. *Collection universelle des mémoires particuliers relatifs à l'histoire de France*. (*Mémoires de Du Guesclin*, 1785, t. IV, p. 63.)
3. *Traité des tournois, joutes, carrousels et autres spectacles publics*, par le P. Ménétrier, Lyon, 1664.

Parlant des carrousels « qui représentent les spectacles les plus magnifiques », Titon du Tillet dit aussi :

« La musique, sur-tout celle des instrumens les plus éclatans, tels que les tymbales, les haut-bois et les violons, animoit toutes ces fêtes et ces divertissemens[1]. »

A l'arrivée de Louis XIV à Bordeaux, en 1660, après son mariage avec Marie-Thérèse :

« Les violons suivoient le bateau du Roi; le son des trompettes et le bruit des canons se mêlèrent à la musique. Le Roi et les Reines y prirent plaisir[2]. »

Le passage suivant du *Menteur* de Corneille fait allusion à un concert sur l'eau où l'on voit des violons. C'est Dorante qui parle :

> Comme à mes chers amis je veux tout vous conter.
> J'avais pris cinq bateaux, pour mieux tout ajuster ;
> Les quatre contenoient quatre chœurs de musique
> Capables de charmer le plus mélancolique :
> Au premier, violons ; en l'autre, luths et voix :
> Des flûtes au troisième, au dernier des hautbois,
> Qui tour à tour en l'air poussoient des harmonies
> Dont on pouvoit nommer les douceurs infinies.

V

On sait déjà, qu'avant François Ier, les chanteurs et les instrumentistes de la Chapelle des rois de France exécutaient alternativement la musique sacrée et celles des fêtes et divertissements de la Cour ; et que ce prince créa un corps de musiciens indépendant du service divin et l'attacha spécialement à sa Chambre.

1. *Le Parnasse françois.*
2. *Mémoires de M*me *de Motteville.* t. IV, p. 222.

Un siècle plus tard, sous Louis XIII, le violon, qui avait remplacé avantageusement le dessus et le pardessus de viole, étant devenu, par ses brillantes qualités, l'instrument principal de ce groupe, imposa son nom à toute la Bande qui reçut le titre des *vingt-quatre Violons du Roy*, et cela, bien que les parties intermédiaires et graves y fussent encore exécutées sur des tailles et sur des basses de viole.

Les vingt-quatre violons étaient non seulement chargés de faire de la musique en diverses circonstances, mais aussi de figurer comme acteurs dans les ballets en jouant de leur instrument.

Nous croyons que Vidal fait erreur, lorsqu'il dit que ces artistes étaient vêtus aux frais du trésor royal, car la pièce comptable qui lui sert à appuyer son dire, et que voici, ne concerne exclusivement que des costumes pour un ballet :

168 aunes de taffetas incarnadin pour 24 grandes robes pour habiller les 24 violons du roi. . . . . 672 livres.

48 aunes de bougran incarnadin pour les dictes robes. 28 livres.

360 aunes de passementerie or et argent pour les dictes robes . . . . 73 livres.

24 aunes de gance d'or . . . . 3 livres 12 sols.

16 onces de soye incarnadin pour coudre les dictes robes . . . . , ... 19 livres 8 sols [1].

Peut-être les vingt-quatre violons recevaient-ils des vêtements, comme les anciens ménestrels, mais il faudrait un autre document pour établir ce fait. En tous cas, ils faisaient partie de la Maison du roi, en qualité d'officiers domestiques et commensaux, et bénéficiaient, à ce titre, de privilèges très nombreux. Ainsi, ils étaient exonérés :

« Des emprunts généraux faits dans les villes, de quelque nature qu'ils fussent; du paiement des deniers qui se levoient pour fournitures de vivres et munitions de guerre,

---

1. *Extrait des comptes de dépense pour le ballet du Roy*, 1625, F. Danjon, *Archives curieuses*, etc., 2e série, t. VI (cité par Vidal).

frais de conduite ; de toutes tailles et aydes ; des impositions de douze deniers pour livre ; des quatriesmes, huictiesmes et dixiesmes ; appetissement de vin ; de guets, garde de portes et murailles, de ports, ponts, passage ; travers et sépara- tions, destroits, fournitures et contributions ; estapes de logis et garnisons de gens de guerre tant de pied que de cheval ; de charois, chevaux d'artillerie, de ban, arrière- ban, etc., etc. [1]. »

Les vingt-quatre violons du Roy étaient les plus habiles de leur temps. Le P. Mersenne en fait un éloge pompeux lorsqu'il décrit la sonorité du violon :

« Ses sons (ceux du violon) ont plus d'effet sur l'es- prit des auditeurs que ceux du luth ou des autres ins- trumens à chordes, parce qu'ils sont plus vigoureux et percent davantage à raison de la grande tension de leurs chordes et de leurs sons aigus. Et ceux qui ont entendu les vingt-quatre violons du Roy advouent qu'ils n'ont jamais rien ouy de plus ravissant ou de plus puissant : de là vient que cet instrument est le plus propre de tous pour faire danser, comme l'on expérimente dans les ballets et partout ailleurs [2]. »

Louis XIV n'était pas compositeur comme son père, mais il avait appris un peu de musique. En 1651, il avait un maître de guitare et un maître de luth :

« Maistre pour enseigner le Roy à joüer de la guiterre : Bernard Jourdan sieur de la Salle ; maistre pour enseigner le Roy à joüer du luth : Fleurant Indré [3]. »

C'est sans doute le fils de « Florent Hindret », dont il a

---

1. Déclaration de Henri II du 2 février 1548. Arrest de la cour des aydes du 3 juillet 1649. (*Extrait des privilèges des officiers domestiques et commensaux du roy, de la reyne et des enfants de France*, La Martinière, Paris, 1649, p. 106.)
2. *Harmonie universelle.*
3. *Estat général des officiers de la maison du roy*, 29 avril 1651.

déjà été question, et qui était joueur de luth du Dauphin (Louis XIII) *pour l'endormir*.

Plus tard, en 1657, Louis XIV prit un maître de clavecin :

« Aujourd'huy, 14 du mois de février 1657, le Roy estant à Paris, S. M. prenant un singulier plaisir à entendre toucher le clavessin et à le toucher elle-mesme, elle a choisy le sieur Estienne Richard, pour lui montrer la méthode et l'a cejourd'huy retenu pour servir en qualité de maistre d'espinette ; veut et entend qu'il jouisse de cette charge[1]. »

Et un nouveau maître de luth :

« Pour les gages et entretenement du sieur Pinel, joüeur de luth pour enseigner à S. M., 2.000 l. [2] »

Au début de son règne, il y avait trois organisations musicales bien distinctes à la Cour :

1° *La Musique de la Chapelle*, dont le directeur, qui était toujours un des grands dignitaires de l'Église, portait le titre de « Maistre de la Chapelle de Musique ». Il prêtait serment au roi, et recevait le serment de fidélité de huit chapelains et de cinq clercs[3].

L'exécution musicale était confiée à des « Maistres de Musique », qui ne furent d'abord que deux, servant par

---

1. *Archives nat.*, reg. O[7], p. 163.
2. *État général des officiers*, etc., 1657.
3. « Le maistre de la chapelle de musique, M. l'évêque de Périgueux, qui prête serment au roy ; il a de gages 1.200 livres. »
« Il reçoit le serment de fidélité de huit chapelains pour les grandes messes et de cinq clers. » *L'État de la France*, année 1663, t. 1, p. 12.
En 1702, le maître de la chapelle de musique était[1] : « M. Charle Maurice le Tellier, archevêque duc de Reims, premier pair ecclésiastique de France, commandeur de l'ordre du Saint-Esprit, conseiller d'État ordinaire, docteur et proviseur de la maison et Société de Sorbonne, abbé de Saint-Étienne de Caën, de Breteuil, de Saint-Bénigne de Dijon, de Saint-Rémy de Reims, de Saint-Thierry du Mont-d'Or et Bonnefontaine. »
« Il a de gages 1.200 livres par les thrésoriers des menus, 3.000 livres pour sa bouche à cour, payés à la chambre aux deniers, et 1.500 livres au thrésor Roïal et autres appointemens. » *L'État de la France*, année 1702, t. 1, p. 36 et 37.

semestre[1], et ensuite quatre, servant par quartier[2]. Quoique remplissant les fonctions effectives de maîtres de musique, ils ne portaient que le titre de sous-maîtres[3]. En plus des émoluments afférents à leur charge, ils bénéficiaient encore de certains avantages pécuniaires lorsqu'ils étaient de service[4].

Au début, il n'y avait qu'un seul organiste ordinaire[5]; plus tard, il y en eut quatre[6].

On comptait six Pages de Musique, à la Chapelle; l'un des sous-maîtres recevait une subvention pour les élever, conduire, nourrir et entretenir[7].

Les musiciens (c'est ainsi que l'on désignait les chanteurs) formaient un choral imposant[8], que soutenaient les

---

1. « Il y a encore deux maistres de musique, M. Gobert et M. Villot, et plusieurs musiciens qui servent tous par semestre, et un organiste ordinaire. »
« Il y a aussi deux sommiers. » (Sans doute les souffleurs d'orgue.) L'État de la France, année 1663, t. I, p. 13.

2. « Il y a encore quatre maistres de musique, servant par quartier : en janvier, le sieur Gobert; en avril, le sieur Robert; en juillet, le sieur Spirly; en octobre, le sieur du Mont. » L'État de la France, année 1665, t. I, p. 24.

3. « Vous remarquerés que sur l'état des menus, sur lequel sont payés les gages de la musique de la chapelle, ils sont simplement appelez les soûmaistres de musique. » Id.
En 1702, étaient : « Maistres de musique servans par quartier et battans la mesure; en janvier, M. Michel Richard Delalande, 900 livres de gages sur les menus. De plus le roy lui a donné 1.200 livres de pension. Il est aussi surintendant et l'un des deux maistres de musique de la chambre de Sa Majesté et un des compositeurs de la musique de la Chambre; en avril, M. Pascal Colasse; en juillet, M. Guillaume Minoret; en octobre, le même M. Delalande. » Ils avaient été reçus en 1683. L'État de la France, année 1702.

4. « Le maître de musique au quartier a encore double part aux ordonnances de 2.000 livres qui se paient tous les trois mois pour la dépense extraordinaire, tant pour lui que pour les chantres, et double part aux sermens de fidélité des évêques et aux offrandes. » Ibid.

5. Voir la note 1.

6. « Quatre organistes servans par quartier, trois reçus en 1678 et le sieur Couperin en 1694. Ils ont chacun 600 livres de gages, que le thrésorier des menus paie par quartier : en janvier, M. François Couperin; en avril, M. Jean Buterne; en juillet, M. Guillaume-Gabriel Nivers, aussi maître de musique de la défunte reine, qui a encore 600 livres de pension; en octobre, M. Gabriel Garnier. » L'État de la France, année 1708, t. I, p. 44.

7. Pour l'année 1708, les quartiers de janvier, avril et octobre furent servis par Delalande, et celui de juillet par « M. Guillaume Minoret, ecclésiastique, 900 livres de gages chés le thrésorier des menus et pour élever, conduire, nourrir et entretenir les pages de la musique pendant toute l'année 4.800 livres. » Ibid.

8. Il y avait 95 chanteurs à la chapelle en 1708 : 11 « haut et bas dessus de

symphonistes. Parmi ceux-ci, tous payés « à la fin de chaque
quartier sur la Cassette du Roy, par les mains des premiers
Valets de Chambre », il y avait des dessus de violon, des
parties d'accompagnement : « Haute Contre, Taille et
Quinte », ainsi que des basses de violon et même une grosse
basse ou contrebasse de violon[1].

La Musique de la Chapelle avait un service bien défini :
elle interprétait toute la musique sacrée et venait chanter
chaque dimanche pendant le dîner du roi, quand il mangeait
en public.

2° *La Musique de la Chambre* :

« Qui s'y trouve lorsque le Roy le commande, comme les
soirs à son coucher, et au dîner du Roy les jours de bonnes
Fêtes, pour chanter les Grâces. Elle chante seule aux repo-
soirs à la Fête de Dieu. »

« Elle se joint dans les Grandes Cérémonies à la Musique
de la Chapelle, comme au Sacre et au Mariage du Roy, à la
Cérémonie des Chevaliers, aux Pompes funèbres, aux
Ténèbres, et elle tient toujours le côté de l'Epître[2]. »

L'emplacement que devait occuper la Musique de la
Chambre, n'était pas aussi bien déterminé, lorsqu'elle se
faisait entendre pendant le dîner du roi :

voix » dont cinq recevaient 800 livres de pension; 19 « hautes-contres », 4 ecclésiastiques et 15 laïques; 24 « hautes-tailles », parmi lesquels un seul ecclésiastique, Jean Joüilhiac, chapelain; 25 « basses-tailles », 6 ecclésiastiques et
19 laïques; 14 « basses-chantantes », 5 ecclésiastiques et 9 laïques; et 2 « basses
joüans du serpent, MM. Robert Masselin, reçu en 1680, et Pierre Février reçu en
1683. » *Ibid.*

1. Voici la composition de la chapelle, pour l'année 1708; 6 dessus de violon;
le plus ancien, « Jâque de la Quièze », était titulaire depuis 1660; 2 dessus de hautbois; 2 flûtes d'Allemagne; 3 parties d'accompagnement; un « haute-contre » une
« taille » et une « quinte », cette dernière était certainement une quinte de violon,
c'est-à-dire un alto; 3 « basses de violon »; 1 « téorbe », qui jouait aussi de la
grosse basse de violon; 1 joueur de flûte, hautbois et basse de cromorne (il
jouait ces trois instruments alternativement bien entendu); 1 « gros basson, à la
quarte à l'octave »; et « deux maîtres pour montrer à jouer du luth aux pages,
300 livres à chaque semestre. Léonard Itier a les deux charges. Il est aussi joüeur
de viole de la Musique de la Chambre. » *Ibid.*

2. *L'État de la France*, année 1665, t. I, p. 104.

« Laquelle Musique se placera en tel endroit qui se trouvera le plus à propos pour estre le mieux entendüe de S. M[1]. »

« On remarque une chose soit pour montrer la Grandeur de nos Rois et des Fils de France pardessus les autres Princes souverains ou autrement, que quand la Musique de la Chambre va chanter par ordre du Roy devant les Princes du Sang (excepté les Fils de France) et devant les Princes Etrangers, quoique souverains si ces Princes se couvrent la Musique de la Chambre se couvre aussi. Cela se fit de la sorte devant M. le Duc de Lorraine à Nantes en l'année 1626 et en l'année 1642 à Perpignan. Le Prince de Mourgues étant averty de ce

CHEVALET DE VIOLON
DE NICOLO AMATI

Privilège ayma mieux entendre la Musique découvert. La même chose s'est observée depuis devant les Princes de Modène et de Mantoüe au Palais Mazarin en présence de deffunt M. le Cardinal[2]. »

A la tête de la Musique de la Chambre étaient placés : « Deux Sur-Intendans de la Musique servans par semestre[3]. »

<hr>

1. *Ordre et règlement qui doit estre tenu et observé en la maison du roy*, tiré des *Mémoires de M. de Sainlot, maistre des cérémonies de France*, Paris, chez Marin Lèche, p. 26.

2. *L'État de la France*, année 1665, p. 106 et 107.

3. Les surintendants de la musique touchaient : « 131 livres 12 sols par mois pour leur nourriture, et 660 livres de gages par an ».

    « Au semestre de janvier :   « Au semestre de juillet :
       le Sr BOESSET. »   le Sr BATISTE DE LULLY. »

« Le surintendant doit connoître des voix et des instrumens pour faire bonne musique au roy. Tout ce qui se chante par la musique de la Chambre se concerte chez lui, et il peut avoir un page mué près de sa personne. » *Id.*, p. 105.

En 1702, les deux surintendants de la musique de la Chambre touchaient chacun : « 2.257 livres, sçavoir : 660 livres de gages, 912 livres 10 sols de nourriture, 319 livres 10 sols pour les montures et 365 livres pour la nourriture d'un page mué. De plus chaque surintendant fournit au thrésorier des menus en

Ils étaient secondés par deux maîtres qui dirigeaient en leur absence et servaient également par semestre[1].

Un compositeur de musique travaillait spécialement pour la Chambre et pouvait y diriger ses œuvres[2].

Les pages chantaient les dessus :

« De plus, il y a plusieurs chantres, 600 livres, et quelques joüeurs d'instrumens[3]. »

année une quittance de 1.500 livres montant les deux ensemble à 3.000 livres pour les montures, tant d'eux que du maître et des musiciens de la Chambre. » *L'État de la France*, année 1702, t. 1, p. 224.

1. « Deux maîtres des enfans de la musique qui ont soin d'entretenir et d'instruire trois pages de la musique de la Chambre. »

« Les maîtres conduisent la musique en l'absence du sur-Intendant. »

   « Au semestre de janvier :   « Au semestre de juillet :

      le Sr Boësset. »   le Sr Lambert et le Sr Batiste de Lully en survivance. »

L'État de la France, année 1665, t. 1, p. 105. On voit que les surintendants cumulaient.

2. « Un compositeur de musique qui peut travailler en tout temps et battre la mesure de ses œuvres qui se doivent concerter chez le sur-Intendant :

      « Le Sr de Lully. »

Id.

En 1702, Pascal Colasse était à la fois maître de la musique, pour le semestre de juillet (il avait été appelé à cette haute fonction le 14 août 1696) et de plus compositeur de la musique de la Chambre. *L'État de la France*, année 1702, t. 1, p. 225.

Plus tard, en 1735, il y eut trois compositeurs de la musique de la Chambre : « MM. Jean Ferry, Rebel et François Francœur. » *L'État de la France*, année 1735, t. 1, p. 335.

3. *L'État de la France*, année 1665, t. 1, p. 106.

Ce n'est qu'en 1702 que nous trouvons des renseignements sur les instrumentistes de la Chambre.

Le « clavessin » y était alors touché par « M. Jean-Baptiste d'Anglebert ».

Il y avait deux joueurs de « petit luth » servant par semestre. En janvier, « M. Léonard Itier, qui joue présentement de la viole, a de plus 456 livres 5 sols pour joüer de la viole, 750 livres pour montrer aux pages de la musique à joüer du luth et du théorbe ». En juillet, « M. Pierre Chabanceau de la Barre, M. de la Barre est aussi à la musique de la Chapelle ».

Marin Marais jouait la viole pour le semestre de janvier, et Léonard Itier pour celui de juillet.

Un « théorbe, autrefois flûte, M. Étienne le Moine, ordinaire ».

Étaient : « Pensionnaires de la musique de la Chambre paiez sur les menus : quatre petits violons, 1.200 livres. MM. Jâque de la Quièze, Jean Noël Marchand, Jean-Baptiste la Fontaine, Prosper Charlot, qui sont aussi de la musique de la Chapelle. » Ainsi que trois basses de viole, « M. Antoine Forcroy, 600 livres; Mlle Hillaire, 1.200 livres ; Mlle Sercamanan, 1.200 livres ». *L'État de la France*, année 1702, t. 1, p. 228 et 229.

Plus tard on y ajouta un « maître à joüer de la guitare, François Visée ». *L'État de la France*, année 1737, t. 1, p. 337.

« Il y a aussi la grande Bande des vingt-quatre violons,
toûjours ainsi appeléz quoi qu'ils soient à présent ving-cinq,
360 livres de gages chacun. »

« Ils servent quand le roy leur commande comme quand
on danse un ballet, etc.[1]. »

« Un huissier ordinaire des ballets et un garde des instruments de la Musique de la Chambre et des ballets, au
lieu des deux nains qu'on avoit accoûtumé d'employer sur
l'État, chacun 300 livres[2]. »

Nous ne savons si, au début du règne de Louis XIV, la
Musique de la Chambre comprenait des trompettes, des
tambours et des fifres, ou hautbois? En tous cas il y en
avait en 1702[3].

1. *L'État de la France*, année 1665, t. I, p. 106.
Une nouvelle charge des 24 violons, dont le nombre fut ainsi porté à 25, avait
été créée par Louis XIV, en 1653, en faveur de G. Dumanoir, devenu roi des
violons, qu'il nommait en même temps le chef de cette Bande. Cette charge de
25e violon fut supprimée en 1695, lors de la démission de Michel-Guillaume
Dumanoir comme roi des violons.

2. *Id.*

3. « Des trompettes de la Chambre, des trompettes des Plaisirs, des tambours
et des fifres, ou hautbois de la Chambre. »
« Des douze trompettes de la Grande Écurie, M. le Grand Écuier en choisit
quatre appeléz particulièrement les quatre trompettes ordinaires de la Chambre du
roy, qui servent auprès de Sa Majesté. Ces quatre trompettes sont: Denys Barberet,
Jean Rode, Antoine Pélissier dit Beaupré, Claude Girardot. Leur fonction est de
sonner à la tête des chevaux du carosse du roy principalement dans les voyages et
quand le Roy entre dans les villes. Ils servent aussi dans les cérémonies roïales. »
« Quatre trompettes ordinaires des Plaisirs du roy, et qui sont aussi dans les
gardes du corps, et accompagnent ceux qui sont du guet, François Charvillat, de
la compagnie de Noailles, Pierre le Maire (de Duras), Denys Barberet (de Lorge),
Jean Coit dit la Marche (de Villeroy)..... Ils se trouvent à tous les concerts de
musique où il faut des trompettes devant le roy, tant sur le canal de Versailles
que dans les appartemens. Aux opéras, ballets, comédies et quelquefois même
dans la chapelle... Enfin ils se trouvent généralement à tout ce qui se fait pour
le divertissement du roy et de la Cour. En toutes ces rencontres de divertisse-
ment, les trompettes des Plaisirs ont le pas sur les trompettes de la Chambre,
mais aux autres endroits les trompettes de la Chambre ont le pas sur ceux des
Plaisirs. »
« Quatre tambours et quatre fifres, présentement hautbois de la Chambre... Les
quatre tambours de la Chambre sont : Nicolas Perrin, François Buchot et son
fils Pierre Buchot en survivance, Pierre Jacquart, Jean Carel. »
« Les quatre fifres ou plutôt hautbois de la Chambre, sont : Jean l'Aubier,
Jaque Danican-Philidor, Jean d'Abadie dit de l'Isle, Claude Babelon. » *L'État de
la France*, année 1702, t. I, p. 235 et suiv.

Les attributions de la Musique de la Chambre étaient de faire danser à tous les bals parés et masqués qui se donnaient à la Cour ; de jouer et de paraître dans les ballets ou autres spectacles ; et surtout, de faire entendre des airs, des menuets, des gavottes, des rigodons, etc., dans la grande antichambre pendant le dîner du roi ; principalement quand il revenait de l'armée ou de voyage, soit de Fontainebleau ou de Compiègne. Elle jouait aussi le premier de l'an, le premier mai et le jour de la fête de Sa Majesté.

3° *La Bande de la Grande Écurie*, ainsi nommée parce que ses membres faisaient partie des officiers de l'Écurie, était une sorte de musique militaire. Elle se composait de vingt-quatre exécutants (sans compter les trompettes dont il a été question au renvoi 3 de la page 45), qui parfois jouaient alternativement de deux instruments chacun, savoir : violons (dessus et basses), hautbois, cornets, saquebutes, musettes du Poitou, cromornes, trompettes marines, fifres et tambours. Cette Bande d'instrumentistes était généralement requise pour les fêtes et cérémonies militaires, pour les entrées triomphales des princes, ou bien pour les divertissements et les spectacles de la Cour qui avaient lieu en plein air, dans les bois ou dans les jardins [1].

C'est en 1655 que Louis XIV créa la Bande dite « des Petits violons ». Placée sous la direction de Lully qui formait lui-même la plupart des instrumentistes et ne leur faisait exécuter que ses compositions, cette bande, qui, à ses débuts, ne comptait que seize exécutants, en eut bientôt vingt et un ; nombre qui ne fut plus modifié dans la suite.

1. En 1702, la Bande de la Grande Écurie était ainsi composée :

« Douze grands hautbois et violons de la grande écurie anciennement appelez grands hautbois, cornets et saquebutes », dont nous donnons les noms plus loin.

« Six hautbois et musettes du Poitou : Martin Haûteterre et son fils Jean en survivance, François Pignon des Coteaux, Antoine Piêche, Martin Herbinot des Touches, Philbert Rebillé, Pierre Ferrier. »

« Six cromornes et trompettes marines. » Voir les noms des titulaires dans le chapitre consacré à la trompette marine. *L'État de la France*, année 1702, t. 1, p. 564 et 565.

Elle jouait aussi aux bals de la Cour, au lever, au grand couvert et dans maintes occasions, avec la Bande des violons de la Grande Écurie [1].

Les « Petits violons » furent appelés plus tard « Violons du Cabinet ». Ils suivaient le roi dans tous ses voyages [2].

Rattachés à la Musique de la Chambre et figurant sur les

CONCERT
Le Dominiquin (1581-1641). Musée du Louvre.

états de celle-ci, les « Petits violons », simples gagistes, n'avaient pas le grade d'officiers commensaux et par suite

1. « Les Petits violons sont au nombre de vingt et un et ont chacun 600 livres. Avec lesquels à certaines cérémonies comme au sacre, aux entrées des villes, mariages et autres solennitez et réjouïssances, on fait jouer l'autre Bande de violons de la Grande Ecurie, les hautbois, fibres, etc. » L'État de la France, année 1663, t. I, p. 106,

2. « Violons du Cabinet, autrefois nommez les Petits violons, païez sur la Cassette à 30 sols par jour. Ils sont au nombre de vingt et un et suivent le roy dans tous ses voïages. » L'État de la France, année 1702, t. I, p. 232.

ne bénéficiaient pas des mêmes avantages que les membres
des trois autres organisations musicales. Aussi, était-ce
une faveur pour l'un d'eux que d'entrer dans la grande
Bande des vingt-quatre violons :

« Aujourd'huy 4 novembre 1672, le roy estant à Saint-
Germain-en-Laye, voulant traiter favorablement le nommé
Prosper Charlot, l'un de ses Petits violons, luy a accordé et
fait don de la place qu'occupoit dans la Musique de sa
Chambre Pierre Housseuille, que Sa Majesté a destitué[1]. »

La reine-mère, la reine et Monsieur, frère du roi, avaient
aussi leurs Musiques particulières.

Celle de la reine-mère se composait, en 1665, d'un
« maître de la Musique », de dix « chantres ordinaires » et
de deux « pages de la Musique[2]. »

Pour la même année 1665, la Musique de la reine comprenait autant d'exécutants que celle de la reine-mère,
avec cette différence toutefois, qu'au lieu d'un seul maître
de musique, il y en avait deux servant par semestre[3]. Mais
en 1683, un certain nombre d'instrumentistes : dessus de
violon, taille, haute-contre, quinte de violon, basses de viole
et clavecin, avaient été adjoints aux chanteurs. Les deux
maîtres de musique[4], les chanteurs « ordinaires », l'un des
joueurs de basse de viole[5] et le claveciniste[6] étaient offi-

1. Archives nat., reg. O⁴¹6, p. 107 (cité par Vidal).
2. « Musique de la reine-mère :
« Un maître de musique, le Sr Bataille, 1,800 livres. »
« Dix chantres ordinaires, qui ont chacun 1.200 livres pour leurs gages et nourriture : le Sr Hébert, le Sr Bony, le Sr Boyer, le Sr Legros, le Sr Tissu, le Sr Vieil,
le Sr Dardon, le Sr Chevalier, le Sr Mayen, le Sr Garnier. »
« Deux pages de la musique. » L'État de la France, année 1665, t. I, p. 324.
3. « Musique de la reine :
« Deux maîtres de musique servans par semestre, qui ont deux pages de musique
1.800 livres. Au semestre de janvier, le Sr Boisset (sans doute Boesset dont le nom
aura été mal orthographié), au semestre de juillet le Sr Camus. » Id., p. 370.
4. Les maîtres de musique étaient : en janvier, « le Sr Paolo Lorenzani », et en
juillet, « le Sr Guillaume-Gabriel Nivert. » L'État de la France, année 1683, t. I.
p. 431 et 432.
5. « Pierre de la Barre pour la basse de viole », il faisait les deux semestres. Ibid.
6. Pour le « clavessin » : en janvier, Joseph-François Salomon (l'auteur de

ciers de musique, c'est-à-dire propriétaires de leurs charges ;
tandis que les autres : trois chanteurs et six symphonistes,
considérés comme supplémentaires, n'avaient pas les
mêmes avantages [1].

En 1665, la « Musique de la Chambre » de Monsieur frère
du roi, se composait : d'un maître de musique, « 1.000 livres,
le sieur de Sablières, Jean Grenoüillet » ; de douze musiciens ordinaires à 600 livres chacun, parmi lesquels trois
instrumentistes : Étienne Richard, dessus de viole, Pierre
Martin, basse de viole, et Jean Henry d'Anglebert « pour le
clavessin [2]. »

Le roi autorisait assez souvent les vingt-quatre violons
à aller se faire entendre chez les grands seigneurs :

« L'abbé de Bouillon donna à souper au prince de Conti,
au prince de Marcillac, etc.; ils eurent les vingt-quatre
violons du Roy [3]. »

En 1649, on les voit aussi figurer dans une partie de
plaisir, organisée par plusieurs courtisans près de
Conflans :

> Ils avoient durant leur débauche,
> Dans des bateaux larges et longs,
> Les vingt et quatre violons
> Qui mille beaux airs fredonnèrent,
> Pour vingt justes qu'ils leur donnèrent [4]. »

Médée et Jason) en juillet, Henry du Mont et Antoine Fouquet en survivance.
Id.

1. « Outre les officiers de musique ci-dessus, il y a encore Jean Gaye, voix de
concordant, Michel-Bernard, taille et Antonio, dessus, Jean Augustin le Peintre
et Jean Marchand, joüeurs de dessus de violon, Pierre Huguenet, joüeur de taille,
et Sébastien son frère, joüeur de haute-contre, et Charle de la Fontaine, joüeur
de basse de viole, Fossart, joüeur de quinte de violon; tous païés par ordonnance, sçavoir : 600 livres par an aux Srs Gaye, le Peintre et la Fontaine, et
300 livres par an aux Srs Huguenet frères, Bernard, Marchand, Antonio et
Fossart. » *Ibid.*

2. *L'État de la France*, année 1663, t. I, p. 118.

3. *Journal de Dubuisson Aubenay*, 15 juin 1646. Inséré dans les *Mémoires de
Mlle de Montpensier*, édit. Chéruel, Paris, 1858, t. Ier, p. 63.

4. LORET. *La Muse historique*, nº du 31 mai 1653.

II.

En 1660, ils se firent entendre pendant le magnifique dîner que le cardinal de Mazarin offrit à toute la Cour :

> Enfin cette feste fut belle,
> La joye en fut universelle ;
> Les tons et fredons plus qu'humains
> De quinze ou vingt chantres romains
> Y firent une mélodie
> Généralement applaudie ;
> Et les vingt-quatre violons,
> Durant qu'on mangeoit des melons,
> Des patéz, des tourtes, des bisques,
> Des plats de fruits en obélisques,
> Tous les assistants délectèrent
> Par mille beaux airs qu'ils jouèrent [1]. »

Les Petits violons furent supprimés au début du règne de Louis XV, et la grande Bande des vingt-quatre, en 1761.

VI

Au milieu du xviiᵉ siècle, divers grands personnages avaient aussi des Bandes de violon [2]. Il est question dans les *Mémoires de Mᵐᵉ de Motteville* [3], de la petite Bande de M. le prince de Condé. La grande Mademoiselle (Mˡˡᵉ de Montpensier) avait également une Bande de violons dans laquelle Jean-Baptiste Lully fit ses débuts.

1. LORET. *La Muse historique*, 11 septembre 1660.
2. Les particuliers, les bourgeois eux-mêmes avaient à leur service des laquais sachant jouer du violon :

CLARICE

Que nous allons danser ! C'est ma folie que la danse. Au moins j'ai déjà retenu quatre laquais qui jouent parfaitement du violon.

M. GRICHARD

Quatre laquais ?

CLARICE

Oui Monsieur, deux pour vous et deux pour moi. Quand nous serons mariés je veux que vous ayez le bal chez nous tous les jours de la vie.

(*Le grondeur*, pièce en 3 actes de Brueis et Palaprat, représenté en 1691. Acte II, scène XL.)

3. Op. cit., t. II, p. 283 (ch. xix).

Né à Florence, en 1633, Lully[1] fut amené en France, à l'âge de douze ans environ, par le chevalier de Guise, qui le plaça chez Mlle de Montpensier, où il fut relégué aux cuisines, comme aide-marmiton.

Un vieux cordelier lui avait appris à lire, à écrire et à jouer de la guitare. Très passionné de musique, aussitôt installé dans son nouvel emploi, il se procura un violon, et négligea souvent d'éplucher les carottes et de laver la vaisselle pour l'étudier.

Ses progrès furent très rapides, et un jour, le comte de Nogent, qui passait devant les cuisines, l'ayant entendu, le signala à Mademoiselle. Celle-ci, émerveillée de son talent, le fit, comme on disait alors, *monter à la Chambre*, c'est-à-dire l'admit auprès de sa personne, en qualité de musicien, et pourvut aux frais de son éducation. Il travailla assidûment et devint bientôt supérieur sur le violon.

CHEVALET DE VIOLON
D'A. STRADIVARI

Un de ses premiers essais, comme compositeur, fut l'air d'une chanson assez méchante sur Mademoiselle, où l'on disait, paraît-il, que cette princesse avait l'habitude, lorsqu'elle se croyait seule dans ses appartements, de faire, ce que P. Larousse appelle dans son Dictionnaire, « un bruit subit et éclatant », mais si éclatant, qu'on l'entendait très distinctement de l'antichambre, et cela pour la plus grande joie des gens de service, et aussi pour celle de Lully, qui en faisait, dit-on, des imitations fort réussies sur son violon.

Cette chanson obtint un grand succès, on la fredonnait

1. Son nom devait s'écrire *Lulli*; mais il adopta en France l'orthographe que nous donnons, car c'est celle qui se voit sur ses partitions. On l'appelait familièrement Baptiste.

dans tout le palais. Or, la Grande Mademoiselle n'entendait
pas qu'on la plaisantât de la sorte, et sitôt qu'elle en eut
connaissance, son premier soin fut de chasser impitoya-
blement Lully[1].

Celui-ci, alors âgé de dix-neuf ans, passa au service du
roi ; d'abord dans la Bande des vingt-quatre violons, puis
comme directeur de la petite Bande que Louis XIV créa
spécialement pour lui, et qui devint bientôt supérieure à la
grande Bande des vingt-quatre. Ces derniers, jusque-là
réputés fort habiles et obligés par leur brevet d'être les
meilleurs violons de France, furent rapidement surpassés
par la nouvelle troupe, pour laquelle Lully composa une
foule d'airs de danse, de sarabandes, de gigues, qui plurent
beaucoup au roi, et par conséquent à toute la Cour.

Nommé surintendant de la Musique du roi, en 1661, il
composa celle des ballets représentés à Versailles et de
tous les divertissements des comédies de Molière. Il joua
même avec beaucoup de succès plusieurs rôles comiques
de celles-ci, notamment : celui d'un médecin grotesque dans
Pourceaugnac, comédie-ballet, représentée pour la première
fois le 6 octobre 1669, à Chambord ; et le Muphti du *Bourgeois gentilhomme*, dont la première représentation fut également donnée à Chambord le 13 octobre 1670. Il excellait
dans ce dernier rôle, et c'est après l'avoir rejoué à Saint-
Germain en 1683, que Louis XIV, pour lui témoigner sa
satisfaction, le nomma l'un de ses secrétaires, fonctions
remplies jusqu'alors par les plus hauts personnages du
royaume. L'affaire n'alla pas toute seule, mais le monarque
imposa sa volonté, et Louvois dut céder ainsi que les secrétaires qui ne voulaient pas l'avoir comme collègue. Pour sa
réception, Lully offrit un repas somptueux à toute la
compagnie, et le soir une grande représentation à l'Opéra :

---

1. Voir pour cette anecdote : LECERF DE LA VIEUVILLE DE FRENEUSE. *Comparaison
de la musique italienne et de la musique françoise.* — DOM CAFFIAUX. *Histoire de la
musique.*

« On y voyoit la Chancellerie en corps, deux ou trois rangs de gens graves, en manteau noir et en grand chapeau de castor, qui escoutoient d'un sérieux admirable les menuets et les gavottes de leur confrère le musicien[1]. »

J.-D. LULLY (1633-1689)

C'est en 1669 que l'abbé Perrin obtint du roi des lettres patentes pour l'établissement « d'une Académie royale de musique » où l'on chanterait en public des pièces de

1. LECERF DE LA VIEUVILLE DE FRENEUSE. Ouvrage déjà cité.

théâtre. Il s'adjoignit Cambert pour la musique, le marquis
de Sourdéac pour les machines et le sieur de Champeron,
financier, comme commanditaire.

Il fallut deux années pour recruter, exercer et discipliner
les chanteurs, les symphonistes et les danseurs. Les répéti-
tions se firent dans la grande salle de l'hôtel de Nevers,
situé sur l'emplacement actuel de l'hôtel des Monnaies, et
au mois de mars 1671, on inaugura solennellement le
théâtre de l'Académie royale de musique, élevé dans un
jeu de paume de la rue Mazarine, en face de la rue Guéné-
gaud, par la première représentation de « *Pomone*, opéra
ou représentation en musique », paroles de l'abbé Perrin,
musique de Cambert, ballets de Bauchamp.

Le succès fut très grand, mais les recettes ne purent cou-
vrir les frais préliminaires et journaliers ; l'affaire périclita,
les associés se séparèrent et le marquis de Sourdéac resta
seul propriétaire du théâtre. Il commanda alors une pasto-
rale au poète Gilbert et chargea Lully de la mettre en
musique. Celui-ci, une fois entré dans la place, usa de son
influence auprès du roi et obtint pour lui seul la direction
de l'Opéra.

En raison des charges très lourdes de l'entreprise, le privilège accordé à Lully, en 1671, interdisait à tout autre
théâtre de lui faire concurrence. Aussi, le 14 avril 1672, une
ordonnance royale défendit aux différentes troupes de
comédiens d'avoir plus de six voix et de douze violons.
Louis XIV leur laissait cette latitude, parce qu'il ne voulait
pas interdire à Molière de jouer ses pièces telles qu'il les
avait écrites ; mais il n'en résulta pas moins une brouille
entre celui-ci et Lully, et l'auteur de *Georges Dandin*, voyant
les ressources musicales de son théâtre limitées, se rattrapa
sur les danses, qu'on ne lui avait pas encore interdites. Il
écrivit alors le *Malade imaginaire*, pièce à intermèdes et
accompagnée, comme le *Bourgeois*, d'une Cérémonie bur-
lesque, qui fut jouée pour la première fois le 10 février 1673.

Notre grand poëte mourut quelques jours après, et Lully en profita pour obtenir, le 30 avril suivant, une nouvelle ordonnance qui ne permettait plus aux comédiens que d'avoir seulement deux voix et six violons[1], ce qui causa de nombreuses difficultés entre la Comédie et l'Opéra.

Lully alimenta son théâtre presque à lui seul. Les nombreux ouvrages qu'il y fit représenter sont restés au répertoire pendant près d'un siècle et n'ont commencé à quitter l'affiche qu'après l'arrivée de Rameau.

Parlant de lui et de ses opéras, Titon du Tillet dit :

« Les personnes de distinction et le peuple chantoient la plupart des airs de ses opéras... On dit que Lully étoit charmé de les entendre chanter sur le Pont-Neuf et aux coins des rues avec des couplets de paroles différentes de celles de l'opéra; et comme il étoit d'une humeur très plaisante, il faisoit arrêter quelquefois son carosse et appeloit le chanteur et le joueur de violon pour lui donner le mouvement juste de l'air qu'ils exécutoient[2]. »

Pendant une grave maladie que Lully fit en 1686, le prince de Conti le visitait souvent, il venait de terminer son opéra

---

1. Nous lisons dans la *Musique à la Comédie-Française*, par Jules Bonnassies :

« C'est dans la *Comédie des Proverbes* de Montluc (1616) que nous trouvons le premier *témoin*, dans un théâtre, d'un orchestre composé de violons... Perrault, dans le *Parallèle des anciens et des modernes*, dit que, en 1629, la symphonie dans les théâtres est d'une flûte et d'un tambour ou de deux méchants violons. »

« Chappuzeau est le seul de qui nous tenions quelques détails précis touchant la place des violons au temps de Molière : « Cy-devant, écrit-il en 1673, on les « plaçoit ou derrière le théâtre, ou sur les aisles, ou dans un retranchement « entre le théâtre et le parterre, comme en une forme de parquet; — cette der- « nière place est celle que leur assigne Israël Silvestre dans son estampe de la « représentation de la *Princesse d'Elide*, à Versailles, en 1664; — depuis peu on « les met dans une des loges du fond, d'où ils font plus de bruit que de tout « autre lieu où on les pourroit placer. Il est bon qu'ils sçachent par cœur les « deux derniers vers de l'acte, pour reprendre promptement la symphonie sans « attendre que l'on leur crie : *Jouez*, ce qui arrive souvent. » Par cette loge du fond, Chappuzeau veut dire sans doute *du fond de la salle.* »

L'orchestre du Théâtre-Français, qui comptait 12 exécutants en 1758, 18 en 1764; 34 en 1792; 28 en 1815 et 1830, fut supprimé en 1871. Depuis cette époque, la symphonie se tient « sur les aisles », c'est-à-dire dans les coulisses, où elle est très habilement dirigée par M. Laurent Léon.

2. *Le Parnasse françois.*

Armide, dont la première représentation était attendue avec une vive curiosité : « Tu es donc bien malade mon pauvre Baptiste, lui dit le prince, puisque ton confesseur t'a fait brûler ton opéra d'*Armide*? — Hélas! oui Monseigneur! — Et tu as pu te décider à jeter au feu un si grand ouvrage? — Paix, paix, Monseigneur, parlez plus bas, j'en ai gardé une copie ».

Courtisan habile autant que compositeur de grand mérite, Lully était aussi violent que bon :

« Pour l'orchestre, dit Dom Caffiaux, il avoit l'oreille si fine, que du fond du théâtre il déméloit un faux ton, accouroit, et disoit au violon : C'est toy, il n'y a pas cela dans la partie! Plus d'une fois, il a rompu le violon sur le dos de celuy qui n'exécutoit pas à son gré; mais la répétition finie, Lully l'appeloit, lui payoit son violon au triple, et le menoit dîner avec lui [1]. »

En battant la mesure avec sa canne, pendant l'exécution d'un *Te Deum* qu'il avait composé pour célébrer la convalescence de Louis XIV, Lully se frappa au pied, et mourut, âgé de cinquante-quatre ans, des suites de la blessure qu'il s'était faite. Sa fortune était considérable, il laissa de nombreux immeubles, plus, six cent cinquante mille livres d'or dans ses coffres. Il fut inhumé dans l'église des Petits-Pères, près la place des Victoires, où sa famille lui fit élever un superbe tombeau.

VII

Du temps de Lully, les joueurs de violon n'étaient que des ménétriers plus ou moins habiles, bons seulement pour faire danser ; et le plus faible de nos violonistes déchiffrerait

---

1. Dom CAFFIAUX. *Histoire de la musique.* (Ms. bibl. nat., n° 22, p. 536-537.)

sans hésiter la partie des *Songes funestes d'Athys*, que Lully
donnait à exécuter, comme épreuve, à ceux qui se présen-
taient à lui, pour faire partie de son orchestre. Ainsi
s'explique le peu de considération accordé au violon à ses
débuts.

On pourrait croire qu'il fut maltraité alors parce qu'il
continua dans les fêtes le rôle du rebec, avec lequel on l'iden-
tifiait; mais il n'en est rien ! *Il est bon joueur de rebec*, voulait dire *un homme habile*; tandis que : *C'est un plaisant violon*, ou simplement *un violon*, était un terme de mépris :
« *Traiter un homme de violon, c'est comme si on le mettoit au rang
des ménétriers qui vont de cabaret en cabaret jouer du violon et
augmenter la joie des ivrognes* », se lit aussi dans le *Dictionnaire de Trévoux*. Castil Blaze doit donc avoir raison, lorsqu'il dit :

« Le luth, la viole, le téorbe, le clavecin étaient les instruments favoris des amateurs peu nombreux qui culti-
vaient la musique. Un fashionable aurait rougi si on l'avait
surpris un violon à la main ; c'était l'instrument du ménétrier, du maître à danser ; et si quelques amateurs jouaient
du violon, c'était pour leur usage particulier ; ils n'osaient
pas toujours avouer ce travers[1]. »

M. Arthur Pougin, a publié dans *Le Ménestrel* une étude
intéressante où il fait connaître les noms de quelques
joueurs de violon que l'on doit considérer comme étant
les élèves de Lully[2]. Ce sont : Lalouette et Colasse, qui
furent chefs d'orchestre, ou plutôt *batteurs de mesure*, sous
ses ordres ; Joubert, puis, Jean-Baptiste Marchand, à la fois
joueur de luth (luthérien, comme on disait alors), de la
Chambre du roi, et dessus de violon à la Chapelle ; Rebel
père, lequel habitait, en 1667, rue Froidmanteau, et qui est
probablement le chef de la dynastie des Rebel ; et La Lande,

1. Castil-Blaze. *Chapelle-musique des rois de France*, p. 88.
2. *L'Orchestre de Lully*, par Arthur Pougin. *Le Ménestrel*, février et mars 1896.

ancien laquais, puis valet de chambre du maréchal de
Grammont, qu'il ne faut pas confondre avec le compositeur
Michel Richard de La Lande.

VIII

Voici les noms de deux cent-dix violons, « dessus,
haute-contre, taille, quinte, basse et grosse basse », qui,
de Louis XIII à Louis XVI, firent partie des Musiques de la
Chapelle, de la Chambre (grands et petits violons), de la
Grande Écurie (grands hautbois et violons), de la reine et
de Monsieur, frère du roi[1] :

Chevalier, Boileau, Jacques Cordier dit Bocan (dont il
a déjà été question), Lazarin et Foucard étaient au service
de Louis XIII, ainsi que François Richomme, nommé roi
des violons en 1620, et Louis Constantin, qui porta également la couronne ménétrière de 1624 à 1655.

C'est en 1652 que J.-B. Lully devint un des vingt-quatre
violons. Michel Mazuel, nommé compositeur de la
musique de cette Bande au mois de mai 1654, devait certainement être au nombre des exécutants, car il fut un des
signataires de l'acte passé entre les Doctrinaires et la Corporation des Ménétriers en 1664[2].

Élevé à la dignité de roi des violons en 1655, Guillaume

1. On a vu plus haut, que : « Nicolas Pyronet, Jehan Henry, Jehan Fourcade,
Claude Pironet, Pierre de Cainguillebert, Paule de Milan, Nicolas de Lucques et
Dominique de Lucques, tous violons et joueurs d'instrumens du Roy », accom-
pagnèrent François Ier à Lyon, en 1533; et que Baltazarini, prenait le titre de :
« violons de la Chambre du Roy ».

2. Depuis leur fondation, la chapelle et l'hôpital de Saint-Julien furent desservis
par des prêtres de la paroisse Saint-Merry; mais le 22 novembre 1644, l'archevêque de Paris, transféra tous les droits et privilèges qui en dépendaient aux
Pères de la doctrine chrétienne. Ceux-ci se considérant comme les véritables
propriétaires, réunirent, en 1649, la chapelle à leur congrégation, et s'appro-
prièrent le revenu de l'hôpital. La corporation des ménétriers protesta, et après
bien des difficultés une transaction toute à l'avantage des joueurs d'instruments
eut lieu le 15 avril 1664.

Dumanoir Ier, qui faisait alors partie des vingt-quatre, démissionna en faveur de Pierre Corneille ; mais Louis XIV, craignant que son départ ne portât préjudice à ce corps de musique, créa pour Dumanoir une charge de vingt-cinquième violon de la Chambre, et, de plus, lui confia la direction de la Bande, que l'on continua à appeler les vingt-quatre violons, quoique leur nombre eût été porté à vingt-cinq[1].

Ce doit être par erreur que *l'État de la France de l'année 1702* mentionne « Jàque de la Quièze l'aîné » comme dessus de violon de la petite Bande depuis 1651, puisque celle-ci ne fut constituée que plus tard ; mais il est très probable qu'il en fit partie dès le début, c'est-à-dire en 1655. Nommé au même emploi à la Chapelle, en 1660, il était pensionnaire de la Musique de la Chambre en 1702 et touchait à ce titre 1.200 livres « païéz sur les Menus ». Il figurait encore à cette époque dans les violons du Cabinet, et, six ans plus tard, en 1708, parmi ceux de la Chapelle[2].

CHEVALET D'ALTO
D'A. STRADIVARI

Il y a aussi une erreur similaire dans le même ouvrage au sujet de Nicolas Roullé, porté comme joueur de « taille » dans les violons du Cabinet depuis 1652[3]. Il ne put, ainsi que Jacques de la Quièze, y entrer qu'à la création. Le 2 septembre 1682, Nicolas Roullé fut admis dans les vingt-quatre violons, à la place « d'Estienne Bonnard[4] ». On ne sait à quelle époque celui-ci avait été nommé.

Dessus de violon de la petite Bande, en 1659, Pierre

1. *Arch. nat.*, Reg. secr., O[7], fol. 153.
2. *L'État de la France*, 1702, p. 229 et 232 ; 1708, p. 47.
3. *L'État de la France*, 1702, p. 233.
4. *Arch. nat.*, O[26], fol, 280.

Huguenet l'aîné devint joueur de « taille » à la Chapelle en 1661. Il tenait le même emploi dans la Musique de la reine, en 1683. On le trouve encore dans les violons du Cabinet en 1702, et à la Chapelle en 1708 [1].

Quatre petits violons furent nommés en 1660 : Claude Alais, basse de violon, toujours titulaire en 1702 [2]; Augustin le Peintre, dessus de violon, que l'on voit entrer à la Chapelle en 1679, figurer dans la Musique de la reine en 1683, encore violon du Cabinet en 1702, et de la Chapelle en 1708 [3]; Nicolas de la Quièze le cadet, dessus de violon, qui n'avait pas quitté son emploi en 1702 [4], et Prosper Charlot, basse de violon, lequel devint symphoniste de la Chapelle l'année suivante (1661) [5] et obtint une place dans la grande Bande, le 4 novembre 1672, par suite de la destitution de Pierre Housseuille [6] (fait que nous avons déjà relaté). Augustin Charlot, son frère, reçut la survivance de cette charge; mais sept jours plus tard, le 11 novembre 1672, ils démissionnèrent et Philippe Bazancourt leur succéda [7]. Prosper Charlot faisait toujours partie de la petite Bande en 1702, et de la Chapelle en 1708. De même que Jacques de la Quièze l'aîné, il figure, en 1702, comme pensionnaire de la Musique de la Chambre, à 1.200 livres [8]. Augustin Charlot ne nous est connu que par le brevet nommant Bazancourt.

Claude Desmatins, basse de violon, fut admis dans la grande Bande, le 15 juillet 1663 [9]. La même année, Pierre Chabanceau de la Barre « joüe du théorbe, ou de la grosse basse de violon » à la Chapelle, où on le voit encore en 1708 [10].

1. *L'État de la France*, 1683, p. 433; 1702, p. 232; 1708, p. 48.
2. *L'État de la France*, 1702, p. 233.
3. *Id.*, 1702, p. 233, 1708, p. 47.
4. *Id.*, 1702, p. 233.
5. *L'État de la France*, 1708, p. 48.
6. *Arch. nat.*, O⁴16, fol. 197.
7. *Arch. nat.*, O⁴16, fol. 199, verso.
8. *L'État de la France*, 1702, p. 229.
9. *Id*, 1702, p. 231.
10. *Id.*, 1708, p. 48.

En plus de Guillaume Dumanoir et de Michel Mazuel, déjà cités, la transaction passée, « le XVᵉ jour d'avril 1664 » entre les Pères de la Doctrine chrétienne et la Corporation, nous fait connaître les noms de seize violons du roi dont les dates de nominations sont ignorées. Ce document débute ainsi :

« Par-devant les notaires gardenotes du Roy nostre sire, en son chastelet de Paris subsignez, furent présents :

« Guillaume Dumanoir, roy et maistre de tous les joüeurs d'instrumens tant hauts que bas du Royaume, Jacques Brulard et Michel Rousselet, maistres en charge de la communauté, Michel Mazuel, Pierre Dupin, Antoine des Noyers, Jean Brouart, Jean-Mathurin Monthau, Pierre Delabel, Louis Levasseur, Jacques Chicanneau, Henry Letourneur, Nicolas de la Voizière, Nicolas Leroi, Nicolas le Mercier, Guillaume Gronville, Michel Verdier et Jean Dubois, tous maistres et joüeurs de violon ordinaires de la Chambre du Roy [1]... »

Pendant l'année 1665 : François Fossard, dessus de violon, et Robert Martineau, basse, entrèrent dans la petite Bande, où ils se trouvaient encore en 1702 [2].

Sébastien Huguenet le cadet devint joueur de « haute-contre » dans les violons du Cabinet, en 1667, à la Chapelle, en 1673, et occupait le même emploi dans la Musique de la reine, en 1683. Il était toujours titulaire à la Chapelle, en 1708 [3].

Jean-Baptiste Bassus fut nommé dessus de violon à la grande Bande, le 26 mars 1668 ; il n'avait pas quitté sa charge en 1702. C'est aussi en 1668, que Michel-Guillaume Duma-noir II succéda à son père dans la royauté ménétrière et comme vingt-cinquième violon. Cette dernière charge fut supprimée, en 1695, lors de sa démission de roi des violons.

1. *Arch. nat.*, section domaniale, carton 9, 1215. (Cité par A. Vidal.)
2. *L'État de la France*, 1702, p. 233.
3. *L'État de la France*, 1708, p. 48.

Pendant l'année 1669 il y eut deux nouveaux titulaires dans la grande Bande : Urbain Reffier, basse de violon, et son fils à survivance, le 11 janvier; et Pierre Joubert, dessus de violon, le 15 décembre[1].

Le 24 octobre 1672, « Jâque Qualité de la Chapelle » devint joueur de « quinte » dans la grande Bande[2]. Son fils, qui se nommait aussi Jacques, avait la survivance de cette charge. En 1673, « Jâque le Roy » fut admis, comme « quinte », dans les violons du Cabinet[3]. François Chevalier y entra l'année suivante (1674), en qualité de « taille[4] ». Toujours en 1674, Guilllaume Chaudron succéda à son père, qui s'appelait également Guillaume Chaudron, et le 15 janvier 1675, il eut lui-même pour successeur François Chaudron, son fils, troisième du nom[5].

Nommé à une date inconnue dans la grande Bande, Nicolas Varin démissionna, le 7 février 1676, en faveur de Charles Varin, son fils[6]. Jean-François Fanier remplaça aussi son père dans les vingt-quatre, le 14 février 1676[7]. Le 3 septembre suivant, Augustin-Jean Le Peintre obtint la survivance de la charge occupée par Nicolas Le Mercier[8], l'un des signataires de la transaction passée en 1663. C'est aussi en 1676, le 13 novembre, que François-Florant Chevalier devint dessus de violon à la Chambre[9].

La nomination de François Chovelle (ou Choël) dessus de violon se fit le 19 février 1677. Thomas du Chesne en avait la survivance[10].

---

1. *L'État de la France*, 1702, p. 230 et 231.
2. *L'État de la France*, 1702, p. 233.
3. *Id.*
4. *Id.*
5. Ce sera toujours d'un violon ordinaire de la Chambre, c'est-à-dire de la grande Bande, dont il sera question, lorsque le nom du titulaire ne sera suivi d'aucune indication.
6. *Arch. nat.*, O¹20, fol. 68.
7. *Arch. nat.*, O¹20, fol. 68.
8. *Arch. nat.*, O¹20, fol. 264.
9. *L'État de la France*, 1702, p. 230.
10. *L'État de la France*, 1702, p. 230.

Le 21 novembre 1678, « Vincent Pézan » (ou Pesant) succéda, comme « taille » des vingt-quatre, à « Laurent Pesant »,

Joueur de violon de chez le Roy

L'UN DES VINGT-QUATRE VIOLONS DU ROY

son fils, décédé[1]. Nous ne savons à quelle date celui-ci avait
été nommé, ni quand François Pesant, troisième du nom,

1. *L'Etat de la France*, 1702, p. 231.

prit la place de Vincent Pesant. François acheta une des quatre charges de juré-syndic, en 1691.

Jean-Noël Marchand l'aîné fut nommé dessus de violon à la petite Bande en 1679[1]. Il tenait le même emploi dans la Musique de la reine en 1683[2].

Deux violons de la Chambre dont on ignore les nominations : Dominique Clérambault et Nicolas de la Place, décédés, furent remplacés, en 1682, par Jacques Vielle, le 12 janvier[3], et Jean Le Roux, le 8 décembre[4].

Pierre Gilbert devint « basse » des vingt-quatre, le 8 février 1683. Jean-Baptiste la Fontaine obtint le même emploi dans les violons du Cabinet en 1684[5]. Ce dernier était basse de violon à la Chapelle depuis un an[6]. Fossart, qui figure aussi en 1683, comme « joüeur de quinte de violon » dans la Musique de la reine, n'est mentionné dans aucune autre Bande[7].

Nicolas Varin, « taille » des vingt-quatre, eut Jean Aubert pour successeur le 30 mars 1686[8]. Celui-ci fut juré-syndic en 1691. « Jean-Baptiste Maulnoury » fut nommé basse de violon de la grande Bande le 19 août 1686[9]. La nomination de Jean-Noël Marchand, dessus de violon à la Chapelle, se fit aussi dans le courant de l'année 1686[10].

Il y eut quatre nouveaux titulaires dans la grande Bande en 1687 : Jacques-Nicolas Moyen comme « taille », le « 20 may[11] » ; « Jean Rotie de la Fosse », quinte de violon, avec son fils à survivance, le 23 juin ; Thomas du Chesne,

---

1. L'État de la France, 1702, p. 233.
2. L'État de la France, 1683, p. 432.
3. Arch. nat., O¹26, fol. 8.
4. Arch. nat., O¹26, fol. 361.
5. L'État de la France, 1702, p. 231 et 233.
6. Id., 1708, p. 48.
7. L'État de la France, 1683, p. 433.
8. L'État de la France, 1702, p. 231.
9. Id.
10. L'État de la France, 1708, p. 47.
11. L'État de la France, 1702, p. 231.

dessus de violon[1] (il avait déjà la survivance de François
Chovelle depuis 1677, et fut juré-syndic en 1691); et Jean
Senaillé, le 1er septembre[2]. Les trois premiers remplaçaient :
Nicolas Roullé, Jean-Augustin Le Peintre et Pierre Huguenet. On a vu que celui-ci était à la petite Bande, à la Chapelle, à la Musique de la reine; nous ne savons quand il
était entré dans les vingt-quatre.

Gilbert Bossard, joueur « de taille », succéda à Pierre
Vielle, dans les vingt-quatre, le 10 juin 1688. « Il est aussi
valet de chambre de Madame la Duchesse[3] ». » Pierre-
François Le Mercier, dessus de violon, entra aussi à la
Chambre, le 22 novembre 1688[4]. Charles Huguenet fut
nommé « haute-contre », dans les violons du Cabinet en
1689. Il entra à la Chapelle en 1702[5]. Une charge des vingt-
quatre fut donnée à François Marillet de Bonnefons, en 1690.
Nicolas Baudry obtint une place de dessus de violon, à la
grande Bande, le 16 juillet 1691[6]. Il remplaçait Jean
Fanier. (On ne sait à quelle date celui-ci avait été nommé.)
Jacques Qualité démissionna la même année en faveur de
son fils, qui s'appelait aussi Jacques Qualité. C'est encore
en 1691 que Jean-Baptiste Marchand, le cadet, entra comme
dessus de violon à la Chapelle et dans la petite Bande[7].

Le 18 novembre 1692, « Jâque Buret », basse de violon[8],

1. Arch. nat., O¹31, fol. 189.
2. L'État de la France, 1702. p. 230.
3. L'État de la France, 1702. p. 231.
4. L'État de la France, 1702, p. 230.
5. L'État de la France, 1702, p. 233; 1708. p. 48.
6. L'État de la France, 1702, p. 230.
7. L'État de la France, 1702, p. 233; 1708, p. 47.
Nous lisons dans le Livre commode de 1691, au chapitre « des Menus plaisirs »,
p. 48 : « MM. Thoüin, rûe de la Verrerie, du Bois, rûe des Fossez-Saint-Germain-
des-Prez et de l'Isle, rûe Saint-Honoré sont d'ailleurs renommés pour le dessus
de violon ». Et dans la même publication de l'année 1692 : « Maîtres pour le
dessus de violon. MM. Favre, rûe Saint-Honoré, Le Peintre, à Versailles, Thoüin,
rûe de la Verrerie, Verdier, rûe du Chantre, Baptiste, cloître Saint-Honoré, du
Bois, rûe des Fossez-Saint-Germain, de l'Isle, rûe Saint-Honoré, Charpentier,
rue de la Harpe, du Chesne, rûe Aubry-Boucher, Jobert, rûe Saint-Antoine,
Marchand, rûe de Berry, etc. »
8. L'État de la France, 1702. p. 231.
11.

5

succède dans les vingt-quatre à Simon de Lespine. (On ne sait quand celui-ci avait été nommé.) Jean-Baptiste Reffier remplace Urbain Reffier, son père, le 12 février 1794.

On connaît les violons de Monsieur, frère du roi, pour l'année 1694, par ce document :

« *Les neuf violons de Monsieur frère du Roy* : quittance de 1,800 livres pour gages et nourriture pendant le second semestre de l'année 1694, signée des noms suivants : Jacques Duvivier, J.-B. Prieur, Jacques Nivelon, Edme Dumont, Pierre Marchand, J.-B. Anet, Guillaume Dufresne [1] ».

En janvier 1695 : Pierre le Peintre, dessus de violon, succède à Antoine Desnoyers (l'un des signataires de 1664) et Joseph Marchand, basse de violon, à François Chaudron, décédé. Joseph Marchand démissionna, le 31 octobre de la même année, en faveur de Pierre Marchand, son père. Celui-ci, que nous venons de voir parmi les violons de Monsieur, obtint aussi une place à la Chapelle en 1695 [2]. « Le Route de la Fosse » remplaça « Le Routy », son père, quinte des vingt-quatre, démissionnaire, le 12 juin 1697 [3]. La liste se termine, pour le XVIIe siècle, par la nomination dans la grande Bande, le 8 février 1699, de Baptiste Anet, dessus de violon, à la place de François Marillet de Bonnefons, décédé [4].

Charles du Chesne, nommé dans les vingt-quatre le 10 août 1700, à la place de son père Thomas du Chesne, ouvre le XVIIIe siècle [5]. Vient après, Louis Pénard, qui le

---

1. Signatures originales. Tiré de la collection de M. le marquis de Saint-Hilaire. Cité par A. Vidal. *Les instruments à archet*, t. II, p. 247, renvoi 1. On remarquera qu'il n'y a que sept signataires au lieu de neuf.
   Duvivier, Nivelon, Dumont, Marchand (est-ce le même?) et Dufresne, étaient symphonistes à la Comédie-Française, en 1674. (Voir Jules Bonnassies, *La musique à la Comédie-Française*, p. 15.)
2. *L'État de la France*, 1708, p. 48.
3. *Arch. nat.*, O¹44, fol. 101.
4. *Arch. nat.*, O¹43, f. 53.
5. *Arch. nat.*, O¹44, fol. 339

1ᵉʳ mars 1702, entra dans la grande Bande en remplacement de Jean-Baptiste Reffier, démissionnaire[1].

Un nommé Charpentier (Pierre[2]), et Antoine Hardelay, figurent en 1702 parmi les violons du Cabinet, le premier en qualité de « taille », le deuxième comme « quinte de violon »; mais la date de leurs entrées n'est pas connue[3].

On n'est pas renseigné non plus sur les nominations des « Douze Grands Hautbois et Violons de la Grande Écurie anciennement appeléz Grands Hautbois, Cornets et Saqueboutes », qui faisaient partie de ce corps de musique en 1702, et que voici : « Jean Rousselet, Loüis Haüteterre, Nicolas Haüteterre, Jàque Marillet de Bonnefons, François Buchot, André Danican Philidor (hautbois, flûte et basse de cromorne à la Chapelle en 1682 et dessus de hautbois dans les violons du Cabinet en 1690), et Anne Philidor son fils en survivance, Jàque Danican Philidor (gros basson, à la quarte à l'octave à la Chapelle depuis 1683 et basson

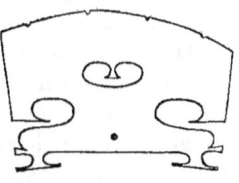

CHEVALET ITALIEN DE VIOLON
(XVIIIᵉ siècle).

des violons du Cabinet en 1690), et Pierre son fils en survivance, Jean Haüteterre, Gille-Alain-François-Jérôme Cochinat, Jàque-Jean Haüteterre, Jean Hames, Desjardins[4]. »

Le 1ᵉʳ janvier 1703, Charles Goupy remplaça Pierre-François Le Mercier, dans la grande Bande[5]. Guy Le Cler obtint la succession de Louis Pénard, le 22 avril 1704[6]. La

1. *Arch. nat.*, O⁴46, fol. 28.
2. « Pierre Carpentier, maître à danser pour les pages de Mᵐᵉ la dauphine 180 livres. » *L'État de la France*, 1712. Était-ce le même?
3. *L'État de la France*, 1702, p. 233.
4. *L'État de la France*, 1702. p. 564.
Un Philippe Desjardins était dessus de hautbois dans les violons du Cabinet depuis 1690.
Nous avons donné les joueurs de trompette marine de la Grande Écurie dans le premier volume. p. 176.
5. *Arch. nat.*, O⁴47, fol. 1.
6. *Arch. nat.*, O⁴48, fol. 61.

même année, Pierre Le Peintre (déjà dessus de violon à la
Chambre depuis 1695), et « Jàque Huguenet », devinrent
dessus de violon à la Chapelle [1].

Dans la grande Bande, en 1706 : Joseph Francœur succède à Simon de Saint-Père, le 8 mars (on ne sait quand
celui-ci avait été nommé); Jacques Roque à Nicolas Bernard, le 16 mai; et Joseph Marchand à François Choël,
décédé, le 20 août [2].

Une seule nomination à la Chambre, en 1707, celle de
Jacques Jolly, du 13 juin, au lieu et place de Gilles Bois-
sard [3]. Claude Desmatins, basse de violon des vingt-quatre,
démissionna le 16 septembre 1709, en faveur de Noël Converset [4].

Il se fit deux nominations dans la Bande des vingt-quatre,
en 1710. Charles-Henri Le Roux, qui, le 21 mai, succéda à
Jean Aubert, décédé [5] et Louis Francœur en remplacement
de Baptiste Anet, démissionnaire le 8 juin [6].

Augustin Le Peintre occupa la charge de Pierre Le
Peintre, son fils, dans la grande Bande, le 7 décembre 1711 [7].
Nicolas-Gabriel Moyen remplaça Jacques-Nicolas Moyen,
quinte de violon des vingt-quatre, le 30 mars 1712 [8].

En 1713, la charge de Charles du Chesne passa le 30 juillet, à Thomas du Chesne, son fils [9]; et celle de Jean Senaillé

---

1. *L'État de la France*, 1708, p. 47 et 48.
2. *Arch. nat.*, O¹50, fol. 106.
3. *Arch. nat.*, O¹51, fol. 113, verso.
4. Un Converset était symphoniste à la Comédie-Française en 1673.
5. *Arch. nat.*, O¹54, fol. 76.
6. Il y eut deux violons nommés Baptiste Anet, le père et le fils. Le premier,
connu sous le nom de Baptiste le père, était élève de Lully. Son fils, presque
toujours désigné par son prénom de Baptiste, alla étudier à Rome avec Corelli.
7. *Arch. nat.*, O¹55, fol. 189, verso.
« Le Peintre pour jouer du violon chez le dauphin (duc de Bourgogne)
400 livres sur le trésor royal, quelques gratifications et 600 livres de Monseigneur
le dauphin. »
« Augustin Le Peintre pour jouer du violon à 500 livres par le trésorier de
Madame la dauphine. »
L'État de la France, année 1712.
8. *Arch. nat.*, O¹56, fol. 88.
9. *Arch. nat.*, O¹57, fol. 128.

à Jean-Baptiste Senaillé son fils[1], élève de Querversin et de Baptiste.

Pierre Joubert, décédé, eut François Duval pour successeur, le 22 janvier 1714[2] (Duval était déjà à la Chapelle); et Pierre Brunet fut nommé, le 20 mars de la même année, en remplacement de Jacques Qualité[3]. Pierre Gouin De Lalande obtint, le 9 avril 1715, la charge de François Pesant[4]. Augustin Le Peintre démissionna, le 16 janvier 1716, en faveur de Augustin-Jean Le Peintre son fils[5].

A Jean-Féry Rebel (dont on ignore la nomination) succéda François Rebel, son fils, le 22 août 1717[6]. Jean-Charles Baudy occupa la charge de Nicolas Baudy, son père, le 1er avril 1719[7]. On ne sait rien de la nomination de Jean-Baptiste Balus, lequel fut remplacé, après décès, par Charles-Frédéric-Grégoire La Ferté, le 1er juillet 1719[8]. Celui-ci démissionna bientôt et eut Claude Deshayes pour successeur, le 14 janvier 1720[9]. Le 17 juillet suivant fut signé le brevet nommant Jean Le Clerc[10].

Le 16 mai 1721, Jacques Roque démissionna en faveur de son fils, qui se nommait aussi Jacques Roque. En 1723, Gabriel Besson remplaça François Duval, le 26 janvier[11]; et Pierre-Maurice Gilbert obtint la survivance de Pierre Gilbert, son père, le 6 mai[12]. Jacques Aubert succéda à Noël Converset, démissionnaire, le 14 décembre 1727[13].

Il y eut trois violons de nommés en 1729 : Giovanni Madonis, Pierre Piffet, le 7 août, à la place de François

---

1. *Arch. nat.*, O¹57, fol. 4, verso.
2. *Arch. nat.*, O¹58, fol. 16.
3. *Arch. nat.*, O¹58, fol. 57.
4. *Arch. nat.*, O¹59, fol. 62.
5. *Arch. nat.*, O¹60, fol. 27, verso
6. *Arch. nat.*, O¹61, fol. 128.
7. *Id.*, O¹63, fol. 89, verso.
8. *Id.*, O¹66, fol. 170.
9. *Id.*, O¹22, fol. 214, verso.
10. *Id.*, O¹64, fol. 6, verso.
11. *Id.*, O¹67, fol. 38 et 39.
12. *Id.*, O¹47, fol. 77.
13. *Id.*, O¹71, fol. 379.

Rebel, démissionnaire; et Pierre Labbé, à celle de Pierre
Brunet, également démissionnaire[1]. Le successeur de J.-B.
Senaillé fut François Francœur, 22 octobre 1730[2]. Charles-
Philippe Marchand remplaça Joseph Marchand son père, le
1er mars 1731[3]. J.-M. Leclair, nommé aussi en 1731, resta
fort peu de temps; il figure à la Chapelle en 1736. Louis
Aubert succéda à Joseph Francœur, le 24 avril 1732[4].

En 1733, nous voyons : Charles-Nicolas Le Clerc succéder, le 6 janvier, à Jacques Jolly démissionnaire[5]; Jean-
Baptiste-Joseph Massé à Charles Goupy, le 28 septembre;
et Jean-Fiacre-Laurent Belleville à Guy Le Clerc, le 19 janvier[6]. Antoine-Joseph Piffet devint titulaire, le 20 mars 1734,
en remplacement de Thomas du Chesne; et Jacques Maulnory, le 14 avril 1735. Ce dernier à la place de Jean-Baptiste
Maulnory, probablement son père, qui était basse de violon
depuis le 19 août 1686.

Un certain nombre des violons ordinaires de la Chambre
figurent parmi les symphonistes de la Chapelle, en 1736.
Ce sont : J.-M. Leclair, Gabriel Besson, Pierre Gouin de
Lalande, Augustin Le Peintre, Joseph Marchand, Charles-
François-Grégoire la Ferté et Jean-Fiacre-Laurent Belleville. Nous ignorons si Michel Mathieu, dessus de violon à
la Chapelle, la même année, fit partie de la grande Bande.
Mais Pierre Guignon, qui était à la Chapelle, à cette époque, entra un peu plus tard à la Chambre.

Mondonville devint violon ordinaire, vers 1737. Il était
toujours à la Chapelle en 1749. Furent nommés, en 1738 :
Louis-Gabriel Guillemain et René-Placide Caraffe; celui-ci,
le 4 mars, en remplacement de Placide Caraffe, son père,
décédé, qui avait été admis à une date inconnue. En 1739,

1. *Arch. nat.*, O¹72, fol. 424, verso.
2. *Id.*, O¹74, fol. 409.
3. *Id.*, O¹75 fol. 134, verso.
4. *Id.*, O¹76, fol. 220, verso.
5. *Id.*, O¹75, fol. 134, verso.
6. *Id.*, O¹77, fol. 18, verso.

nous voyons : André Castagneric succéder à Jean-Charles Baudy, le 15 avril [1] ; et Victor Bourdon à Augustin Le Peintre, le 4 novembre [2].

C'est en faveur de Louis Forcade que démissionna Jacques Maulnory, le 13 août 1740 [3]. François-Florent Chevalier fit de même pour Charles Gillet, en 1745. Furent nommés, en 1746 : Charles-Alexandre Vallé, le 24 février, comme successeur de Nicolas Moyen ; Guillaume Bauduc, le 26 août ; Louis-Joseph Francœur, le 17 septembre, à la place de Louis Francœur, son père, décédé ; et Gabriel Caperan, le 29 décembre. Celui-ci devint directeur du Concert spirituel en 1750.

Charles Gillet fut remplacé, après décès, en 1747, par François Gillet, son fils. François Rebel et Jean Le Clerc démissionnèrent les 7 février et 24 mai 1748. Ils eurent pour successeurs : Laurent Périer [4] et Julien-Amable Mathieu [5].

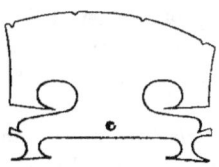

CHEVALET FRANÇAIS DE VIOLON
(xviiie siècle).

Pierre-Guillaume Dupont fut nommé, le 19 janvier 1749, en remplacement de Bertin Quentin [6]. La date de la nomination de celui-ci n'est pas connue.

On trouve de nouveaux titulaires à la Chambre, en 1746 : Louis-Gabriel Besson, en survivance pour la charge de Gabriel Besson, son père ; Nicolas Le Roux, qui était déjà symphoniste de la Chapelle en 1736 ; François Rebel, en survivance de Jean Rebel, son père ; André Casteigner, en survivance de Jean-Charles Baudry ; Charles-Nicolas Le Clerc, en survivance de Jacques Jolly ; et Etienne-Louis Aubert, en survivance de Jacques Aubert, son père. Bertin

---

1. *Arch. nat.*, O¹83, fol. 287.
2. *Id.*, O¹83, fol. 424.
3. *Id.*, O¹84, fol. 373.
4. *Id.*, O¹92, fol. 63.
5. *Id.*, O¹92, fol. 233, verso.
6. *Id.*, O¹93, fol. 7, verso.

Quentin y figure encore, il est vrai qu'il ne fut remplacé, que le 19 janvier, par Pierre-Guillaume Dupont[1].

Comme symphonistes à la Chapelle, en 1749, nous remarquons aussi : Dauvergne, Luc et Cannavas le jeune[2].

La démission de Louis Forcade valut à Nicolas Vibert d'être nommé, le 28 décembre 1752. Celle de Charles-Joseph Marchand, survenue le 29 avril 1753, motiva l'entrée d'Antonio Toresani[3]. Pendant la même année 1753, le 29 octobre, Pierre-Louis Piffet devint aussi titulaire.

Deux brevets furent signés le 5 septembre 1754, ceux de Louis-François-Barthélemy Piffet, et d'Antoine Piffet, probablement les frères ou les parents du précédent. Un autre violoniste du même nom, Etienne Piffet, se fit entendre avec succès au Concert spirituel, le 23 avril 1753.

Le 14 janvier 1758, Jean-Baptiste Chrétien remplaça Charles Goupy démissionnaire[4]. On ignore la nomination de celui-ci. En 1756, nous voyons : Louis-François Patouart succéder le 19 avril à Pierre Labbé, démissionnaire[5]; Pierre Roche à François Francœur, le 27 juin[6]; et François Sallantin à Jean-Charles Baudry, démissionnaire, le 10 décembre.

Gabriel Caperan, démissionnaire le 30 mai 1759, eut Joseph Exudet pour successeur[7]. Les 1er et 18 décembre 1760, Louis-Gilles Chrétien prit possession de la charge de Jean-Baptiste Chrétien, son père, décédé[8], et Pierre-Antoine-Amédée Rozetti de celle de Pierre Gouin De Lalande.

On sait que la grande Bande des vingt-quatre fut supprimée en 1761.

Les derniers nommés à la Chapelle furent : Louis-André

1. L'État de la France, 1749, p. 311.
2. L'État de la France, 1749, p. 314 et 315.
3. Arch. nat., O¹97, fol. 113.
4. Id., O¹99, fol. 11 et 12.
5. Id., O¹100, fol. 146.
6. Id., O¹100, fol. 202.
7. Id., O¹104, fol. 617.
8. Id., O¹104, fol. 641.

Haranc, en 1761 (il devint le maître des Concerts de la
reine en 1775); Anton Stamitz, vers 1775; Rodolphe Kreutz-
zer, vers 1782; Marcou, en 1787; De Beauclair et Roussel,
vers la même époque. Ils figuraient tous parmi les violons
de Louis XVI, en 1792, lorsque la Musique du roi de France
fut supprimée.

IX

Lully fut le véritable roi des violons de son siècle, quoiqu'il n'en ait jamais porté le titre. Il avait été obligé, comme
les autres, de se faire recevoir de la Corporation des ménétriers, afin de pouvoir faire partie
de la Bande des vingt-quatre violons; mais on ne sait s'il sollicita
l'office de roi des violons, que
Louis XIV lui aurait probablement accordé.

CHEVALET FRANÇAIS DE VIOLON
(XVIIIᵉ siècle).

Toujours régie d'après les statuts de 1407, la Communauté de
Saint-Julien étendait sa juridic-
tion sur toute la France, et malgré l'opposition bien natu-
relle des ménétriers de la province, de véritables succur-
sales de la corporation de Paris furent établies dans les
principales villes du royaume.

Des pouvoirs pour la ville de Tours sont conférés à Nicolas
Estier, par un acte du 26 mars 1508 :

« Le maistre des ménestriers de France donne pouvoir
au nommé Nicolas Estier d'exercer dans la ville de Tours en
Touraine, pendant six années, les droits dont il jouit lui-
mesme[1]. »

Ces licences, accordées contre espèces sonnantes, don-

1. Bibl. de l'École des chartes, 1842-1843, t. IV, p. 534.

naient lieu à de nombreuses contestations, auxquelles
Dumanoir[1] espéra mettre fin avec de nouveaux statuts qu'il
obtint de Louis XIV. Nous les donnons *in extenso* parce
qu'ils montrent quelle était la situation des joueurs de violon
de ce temps-là.

Statuts et Ordonnances

*Faites par le Roy, pour l'exercice de la charge du roy des vio-
lons, maistres à dancer et joüeurs d'instrumens tant hauts que
bas, et la maistrise des dits violons, maistres à dancer et joüeurs
d'instrumens par toutes les villes de France :*

« I. — Les maistres, tant à Paris qu'ès autres villes de ce
royaume, seront tenus d'obliger leurs apprentifs pour quatre
années entières, sans qu'ils puissent dispenser dudit temps,
l'anticiper, ny descharger leurs brevets de plus que d'une
année : à peine contre lesdits maistres de cent cinquante
livres d'amende, applicables, un tiers au Roy, un tiers à la
confrairie de Saint-Julien, et autre tiers au roy des violons ;
et contre lesdits apprentifs qui auront surpris ou capté induc-
ment lesdites décharges pour plus longtemps, de pouvoir
jamais estre admis à la maistrise.

« II. — Lesdits maistres seront tenus, suivant l'ordre
accoustumé, de présenter leurs apprentifs, lorsqu'ils les
prendront, audit roy des violons, et faire enregistrer leurs
brevets sur leur registre, comme dans celuy de la communauté, pour lequel enregistrement ledit apprentif payera
audit roy trois livres, et aux maistres de confrairie trente
sols.

« III. — Lesdits maistres ne pourront enseigner les jeux

---

1. Dumanoir était à la fois chef des vingt-quatre violons, roi des ménétriers
et maître à danser de la Grande Écurie ; de plus, il figure dans les états de 1657
sous le titre de baladin, aux appointements de 180 livres par an.

Pour les noms des rois des ménétriers et des violons, voir t. I, pages 101 et
suivantes.

des instrumens et autres, qu'à ceux qui seront obligéz et
actuellement demeurant chez eux en qualité d'apprentifs : à
peine de cinquante livres, applicables comme cy-dessus.
Lorsque lesdits apprentifs, après leur temps d'apprentissage
expiré, se présenteront pour estre admis à la maistrise, ils
seront tenus de faire expérience devant ledit roy, lequel y
pourra appeler vingt des maistres que bon lui semblera,
pour les apprentifs, et dix pour les fils de maistres, et, s'il
les trouve capables, leur délivrera la lettre de maistrise.

« IV. — Tout apprentif à la maistrise, apprentif ou fils de
maistre, sera tenu de prendre les lettres dudit roy, et payera
à la bource de ladite communauté, pour son droit de réception et entrée, s'il est fils de maistre, vint-cinq livres seulement, et s'il est apprentif, la somme de soixante livres.

« V. — Le mary d'une fille de maistre, aspirant à la maistrise, entrera comme fils de maistre, et sera receu et traité
da la mesme façon.

« VI. — L'usage jusques-là observé à l'égard des violons
de la Chambre de Sa Majesté, pour la réception en la maistrise, sera continué, et ils y seront receus en conséquence
de leurs brevets de retenüe, et en payant par chacun, pour
son droit de réception, la somme de cinquante livres à la
boëtte de ladite communauté. Aucune personne régnicole ou
estrangère ne pourra tenir escole, monstrer en particulier
la dance ny les jeux des instrumens hauts et bas, s'attrouper
ny jour ny nuict pour donner sérénades, ou joüer desdits
instrumens en aucunes nopces ou assemblées publiques ou
particulières, ny partout ailleurs, ny géneralement faire
aucune chose concernant l'exercice de ladite science, s'il
n'est receu maistre ou agréé par ledit roy ou ses lieutenans,
à peine de cent livres d'amende pour la première fois contre
chacun des contrevenans, saisie et vente des instrumens, le
tout applicable, un tiers à Sa Majesté, un tiers à la confrairie
de Saint-Julien, et l'autre audit roy des violons ou ses lieutenans, et de punition corporelle pour la seconde. La sen-

tence de M. le Prevost de Paris, du 2 mars 1644, et l'arrêt
du Parlement du 11 juillet 1648 qui l'a confirmée, seront
exécutéz suivant leur forme et teneur; et conformément à
iceux, défenses sont faites tant aux maistres qu'à toutes
autres personnes de joüer des instrumens dans les cabarets
et lieux infasmes, et, en cas de contravention, les instrumens
des contrevenans seront sur-le-champ casséz et rompus,
sans figure de procès, par le premier commissaire ou ser-
gent requis par ledit roy ou l'un des maistres de la confrairie,
et les contrevenans emprisonnéz pour le payement de ladite
amende, laquelle ne pourra estre remise ou modérée sous
quelque cause que ce soit, ny les contrevenans estre élargis
qu'ils n'ayent actuellement payé.

« VII. — Les maistres des faux-bourgs et des justices
subalternes ne pourront faire aucun exercice dans les villes,
ny faire aucune jurande ny maistrise au préjudice dudit roy,
sur peine de cent livres d'amende applicables comme cy-
dessus.

« VIII. — Les violons privilégiéz suivant la Cour ne
pourront faire aucunes assemblées pour faire sérénades ny
joüer des instrumens, ny faire aucune chose concernant
ladite maistrise, en l'absence de Sa Majesté, en cette ville de
Paris.

« IX. — Si aucun apprentif, durant le temps de son
apprentissage, ou après celuy expiré, alloit joüer aux cabarets et lieux infasmes ou en autres lieux publics, comme
salles à faire nopces, il ne pourra jamais aspirer à la maistrise; au contraire, en sera perpétuellement exclu.

« X. — Les maistres ne pourront entreprendre les uns
sur les autres, ny aller au-devant de ceux qui auront besoin
d'eux, ny prendre autres que leurs compagnons pour joüer
avec eux; et quand ils seront loüéz à quelqu'un pour un ou
plusieurs jours, celuy qui aura promis, ny ses compagnons
qu'il aura choisis avec luy, ne pourront, pour quelque cause
que ce soit, se dispenser du service qu'ils auront promis,

entreprendre autres compagnies dans ledit temps, ou faire plusieurs marchéz à la fois, à peine de trente livres d'amende pour chaque contravention, applicable comme cy-dessus.

« XI. — Aucun maistre ne pourra associer ny mener avec luy pour joüer en quelque lieu que ce soit aucun privilégié suivant la Cour, apprentif, ni autre qui ne soit pas maistre ; et en cas de contravention, celuy des maistres qui sera trouvé contrevenant payera la somme de dix livres, et celuy qui n'est pas maistre, moitié moins.

« XII. — Chacun desdits maistres sera tenu de payer trente sols par chacun an, pour les droits de la confrairie de Saint-Julien, et les deniers provenant desdits droits et des amendes appliquées à ladite confrairie seront employéz à l'entretien de ladite chapelle de Saint-Julien, et les droits de boëtte aux nécessitez de ladite communauté.

« XIII. — Les maistres de confrairies, qui seront eleus par chacun an, seront tenus de rendre compte du provenu de tous lesdits droits en présence dudit roy des violons et des maistres de la salle ; et le rendant compte vuidera ses mains du reliquat, si aucun y a, en celles de celuy qui entrera en sa place.

« XIV. — Les fils de maistres pour leur réception en la maistrise payeront audit roy, outre les droits de boëtte, la somme de vingt livres, et aux maistres de confrairie cent sols.

« XV. — Les apprentifs payeront audit roy, outre les droits de boëtte, soixante livres, et aux maistres de confrairie, dix livres.

« XVI. — Et dans les autres villes que Paris, payeront aux lieutenans du roy et maistres de confrairie, moitié moins.

« XVII. — L'usage immémorial pour la réception des maistres de confrairie, et maistres de la salle, sera continué, et ce faisant, nul ne pourra estre receu maistre de la confrairie, qu'il ne soit maistre de la salle, sans le consentement dudit roy et des autres maistres de confrairie et de salle, et

autre jour que celuy de Saint-Thomas, et pour la réception
en ladite maistrise de salle, chacun de ceux qui y sera receu
payera à la boëtte, pour droit d'entrée, dix livres.

« XVIII. — Et parce que le roy des violons ne peut pas
estre présent dans toutes les villes de ce royaume, il luy
sera permis de nommer des lieutenans en chaque ville,
pour faire observer les présens statuts et ordonnances,
recevoir et agréer les maistres, auxquels lieutenans, toutes
lettres de provision nécessaires seront expédiées sur la
nomination et présentation dudit roy, et appartiendra en
tous rencontres, la moitié des droits dus, au roy, en chaque
réception d'apprentif ou de maistre.

« Registrées, ouy le Procureur général du Roy, pour
joüir par l'impétrant de l'effet y contenu, à la réserve du dou-
zième article desdits statuts qui demeurera réduit à quinze
sols suivant l'avis des anciens. A Paris, en Parlement, le
vingt-deuxième aoust, mil six cens cinquante-neuf. »

Mais ces statuts, où les prérogatives du roi des violons
sont si bien définies, ne mirent pas fin aux discordes, et
Dumanoir eut bientôt à se défendre contre quelques maistres
à danser.

Ceux-ci soutenaient que le roi des ménétriers n'avait pas
le droit de conférer la maîtrise de danse et que son pouvoir
se bornait aux simples violons.

Les maîtres danseurs séparatistes étaient au nombre de
treize : J.-F. Desairs, J. Regnault, Claude Quéru, J.-F. Pi-
quet, J. Grigny, Hilaire, Dolivet, J. et G. Reynal, Fleurand,
Galand, Desairs et G. Regnault. Ils réclamaient du roi
l'autorisation de fonder une académie spéciale de danse,
autorisation qui leur fut accordée, par lettres patentes du
30 mars 1662, et malgré l'opposition de Dumanoir, un arrêt
du Parlement, du 30 août de la même année, en autorisait
l'enregistrement.

Après les maîtres à danser vint le tour de Lully, lequel,

en 1672, s'opposa à ce que les instrumentistes de l'Opéra restassent tributaires de Dumanoir II, s'appuyant sur les lettres patentes qui l'avaient investi du monopole de l'Opéra, et accordées à un homme « qui eut assez de suffisance pour former des élèves tant pour bien chanter et actionner sur le théâtre, qu'à dresser des Bandes de violons, flustes et autres instrumens [1] ». Il obtint gain de cause par arrêt du Conseil, le 14 août 1673.

La création, en 1691, des quatre offices vénaux de jurés syndics, nous vaut une chanson satirique sur les maistres violons, et aussi un peu sur Louis XIV et Madame de Maintenon :

> Messieurs les maistres violons
> Jouez maintenant des chansons
> A l'honneur de ce roy de France,
> Car, puisqu'il a su de votre art,
> Augmenter encor sa Finance,
> Qu'il en ait part, qu'il en ait part *(bis)*.

> Comme messieurs les savetiers,
> Et comme les maistres fripiers,
> Votre corps s'érige en Maistrise,
> Vous pourrés jouer hardiment
> Toujours sottise sur sottise
> Gaillardement, gaillardement *(bis)*.

> Vous ne devez plus craindre rien,
> En ayant un Roy très chrétien
> Pour protecteur de la canaille ;
> Joués ainsi qu'il vous plaira
> A Paris ou bien à Versaille
> Les opéras, les opéras *(bis)*.

> Ma foy, si vous n'oubliés pas
> De lui présenter vos ducats,
> Un jour, il vous fera tous nobles,
> Car la noblesse d'aujourd'hui
> Auprès de luy sans rosenobles
> N'a plus d'appuy, n'a plus d'appuy *(bis)*.

---

1. FÉLIBIEN. *Histoire de la ville de Paris*, t. II.

La Noblesse et les Parlemens
Savent bien depuis quelque temps
Qu'aucun d'entre eux n'ose rien dire;
Ce sont des ours emmuzelés,
Que Louis sait très bien conduire
Tous par le nez, tous par le nez (*bis*).

Mais joués surtout un beau ton
A l'honneur de la Maintenon,
Quand Louis n'en devrait point rire,
Car la sultane d'aujourd'hui
N'a pas sur le Turc tant d'empire
Qu'elle en a sur luy, qu'elle en a sur luy (*bis*)[1].

Les clavecinistes et les organistes compositeurs, refusèrent, en 1694, de payer des droits de maîtrise à la corporation, et le Parlement leur donna raison par un arrêt du 3 mai 1695.

Quelques années plus tard, en 1707, les jurés-syndics engagèrent de nouveau la lutte avec les mêmes clavecinistes et organistes compositeurs, et ils furent encore battus.

En 1728, nouveau procès contre les musiciens attachés à l'orchestre de l'Opéra, et que des lettres patentes du 27 juin de la même année, autorisèrent à jouer aux fêtes publiques et particulières, avec défense à la corporation de les troubler dans la jouissance de ce droit.

Et tous les arrêts rendus contre la communauté en faveur des instrumentistes de l'Opéra, furent confirmés par le Roi, en 1732.

Pour mettre fin à cet état précaire de la corporation, Louis XV nomma Jean-Pierre Guignon roi des violons.

On lit dans les considérants des lettres patentes de sa nomination, datée de Versailles, le 15 juin 1741 :

« La survivance du dit office avait été accordée à Michel Guillaume Dumanoir fils, lequel s'en seroit volontairement

---

1. *Suite de la muse guerrière ou nouveau recueil de chansons sur les affaires du tems, comme aussi des airs d'opéra et autres, à Crémoïne, chez Pasquin le savoyard, à la rue des Prisonniers*, 1703. (Cité par Weckerlin, dans *Musiciana*, p. 96.)

démis en faveur de la Communauté des maîtres à danser, par acte passé devant notaires à Paris, le 1ᵉʳ décembre 1685. Mais cette réunion n'ayant pu être faite sans nos lettres d'autorisation, et étant d'ailleurs bien informés que, loin d'avoir été avantageuse aux maîtres d'instrumens et maîtres de danse, elle a donné lieu à un dérangement total dans les affaires de la Communauté, tant par l'inexécution de leurs statuts et règlemens, que par les dettes considérables que la mauvaise administration des jurés luy a fait contracter, nous nous sommes déterminés à faire revivre un office si nécessaire au rétablissement du bon ordre dans cette Communauté[1]. »

JEAN PIERRE GUIGNON
de Turin,
Roy des Violons.

J.-P. GUIGNON
(1702-1774).

Violoniste de grand talent, rempli de bonne volonté, Guignon espéra relever la Communauté de l'état d'abaissement moral où elle était tombée. Pour cela, par une ordonnance déjà citée, les ménétriers de bas étage ne furent autorisés à ne jouer que du rebec; puis, dans une assemblée générale des maîtres d'instruments et de danse de la ville de Paris et autres villes

1. *Arch. nat.*, reg. secr.. O, 85, fᵒˢ 179 à 181.

II.   6

du royaume, tenue, le 25 juin 1747, dans la grande salle de Saint-Julien, il soumit de nouveaux règlements, qui furent acceptés et homologués, le mois de juillet suivant, par lettres patentes du roi.

A peine mis au jour, ces statuts soulevèrent un tolle général. Les compositeurs clavecinistes et organistes refusèrent à nouveau de reconnaître l'autorité du roi des violons, et celui-ci dut s'incliner devant l'arrêt que le Parlement rendit en leur faveur, le 30 mai 1750; mais les plus grandes difficultés vinrent des prétentions excessives des lieutenants qui exerçaient en province.

Un nommé Barbotin avait acheté de la communauté une lieutenance générale héréditaire, qui comprenait à peu près les deux tiers du territoire de la France, et cela, moyennant quarante livres tournois pour le Bordelais, soixante livres pour deux autres provinces, etc., [1]. Entièrement maître de sa gestion, il avait cédé ses droits à des individus que rien n'indiquait pour remplir de telles fonctions : ainsi, c'était une sorte de charlatan, le sieur J.-O. Josson, qui avait le Maine et l'Anjou; l'Orléanais et la Bauce étaient gérés par Ch. Champion, garçon perruquier; Sauvajeau, cabaretier, administrait Blois; le Maire, marchand d'orviétan, trônait à Bourges, etc.

Tous ces délégués ne se gênaient aucunement pour délivrer des lettres de maîtrise à tout venant, au prix de dix livres, et de contraindre des organistes prêtres, des chanoines violoncellistes, à se faire recevoir maîtres à danser pour qu'il leur fût permis d'accompagner le plain-chant dans les églises.

Un mémoire réclamant la suppression des lieutenants de province, ainsi que l'annulation des pouvoirs de Barbotin, fut rédigé par les mécontents et soumis au roi en son Conseil, le 13 février 1773.

---

1. *Almanach du théâtre.* État de la musique du roi, 1774, p. 13 et 14 (cité par A. Vidal).

Toutes les lieutenances furent abolies. Guignon démissionna, et Louis XV supprima la royauté ménétrière par l'édit suivant :

Édit du Roi portant suppression de l'office du Roi
et Maître des Ménestriers (Versailles, 1773).

« Louis, par la grâce de Dieu roi de France et de Navarre, à tous présents et avenir, salut. Notre amé Jean-Pierre Guignon, nous ayant très humblement fait supplier d'agréer sa démission pure et simple de l'office de roi et maître des ménétriers et joueurs d'instrumens, tant hauts que bas, dans notre royaume, dont nous l'avons pourvu par nos lettres du quinze juin mil sept cent quarante-un, nous nous sommes fait rendre compte des pouvoirs et privilèges généralement attribués à cette charge, et bien informé que l'exercice desdits privilèges, que ledit sieur Guignon s'est abstenu de mettre en usage, paroit nuire à l'émulation si nécessaire au progrès de l'art de la musique, que notre intention est de protéger de plus en plus, nous avons jugé à propos, en déférant à la demande dudit sieur Guignon, de supprimer à toujours ladite charge. A ces causes et d'autres à ce nous mouvant, de l'avis de notre Conseil et de notre science, pleine puissance et autorité royale, nous avons, par notre présent édit perpétuel et irrévocable, éteint et supprimé, éteignons et supprimons la charge de roi et de maître des ménétriers et joueurs d'instrumens tant hauts que bas de notre royaume, vacante par la démission volontaire qu'en a faite le sieur Guignon. Si donnons en mandement à nos amés et féaux conseillers les gens tenant notre cour de Parlement à Paris, que notre présent édit ils aient à faire publier et à registrer, le contenu en icelui exécuter pleinement, paisiblement et perpétuellement, cessant et faisant cesser tous troubles et empêchemens, et nonobstant toutes choses à ce contraires. Car tel est notre plaisir. Et, afin que ce soit ferme et stable à toujours, nous y avons fait mettre notre scel.

« Donné, à Versailles, au mois de mars, l'an de grâce mil sept cent soixante-treize, et de notre règne le cinquante-huitième.

Signé : « Louis ».

Et plus bas. « Par le roi : Phélypeaux, Vila de Maupeou », et scellé du grand sceau de cire verte, en lacs de soie rouge et verte :

« Registré, ouï, etc.
« A Paris, en Parlement, le trente un mars mil sept cent soixante-treize.

Signé : « Le Jay ».

« Collationné par nous, Chevalier, conseiller secrétaire du roi, son protonotaire et greffier en chef civil de sa cour de Parlement. »

X

En Angleterre, pendant la seconde moitié du XVIᵉ siècle, la reine Élisabeth, qui se piquait d'être bonne musicienne et jouait fort bien du luth, avait l'habitude, paraît-il, de s'offrir, pendant son dîner, un concert de douze trompettes, deux timbales, accompagnées de fifres, de cornets et de tambours.

A la fin de son règne, les violes commencèrent à être très cultivées, et nous avons vu que Bocan suivit Henriette de France à Londres, lorsqu'elle épousa Charles Iᵉʳ.

Sous le nom de *masques*, on organisa alors, à la Cour et chez les nobles, des représentations théâtrales équivalentes à celles de nos ballets, et où le roi, la reine, les princes et les princesses du sang, ainsi que les premiers personnages du royaume, figuraient.

Le nombre des masques représentés sous Charles Ier fut presque aussi grand que celui des ballets à la Cour de France.

Les membres des quatre chambres de la Cour en don-- nèrent un des plus somptueux, à White-Hall, en 1633, pen- dant la nuit de la Chandeleur, pour fêter le roi de son heureux retour d'Écosse, où il avait momentanément apaisé les mécontents.

James Shirley écrivit la pièce, dont la musique fut composée par Simon Yves et Lawes. De la Varre, Duval, Robert et Mari, musiciens de la chapelle de la reine, et plusieurs artistes anglais et étrangers prirent part à l'exécu- tion musicale, qui comprenait quarante luths, des violons, des violes, etc., et d'excellentes voix.

CHEVALET ITALIEN DE VIOLON
(XVIIIe siècle).

Lord Whiteloch, qui a laissé une description de ce masque, dit que sa représentation coûta 30.000 livres, environ 750.000 fr., et que les Français de la Musi- que de la reine, invités à la collation qui suivit, eurent l'agréable surprise de trouver chacun sous son couvert, pour premier plat, quarante pièces d'or, à l'effigie de leur souverain.

En 1653, le Dr Benjamin Rogers composait déjà des airs à quatre parties pour le violon, et John Jenkins publia à Londres, en 1660, douze sonates pour deux violons et basse. Ce sont les premières sonates de violons écrites par un compositeur anglais.

Après la restauration, Charles II créa une Bande de vingt- quatre violons, comme celle de Louis XIV. Thomas Baltzar, né à Lubeck, un des meilleurs joueurs de violon de son temps, en était le chef. Antony Wood le rencontrant à Oxford, le 24 juillet 1658, lui dit : « Je vous ai vu faire

courir vos doigts jusqu'à la plus haute extrémité de la
touche et les faire revenir insensiblement jusqu'au sillet
avec rapidité et en mesure, chose que personne n'avait vue
en Angleterre auparavant[1]. »

Ces compliments de Wood à Baltzar nous montrent que
celui-ci ne jouait pas seulement à la première position, mais
qu'il démanchait.

Baltzar fut inhumé dans le cloître de l'église Saint-Pierre
à Westminster.

Déjà, Carlo Farina de Mantoue, violoniste de l'Électeur
de Saxe, avait fait paraître, à Dresde, en 1627, son *Capriccio
stravagante*, qui montait jusqu'au *ré* de la troisième position, sur la chanterelle. Il est vrai que ce morceau contient
des imitations de l'aboiement du chien, du chant du coq, de
la flûte, du fifre, et que l'on doit y battre la corde avec le
bois de l'archet. Cependant, tous ces effets plus ou moins
artistiques n'empêchent qu'il y avait là un progrès réel dans
le mécanisme de la main gauche, et cela, à une époque où
les joueurs de violon de tous les pays n'osaient faire l'*ut*,
par extension avec le petit doigt, sur la chanterelle.

G.-B. Fontana ne chercha pas des effets nouveaux dans
l'œuvre de sonates qu'il écrivit vers 1630 ; toutefois, il
mérite d'être signalé, car ce fut lui qui, le premier, composa la véritable sonate pour le violon.

On remarque une plus grande habileté d'exécution dans
les compositions de Battista Vitali, violoniste du duc de
Modène, né à Crémone, en 1644, lequel publia sa première
œuvre à Bologne, en 1666.

En Allemagne, où nous venons de voir Carlo Farina faire
imprimer son *Capriccio stravagante*, en 1627, les violonistes,
bénéficiant de l'expérience des maîtres italiens, cherchaient
à augmenter les ressources de l'instrument.

Après le départ de Baltzar en Angleterre, on en trouve

1. *Memoirs of music by the hon. Roger North*, London, 1846.

encore de très remarquables, pour le temps, dans la
Musique de l'Électeur de Saxe, une des plus réputées de
l'Europe.

Cinq violonistes français, certainement habiles, en faisaient partie en 1679, ce sont : Aymé Bertlain, G. Crosmier,
Pierre Janary, Antoine Mustan et Jean Lesueur, qui recevaient chacun 250 thalers par an de Jean Georges II [1].

Jean Paul de Westhoff, originaire de Lubeck, s'y fit
aussi remarquer de 1670 à 1688. Il fut successivement capitaine dans l'armée danoise, sous les ordres de Gustave-
Adolphe, violoniste et professeur de langues à la Cour de
Saxe, enseigne d'une compagnie colonelle qui fit campagne
en Hongrie contre les Turcs, dans l'armée commandée par
le général Schultz, et, de retour à Dresde après cette guerre,
il y reprit sa place dans la Musique de l'Électeur.

En 1682, il fit un voyage en Italie et en France, et reçut
un brillant accueil à la Cour de Florence et à celle de
Loüis XIV. Ce monarque, qui l'entendit en décembre 1682,
ne se fatiguait pas de lui faire jouer une pièce de sa composition, à laquelle il donna le nom de *la Guerre* [2].

L'heureux Électeur de Saxe posséda encore Johann-Jacob
Walther, né en 1650, à Witterda, près Erfurt, qui occupe
une place des plus importantes dans l'histoire du violon,
en Allemagne.

D'abord laquais d'un grand seigneur polonais, chez lequel
il reçut les premiers principes du violon, il entra plus tard
dans la Musique du souverain saxon, et devait s'y trouver
avec Westhoff.

Ses œuvres dénotent une grande hardiesse d'exécution,
et celle qui porte le titre *Hortulus Chelicus*, *uni violino*, *duobus*,
tribus et quator, etc., in-4°, oblong, de 129 pages, gravées
sur cuivre, à Mayence, en 1694, dont on publia une deuxième

1. MORITZ FURSTENAU. *Zur Geschichte der Musik und des Theaters am Hofe der
Kurfürsten von Sachsen, 1556-1763*, 2 vol. Dresde, 1861, t. I, p. 192 et suiv.
2. *Mercure*, décembre 1682, p. 386-387; *idem*, janvier 1683, p. 146.

édition, toujours à Mayence, en 1708, contient ce passage
Preludio XIII, page 57, troisième portée :

Il dut faire d'excellentes études de composition, car le
Preludio XXIII de ce même ouvrage est entièrement accompagné par les quatre notes de basses :

harmonisées ainsi, et se répétant dans le même ordre jusqu'à la fin du morceau.

A l'époque où Walther publiait son *Hortulus Chelicus*,
Corelli, résumant à lui seul tous les progrès accomplis successivement pendant le xvii⁰ siècle, fixait la position véritable de la main gauche, donnait de la légèreté et de la
grâce au jeu de l'archet, et fondait ainsi, par son génie, la
première école de violon proprement dite : de sorte que
l'Italie, après avoir vu naître et amener le violon à son état
de perfection, fut encore le berceau de la grande école de ce
bel instrument.

Né à Fusignano, près d'Imola, sur le territoire de Bologne,
en février 1653, Arcangélo Corelli, qui était de très bonne
noblesse, reçut les premières leçons de contrepoint de
Matteo Simonelli, chantre de la Chapelle papale à Rome.
Battista Bassani, maître de Chapelle de la cathédrale de
Bologne, un musicien illustre de l'Italie au xvii⁰ siècle, passe
pour lui avoir enseigné le violon, mais cela n'est rien moins
que certain, car, Bassani, né vers 1657 [1], et par conséquent
plus jeune que Corelli, aurait dû posséder un talent assez

---

1. Fétis. *Biographie universelle.*

précoce pour devenir son maître. Du reste, les premières
années de la carrière de Corelli sont peu connues. On assure
cependant qu'il voyagea en Allemagne dans sa jeunesse et
passa quelque temps au service de l'Électeur de Bavière.

CORELLI (ARCANGELO)
(1653-1713).

Quoi qu'il en soit, Corelli se fixa à Rome, vers 1681, et sauf
quelques courtes absences, y resta jusqu'à la fin de ses
jours.

Le cardinal Ottoboni devint son protecteur et son ami, il
lui confia la direction de sa Musique, laquelle donnait une

CONSERVATOIRE de MUSIQUE
Bibl. 3.43
Musée Instrumental

séance tous les lundis, où Corelli se faisait toujours entendre.

Il a publié, de 1683 à 1712, six œuvres de sonates pour violon, qui sont toutes remarquables. L'une des plus belles, la cinquième, parue en 1700, se termine par des variations sur l'air très à la mode alors des *Folies d'Espagne*.

Corelli avait étudié non seulement les maîtres italiens et allemands, mais aussi Lully. Titon du Tillet nous l'apprend dans ces termes :

« J'ai ouï dire à un gentilhomme de feu M. le Cardinal d'Estrée et à Baptiste, un de nos plus grands violons, que ce cardinal étant à Rome et louant Corelli sur la belle composition de ses *Sonates*, il lui dit : Monseigneur, c'est que j'ai étudié Lully[1]. »

Il jouissait d'une grande réputation même en Angleterre. Roger North raconte que : « les jeunes gens de la noblesse et de la bourgeoisie qui voyageaient en Italie tenaient à honneur de prendre des leçons de Corelli[2]. »

Il aimait passionnément la peinture et avait formé une très belle galerie de tableaux. Corelli mourut à Rome dans le palais de son protecteur le cardinal Ottoboni, le 18 janvier 1713, et fut inhumé au Panthéon, dans la première chapelle de gauche.

Ses élèves les plus célèbres sont :

Francesco Geminiani, né à Lucques vers 1680, qui avait étudié la composition sous Scarlatti, et commencé le violon avec Carlo Ambrosio Lunati, surnommé *il gobbo*. Il se fit entendre à Londres, en 1714, se fixa en Angleterre, et mourut à Dublin, en 1762.

Pietro Locatelli, né à Bergame, en 1693, est mort à Amsterdam, où il habitait depuis fort longtemps. Ce violoniste a laissé beaucoup de compositions pour son instrument,

---

1. *Le Parnasse françois*, p. 396.
2. Ouvrage déjà cité.

entre autres l'*Arte di nuova modulazione* et *le Labyrinthe*.

Baptiste Anet, dit Baptiste le fils, le plus célèbre de la dynastie des Anet, celui dont parle Titon du Tillet. Tout jeune et déjà habile sur le violon, il se rendit à Rome pour demander des leçons à Corelli, auprès duquel il passa plusieurs années.

La date de sa naissance n'est pas connue, mais on sait que son père, Jean-Baptiste Anet, épousa Mlle Jeanne Vincent, la fille d'un tapissier, le 21 août 1673; et que son grand-père, Claude Anet, joueur d'instruments, le premier du nom, assistait à ce mariage. Jean-Baptiste Anet, que l'on désigne toujours sous le nom de Baptiste le père, fut un des bons élèves de Lully; il fit partie de la Musique de Monseigneur le duc d'Orléans, et passa, en 1699, dans les violons de la Chambre de Louis XIV.

A son retour en France, vers 1710, Baptiste le fils fut présenté à la Cour et joua une des plus belles sonates de Corelli devant le roi. Elle n'eut pas le don de plaire à Sa Majesté, qui fit appeler un des violons de sa Bande, auquel il demanda de lui jouer un air de *Cadmus*. Louis XIV, absolument ravi par ce morceau, s'écria : « Que voulez-vous, messieurs, voilà mon goût à moi, voilà mon goût! » Désespéré d'un pareil accueil, le pauvre Baptiste quitta la France pendant plusieurs années. Il revint à Paris, vers 1720, et se fit entendre avec beaucoup de succès au Concert spirituel fondé en 1725. Il quitta de nouveau Paris, vers 1740, et se rendit en Pologne, où il mourut quelques années après. Baptiste a fait paraître trois œuvres de sonates, qui n'ont rien de bien remarquable.

XI

On pourrait croire que l'influence de Corelli se fit immédiatement sentir, et que l'art du violon se transforma du jour au lendemain; mais il n'en fut rien et, si de rares pri-

vilégiés portèrent ses traditions à travers l'Europe, l'im-
mense majorité des violonistes resta tout aussi routinière
et ignorante qu'auparavant, et les aimables épithètes de :
« maistres aliborons et de maistres ignorants, veu le peu de
facilité des maistres à jouer leurs parties sans les avoir étu-

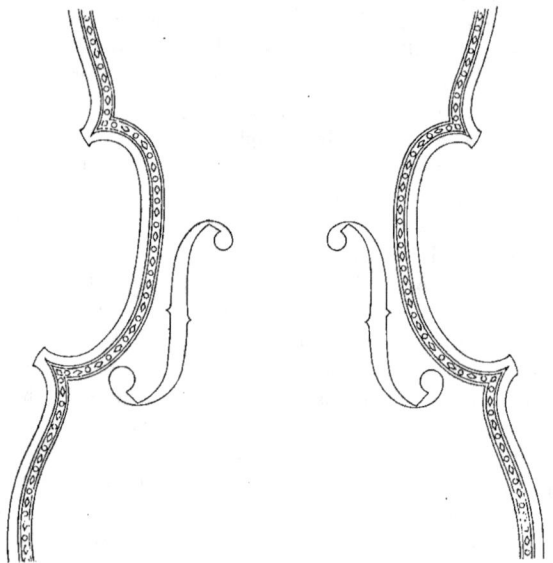

f f, CC, COINS ET FILETS D'UN VIOLON D'A. STRADIVARI
(1677).

diées », que Lully adressait aux violons du roi, auraient pu
l'être encore pendant très longtemps après la mort de Corelli
au plus grand nombre des exécutants. Nous en trouvons la
preuve dans ce passage que l'abbé Sibire écrivait en 1806 :

« Le temps n'est pas encore très éloigné où, plus graves
que prestes, et marchant terre à terre, des musiciens en
perruque promenaient leurs doigts lourds au bas du manche

des violons et n'avaient ni la pensée ni la puissance de
s'émanciper au delà... Aussi le seul tour de force qu'ils se
permettaient de loin en loin, et il était prodigieux, consistait
à donner l'*ut* sur la chanterelle par la simple extension de
l'auriculaire[1]. »

L'expression : *gare l'ut!* était en effet passée à l'état de
proverbe, et s'il était donné aux instrumentistes de Lully
d'entendre les virtuoses de nos jours, ils seraient sans

ÉCLISSES D'UN VIOLON D'A. STRADIVARI
(1677).

doute bien surpris et ne pourraient en croire leurs oreilles.

Il y a cependant lieu d'être étonné, quand on songe que
les beaux violons des Amati, des Stradivari et des Guarneri, pour ne citer que ceux-là, furent pour la plupart,
lorsqu'ils sortaient de l'atelier de ces maîtres, utilisés par
des ménétriers qui s'en servaient pour racler des contre-
danses, et que leurs propriétaires, ne pouvant en apprécier
la haute valeur, les ont souvent mutilés, quand ils ne les

1. L'ABBÉ SIBIRE. *La chélonomie ou le parfait luthier*, Paris, 1806.

ont pas fait estropier par des luthiers non moins ignares. N'a-t-on pas vu de très beaux violons anciens de l'école italienne, dont les tables du fond, qui s'étaient décollées, avaient été clouées sur les tasseaux !

Les productions des anciens luthiers italiens furent donc bien supérieures au niveau musical de leur temps. Ce ne sont pas les exécutants d'alors qui auraient pu les guider et leur demander des améliorations, puisqu'ils étaient tout à fait incapables d'apprécier et de faire valoir les merveilleuses qualités des instruments qu'ils avaient entre les mains. Malgré cela, les luthiers sont arrivés à les faire si parfaits que, depuis plus de deux siècles, tous leurs successeurs se sont inspirés d'eux et n'ont fait que les copier et les imiter.

On peut cependant, et cela sans manquer d'admiration pour les beaux instruments qu'il nous ont laissés, se demander s'il les ont construits d'après des principes d'acoustique bien déterminés ; s'ils en ont fixé les proportions d'après des données précises et calculées, afin d'avoir la force de résistance nécessaire pour pouvoir supporter le tirage des cordes accordées à un certain diapason, ou s'ils ont été amenés à la perfection par suite de nombreux essais et tâtonnements.

Stradivari, qui est le plus grand et le plus complet de tous, a mis plus de trente ans pour arriver à sa formule définitive. N'aurait-il pas obtenu ce résultat plus tôt s'il avait été guidé autrement que par son intuition et ses observations personnelles ?

Élève du célèbre Nicolo Amati (le petit-fils d'Andrea), Antonio Stradivari, né à Crémone en 1644, entra fort jeune dans l'atelier de ce maître. Il commença à signer ses produits vers 1666 et ne cessa jusqu'en 1700 de chercher à perfectionner ses violons et à en modifier le patron ; mais à partir de cette date, la formule définitive de son violon étant trouvée, il n'y apporta plus aucune modification et n'y fit

aucun changement jusqu'à sa mort, survenue à Crémone,
le 18 décembre 1737.

Pendant cette longue période de transition, qui va de 1666
à 1700, et qui dura par conséquent trente-quatre ans, Stradivari a fait environ six ou sept modèles de violons ayant de
légères différences, soit dans les voûtes, les contours, la
longueur et la lar-
geur. Cependant,
comme il s'est tenu
de préférence à
deux modèles prin-
cipaux avant d'a-
voir trouvé celui de
son violon définitif,
il est d'usage dans
le commerce de la
lutherie de classer
son œuvre si par-
faite en trois pé-
riodes ou trois
époques.

TÊTE
D'UN VIOLON D'A. STRADIVARI
(1677).

COULISSE
DE LA TÊTE
D'UN VIOLON
D'A. STRADIVARI
(1677).

Durant la pre-
mière époque, dite
amatisée, c'est-à-
dire de 1666 à 1694,
le grand Crémo-
nais a suivi les tra-
ditions de son maî-
tre Nicolo Amati, tout en apportant un tour de main personnel dans son travail.

Nous connaissons un violon d'Antonio Stradivari, de 1666,
dont le fond, les éclisses et la tête sont en érable à ondes
étroites et serrées, qui rappelle beaucoup les *grands Amati*.
Ce violon, un des premiers instruments qu'il ait signés,
contient l'étiquette suivante, imprimée en petits caractères :

*Antonius Stradivarius Cremonensis alumnus
Nicolaï Amati Faciebat anno 1666.*

Après la date, dans un cercle, se trouvent les initiales
A. S. surmontées d'une croix, comme sur l'étiquette de
1713, que nous donnons plus loin.

Dans le violon daté de 1677, qui a passé dans la collection
de M. Wilemotte d'Anvers, les voûtes, les bords, la volute,
les *f f* ainsi que le vernis jaune ambré, sont aussi inspirés
d'Amati. Les filets de ce violon sont figurés par une
mosaïque d'ivoire; les éclisses et la tête sont décorées de
dessins pointillés représentant des arabesques [1].

Cette pièce si intéressante, dont nous donnons les *f f*,
les CC, les coins, les filets, les éclisses et la tête, mesure :

Longueur de la caisse	35o millimètres.	
Largeur dans le haut	163	—
— au milieu	109	—
— dans le bas	2o5	—
Longueur des *f f*	.5o	—
Hauteur des éclisses, en bas	3o	—
— — en haut	28	—

Nous ne saurions mieux décrire la deuxième période, ou
époque des *longuets*, que ne l'a fait M. Pillaut pour le n° 1008
du musée du Conservatoire de Paris, qui est un violon de
Stradivari portant la date de 1699 :

« L'expression qualificative de *longuet* provient de ce que
la caisse a un demi-centimètre de plus dans sa longueur et à
peu près autant de moins dans la largeur de sa partie supérieure. Ces proportions contribuent à donner aux violons
longuets, qui ont généralement 0 m. 362 de longueur, une
apparence plus allongée que celle des violons de forme nor-
male [2]. »

1. Un violon de Stradivari, décoré dans le même goût, a successivement
appartenu à Rode et à Ch. Lamoureux.
2. LÉON PILLAUT. *Le musée du Conservatoire national de musique. Premier supplément au Catalogue de 1884.* Paris, 1894.

Vidal appelle les *longuets* des violons « à taille fine » ; mais
ce que ces deux auteurs ont négligé de dire, c'est que l'influence d'Amati ne s'y fait plus sentir comme dans le violon
de 1677 décrit plus haut, et que leur facture est bien plus
personnelle.

Du reste, Stradivari n'attendit pas jusque-là pour commencer à se *désamatiser*. Le superbe violoncelle, daté de
1689, qui appartenait à J. Delsart, l'éminent professeur au
Conservatoire, et que nous reproduisons pages 98 et 99, en
est la preuve.

Le patron de cet instrument est le même (toutes proportions gardées) que celui des violons de 1700 à 1737. Il en est
ainsi pour la voûte des tables. L'onglet des filets se dirige au
tiers du coin, vers le côté du C. La transparence du vernis
rouge doré (nuance que Stradivari ne changea plus) fait
ressortir la beauté du bois. De plus, c'est, dit-on, la première fois qu'il teinta à l'encre de Chine les chanfreins ou
angles extérieurs du cheviller et de la volute.

Seuls, les bords sont moins forts et les ff un peu plus
fines, que dans les beaux violons de M. Sarasate, dont l'un
est de 1713 et l'autre de 1724.

Voici les dimensions de ce violoncelle :

Longueur de la caisse.	760 millimètres.
Largeur dans le haut. . . : . . .	352 —
— au milieu.	230 —
— dans le bas.	450 —
Longueur des ff	130 —
— de la tête.	200 —
Hauteur des éclisses en bas . . .	120 —
— — en haut. . .	120 —

Stradivari avait donc trouvé le patron et les proportions
de ses instruments de la *grande époque* dès 1689, et il y a
bien des chances pour que ce violoncelle nous en offre le
premier exemple ; mais il continua encore assez longtemps

VIOLONCELLE D'A. STRADIVARI (1689)
Ayant appartenu à Jules Delsart.

ses nombreux essais et n'adopta définitivement ce format que lorsqu'il fut convaincu de l'excellence du résultat au point de vue de la sonorité. En cela, il ne se trompait pas ; les violons, altos et violoncelles qu'il a construits d'après ce modèle sont absolument parfaits, et on ne saurait mieux définir leurs nombreuses qualités qu'en leur appliquant les quelques mots que J.-J. Rousseau consacre au timbre du violon dans son *Dictionnaire de Musique* (Paris, 1768, p. 528) : « Le plus beau tymbre est celui qui réunit la douceur à l'éclat. Tel est le tymbre du violon. » On pourrait ajouter : de Stradivari.

Mais, et c'est là où nous voulons en venir, à l'époque où travaillait Stradivari, le diapason usité était environ un ton plus bas que le diapason normal :

« Le diapason normal, dit G. Chouquet, institué en France par un arrêté ministériel du 16 février 1859, donne le *la* de 870 vibrations simples à la température de 15°...

« Dans l'enquête provoquée par le gouvernement français, en 1858, on a constaté que le diapason de l'Opéra de Paris, qui donnait 808 vibrations par seconde en 1699, 846 en 1810, 871 en 1830, était arrivé à en donner 895 en 1858. Celui de la musique des guides, à Bruxelles, s'élevait même à 911 vibrations[1]. »

Donc, si les instruments de Stradivari avaient été construits mathématiquement, et calculés pour avoir une belle sonorité, étant

VIOLONCELLE D'A. STRADIVARI (1689)
Ayant appartenu à Jules Delsart.

1. Catalogue du Musée du Conservatoire, p. 190.

accordés au diapason alors en usage, il est probable qu'ils auraient perdu beaucoup de leurs qualités, lorsque, par suite de l'élévation du diapason, le tirage des cordes a été sensiblement augmenté. Or, maintenant qu'ils sont accordés à un diapason bien plus élevé que celui en vue duquel ils ont été faits, leur sonorité est absolument parfaite.

On dira peut-être que les cordes employées par les contemporains de Stradivari étaient plus grosses que celles d'aujourd'hui et qu'alors le tirage était le même? Nous ne le pensons pas, car les violonistes de l'époque n'avaient pas à lutter contre une armée d'instruments à vent, en bois et en cuivre, ni à exécuter des œuvres aussi importantes que les concertos de Beethoven, Mendelssohn, etc., accompagnés par un grand orchestre, ou à se défendre des puissants pianos à queues modernes. Leur ambition était plus modeste, et l'on doit plutôt croire qu'avec la préoccupation constante d'obtenir une grande sonorité, les artistes de nos jours montent, en général, les violons avec des cordes plus fortes qu'on ne le faisait au temps de Stradivari.

S'il pouvait y avoir quelques doutes à ce sujet, voici un passage de la *Chélonomie ou le Parfait Luthier* qui les ferait vite disparaître :

« Jadis la mode était de tenir les manches fort en avant; les chevalets, les touches extrêmement bas; les cordes fines et le ton modéré [1].

« Alors la barre, ce mal nécessaire dans l'instrument, devait être courte et mince, parce qu'il lui suffisait d'avoir assez de vigueur pour résister au poids de cinq à six livres, dont elle était chargée par les cordes. »

L'abbé Sibire nous apprend encore quel était le poids du tirage des quatre cordes (moyenne grosseur) d'un violon,

---

1. Par ton modéré, l'auteur doit vouloir dire diapason peu élevé, car dans un autre passage il parle du violon accordé au *ton* de la flûte.

en 1806, époque où le diapason était presque aussi élevé qu'aujourd'hui :

« Il se trouve que la chanterelle pèse juste 19 livres, la seconde 17, la troisième 15 et la quatrième 13, ce qui forme en tout 64 livres. »

On voit que la charge imposée à la table d'un violon était bien moindre en 1700 qu'en 1806, et depuis cette dernière date elle n'a pas diminué. Or, comme l'auteur de la *Chélonomie* prévient, dans « l'Avertissement », qu'il n'en est que le rédacteur, et n'a fait que coordonner les notes et observations recueillies par Nicolas Lupot pendant un exercice de trente années, on peut donc être certain que les indications données sont exactes ; car Lupot, qui a été un des plus grands luthiers français de la fin du siècle dernier et du commencement de celui-ci, a pu facilement étudier les violons des maîtres italiens et a dû être appelé à en restaurer un très grand nombre, qui n'avaient jamais été réparés.

Par suite du tirage des cordes, les tables des anciens violons ayant légèrement cédé, ce qui est très excusable après un service de cent cinquante ou deux cents ans, on leur a mis une barre un peu plus forte; mais les épaisseurs sont restées telles qu'elles étaient.

L'art du violon n'ayant fait que progresser, afin de permettre aux exécutants de parcourir plus aisément toute l'étendue de la touche, on a donné un peu plus de renversement au manche, qui, de douze lignes, a été porté à treize lignes[1]. Cette augmentation du renversement du manche a été faite aux violons anciens quand on a remplacé la poignée usée.

Il y a cependant des violons de Stradivari qui ont encore la barre et la poignée primitives. Tel est le cas du *Messie*[2];

---

1. L'usage de ces anciennes mesures s'est conservé dans la lutherie.
2. Plusieurs violons de Stradivari ont reçu différents noms. Celui de *Messie* a été donné à un violon de 1716, par Alard, parce que Tarisio, qui apportait tous

seulement, comme la touche de celui-ci était usée, on l'a
remplacée par une plus épaisse, et l'on a augmenté par ce
moyen le renversement du manche. Le violon de 1724, sur
lequel M. Sarasate se fait entendre de préférence en public,
a aussi sa poignée originale; mais la touche y a été remplacée; le renversement du manche se trouve nécessaire-
ment augmenté par ce procédé, ou par l'introduction d'une
petite cale, entre la table et la poignée. Le rebarrage des
tables et le changement des poignées étant des réparations
et non des modifications, ces instruments sont donc tels
qu'ils ont été construits. Comme ils sonnent merveilleuse-
ment au diapason actuel, qui est d'un ton plus élevé que
celui en usage lorsqu'ils ont été fabriqués, on peut dire que
les grands luthiers italiens n'étaient pas des mathémati-
ciens, mais des artistes de génie, et que leur œuvre restera
comme le modèle de la perfection.

Le violon de M. Sarasate, que nous reproduisons, porte
la date de 1713 et mesure :

Longueur de la caisse	355	millimètres.
Largeur dans le haut	165	—
— au milieu	109	—
— dans le bas	206	—
Longueur des *ff*	75	—
Hauteur des éclisses en bas	31	—
— — en haut	30	—

Félix Savart déclare que la masse d'air renfermée dans
certains violons d'Antonio Stradivari et de Giuseppe Guarneri del Gesù produit toujours 512 vibrations à la seconde,
soit le *si* naturel du diapason normal, et qu'en faisant
vibrer les tables démontées de ces mêmes violons, il a
constamment trouvé une différence de demi-ton entre la

les ans des anciens instruments italiens à Paris, parlait toujours de ce violon,
mais ne le montrait jamais. Un autre, également de 1716, s'est d'abord appelé le
Régent, puis le *Superbe*. Un violon de 1709 a été baptisé la *Pucelle*. Un autre, de
1714, fut nommé le *Dauphin*. Le dernier violon fait par Stradivari à l'âge de
quatre-vingt-douze ans est connu sous le nom de *Chant du cygne*.

table de dessus et celle de fond, c'est-à-dire que la table supérieure donnait entre *ut* dièze et *ré* et celle de dessous entre *ré* et *ré* dièze[1].

Ces deux luthiers célèbres faisaient-ils des expériences sur l'intonation des bois qu'ils employaient? En tout cas, Savart fit construire des violons de forme trapézoïde sur des données purement scientifiques, qui n'ont pas obtenu la faveur des artistes ni celle du public.

Antonio Stradivari descendait d'une très ancienne famille de Crémone dont on rencontre le nom dans les annales de cette ville depuis 1213. Il se maria pour la première fois, à vingt-trois ans, le 4 juillet 1667, avec Francesca Ferraboschi, qui était de quatre ans plus âgée que lui, et veuve depuis trois ans de Giovanni-Giacomo Capra, dont elle avait une fille, nommée Susanna, née le 20 avril 1663, qu'Antonio Stradivari adopta et maria le 29 décembre 1688. Il eut de ce mariage six enfants :

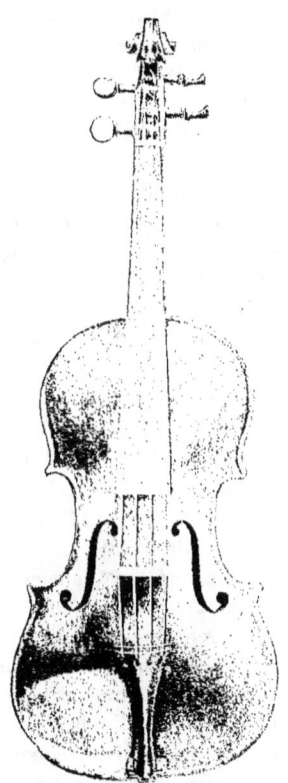

VIOLON D'A. STRADIVARI (1713)
Appartenant à M. Sarasate.

GIULIA, née le 23 décembre 1667, épousa G.-A. Farina, notaire, et mourut le 8 juillet 1742.

1. FÉLIX SAVART. *Mémoire*. publié en 1840, journal l'*Institut*, nos 319, 321, 323 et 327.

FRANCESCO, né le 6 février 1670; mort six jours après sa naissance.

FRANCESCO, né le 1er février 1671, travailla avec son père et mourut le 11 mai 1743.

CATARINA, née le 18 février 1674, morte, célibataire, le 3 août 1748.

ALESSANDRO, né le 25 mai 1677, ecclésiastique, mort le 26 janvier 1732.

OMOBONO, né le 14 novembre 1679, qui, de même que Francesco, travailla avec son père et mourut le 8 juillet 1742.

Il perdit sa première femme le 25 mai 1698, et, le 24 août de l'année suivante, il épousa Antonia Zambelli. alors âgée de trente-cinq ans.

De cette union, il eut cinq enfants :

FRANCESCA, née le 19 septembre 1700, morte célibataire le 12 février 1720.

GIOVANNI-BATTISTA-GIUSEPPE, né le 6 novembre 1701, mort à l'âge de huit mois.

GIOVANNI-BATTISTA-MARTINO, né le 11 novembre 1703, mort le 1er novembre 1727.

GIUSEPPE, né le 27 octobre 1704, fut prêtre et mourut le 29 novembre 1781.

PAOLO. né le 26 janvier 1708, négociant en drap, mort le 19 octobre 1776.

La généalogie que l'on vient de lire a été établie par les soins de M. Paolo Lombardini[1], lequel donne également l'acte de vente de la maison située Piazza san Domenico (actuellement Piazza Roma), que Stradivari acheta, en 1680, aux frères Picenardi moyennant la somme de 7.000 livres impériales (environ 20.000 fr.), ce qui fait supposer qu'il était dans une situation aisée. Du reste, ses instruments jouissaient déjà d'une très grande réputation et lui valaient de

---

1. *Cenni sulla celebre scuola cremonese degli stromenti ad arco, non che sui lavori e sulla famiglia del sommo Antonio Stradivari.* Cremona, Tipografia Dalla Noce, 1872. Brochure de 30 pages in-8° et signée *sacerdote Paolo Lombardini.*

nombreuses commandes venant des plus hauts personnages de l'Europe.

Un des amis de Stradivari, Desiderio Arisi, moine de l'ordre de Saint-Jérôme, a laissé un manuscrit, fait en 1720[1], où l'on trouve de précieux renseignements sur le

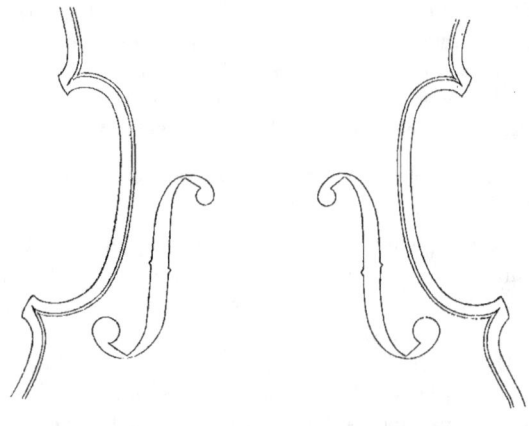

ff, CC COINS ET ÉTIQUETTE D'UN VIOLON D'A. STRADIVARI, (1713).

commerce du grand luthier. Il commence par le petit préambule suivant :

« A Crémone, dit-il, demeure aussi mon intime ami Antonio Stradivari, excellent faiseur d'instruments de toutes sortes. Il ne sera point hors de propos de faire ici mention

1. Ce manuscrit est actuellement au musée civique de Crémone, installé dans le palais Ponzoni.

spéciale de son mérite. Il n'a point de rival comme fabricant
d'instruments de la meilleure qualité; il en a fait beaucoup
d'une beauté incomparable, richement ornés de figurines,
de fleurs, de fruits, d'arabesques et de gracieuses devises
entrelacées, tout cela d'un dessin parfait, quelquefois peint
en noir, d'autres fois émaillé d'ébène et d'ivoire, travaux
qu'il exécute avec la plus grande habileté et qui rendent
ses instruments dignes des grands personnages auxquels
ils sont destinés. J'ai pensé qu'il convenait de mentionner
quelques ouvrages de ce grand artiste en témoignage de la
haute estime et de l'admiration universelle dont il jouit. »

Après ce début, Arisi mentionne les commandes et livrai-
sons d'instruments que voici :

« Le 8 septembre de l'année 1682, le banquier Michele
Monti, de Venise, lui envoya la commande des violons,
altos et violoncelles que ce gentilhomme offrit en présent
au roi Jacques d'Angleterre[1]. »

« En l'année 1685, le 12 mars, le cardinal Orsini, archevêque de Benevento[2], commanda à Stradivari un violoncelle et deux violons dont il fit présent au duc de Natanola
en Espagne. Le cardinal envoya à l'artiste, outre une rému-
nération généreuse, une lettre des plus flatteuses où il
appréciait ses mérites, l'admettant en même temps au
nombre des familiers de sa maison. »

« Le 12 septembre de la même année, Bartolomeo Grandi,
dit Il Fassina, chef d'orchestre à la Cour de Son Altesse
royale le duc de Savoie (Victor Amédée II, duc de Savoie et
roi de Sardaigne), commanda à Stradivari un quatuor
pour les concerts de la Cour. »

« Le 5 avril 1686, Son Altesse le duc de Modène, Fran-

---

1. Hart, auquel nous empruntons la traduction de ces passages du manuscri
d'Arisi, déclare que ces instruments furent envoyés en Angleterre vers 1685.
2. En 1724, le cardinal Orsini fut élu pape sous le nom de Benoît XIII et
occupa le trône pontifical jusqu'en février 1730, où il mourut à l'âge de quatre-
vingt-un ans.

cesco II d'Este, alors âgé de vingt-six ans, commanda un violoncelle à Stradivari, qui fut admis, sur une invitation spéciale, à le présenter au duc lui-même. Celui-ci lui exprima le plaisir qu'il ressentait d'entrer en connaissance avec lui, loua hautement son travail et lui offrit, outre la somme convenue, un présent de trente pistoles (en or d'Espagne). »

« Le 22 août 1686, le marquis Michele Rodeschini lui commanda une « viola a gambe » dont il fit présent à Jacques II, roi d'Angleterre. »

« Le 19 janvier 1687, le marquis Nicolo Rota commanda un violoncelle pour le roi d'Espagne. »

« Le 7 août de la même année 1687, le noble don Agostino Daria, général en chef de la cavalerie espagnole en Lombardie, résidant alors à Crémone, obtint un violoncelle de Stradivari. »

« Le 19 septembre 1690, Stradivari reçut la lettre suivante du marquis Bartolomeo Ariberti, de Crémone :

« L'autre jour, j'ai fait présent à Son Altesse le duc de
« Toscane[1] des deux violons et du violoncelle que je vous
« avais commandés, et je puis vous assurer, à ma grande
« satisfaction, qu'il les a acceptés avec plus de plaisir que
« je ne saurais dire. Les musiciens de son orchestre, et il en
« a d'excellents, ont été unanimes dans l'appréciation de
« vos instruments, qu'ils déclarent parfaits; ils disent sur-
« tout qu'ils n'ont jamais entendu de violoncelle possédant
« une qualité de son si agréable. C'est au soin extrême que
« vous avez apporté dans la manufacture de ces instru-
« ments que je suis principalement redevable de la flat-
« teuse réception avec laquelle Son Altesse a accueilli mon
« présent. J'espère en même temps vous témoigner à vous-
« même, par le cadeau que j'en ai fait, ma haute apprécia-
« tion personnelle et avoir réussi à faire connaître à un per-

1. Côme III de Médicis.

« sonnage si élevé votre grande habileté, ce qui, je n'en
« doute pas, vous procurera de nombreuses commandes de
« cette grande maison. Pour preuve de ce que j'avance, je
« vous prie de commencer immédiatement deux altos, l'un
« pour la partie de ténor et l'autre pour le contralto, dont
« nous avons besoin pour compléter notre quintette [1]. »

« Le 12 mai 1701, don Antonio Cavezudo, chef de l'orchestre particulier de Charles II d'Espagne, écrivit une
lettre très flatteuse à Stradivari, en lui disant que, quoiqu'il ait reçu des instruments à archet de bien des luthiers
pour différentes Cours, il n'en avait jamais rencontré qui
eussent une qualité de son si pure et si belle que les
siens. »

Arisi ajoute que don Antonio Cavezudo était aussi au service du duc d'Anjou.

« Le 10 novembre 1702, le marquis Giovanni-Battista
Toralbo, général de cavalerie et gouverneur de Crémone,
manda Stradivari auprès de sa personne et, après l'avoir
complimenté sur ses talents, lui commanda deux violons et
un violoncelle dont il fit ensuite présent au duc d'Albe. »

« Pendant l'année 1707, le marquis Desiderio Cleri
écrivit de Barcelone à Stradivari, par l'ordre du roi
Charles III d'Espagne, lui commandant pour l'orchestre de
Sa Majesté six violons, deux altos et un violoncelle. »

« Le 10 juin 1715, Giovanni Battista Volumé [2], chef
d'orchestre de la Musique du roi de Pologne, arriva à Crémone sur l'ordre spécial de son maître pour y attendre la
livraison de douze violons qui avaient été commandés à Stradivari : il resta trois mois à Crémone, et quand les instruments furent terminés, il les emporta en Pologne. »

---

1. D'après cette lettre d'Ariberti, un concert de violon se composait de deux
violons, deux altos (ténor et contralto) et d'une basse. Il y avait des *Concertos
d'église* et aussi des *Concertos de chambre*.
2. Il est sans doute ici question de Jean-Baptiste Volumier, musicien belge,
directeur de la Musique d'Auguste, électeur de Saxe et roi de Pologne.

Stradivari reçut la lettre que voici, le 7 juillet 1716, de
Lorenzo Giustiniani, patricien de la République de Venise :

« Venise, palais Giustiniani, Campiello dei Squellini.

« On répète de toutes parts qu'il n'existe point aujour-
d'hui dans le monde entier un seul fabricant d'instruments
de musique qui soit aussi habile que vous. Désirant posséder personnellement un souvenir d'un homme si illustre et
d'un artiste si fameux, je vous écris pour vous demander si
vous pourriez me faire un violon à la fabrication duquel vous
emploieriez tous vos talents, afin de faire le meilleur instrument et le plus beau qu'il vous soit possible. »

Arisi termine son manuscrit par ces mots :

« On peut voir par ce que j'ai écrit à quel degré d'excellence Stradivari a élevé son art. »

Fétis dépeint ainsi Stradivari et indique le prix qu'il
vendait ses violons :

« Palledro, ancien premier violon de la Chapelle royale de
Turin, mort il y a peu d'années dans un âge très avancé,
rapportait que son maître avait connu Stradivari, et qu'il
aimait à parler de lui. Il était, disait-il, de haute stature et
maigre. Habituellement coiffé d'un bonnet de laine blanche
en hiver, et de coton en été, il portait sur ses vêtements un
tablier de peau blanche lorsqu'il travaillait, et comme il
travaillait toujours, son costume ne variait guère. Il avait
acquis plus que de l'aisance par le travail et l'économie; car
les habitants de Crémone avaient pour habitude de dire :
Riche comme Stradivari. Le vieux La Houssaie, que j'ai connu
dans ma jeunesse, et qui avait visité Crémone peu de temps
après la mort de Stradivari, m'a dit que le prix qu'il avait
fixé pour ses violons était *quatre louis d'or*[1]. »

1. Fétis. *A. Stradivari*, p. 76.

Stradivari produisit un nombre considérable d'instruments de tous genres : violons, violes, altos, violoncelles, etc., répandus aujourd'hui dans le monde entier, et que les artistes et les amateurs se disputent à prix d'or.

Le musée instrumental du Conservatoire de musique, à Paris, en possède quatre, qui sont :

Un violon de 1699, un longuet beau et sonnant bien, qui a été légué par M. le marquis de Queux de Saint-Hilaire[1].

Un autre violon portant la date de 1708[2] et par conséquent de la belle époque, lequel est remarquable par l'élégance de ses formes et la beauté de son vernis rouge doré. Il appartenait au général Demidoff, qui en a fait don au musée.

Une grande pochette, un vrai bijou, faite en 1717[3], Tarisio[4] l'apporta en France et la céda à Silvestre, le luthier lyonnais, qui la vendit à L. Clapisson. Celui-ci composa, spécialement pour cet instrument, une gavotte qui fut jouée avec un énorme succès par Croizilles, dans *Les trois Nicolas*, opéra-comique en trois actes, que l'auteur de *La Fanchonnette* écrivit pour les débuts du ténor Montaubry.

Une guitare, sans date[5], dont la belle rosace qui en décore la table est entourée d'un filet en marqueterie semblable à celui du violon de 1677, que nous avons reproduit dans ce volume, page 92.

Ainsi qu'on l'a vu plus haut, Stradivari mourut le 18 décembre 1737, à l'âge de quatre-vingt-treize ans. Il fut inhumé dans l'église San Domenico, dans la chapelle du Rosaire, la troisième à droite, presque en face de sa demeure. Cette église, qui tombait en ruine, fut démolie

1. N° 1008, 1er sup. du catalogue.
2. N° 1009, *id.*
3. N° 117 du catalogue. Paris, 1884.
4. Tarisio était une sorte de brocanteur ambulant, qui avait une grande connaissance des instruments anciens. Il parcourait l'Italie en tous sens et ramassait ce qu'il trouvait de mieux, le plus souvent pour des sommes très minimes. C'est lui qui alimenta le marché de Paris et de la province de 1827 à 1854, époque de sa mort. J.-B. Vuillaume acheta 250 violons, altos et violoncelles à ses héritiers pour 80.000 francs. Dans ce lot se trouvait le *Messie*, etc.
5. N° 272, catalogue 1884.

en 1870. Aujourd'hui, la pierre tombale de Stradivari est
conservée à l'Hôtel de ville de Crémone.

A sa mort, Stradivari laissa dans ses ateliers quatre-
vingt-onze instruments terminés ou prêts à l'être. De ce
nombre, dix furent achetés par le comte Cozio di Salabue.

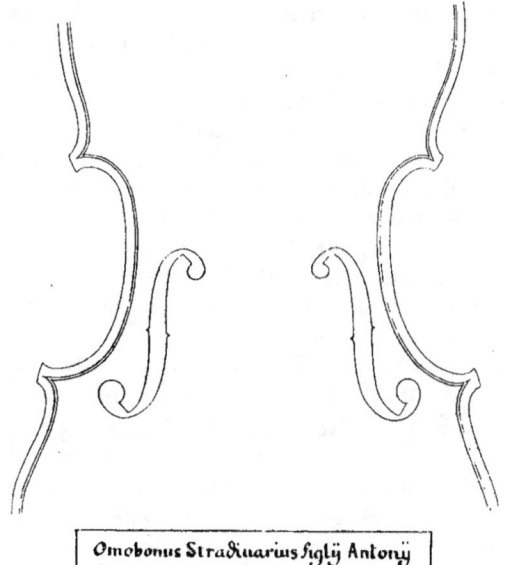

ff, CC, coins et étiquette d'un violon d'Omobono Stradivari

Ils sont mentionnés dans un inventaire trouvé dans les notes
de Carlo Carli, banquier à Milan.

En 1776, le comte Cozio se rendit aussi acquéreur des
moules, patrons, outils, dessins, étiquettes, etc., qui avaient
servi au célèbre luthier. Deux négociants associés, Anselmi
'et Briata, furent les intermédiaires de cette affaire. La cör-

respondance échangée à ce sujet, entre le comte et Paolo Stradivari, le dernier fils du maître, installé marchand de drap dans la maison de son père, puis après la mort de Paolo, avec Antonio Stradivari, son fils, se trouve dans un manuscrit de Vincenzo Lancetti, poète et biographe crémonais, qui porte la date de 1823[1].

Les héritiers de Stradivari se décidèrent à cette vente, parce qu'ils désiraient que rien de ce qui lui avait appartenu ne restât dans sa ville natale, sans doute à cause de l'indifférence des Crémonais pour sa mémoire. Ce ne fut en effet que plus d'un siècle après la mort de Stradivari, que les autorités de la ville de Crémone donnèrent les noms d'Amati, de Stradivari et de Guarneri à trois des rues de la cité que ces grands luthiers rendirent si justement célèbre.

Nous donnons, page 111 : les ff, les CC, les coins et l'étiquette d'un violon d'Omobono Stradivari, daté de 1740.

Francesco Stradivari a aussi laissé quelques instruments qui portent sa signature :

Francifcus Stradivarius Cremonenfis Filius Antonii faciebat Anno 1740

Omobono mourut le 9 juin 1742; il était âgé de soixante-deux ans; Francesco en avait soixante-douze, lorsqu'il décéda, le 11 mai 1743. Ils furent les derniers luthiers de ce nom si illustre.

L'étiquette suivante, que l'on trouve dans un certain nombre d'instruments, montre qu'Antonio Stradivari ne signait que ses œuvres personnelles :

_____

[1]. Ce manuscrit se trouve au musée civique de Crémone. Voir Hart, *Le Violon*, pour la correspondance ci-dessus mentionnée.

Carlo Bergonzi, Domenico Montagnana, Francesco Gobetti, Alessandro Gagliano et Lorenzo Guadagnini, qui
travaillèrent à Crémone, Venise, Naples et Plaisance, sont
les élèves les plus remarquables de Stradivari.

XII

C'est Paganini qui fit connaître et apprécier à leur juste
valeur les beaux instruments de Giuseppe Guarneri del
Gesù, en se faisant entendre de préférence pendant toute sa
brillante carrière sur un magnifique violon de ce maître,
daté de Crémone, 1743, aujourd'hui au musée de Gênes,
ville natale de Paganini, à laquelle il le légua en mourant.

Depuis cette époque (1840), cet instrument, si justement
célèbre, ne sortit qu'une seule fois de la vitrine où il repose,
et ce fut pour être joué par Sivori dans un concert donné au
profit des pauvres de la ville de Gênes. On avait eu la
fâcheuse idée de l'entourer d'un ruban et d'y apposer le
sceau de la municipalité; aussi, lorsqu'il fallut enlever le
tout, la cire, qui était très adhérente, emporta le vernis du
fond sur une assez grande place. Maintenant, sceau et ruban
sont placés à la tête du violon.

Il y eut toute une famille de luthiers du nom de Guarneri [1].

Le premier que l'on connaisse est Andrea Guarneri, né
à Crémone vers 1625, et décédé dans la même ville le
16 décembre 1698.

Vers 1641, Andrea devint le disciple de Nicolo Amati, chez
lequel il habitait. Son maître, qui semble l'avoir affectionné
beaucoup, le choisit comme l'un de ses témoins lorsqu'il
épousa Lucrezia Pagliari, le 23 mai 1645.

---

1. Vidal déclare que dans tous les actes authentiques concernant cette famille
et conservés dans les archives de Crémone, le nom patronymique est toujours
Guarnieri. Mais ces luthiers ont toujours signé leurs œuvres *Guarnerius*, qui
est bien le nom de *Guarneri* latinisé.

Ses instruments rappellent ceux d'Amati. L'onglet des filets se dirige presque au milieu du coin. La sonorité de ses violons est généralement bonne; ses violoncelles possèdent de grandes qualités :

Andreas Gearnerius fecit Cremonę ſub titulo
Sanctæ Tereſiæ   i673

Il épousa Anna-Maria Orcelli, le 31 décembre 1652, de laquelle il eut sept enfants, quatre filles et trois garçons, dont deux furent luthiers, Pietro-Giovanni et Giuseppe-Giovanni-Batista.

Pietro Guarneri, fils aîné d'Andrea, né à Crémone le 18 février 1655, travailla avec son père jusqu'en 1680, puis alla se fixer à Mantoue :

Petrus Guarnerius Cremonensis fecit
Mantęę ſubtit Sancta Tereſia 1735

En 1677, il avait épousé Catarina Sussagni, dont il eut un fils, Andréa Francesco, né le 29 janvier 1678, lequel ne devint pas luthier.

L'œuvre de Pietro est très remarquable, les $\int\int$ sont inspirées à la fois d'Amati et de Stradivari. La voûte des tables est un peu élevée. Les filets et les coins rappellent ceux de Nicolo Amati, et la volute dénote une certaine originalité.

Daté de Mantoue, 1698, l'alto de ce maître, que nous donnons, montre qu'il chercha à modifier le dessin des contours et à supprimer complètement les coins, de façon à avoir une caisse dans le genre de celle d'une guitare. Il mesure :

Longueur de la caisse . . . . 398 millimètres.
—   dans le haut 189   —

Longueur au milieu . . . . 157 millimètres.
—   dans le bas 237   —
—   des *ff* 900   —

Le vernis, rouge brun, d'excellente qualité, ne manque pas de transparence.

Il est bien curieux de trouver en 1698 le modèle que Françis Chanot (Mirecourt, 1787—Rochefort, 1823), ancien élève de l'École polytechnique, adopta en 1817, lorsqu'il crut opérer une révolution profitable à l'art de construire le violon. Modèle qui fut promptement abandonné, car la suppression des CC enlevait du timbre au violon.

Créés pour faciliter le jeu de l'archet, les CC, pratiqués de chaque côté de la caisse, remplissent un rôle

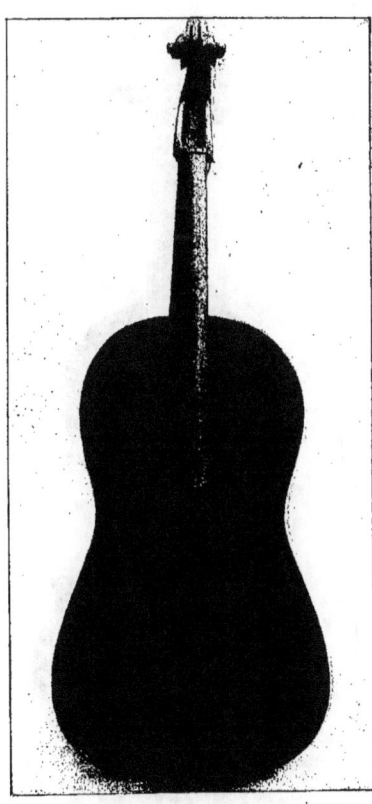

ALTO DE PIETRO GUARNERI, FILS D'ANDREA
(Mantoue, 1698).

acoustique très important et à peu près semblable à celui que jouent les angles droits qui existent dans le tube sonore de la trompette. Comme ceux-ci, ils occasionnent des brisures aux vibrations, et, par suite, rendent le son du violon plus timbré et plus éclatant.

Giuseppe-Giovanni - Battista Guarneri, connu dans le commerce de la lutherie sous le nom de *Joseph*, *fils d'André*, naquit le 25 novembre 1666 et ne quitta pas Crémone où il mourut en 1738. Il épousa Barbara Franchi, le 4 janvier 1690, et en eut six enfants, trois filles et trois garçons, dont un seul, Pietro, fut luthier.

Giuseppe construisit des instruments de modèles très divers. L'onglet des filets ressemble à celui de son père, et se dirige aussi presque au milieu du coin.

VIOLON DE GIUSEPPE GUARNERI DEL GESÙ
(1724).

Il en est de même des *ff*, qui rappellent l'école d'Amati. Le vernis, bien crémonais, est tantôt jaune doré ou brun clair.

En somme, l'œuvre extrêmement variée de Joseph, fils d'André, peut être considérée comme une heureuse transition entre la manière de Nicolo Amati et celle de son cousin Giuseppe del Gesù :

> Iofeph Guarnerius filius Andreæ fecit
> Cremonę fub titulo S. Teresie 17 25

Son fils Pietro, né à Crémone le 14 avril 1695, travailla à Venise de 1725 à 1760 :

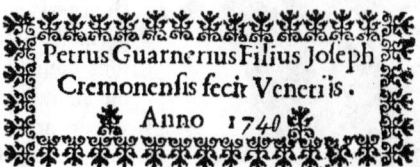

> Petrus Guarnerius Filius Joseph
> Cremonensis Fecit Venetijs
> anno 1730

Il a suivi plutôt la forme adoptée par son oncle Pietro de Mantoue, et a laissé de beaux instruments :

> Petrus Guarnerius Filius Joseph
> Cremonenfis fecit Venetiis.
> Anno 1740

Le plus grand artiste de cette famille est incontestablement Giuseppe Guarneri del Gesù, dont la réputation égale presque aujourd'hui celle de Stradivari. On lui a donné le surnom de *del Gesù* à cause des trois lettres eucharistiques IHS, surmontées d'une croix, qu'il mettait sur ses étiquettes, sans doute pour distinguer ses produits de ceux de son cousin Joseph fils d'André.

Jusqu'à ces temps derniers on ignorait la date exacte de sa naissance. Fétis l'avait fixée au 8 juin 1683[1], se rappor-

1. Ouvrage déjà cité.

tant à un acte de baptême de Giuseppe-Antonio Guarneri,

VIOLON DE GIUSEPPE GUARNERI DEL GESÙ
(1724).

dont la copie fut adressée en 1855, à J.-B. Vuillaume, par le vicaire Fusetti. Mais il paraît, c'est Vidal qui l'affirme, que l'abbé Fusetti avait copié par erreur dans les archives de San Donato l'acte de baptême d'un frère aîné de del Gesù, décédé peu de mois après sa naissance, et que le grand luthier serait né le 16 octobre 1686. Vidal, à l'appui de son dire, donne un acte de baptême de Giuseppe Guarneri portant cette dernière date [1]. Acceptons donc celle-ci comme étant la vraie, car la vie de notre artiste est encore suffisamment remplie de faits assez obscurs et fort difficiles à élucider.

Giuseppe Guarneri était le petit-fils de Bernardo Guarneri, frère cadet d'Andrea Guarneri, le premier luthier du nom.

---

[1]. Quoi qu'en ait dit Vidal, le nom patronymique est bien orthographié *Guarneri* dans l'acte de baptême qu'il publie.

Son père, Giovanni-Battista Guarneri, épousa Angiola Maria Locatelli, le 3 août 1682. Six enfants, quatre fils et deux filles, naquirent de cette union; del Gesù fut le seul luthier de cette branche cadette.

Maintenant que nous sommes fixés sur son origine et sur

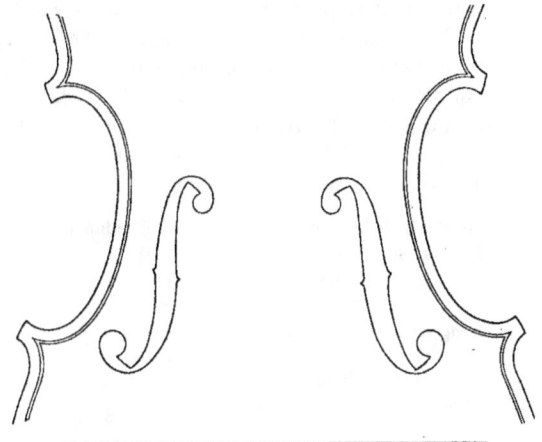

ƒƒ, CC, COINS ET ÉTIQUETTE D'UN VIOLON DE GIUSEPPE GUARNERI
DEL GESÙ

sa naissance, reste à savoir quel fut le maître qui lui enseigna son art.

Fétis, toujours d'après J. B. Vuillaume, en fait l'élève de Stradivari, déclare qu'il a travaillé à Crémone de 1725 jusqu'en 1745 et divise ses instruments en trois époques.

Hart n'est pas du même avis; il estime qu'il y a trop de divergence entre le style de Guarneri et celui de Stradivari pour que celui-ci ait été le maître du premier; et trouvant,

non sans raison, qu'il y a beaucoup d'analogie entre les
œuvres de del Gesù et celles de son cousin Joseph, fils
d'André, et que ce dernier était de beaucoup le plus âgé,
il en conclut que ce fut dans son atelier que le plus célèbre
des Guarneri reçut ses premières leçons.

Quoi qu'il en soit, del Gesù était déjà en pleine possession de son talent si personnel et si original à vingt-huit
ans; et le violon qui est reproduit ici, pages 146 et 148, daté
de Crémone, 1724, en est une preuve convaincante. Il est
aussi beau que ceux de Paganini, 1743, d'Alard, 1742, et
de Vieuxtemps, etc.. Le vernis en est un peu plus foncé,
mais d'une pâte aussi fine et très transparent.

Ce bel instrument mesure :

Longueur de la caisse . . . . 352 millimètres.
Largeur dans le haut 170   —
    —   —   milieu 113   —
   —   —   bas 208   —
Longueur des ƒƒ 78   —
    —   de la tête 110   —
Hauteur des éclisses en bas . . . . o3o   —
    —   —   en haut . . . 28   —

On retrouve les mêmes détails de facture dans un violon
pochette de ce maître, portant la date de 1735. Seules
les ƒƒ sont un tout petit peu moins pointues en haut que
dans les modèles précédents.

Ce ravissant petit instrument n'a presque pas été joué et
possède encore sa poignée primitive, laquelle est vernie un
peu plus clair que le reste, qui est d'un beau rouge foncé. Il
n'y a pas de volute; la tête rappelle celles de certains cistres
et de petites mandoles. Voilà ses dimensions :

Longueur totale de l'instrument. 450 millimètres.
    —   de la caisse 243   —
Largeur dans le haut 112   —
   —   —   milieu 78   —
   —   —   bas 140   —

Longueur des ff	. . . .	60 millimètres.
— de la tête	. . . .	90 —
Hauteur des éclisses en bas	. . . .	27 —
— — en haut	. .	25 —

Ainsi que son cousin Joseph fils d'André, il semble avoir pris Gasparo da Salò pour guide, et s'en être inspiré pour la formation de son modèle, qui présente de grandes affinités avec celui du vieux maître de Brescia, tant par la forme pointue des ff, le dessin des contours et des échancrures du milieu, ou C. L'onglet de ses filets, contrairement à celui de Stradivari, se dirige généralement vers l'angle extérieur du coin.

Guarneri n'a pas construit de violoncelle, mais ses violons ont d'excellents poumons, et leur volute, parfois un peu effrontée, tout en étant solidement plantée, s'harmonise très bien avec l'ensemble de l'instrument[1].

On serait porté à croire que Guarneri fut possesseur d'une pièce de sapin d'où il a tiré quantité de ses tables, car, sur

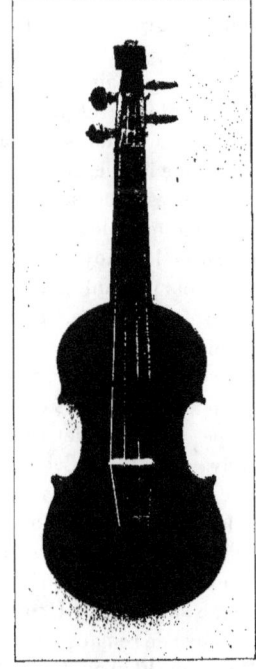

VIOLON POCHETTE
DE GIUSEPPE GUARNERI DEL GESÙ
(1735).

le plus grand nombre de celles-ci, on remarque une veine

1. En général, le travail de del Gesù est assez irrégulier. Pour cette raison, le nom de *tête de cheval* fut donné à certaines de ses volutes. Amable-Télesphore Barbé, ancien ouvrier de J.-B. Vuillaume, imitait ces dernières à la perfection.

parallèle à la touche et qui se voit de chaque côté. Son vernis, assez varié de nuance, est toujours d'une pâte fine et transparente et rivalise le plus souvent avec celui de Stradivari.

La légende s'est emparée de cet homme, sur lequel on ne sait pas grand'chose. Les uns en ont fait un paresseux, un débauché, un ivrogne. D'autres prétendent qu'il fit de la prison, sans faire connaître toutefois pour quel méfait. On a même donné les noms de *violon de prison*, ou *violon de la servante*, à certains de ceux qui lui sont attribués, et cela, parce que la fille du geôlier lui aurait apporté, paraît-il, les fournitures nécessaires à leur confection, et se serait chargée ensuite de les vendre à n'importe quel prix, afin de lui procurer les moyens d'adoucir sa captivité. L'histoire est au moins piquante, si elle n'est vraie, et, ces violons étant datés de Crémone, il serait peut-être possible d'arriver à savoir quelque chose sur leur origine en consultant le livre d'écrou de la prison de cette ville.

On ne connaît pas exactement la date de la mort de Giuseppe Guarnari del Gesù ; quelques-uns estiment qu'elle arriva vers 1755. Cet artiste au style hardi et original n'a pas formé d'élèves.

La lutherie italienne, qui avait mis deux siècles pour arriver à son apogée, ne tarda pas à dégénérer un peu après la mort de Stradivari; depuis 1760 environ, elle est en pleine décadence. Heureusement que cet art charmant a retrouvé de remarquables représentants en France : Pierray, Bocquay, Fleury, Fent, Pique, Lupot, etc., etc., pour ne citer que quelques-uns du siècle dernier, qui se sont tous inspirés d'Amati, de Stradivari, de Guarneri, et quelquefois de Maggini, ont laissé des instruments excellents, qui sont appelés à remplacer ceux des vieux maîtres italiens.

XIII

Sous le titre d'*Ecole académique des amateurs-zélateurs de poésie et de musique*, le poète Jean-Antoine de Baïf, fonda, en compagnie du musicien Thibaut de Courville, la première société d'auditions musicales qui ait existé, non seulement en France, mais en Europe. Elle avait son siège à Paris, dans la maison même de Baïf, située sur le rempart entre les portes Saint-Marceau et Saint-Victor. Le roi Charles IX confirma les statuts de cette institution, par lettres patentes, en 1570.

Les académiciens formaient trois classes distinctes : la première comprenait les poètes et les compositeurs de musique ; dans la seconde étaient réunis les exécutants, que l'on rétribuait ; la troisième se composait exclusivement des auditeurs. Ceux-ci, parmi lesquels figurait le roi de France, versaient une cotisation dont le montant n'était pas fixé, mais laissé à leur générosité. Une médaille leur servait de carte d'entrée.

Il y avait répétition tous les jours, et concert chaque dimanche.

A la mort de Baïf, survenue le 19 septembre 1589, Mauduit, bon musicien et alors secrétaire de la Société, prit la direction de l'entreprise, dont le siège fut transféré rue de la Juiverie, aujourd'hui rue de la Cité. On ignore à quelle époque cette académie cessa de donner ses séances.

Les Concerts spirituels furent créés à Paris, en 1725, par Philidor (Anne Danican), célèbre à la fois comme compositeur de musique et joueur d'échecs. Son but était de remplacer, par des solennités musicales, les représentations théâtrales interdites pendant la Semaine sainte et les quelques grandes fêtes de l'année. Il ne faisait en cela qu'imiter le maréchal de Villars, qui, déjà en 1716, à Marseille, avait fondé une société de concerts spirituels au profit des pauvres[1].

En possession de son privilège, Philidor installa ses concerts dans la grande salle des Suisses aux Tuileries[2]; mais il fut dans l'obligation de payer une redevance annuelle de 6,000 livres à l'Opéra, qui avait alors le monopole des auditions lyriques.

Commencé à six heures du soir, le concert finissait à huit heures. Il y avait trois sortes de places que l'on payait : le parquet, trois livres tournois; les galeries, quatre livres tournois; les loges, six livres tournois.

L'entreprise réussit à merveille; la plus haute société parisienne s'y donnait rendez-vous; aussi le succès fut-il très grand dès le début et se maintint jusqu'en 1790, époque où le Concert spirituel disparut dans la bourrasque révolutionnaire.

Cette institution acquit bientôt une réputation européenne. Tout artiste de quelque valeur tenait à s'y faire entendre pour la consécration de son talent. C'est là que les violonistes les plus habiles se produisirent devant le grand public. Nous savons par le *Mercure de France* qu'ils y occupèrent une place très importante, dès la première année :

« Le concert du palais des Tuileries, que le sieur Philidor fait exécuter, et dont nous avons déjà rendu compte au public, continua avec les mêmes applaudissements le lundy de Pâques jusqu'au lendemain de Quasimodo. Ce qu'il y a de bien piquant pour le public dans ce dernier concert, c'est une espèce d'assaut entre les sieurs Baptiste, français, et Guignon, piémontais, qu'on regarde comme les deux meilleurs joueurs de violon qui soyent au monde. Ils jouèrent tour à tour des pièces de symphonie, seulement accompagnéz d'un basson et d'une basse de viole; et ils furent tous deux extraordinairement applaudis[3]. »

1. ALEXIS ROSTAND. *La musique à Marseille*, Paris, 1874, 1 vol. in-12, p. 9.
2. Depuis, celle des maréchaux.
3. *Mercure de France*, avril 1725, p. 836.

Quantz[1], qui passa huit mois à Paris, d'août 1726 à mars 1727, parle avec éloge, dans ses mémoires, du Concert spirituel et des violonistes Guignon et Baptiste Anet ; il dit aussi beaucoup de bien des flûtistes Blavet, Lucas, Braun et Naudot, ainsi que des violistes Roland Marais et Forqueray. Son opinion a d'autant plus de valeur qu'il venait de parcourir l'Italie, et par conséquent d'y entendre d'excellents chanteurs et instrumentistes.

Jean-Marie Leclair débuta brillamment au Concert spirituel pendant la quinzaine de Pâques 1728[2]. Né à Lyon en 1697, Leclair, qui avait appris le violon dans sa jeunesse, fut d'abord danseur au théâtre de Rouen, puis maître de ballet à Turin. C'est alors qu'il composa quelques airs de danse que l'on trouva charmants, et qu'il abandonna les entrechats et les ailes de pigeon pour se livrer sérieusement à l'étude du violon, sous la direction de Somis, un des meilleurs élèves de Corelli. C'est Leclair qui, un des premiers après Westhoff, fit usage de la double corde ; ses œuvres, encore très estimées aujourd'hui, sont remarquables pour l'époque. Ce maître mourut assassiné, le 22 octobre 1764, en rentrant chez lui, rue Martel. On ne découvrit jamais le coupable, ni les causes du crime.

On entendit le violoniste italien Giovanni Madonis le 1er mai 1729. Giambattista Somis, le maître de Leclair, ne vint qu'en 1733 :

« Le sieur Somis, fameux joueur de violon du roi de Sardaigne, a exécuté différentes sonates et des concertos dans la dernière perfection et a été très applaudi par de nombreuses assemblées que la justesse et la brillante exécution de ce grand maître y avaient attirées[3]. »

La fille de Jean-Baptiste Somis, Maria-Christina, l'une

1. Quantz était un flûtiste et un compositeur de grande valeur. Il fut le maître du grand Frédéric et écrivit de nombreux solos de flûte pour son royal élève.
2. *Mercure de France*, avril et mai 1728, p. 856 et 1061.
3. *Mercure de France*, avril 1733, p. 816.

des meilleures chanteuses italiennes de l'époque, épousa notre grand peintre Carle Vanloo, pendant le séjour qu'il fit à Turin de 1730 à 1734.

Philidor, qui recrutait son personnel, chanteurs et instrumentistes, à l'Académie royale de musique, céda son privilège à cette administration, en 1734. Le compositeur Royer, originaire de la Bourgogne, chef d'orchestre de l'Opéra, devint directeur du Concert spirituel en 1747. Il eut Gabriel Caperan, l'un des violons du Roi, pour successeur en 1750. Mondonville remplaça celui-ci en 1755. Dauvergne prit la direction en 1762. Berton lui succéda en 1773. Cette institution fut administrée par Gaviniès, Leduc et Gossec de 1773 à 1777, époque où l'on nomma Legros, qui resta directeur jusqu'à la suppression du Concert spirituel qui eut lieu en 1790.

Le violoniste François Cupis de Camargo (Bruxelles 1719 — Paris 1764), joua avec beaucoup de succès au Concert spirituel en 1738. Antoine Dauvergne (Clermont-Ferrand 1713 — Lyon 1797), s'y fit entendre pour la première fois en 1740. Violoniste de grand talent et compositeur dramatique de mérite, Dauvergne fut successivement chef d'orchestre de l'Opéra, maître de musique de la Chambre, directeur des Concerts spirituels, directeur de l'Opéra, et surintendant de la Musique du Roi. Il fut nommé chevalier de Saint-Michel en 1786.

Mondonville (Jean-Joseph Cassanea de) brilla au Concert spirituel de 1740 à 1748 et en fut le directeur en 1755.

Né à Narbonne, le 24 décembre 1711, ce violoniste et compositeur de grande valeur voyagea depuis l'âge de dix-neuf ans. C'est pendant un assez long séjour qu'il fit à Lille que parurent ses premières œuvres, entre autres : trois grands motets, exécutés avec beaucoup de succès au Concert spirituel, à Paris, en 1737, et plusieurs livres de sonates pour violon.

Parmi ceux-ci, il en est un, ignoré de ses biographes,

que nous avons eu la bonne fortune de découvrir à la Biblio-
thèque nationale, où il est catalogué Vm 7, 764. Tel est son titre : *Les Sons Harmoniques. Sonates à violon seul avec la basse continüe, par Mondonville. œuvre 4e, gravée par L. Hue. A Paris et à Lille, chez : L'auteur au Concert de Lille en Flandre. Me Boivin Mde rue Saint-Honoré, à la règle d'or. Le Sr Le Clerc Md rue du Roule, à la Croix d'or. Avec privilège du Roy* (sans date).

Les six sonates que contient cet in-quarto de 41 pages sont précédées d'un *Avertissement utile pour jouer les sonates dans le goût de l'auteur.* Mondonville y explique la théorie des sons harmoniques naturels et montre, à l'aide d'un dessin représentant une touche de violon, les

VIOLON DE GIUSEPPE GUARNERI DEL GESÙ (1734)
AYANT APPARTENU A PAGANINI
(Musée de Gênes).

divisions des cordes où ces sons peuvent être obtenus. Pour cela, posez le doigt : « en observant de ne le point appuyer ;

levez-le en même temps que l'archet cesse de toucher la corde. » Inutile d'ajouter que la théorie trouve son application dans les pièces qui la suivent.

C'est la première fois, à notre connaissance, que les sons harmoniques furent expliqués et employés. Mondonville, à qui revient cet honneur, mérite donc une mention toute spéciale dans l'histoire du violon, car il fut le précurseur de Paganini.

Nommé surintendant de la Chapelle royale, à Versailles, Mondonville composa pour l'église, et aussi pour le théâtre. Lors de la *guerre des bouffons*, le succès de son opéra *Titon et l'Aurore*, représenté, en 1753, décida du renvoi des chanteurs italiens.

Il mourut dans sa maison de campagne, à Belleville, le 8 octobre 1773.

Le 8 septembre 1741, débuta Pierre Gaviniès, qui parut en compagnie de Joseph-Barnabé Saint-Séverin dit l'Abbé, un élève de Leclair :

« Le sieur Gaviniès, âgé de treize ans, et le sieur l'Abbé, à peu près du même âge, jouèrent une symphonie à deux violons de M. Le Clair avec toute la précision et la vivacité convenables ; ils furent applaudis par une très nombreuse assemblée[1]. »

Pierre Gaviniès (Bordeaux 1728 — Paris 1800) est le chef et le fondateur de l'école française du violon ; ses œuvres sont encore étudiées aujourd'hui avec fruit. Il ne cessa de se faire entendre au Concert spirituel pendant sa longue carrière, sauf toutefois durant l'année qu'il passa à la Bastille, pour cause de conversations trop intimes avec une dame de la Cour. C'est dans sa prison qu'il composa la romance pour violon, devenue si célèbre sous le nom de *Romance de Gaviniès*, qu'il exécuta encore à soixante-

1. *Mercure*, septembre 1741, p. 2092.

treize ans, dans un concert, et qui causa la plus vive émotion à ses auditeurs. Viotti, qui l'entendit en 1782, l'appelait, le *Tartini français*. Gaviniès forma beaucoup d'élèves, parmi lesquels nous devons citer Capron, Lemierre, Paisible, Le Duc aîné, l'abbé Robinot, Guérin, Imbault et Baudron, mais on ignore le nom de son maître à lui. Il fut nommé professeur au Conservatoire en 1796, à la fondation de cet établissement, et y eut Verdiguiès pour élève, lequel s'est fait entendre avec succès aux Concerts du Conservatoire. Gaviniès dirigea aussi le Concert spirituel de 1773 à 1777, en compagnie de Gossec et de Le Duc, son élève, et fut l'ami intime de J.-J. Rousseau.

Son père, François Gaviniès, luthier à Bordeaux, vint s'établir à Paris, lors du début de son fils au Concert spirituel, et fut maître-juré comptable en 1762. De méchantes langues prétendaient que le meilleur violon qu'il ait jamais fait était son fils.

Petit, élève de Tartini, débuta le 14 décembre 1741 dans un concerto de son maître. Pierre Lahoussaye (Paris 1735-1818), n'était âgé que de dix ans, lorsqu'il se fit entendre, en 1745.

C'est dans une sonate pour deux violons, que Jean-Baptiste Dupont se produisit, avec l'Abbé fils pour partenaire, en 1746.

Lemière ou Lemierre (l'aîné), élève de Gaviniès se fit applaudir de 1750 à 1763, ainsi qu'André-Noël Pagin, un disciple et admirateur de Tartini. Chabran ou Chiabran (Francesco), neveu et élève de J.-B. Somis, y provoqua un véritable enthousiasme en 1751. On y accueillit aussi très chaleureusement Baron, au mois d'avril de la même année. Carminati, Vénitien établi à Lyon, et Étienne Piffet, surnommé le *Grand nez*, triomphèrent en avril 1752.

Deux débuts sensationnels eurent lieu en 1754; ce furent ceux de Gaetano Pugnani et de Domenico Ferrari; le premier, élève de Somis et de Tartini; le second, seulement de Tartini :

11   9

« M. Pugnani, ordinaire du roi de Sardaigne, joua un concerto de sa composition; les connaisseurs qui étaient au concert prétendent qu'ils n'ont point entendu de violon supérieur à ce virtuose [1]. »

« 31 mars, M. Domenico Ferrari joua un concerto de violon de sa composition. Ce virtuose italien a des grâces infinies, un sçavoir, une sagesse au-dessus de tout éloge; son jeu est la perfection même [2]. »

Les violonistes français ne craignirent pas de se montrer à côté des maîtres italiens; non seulement Gaviniès triompha la même année; mais le 11 avril, Tarade joua aussi avec succès un concerto de Mondonville.

Un jeune violoniste de onze ans, Marie-Alexandre Guénin (Maubeuge 1744 — Paris 1819), conquit tous les suffrages le 21 mars 1755. Elève de Gaviniès, pour le violon, Guénin étudia l'harmonie avec Gossec. Ses symphonies furent très applaudies au Concert spirituel et au Concert des amateurs.

Le 2 février 1758, Pierre Vachon (Arles 1731 — Berlin 1802) fit sensation :

« M. Vachon a joué pour la première fois un concerto de violon avec le plus éclatant succès [3]. »

Choyé par le public, Vachon fit entendre un concerto de sa composition dans cinq concerts successifs pendant la quinzaine de Pâques de la même année 1758 [4]. Elève de Chiabran, il fut nommé, en 1784, maître des Concerts de la cour, à Berlin.

Capron, disciple de Gaviniès, débuta le jour de Noël 1761, et fut un des virtuoses attitrés du Concert spirituel jusqu'en 1777. Il épousa la nièce de Piron. Un autre élève de Gavi-

1. *Mercure*, mars 1754.
2. *Id.*, mai 1754.
3. *Id.*, avril 1758.
4. *Id.*, juin 1758.

niès, l'abbé Robineau ou Robinot, triompha bien souvent de 1765 à 1775.

Isidore Berthaume (Paris 1754 — Saint-Pétersbourg 1802) n'avait que onze ans lorsqu'il débuta, le 29 mars 1765.

« M. Berthaume, élève de M. Lemière, exécuta sur le violon un concerto de M. Gaviniès ; ce jeune symphoniste, âgé de onze ans, que l'on peut nommer l'enfant merveilleux, étonna les maîtres de l'art et les meilleurs connaisseurs... Un archet sûr et décidé, un son moelleux, une exécution facile, nette dans la volubilité, hardie sans imprudence, le tout réglé par un goût qui paraît venir du sentiment vif et juste, tel est sans exagération ce rare sujet [1]. »

Cet artiste émigra en 1791, il séjourna quelque temps en Allemagne, puis se rendit à Saint-Pétersbourg, où il fut premier violon de la Musique de l'Empereur.

Pendant l'année 1767, on entendit Barrière (Étienne-Bernard-Joseph), un élève de Pagin, dans un concerto de sa composition, et Hippolyte Barthélemont, dans une de ses sonates. Le premier, alors âgé de dix-huit ans, était né à Valenciennes en 1749. Quant au deuxième, né à Bordeaux en 1731, il fit toute sa carrière à Londres, où il mourut en 1808.

Louis-André Haranc (Paris, 1738-1805) débuta pendant la quinzaine de Pâques 1769 ; il fut plus tard maître des Concerts de la Reine. La brillante élève de Tartini, Mme Sirmen (Maddalena Lombardini de), se fit aussi entendre, en 1769, dans un concerto de son maître. Elle revint en 1785, mais n'obtint pas un accueil aussi chaleureux. C'est à elle que Tartini écrivit une longue lettre, datée de Padoue, sur l'art de jouer du violon.

Jean-Marie Giornowicki, dit Jarnowick (Palerme, 1745-Saint-Pétersbourg, 1804), élève de Lolli, joua souvent au

---

1. *Mercure*, avril-mai, 1765.

Concert spirituel de 1770 à 1779, et se fit une très grande
réputation. Précurseur de Viotti, dans l'école moderne, il
fut distancé par ce dernier. Stamitz (Antoine) se fit entendre de 1770 environ, jusqu'à la Révolution.

C'est aussi en 1770 que débutèrent brillamment Pierre Le
Duc, élève de son frère Simon Le Duc, alors âgé de quinze
ans, et Mˡˡᵉ Deschamps, qui n'avait que onze ans. Le *Mercure* ne ménage pas ses éloges à cette jeune élève de Capron.
Devenue, en 1782, Mᵐᵉ Gautherot, elle se fit entendre de
nouveau, avec non moins de succès, le jour de Noël de 1784.

Chartrain, né à Liége, débuta en 1772.

CHEVALET FRANÇAIS DE VIOLON
(XIXᵉ siècle).

Pendant l'année 1773, il y eut
les débuts successifs de Gioac-
chimo Traversa, un élève de Pugnani ; de Cambrini, qui exécuta
une symphonie pour deux violons de sa composition avec
J.-J. Imbault, et celui de Laurent,
alors âgé de dix-sept ans, lequel
exécuta aussi l'année suivante,
avec M. Lejeune, une symphonie concertante qu'il avait
composée. Laurent se fit encore entendre en 1775. Quant à
Imbault, il reparut bien souvent, soit avec Guérillot ou avec
Viotti.

Lefebvre, âgé seulement de douze ou treize ans, se produisit en 1776, ainsi que Jean-Frédéric Loisel, qui n'avait
que quatorze ans. Le célèbre Antonio Lolli (Bergame, 1733-
Sicile, 1802) vint se faire applaudir en 1779. On entendit
Henri (Bonaventure), en 1780.

Giambattista Viotti fit son apparition au Concert spirituel,
le dimanche 17 mars 1782, jour de la Passion, et y exécuta
un de ses concertos. Voici comment s'exprime à ce sujet le
Journal de Paris :

« Depuis le fameux Lolli, il n'avait pas paru de violon de

la force de M. Viotti. Il surprit dans le premier morceau de
son concerto par la facilité incroyable et la netteté avec laquelle il exécuta les plus grandes difficultés ; il entraîna
tous les suffrages par le fini avec lequel il joua l'adagio ; ce
fut dans ce morceau qu'on sentit vraiment combien le talent
de cet artiste était précieux [1]. »

Son succès fut si grand qu'à la suite de cette première
audition il dut se faire entendre dans douze concerts successifs. Parlant de celui du 19 mai, le même journal dit
encore :

« On a toujours prodigué les applaudissements les plus
vifs à M. Viotti. Nous n'avons parlé jusqu'ici que de son
exécution, mais nous croirions ne pas rendre toute la justice qui est due à ses talents, si nous ne donnions de justes
éloges à ses ouvrages. Ses concertos sont tous brillants,
d'une harmonie très pure et d'un chant très agréable ; il
serait à souhaiter que nos jeunes virtuoses les prissent
pour modèle, ils se feraient écouter avec plus d'intérêt [2]. »

Les vœux du gazetier ont été exaucés à souhait, car
depuis cette époque, les concertos de Viotti servent de base
à l'enseignement du violon dans les Conservatoires du
monde entier.

Né à Fontanetto, dans le Piémont, en 1753, Viotti était
le fils d'un maréchal ferrant, jouant du cor, et un peu ménétrier. C'est sur un petit violon acheté à la foire de Cres-
centino qu'il commença à s'exercer, à huit ans. L'évêque de
Strambino, Francesco Rora, depuis archevêque de Turin,
l'ayant remarqué, l'adressa à la marquise de Voghera, qui le
prit dans son palais, à Turin, pour compagnon de son fils,
Alphonse del Pozzo, prince de la Cisterna. Pugnani devint
son maître et en fit le merveilleux violoniste que l'on sait.

1. Le *Journal de Paris*, 23 mars 1782.
2. *Id.*, 21 mai 1782.

En 1780, Pugnani et Viotti quittèrent Turin, et parcoururent ensemble l'Allemagne, la Pologne, la Russie, l'Angleterre et la France, où ils arrivèrent à la fin de l'année 1781. Partout Viotti excita le même enthousiasme qu'à Paris.

Il rejoua au Concert spirituel pendant la semaine de Pâques de 1783 ; mais trouvant qu'à une séance où la salle était presque vide on ne lui avait pas fait tout le succès qu'il méritait, il prit la résolution de ne plus se faire entendre à Paris dans les concerts, et n'y joua depuis que dans des réunions particulières.

La reine Marie-Antoinette lui donna le titre de son accompagnateur avec une pension de six mille francs. En 1784, le prince de Conti lui confia la direction de sa Musique. Léonard, le coiffeur de la reine, ayant obtenu, en 1788, le privilège d'un théâtre d'opéra italien, prit Viotti comme associé. Deux ans plus tard, en 1790, Viotti fonda, avec Feydeau de Bron, le théâtre connu sous le nom de théâtre Feydeau.

La Révolution ruina Viotti, qui se rendit à Londres au mois d'août 1792. Très mal accueilli par les émigrés, qui le crurent, à tort, un agent secret du parti révolutionnaire, il partit pour Hambourg et y séjourna trois ans. Il revint à Londres en 1795 et s'en absenta pendant les quelques mois qu'il passa à Paris en 1802, où, sur la prière de ses nombreux amis et admirateurs, il joua dans la petite salle du Conservatoire. Viotti resta à Londres jusqu'en 1819, époque où il fut nommé directeur de l'Opéra, à Paris. Il quitta de nouveau cette dernière ville, en 1822, pour retourner à Londres, où il mourut le 10 mars 1824, âgé de soixante et onze ans.

Rodolphe Kreutzer (Versailles, 1766-Genève, 1831), qui déjà en 1779, à l'âge de treize ans, s'était fait applaudir dans un concerto de sa composition, ne craignit pas de se faire entendre à côté de Viotti.

Fils d'un musicien de la Chapelle royale, il fut l'élève d'Antoine Stamitz. Tout bon violoniste a travaillé ses études et ses concertos.

De 1792 à 1794, Kreutzer parcourut l'Italie et l'Allemagne, où il excita un véritable enthousiasme. Nommé professeur au Conservatoire, à la fondation de cet établissement, il y enseigna jusqu'en 1827. Premier violon solo à l'Opéra, il monta au pupitre de chef d'orchestre en 1817. Louis XVIII le nomma maître de sa Chapelle en 1815. Kreutzer fit représenter plus de trente ouvrages tant à l'Opéra qu'à l'Opéra-Comique. Il collabora à la première méthode de violon publiée par le Conservatoire de Paris.

De 1783 à 1787, débutèrent successivement au Concert spirituel les violonistes : André-Henri Michaut, Henri Guérillot, les frères Alday, Pierre-Noël Gervais, Mathieu-Frédéric Blasius, Marie-Joseph Bouvier, Jean-Jacques Grasset, qui succéda à Gaviniès comme professeur au Conservatoire, en 1800 ; Alexandre-Jean Boucher, Guérin aîné, un élève de Rodolphe Kreutzer ; Andréas Romberg, Marcou et Nicolo Mestrino, que Viotti choisit comme chef d'orchestre de l'Opéra italien, en 1788.

Jacques-Pierre-Joseph Rode (Bordeaux 1774 — Bourbon, près de Damazan, 1830), le plus brillant élève de Viotti, débuta, en 1790, au théâtre de *Monsieur* (opéra italien) dans un entr'acte, avec le treizième concerto de son maître, et il obtint le plus vif succès. Il fit aussi entendre, aux concerts du théâtre Feydeau, les troisième, treizième, quatorzième, dix-septième et dix-huitième concertos de Viotti.

D'humeur voyageuse, Rode s'engagea, en 1794, comme clarinettiste dans un régiment qui allait faire campagne en Vendée ; mais il n'y resta pas longtemps, car, la même année, on le voit en Espagne, où il reçut un accueil chaleureux. S'étant embarqué pour Hambourg, une tempête le jette sur les côtes d'Angleterre ; il court à Londres voir Viotti, puis repart pour Hambourg rejoindre le chanteur

Garat; après un court séjour il file à Berlin, et rentre à Paris en 1796.

Nommé professeur au Conservatoire, premier violon à l'Opéra, violon solo de la Musique du premier Consul, il abandonne tout, en 1802, repart pour Berlin, où il reste quelque temps avant de prendre la route de Saint-Pétersbourg. Il arrive dans cette dernière ville en 1803, et y devient premier violon solo de la Musique de l'Empereur. Entre temps, il avait visité plusieurs villes d'Allemagne. Spohr, qui l'entendit à Brunswick, en parle en ces termes :

« Plus je l'entendais, plus j'admirais son jeu : oui, je n'hésitai pas à mettre sa manière, qui était encore alors le reflet fidèle de celle de son grand maître Viotti, au-dessus de celle de mon maître Eck, et à m'efforcer de m'approprier ses compositions par une étude pleine de soin. Et cela ne me réussit pas mal, car jusqu'au jour où je me fis une manière personnelle, j'étais, parmi les jeunes violonistes de l'époque, la copie la plus fidèle de Rode. Je parvins surtout à jouer tout à fait dans sa manière son huitième concerto, ses trois premiers quintettes, et les célèbres variations en *sol majeur* [1]. »

Vidal, auquel nous empruntons la traduction de ce passage, ajoute non sans raison :

« Nous pouvons être justement fiers de cette appréciation de Spohr; car tout l'éclat de notre école de violon date de cette époque où Rode, Kreutzer et Baillot établirent les grands principes qui la guidèrent dans la bonne voie dont elle n'est pas sortie depuis [2]. »

Après un séjour de cinq années en Russie, Rode revint à Paris en 1808, et s'y fit entendre de nouveau. En 1811, il parcourut l'Autriche, la Hongrie, la Bohême, la Bavière et

1. SPOHR. *Selbstbiographia*, t. I, p. 66-67.
2. VIDAL. *Les instruments à archet*, t. II, p. 314.

la Suisse. Il habita Berlin de 1812 à 1820, et y épousa la jeune veuve Galliari, qui lui apporta une belle fortune. Revenu en France, il s'établit définitivement à Bordeaux:

CHARLES MINART, VIOLONISTE AMBULANT
D'après Ingouf.

Bourbon, près de Damazan, où Rode mourut en 1830, est situé à l'embouchure du Lot.

Sauf Laurentini, de Bologne, et Tartini, presque tous les

grands violonistes italiens se sont fait entendre au Concert spirituel ; mais si ce dernier n'est venu lui-même, ses nombreux élèves nous ont fait connaître sa belle école.

Gossec fonda le *Concert des Amateurs* en 1770. C'est là qu'il fit entendre ses symphonies et celles de Haydn. L'orchestre, qui était excellent, s'acquit bien vite une grande réputation. Navoigille l'aîné le dirigeait avec beaucoup d'autorité. Parmi les violonistes on remarquait : Mestrino, Lahoussaye, Gervais, Berthaume, le chevalier de Saint-Georges, aussi habile à manier l'archet que l'épée ; Fodor, Guérin, les deux Blasius, etc.

XIV

Le violon progressa également en Allemagne, où il y eut, pendant le xviiie siècle, des maîtres tels que Franz Benda, Carl Ditters, Wilhem Cramer, Léopold Mozart, Andréas Romberg, Roab, Pichel, Eiselt, Danner, Fraenzel, Eck, le maître de Spohr, etc. La plupart de ces grands artistes restèrent au service des princes de leur pays, qui tous avaient des Chapelles et des Musiques particulières. Quelques-uns se produisirent en Angleterre et en Russie ; Stamitz et Andréas Romberg sont les rares qui se soient fait entendre à Paris.

Pendant fort longtemps, les princes et les nobles prirent part aux exécutions musicales et même théâtrales dans les cours des pays d'outre-Rhin. C'est ainsi qu'à Vienne, en 1724, l'empereur Charles VI dirigea plusieurs représentations d'*Euristeo*, opéra en trois actes d'Antonio Caldara, son maître de chapelle, et dont tous les interprètes, sans exception, chanteurs, danseurs et musiciens, faisaient partie de la plus haute noblesse. L'orchestre était composé de : deux clavecins, dont un pour l'empereur, qui accompagnait les chanteurs tout en dirigeant ; un téorbe, une flûte, deux hautbois, deux bassons, onze violons, trois basses de violon et une contre-basse, laquelle était jouée par le comte Adam-Ph. Logi. On sait que le grand Frédéric se faisait entendre, presque tous les jours, sur la flûte, et que le prince Ester-hazy, le protecteur d'Haydn, cultivait la « viola bordone » avec passion.

A Vienne, de 1740 à 1772, on donna des concerts publics sur le théâtre de la Cour les vendredis et jours de fêtes. C'était une imitation de nos Concerts spirituels ; on y exécu-tait surtout des oratorios et des cantates, peu d'instrumen-tistes s'y firent entendre. Le *Concert des Amateurs*, à Berlin, ne fut fondé que plus tard.

XV

Dans sa *Description de la ville de Paris au* xv° *siècle*, Guille-bert de Metz cite la rue des Ménestrels « où l'en tient escoles de menestrels [1] ».

Ces « escoles de menestrels » furent certainement le pre-mier Conservatoire de musique français ; et il est fort pos-sible qu'on y enseignait non seulement le chant et le jeu des instruments, mais encore quelques tours d'adresse.

Il y eut après la création de l'Académie royale de musique différentes écoles de chant et de déclamation, dans le but de former des sujets pour l'Opéra [2] ; mais il nous faut arriver à

---

1. *Description de la ville de Paris au* xv° *siècle*, par Guillebert de Metz (Paris, Aubry, 1855), p. 72.
Selon le même auteur, en « l'hostel de maistre Jacques Duchié en la rue des Prouvelles » se trouvait en 1407 : « Une salle remplie de toutes manières d'ins-trumens, harpes, orgues, vielles, guiternes, psaltérions et autres, desquelz ledit maistre Jacques savoit jouer de tous. » *Id.*, p. 67.
2. Perrin et Cambert avaient emprunté leurs chanteurs aux maîtrises des cathédrales. Lully avait établi à l'Opéra une école de chant et de déclamation qu'il dirigeait lui-même. En 1698, la célèbre chanteuse Marthe le Rochois fonda une école publique qui subsista jusqu'en 1726. Il y eut après, l'école installée par l'Académie royale de musique, rue Saint-Nicaise, sous le titre de Magasin. Et enfin celle qui fut créée par arrêt du roi, rendu le 3 janvier 1784, sur un rapport de Gossec.

la fondation de notre Conservatoire actuel pour voir enseigner officiellement le violon.

Créé par une loi de la Convention du 3 août 1795, le Conservatoire national de musique et de déclamation ouvrit ses portes, à Paris, sous la direction de Sarette, le 30 octobre 1796. Les titulaires des classes de violon étaient : Gaviniès, Guénin, Rodolphe Kreutzer, Lahoussaye, Blasius, Guérillot et Persuis. Gaviniès, qui mourut en 1800, eut Jean-Jacques Grasset pour successeur. Baillot et Rode furent nommés en 1801 et 1802.

Le 3 avril 1801, une commission composée de Baillot, Pierre Blasius, Frédéric Blasius, Catel, Chérubini, Grasset, Guénin, Guérillot, Kreutzer, Lahoussaye et Rode, fut réunie, afin d'arrêter les bases d'une méthode de violon destinée à l'enseignement du Conservatoire. Elle chargea Baillot, Kreutzer et Rode de ce soin. Baillot en fut le rédacteur, et présenta son travail à la commission, qui l'adopta, le 14 février 1802.

Depuis cette époque, l'Ecole française de violon n'a cessé d'occuper une des premières places dans l'univers.

Pierre-Marie-François-de-Sales Baillot (Passy 1771 — Paris 1842), exerça une heureuse influence sur l'Ecole de violon. Il rédigea non seulement la méthode de violon du Conservatoire, dont il publia une deuxième édition, en 1834, sous le titre d'*École du violon*, mais aussi la méthode de violoncelle, que Baudiot et Levasseur firent en collaboration.

Aux professeurs de violon du Conservatoire, que nous venons de citer, succédèrent : Habeneck, A.-J.-N. Kreutzer (il remplaça son frère en 1826), Girard, Guérin, Alard, Massart, Charles Dancla, Sauzay, Maurin, Garcin, Chaine, Bérou, Hayot, Turban et Marsick. Les titulaires actuels sont : MM. Berthelier, Rémy, Desjardins, Brun, Lefort et Nadaud.

Quoique notre cadre ne nous permette pas de parler des grands violonistes français et étrangers du xix° siècle, nous tenons à rappeler que Nicolo Paganini (Gênes 1784 — Nice 1840), si justement célèbre, augmenta les effets des sons harmoniques, dont Mondonville faisait déjà usage en 1740.

XVI

Le violoniste Michel Woldemar (Orléans 1750 — Clermont-Ferrand 1816), fut un original, élève de Lolli et de Mestrino. Il fit paraître une petite méthode de violon, où il donne les dessins des archets de Corelli, Tartini, Cramer et Viotti, il est aussi l'auteur des :

COMMANDEMENTS DU VIOLON

Premier Décalogue.

1. Le son jamais ne hausseras,
   Ni baisseras aucunement.
2. Mesure tu n'altéreras,
   Mais frapperas également.
3. L'archet toujours tu maintiendras
   Permanent et solidement.
4. Symphonie tu sabreras
   Hardiment, vigoureusement.
5. Doucement accompagneras,
   La femme principalement.
6. Le grand Allegro joueras
   Fièrement, mais modérément.
7. Romance tu soupireras
   Tendrement, amoureusement.
8. Dans l'Adagio fileras
   Le son purement, largement.
9. Pour le Largo, tu gémiras
   Tristement, mais sensiblement.
10. Le Rondo tu caresseras
    Vivement et légèrement.

Second Décalogue.

1. En Concertos tu choisiras
   Viotti préférablement.

2. Le faible tu n'écraseras,
   Afin d'agir honnêtement.

3. Dans le Duo ne chercheras
   A briller exclusivement.

4. La sonate tu chanteras
   Sagement et correctement.

5. Dans le Trio ne broderas,
   L'auteur suivras exactement.

6. A l'orchestre tu ne feras
   Que la note tout uniment.

7. Sur toutes clefs transposeras,
   Pour accompagner sûrement.

8. En Quatuor ne forceras
   Que pour la chambre seulement.

9. Au chef d'orchestre obéiras
   Docilement, aveuglément.

10. En public tu ne trembleras,
    Ni devant les Rois mêmement [1].

Josepho Puppo (Lucques 1749 — Florence 1827), violoniste habile, et de plus homme d'esprit, se tira d'affaire devant le tribunal révolutionnaire, par ses heureuses réponses aux questions qui lui furent posées :

— Que faisiez-vous sous le tyran?

— Je jouais du violon.

— Que faites-vous maintenant?

— Je joue du violon.

— Que feriez-vous si la République avait besoin de vos services?

— Je jouerais du violon.

Puppo fut non seulement renvoyé indemne, mais il

---

1. J.-B. WECKERLIN. *Musiciana*, p. 106 et 107.

entra au Théâtre-français-de-la-République, et en dirigea
l'orchestre jusqu'en 1799.

N'oublions pas de mentionner que Turbry, un Toulou-
sain, qui fut élève au Conservatoire et membre de l'orchestre de l'Opéra italien, à Paris, publia, vers 1825, une
Méthode de violon sympathique [1].

XVII

La quinte de violon est appelée « viola » par les Italiens,
les Allemands et les Anglais, sans doute parce que l'on s'en
sert pour exécuter les parties confiées autrefois aux violes
de taille moyenne. En France, on lui a donné le nom plus
logique d'alto, qui est le diminutif de « contralto », lequel
s'emploie de temps immémorial pour désigner les voix
graves de femmes et d'enfants; car cet instrument est bien
en réalité un violon-contralto, puisqu'il s'accorde ainsi, une
quinte au-dessous du violon :

On ne saurait préciser à quelle époque l'alto vint tenir sa
place près du violon. Les seuls renseignements que l'on
possède sur ce sujet se résument dans les appellations de
« haute-contre, taille » et « quinte », données aux violons
d'accompagnement des différentes Bandes; lesquelles appellations ont été jusqu'ici attribuées de préférence aux violes.
Peut-être méritent-elles un examen plus attentif.

Il n'est pas douteux que les joueurs de « haute-contre » et
de « taille » des grands et petits violons du roi furent tout
d'abord des violistes, et que, plus tard, quand on remplaça

---

1. Turbry fit aussi paraître : *L'art de moduler dans les régions les plus inouïes et les plus délicieuses de l'harmonie.*

ceux-ci par des violonistes (deuxièmes et troisièmes), on désigna de même les nouveaux venus par la force de l'habitude. Du reste, cela n'offrait aucun inconvénient, car les qualificatifs de « haute-contre » et de « taille » s'appliquaient bien plus aux parties elles-mêmes qu'aux instruments sur lesquels on les exécutait.

Quant à la dénomination de « quinte », nous estimons qu'elle appartient plutôt à la quinte de violon, ou alto, qu'aux violes, voici pourquoi :

Les noms donnés aux violes ont trois origines différentes. Ce sont d'abord ceux des voix du même registre : dessus, pardessus, haute-contre, taille, alto, ténor[1], baryton, basse et double-basse ; puis d'autres selon la manière de les tenir, tels que : « viola a braccio », « viola a spalla » et « viola a gambe » ; enfin quelques uns de spéciaux, comme : viole d'amour, viole-lyre et « viola pomposa ». Mais dans cette longue énumération, on chercherait en vain un nom emprunté à un intervalle quelconque : tierce, quarte, quinte, etc. La cause en est, selon nous, dans l'irrégularité de l'accord des violes, que chacun réglait à son gré, pour sa plus grande commodité.

Tandis qu'avec le violon, l'accord fut régularisé et devint uniforme sur l'instrument type et sur ses dérivés, où les cordes sonnent toujours à un intervalle de quinte l'une de l'autre, sauf pour la contrebasse, qui conserva un accord variable, afin de rendre plus facile l'exécution de certains traits rapides.

Il était donc tout naturel que le violon contralto, accordé à une quinte fixe, au-dessous du violon, prît le nom de cet intervalle ; nom que l'on n'aurait pu donner à une viole, dont l'accord n'avait rien de régulier.

Quoi qu'il en soit, il y avait un altiste dans la Musique de la reine, en 1683 : c'était « Fossart, joüeur de quinte de

---

1. Agricola donne les noms d'alto et tenor à deux « geige » ou violes allemandes de taille moyenne. Voir t. I, p. 193.

violon »; il s'y trouvait en compagnie de : « Jean-Augustin
le Peintre et Jean Marchand, joüeurs de dessus de violon,
Pierre Huguenet, joüeur de taille, et Sébastien son frère,
joüeur de haute-contre », et touchait : « 300 livres par an [1]. »

On peut donc en conclure que le nommé Fossart, altiste
de la Musique de la reine, ne devait pas être un isolé et
le seul à cultiver cet instrument; et que par suite, les
« quintes » de la grande et de la petite Bande jouaient
aussi de la quinte de violon.

Or, s'il y avait des altos dans les différentes organisations
musicales de la Cour, il devait aussi s'en trouver à l'orchestre
de l'Opéra.

Il est vrai que les partitions du temps ne contiennent
aucune indication précise, et que si Lully écrivit souvent
trois parties de violon bien distinctes, se croisant parfois
et ne descendant jamais au-dessous du sol à vide, il ne ren-
seigne pas le lecteur sur l'instrument avec lequel devait
être exécutée la partie d'accompagnement écrite en clef d'ut
troisième ligne. Mais si l'on consulte une partition de
Richard Wagner, y apprendra-t-on que l'instrument désigné
par le mot « viola » est un alto ou quinte de violon? Cependant tous les musiciens modernes le savent. Il est probable
que ceux du temps de Lully étaient également bien ren-
seignés; mais nous ne le sommes plus aujourd'hui sur
certains usages d'il y a deux siècles.

Du reste, fait ignoré jusqu'ici, nous démontrerons plus
loin que la basse de violon, ou violoncelle, était cultivée à la
fin du xviie siècle. La quinte ou alto devait donc l'être aussi.

Nous ne citons qu'à titre de curiosité un manuscrit de la
bibliothèque de l'Opéra, intitulé : *Privilège accordé, arrêté
rendu et règlement fait par Sa Majesté pour l'Académie royale
de musique pour l'année* 1712-1713, dont M. A. Pougin a parlé
longuement [2]. Car s'il nous apprend que l'orchestre de

1. *L'État de la France*, 1683, t. I, p. 433.
2. Voir le *Ménestrel* du 9 février 1896.

l'Opéra se composait alors de 47 artistes, y compris le
« batteur de mesure », qu'il y avait : 10 instruments du

Gaſparo da Salo . In Breſcia

ALTO DE GASPARO DA SALO ET SON ÉTIQUETTE

petit chœur[1], 12 dessus de violon, 8 basses, 2 quintes,
2 tailles, 3 hautes-contre, etc., il ne nous dit pas si

1. Par petit chœur, on désigne bien certainement les instrumentistes chargés
d'accompagner les récitatifs, conjointement avec le clavecin.

c'étaient des quintes, des tailles et des hautes-contre de
viole ou de violon.

Tous les grands luthiers construisirent des altos, Amati,
Stradivari, etc. ; ce qui est la preuve bien certaine qu'on devait en jouer. On a vu, plus haut, celui en forme de guitare,
que Pietro Guarnari fit à Mantoue en 1698. Nous sommes
heureux de pouvoir en donner un de Gasparo da Salò, dont
le dessin des contours est non moins intéressant.

Ce bel instrument n'a pas d'échancrures sur les côtés en
forme de C, et un seul coin, celui du bas, s'y remarque. Les
ff, placées perpendiculairement, ont des ouvertures à peu
près aussi grandes à chaque extrémité, et rappellent les ff
du violoncelle d'Andrea Amati, déjà reproduit. Quant à la
caisse, dessinée en cœur à l'emplacement du bouton, elle a :
410 millimètres de longueur, 212 millimètres de largeur en
haut et 260 millimètres de largeur en bas[1].

En France, l'alto ne fut pas l'objet d'une étude spéciale,
jusqu'à ces temps derniers. Ne possédant pas le brillant du
violon ni la chaleur du violoncelle, il n'intéressait que des
artistes et des amateurs dévoués, et n'était joué, le plus souvent, que par des violonistes médiocres. Mais un courant
s'est établi en sa faveur depuis que des artistes comme
Urhan, Mas, Trombetta, Van Waefelgkem, etc., ont fait
valoir ses belles qualités ; et aujourd'hui, il est enseigné dans
la plupart des Conservatoires. A Paris, la classe de M. La-
forge, créée depuis peu d'années, a déjà donné d'excellents
résultats.

XVIII

Nommée « violoncello » en Italie, la basse de violon est
appelée « violoncelle » en France.

---

1. Gasparo da Salò a fait plusieurs altos de ce modèle. L'un d'eux, décoré de
doubles filets, appartient à M. F. Pingrié, à Paris.

Le mot « cello », seul, n'existe pas en italien. C'est une désinence qui s'ajoute aux mots pour exprimer un diminutif. On sait, par ce qui précède, que notre violon s'appelle en italien « violino ». Le mot « violone », composé de « viola » et de la désinence augmentative « one », signifie la contrebasse ou « basso di viola ». « Violoncello » indique donc une viole de moyenne grandeur, entre la contrebasse ou « violone » et le « violino » ou petite viole.

Nous ne parlerions pas de la légende absurde, mise en circulation par Laborde, dans son *Essai sur la musique*, qui attribue l'invention du violoncelle au Père Tardieu, de Tarascon, dans les premières années du xviiie siècle, si on ne la reproduisait de temps en temps sur des programmes de concerts.

Comment admettre qu'Andrea Amati fit un violoncelle, en 1572, pour le roi de France Charles IX, et que le Père Tardieu imagina cet instrument vers 1710 ou 1720, c'est-à-dire cent cinquante ans plus tard?

Non seulement tous les luthiers italiens des xviⁱe et xviiⁱe siècles : Andrea Amati, Gasparo da Salò, Maggini, Antonio, Girolamo et Nicolo-Amati, Stradivari, etc., construisirent des violoncelles en même temps que des violons, mais on a vu dans la liste des violons du roi, donnée plus haut, que : Prosper Charlot, Jean-Baptiste la Fontaine et Joseph Marchand étaient basses de violon à la Chapelle, depuis 1661, 1683 et 1695[1]. De plus, les passages suivants du *Livre commode* des années 1691 et 1692, montrent qu'à cette époque la basse de violon était déjà très cultivée à Paris.

« MM. Marchands (*sic*), rue des Pouillies, Converset, rue Betizy, Gillet, place du Palais-Royal, et Boudet, rue Saint-Antoine devant la vieille rue du Temple, sont encore d'habiles Maîtres pour la basse de violon[2]. »

1. *L'État de la France*, 1702, p. 48.
2. *Les adresses de la ville de Paris avec le trésor des almanachs, livre commode*, etc., 1691, p. 48.

« Maîtres pour la basse de violon. MM. Marchands père
et fils et Converset, rue des Pouillies, Boudet, rue Saint-
Antoine, Ressiet, rue des Vieux-Augustins, La Rue près
Saint-Médéric [1]. »

Et ce n'est pas qu'en France que le violoncelle était
répandu. On devait même le pratiquer beaucoup en Allemagne, au commencement du XVIIe siècle; car, sur le
frontispice du *Currus triumphalis* de Rauch, publié en 1618,
lequel représente un orchestre avec canons et mousque-
terie, on voit, à gauche, un ange jouant du violoncelle [2].

Cet instrument fut surtout utilisé à ses débuts, pour soutenir le chant dans les églises. On sait déjà que plusieurs
chanoines violoncellistes furent obligés de prendre un brevet de maître à danser, afin d'avoir le droit d'accompagner
le plain-chant. Parfois un trou était percé au milieu de la
table de fond, pour permettre au joueur de suivre les pro-
cessions en suspendant l'instrument à sa ceinture.

Les violoncelles destinés aux maîtrises étaient, en général, d'un plus grand patron que celui adopté depuis.
Ils sont connus dans le commerce de la lutherie sous le
nom de « basses ». Nicolo Amati en fit plusieurs pour
l'église abbatiale de Cluny. M. Dupuis, habile violoncelliste à Chalon-sur-Saône, possède un de ceux-ci, daté de
1638. La caisse de ce magnifique instrument mesure
0m,80 centimètres de longueur, au lieu de 0m,76, grand
patron de Stradivari; son cheviller est orné d'une tête de
sirène dorée, et les armes des abbés de Cluny sont incrus-
tées en argent sur le cordier. Stradivari a fait aussi plusieurs basses de ce format; celle que jouait de préférence
le grand Servais est de ce nombre.

Puisque nous parlons des diverses grandeurs qui furent
données à la basse de violon, il est bon de faire remarquer

1. *L'État de la France*, 1692, p. 210.
2. M. A. Soubies a reproduit ce frontispice dans son *Histoire de la musique
allemande*, p. 69.

que si le violoncelle était l'agrandissement exact du violon,
par rapport à son diapason, sa caisse devrait avoir environ
1 mètre de longueur, 70 centimètres dans sa plus grande
largeur, et les éclisses seulement 85 millimètres de hauteur. Mais, pour la facilité du jeu, la longueur et la largeur ont été diminuées, et les éclisses haussées, afin que,
par cette compensation, la caisse puisse contenir la masse
d'air suffisante pour la bonne sonorité.

En réalité, le violoncelle ou basse de violon est accordé
à l'octave au-dessous de l'alto ou quinte; car sa chanterelle
ou première corde sonne à vide le *la* placé sur la cinquième
ligne de la clef de *fa*, et les trois autres, à une distance de
quinte en descendant : *ré*, *sol* et *ut* :

De même que sur l'alto, ces deux dernières cordes sont
filées.

Le violoncelle de David Tecchler, daté de Rome 1721, que
nous reproduisons, est à peu de chose près, de mêmes
proportions que celui d'Antonio Stradivari, de Jules Delsart,
déjà donné. Il mesure :

Longueur de la caisse.			760	millimètres
Largeur	—	dans le bas. . .	448	—
—	—	au milieu . . .	240	—
—	—	dans le haut. .	350	—
Hauteur des éclisses, en bas			126	—
—	—	en haut	118	—
Longueur des *ff*.			140	—
—	de la tête		220	—

Les premiers violoncellistes n'étaient pas très habiles :
tout leur talent consistait à frotter des parties de basse
pour accompagner le chant, ou les instruments, principalement le violon dans ses sonates et ses concertos. Corelli

ne voyageait jamais sans son accompagnateur violoncelliste, et Tartini ne se séparait pas de son ami Vandini, lequel remplissait le même office auprès de lui. On a vu que Baptiste et Guignon se firent accompagner au Concert spirituel, l'un par une basse de viole, l'autre par un basson. Nos virtuoses modernes ne se contenteraient pas de si peu.

Ce fut pendant très longtemps le rôle des violoncellistes, qui n'exécutaient pas toujours la basse d'accompagnement avec beaucoup d'exactitude. Ils ne se gênaient aucunement, paraît-il, pour la broder, l'amplifier, la transfigurer même. Quantz dut en souffrir, car il s'élève, en ces termes, contre cet abus :

« Le joueur de violoncelle, dit-il, se gardera de broder la basse, comme quelques grands joueurs ont eu autrefois cette mauvaise coutume : c'est faire montre de son habileté fort

VIOLONCELLE DE DAVID TECCHLER
(Rome, 1721).

mal à propos. En voulant mettre dans la basse des bro-
deries arbitraires, on fait encore plus de mal qu'un joueur
de violon ·n'en peut faire dans une partie d'accompagnement. Il est absurde de vouloir faire une partie supérieure
de la basse, qui ne doit avoir pour seul et unique but que de
soutenir et de rendre harmonieux les ornements de l'autre
partie[1] ».

Francisello commença à jouer le violoncelle en solo.
Quantz, qui l'entendit à Naples, en 1725, en parle avec enthousiasme. Vandini ne se contenta pas toujours d'être le simple
accompagnateur de Tartini, il se fit aussi connaître comme
soliste et s'acquit une grande réputation.

Giorgio Antoniotti deMilan, et Salvatore Lanzetti[2], lequel
était au service du roi de Sardaigne, se firent également
remarquer un peu après ; mais c'est Berlault (Valenciennes,
vers 1700 — Angers, 1756) qui est considéré comme le véritable fondateur de l'école du violoncelle, car il fut le premier
à se servir du pouce comme sillet mobile, artifice d'exécution déjà employé sur la trompette marine, et qui permet
de parcourir toute l'étendue.

On raconte à Valenciennes que c'est à la suite d'un concert, où il avait entendu accompagner une sonate de violon
par un violoncelliste peu habile, mais très fantaisiste, qu'il
abandonna la basse de viole pour le violoncelle.

Bertault se fit entendre pour la première fois au Concert
spirituel, en 1739, dans un concerto de sa composition ; son
succès fut prodigieux.

Caffiaux, son contemporain, rapporte ce fait amusant :

« Tandis qu'il jouissait à Paris de la gloire de n'avoir
aucun égal, un ambassadeur, ami de la musique, l'engagea à
venir faire les délices d'une nombreuse compagnie qu'il avait

---

1. QUANTZ. *Méthode de flûte*, Berlin, 1752. (L'auteur l'a publiée en français.)
2. Dans ses *Lettres sur l'Italie* (1739 à 1770), le président de Brosses parle avec
admiration du violoncelliste Lanzetti.

assemblée. Le musicien complaisant obéit : il se présente, il joue, il enchante. L'ambassadeur satisfait lui fait donner huit louis, et donne ordre de le conduire à son logis dans son propre carrosse. Bertault, sensible à cette politesse, mais ne croyant pas ses talents assez bien récompensés par un présent si modique, remet les huit louis au cocher en arrivant chez lui, pour la peine que celui-ci avait eue de le reconduire. L'ambassadeur le fit venir une autre fois et, sachant la générosité qu'il avait faite à son cocher, lui fit compter seize louis et ordonna qu'on le reconduisît encore dans sa voiture. Le cocher, qui s'attendait à de nouvelles largesses, avançait déjà la main, mais Bertault lui dit : « Mon ami, je t'ai payé pour deux fois[1] ».

Ce grand artiste avait un penchant immodéré pour le vin, qu'il appelait sa *colophane*, et jouait rarement dans un salon, avant qu'un domestique ne lui en eût apporté une bouteille, qu'il plaçait sous son tabouret. Il a publié, pour son instrument, des concertos et des sonates, très rares aujourd'hui.

Ses élèves, Janson, né aussi à Valenciennes, Duport l'aîné, Cupis et Tillière, lui firent le plus grand honneur et rendirent justement célèbre l'Ecole française du violoncelle.

Jean-Baptiste-Aimé-Joseph Janson l'aîné (Valenciennes, 1742, — Paris, 1803) se fit entendre avec succès au Concert spirituel, pour la première fois, le 23 mars 1755. Depuis cette époque jusqu'en 1780, il en fut un des solistes habituels. Après de nombreux voyages en Italie, en Allemagne, en Suède, en Danemark et en Pologne, où il obtint partout les plus brillants triomphes, il fut nommé professeur au Conservatoire, lors de sa fondation, en 1796. Son frère, Louis-Auguste-Joseph Janson, resta plus de vingt-cinq ans à l'orchestre de l'Opéra. Né à Valenciennnes le 8 juillet 1749, on ignore la date de sa mort.

Jean-Pierre Duport l'aîné (Paris, 1741 — Berlin, 1818)

_____
1. Ouvrage cité.

débuta au Concert spirituel en 1761, le jour de l'Ascension. L'année suivante il parut à chacun des concerts de la quinzaine de Pâques :

« M. Duport a fait entendre tous les jours sur le violoncelle de nouveaux prodiges et a mérité une nouvelle admiration. Cet instrument n'est plus reconnaissable entre ses mains : il parle, il exprime, il rend tout, au delà de ce charme qu'on croyoit exclusivement réservé au violon[1] .»

Après être resté dans la Musique du prince de Conti, jusqu'en 1769, Duport fit un voyage en Angleterre ; deux ans plus tard il alla en Espagne, et en 1773, il entra au service du roi de Prusse Guillaume II, à Berlin, auquel il enseigna le violoncelle et qui le nomma surintendant de ses concerts. La plupart des violoncellistes allemands de cette époque furent ses élèves.

Jean-Baptiste Cupis, fils du violoniste François Cupis, et neveu de la célèbre danseuse Camargo, fit partie de l'orchestre de l'Opéra jusqu'en 1771. Il partit alors pour l'Allemagne, y remporta de grands succès, principalement à Hambourg, puis revint à Paris et entreprit, presque de suite, un voyage en Italie, où il épousa la cantatrice Julia Gasperini. Cupis était né à Paris en 1741 ; la date de sa mort n'est pas connue. Il a fait paraître, chez Le Moine, à Paris, vers 1768, une méthode élémentaire de violoncelle.

C'est surtout par sa *Méthode pour le violoncelle, contenant tous les principes nécessaires pour bien jouer de cet instrument,* que Joseph-Bonaventure Tillière se rendit célèbre. Parue chez Jolivet, à Paris, en 1774, on en fit plus tard d'autres éditions chez Sieber, Imbault et Frère. Elle fut pendant très longtemps le vade-mecum de tout violoncelliste.

On voit combien fut grande l'influence de Bertault, non seulement en France, mais encore en Europe, où ses élèves portèrent ses traditions. Nous n'exagérons donc pas en le

1. *Mercure de France*, avril 1762, p. 190.

nommant *le père du violoncelle*. Grâce à lui, ce bel instrument ne tarda pas à devenir à la mode et à être cultivé même par les dames de la plus haute aristocratie. La charmante tapisserie au point de Saint-Cyr, donnée ici, représentant

TAPISSERIE AU POINT DE SAINT-CYR
(xviiie siècle).

Madame Adélaïde de France, fille de Louis XV, jouant du violoncelle, en est la preuve.

Valenciennes, patrie de Watteau et de Carpeaux, a donc été le berceau d'une école du violoncelle qui, tout dernièrement, était encore dignement représentée par Jules Delsart.

Jean-Louis Duport le jeune (Paris, 1749-1819), débuta au Concert spirituel, le 2 février 1768 :

« M. Duport le jeune, élève de monsieur son frère, a exécuté sur le violoncelle une sonate accompagnée par M. Duport l'aîné. Une exécution précise, brillante, étonnante, des sons pleins, moelleux, flatteurs, un jeu sûr et hardi, annoncent le plus grand talent[1]. »

Ce début si brillant ne fut pas trompeur, car l'élève surpassa son maître et devint une des gloires du violoncelle. C'est à lui que Voltaire, devant lequel il avait joué à Genève, adressa ce compliment : « Monsieur Duport, vous me faites croire aux miracles : vous savez faire d'un bœuf un rossignol. »

Le *Mercure* nous apprend aussi que le grand Boccherini se fit entendre au Concert spirituel le 20 mars 1768, aussitôt après les débuts de Duport le jeune :

« M. Boccherini, déjà connu par ses trios et ses quatuors qui sont d'un grand effet, a exécuté en maître sur le violoncelle une sonate de sa composition[2]. »

En 1785, le 18 mars, ce fut le tour de Bernhard Romberg, qui n'était alors âgé que de quinze ans. Il voyageait avec sa famille, qui composait un petit orchestre à elle seule. Il ne pouvait rivaliser à ce moment avec Louis Duport, dans tout l'éclat de son talent, et n'obtint qu'un succès modeste; mais il n'en fut pas de même lorsqu'il revint un peu après la Révolution, il émerveilla complètement. Nommé professeur au Conservatoire en 1800, il n'y enseigna que pendant trois ans et se remit à parcourir l'Europe. Ses concertos servent encore de base à l'étude du violoncelle.

Jean-Henri Levasseur, dit le jeune (Paris, 1765-1823), parut au Concert spirituel en 1787. Il avait étudié le violon-

1. *Mercure de France*, février 1768, p. 224.
2. *Id.*, avril 1768, p. 199.

celle avec Cupis et Louis Duport, et fut nommé professeur au Conservatoire, lors de la fondation de cette école, en 1796. Il y fit la classe pendant près de trente-huit ans. Lamarre, Baudiot et Norblin furent ses élèves.

A Bruxelles, c'est Nicolas-Joseph Platel (Versailles, 1777— Bruxelles, 1835), qui fit admirer les belles traditions de l'École française et forma, au Conservatoire de cette ville, où il professait, Servais, Batta et Demunck.

La plupart des auteurs disent que c'est dans les premières années du xviiie siècle que l'on introduisit le violoncelle à l'orchestre de l'Opéra. Mais, de même que pour l'alto, on ne le sait pas exactement, et il n'y aurait rien d'impossible à ce que cela soit arrivé plus tôt, puisqu'un certain nombre de maîtres pour la basse de violon exerçaient à Paris bien avant cette date. Cependant, comme le violoncelle remplaçait la basse de viole, à moins de créer des places spéciales, on ne pouvait l'admettre que lorsqu'il se produisait des vacances parmi les violistes.

En tout cas, il y fut joué, dans les premiers temps, par J.-B. Struck, dit Batistin, allemand d'origine, né à Florence, et qui mourut à Paris le 9 décembre 1755; et aussi par Marchand (sans doute l'un de ceux qui habitaient rue des « Poullies » en 1691), la Ferté (que nous avons vu parmi les violons du roi), Labbé (également violon de la Chambre), et Théobaldo de Gatti, connu sous le nom de Théobalde, lequel y resta pendant cinquante ans.

« La place de symphoniste pour la basse de violon, dit Titon du Tillet, qu'il a occupée pendant cinquante ans dans l'orchestre de l'Opéra de Paris, doit le naturaliser musicien français, quand même il n'aurait pas obtenu du roi ses lettres de naturalité[1]. »

Théobalde mourut à Paris en 1727, dans un âge très

1. *Le Parnasse françois*, déjà cité.

avancé : il était entré à l'Opéra comme basse de violon
en 1677.

L'histoire du violoncelle est aussi brillante que celle du
violon, quoique moins ancienne; et le bel enseignement qui
est donné de cet instrument dans les principaux Conservatoires, ne peut que l'enrichir encore.

Aux professeurs déjà nommés de notre grande Ecole
nationale, ont succédé : Baudiot, Nochez, Duport le jeune,
Norblin, Vaslin, Franchomme, Chevillard, Jacquard, Ra-
baud et Jules Delsart; aujourd'hui les classes sont faites
par MM. Lœb et Cros Saint-Ange [1].

XIX

Tout au début du xviie siècle, Prætorius a donné le dessin
d'une contrebasse à cinq cordes, semblable de forme à celle
qui se joue actuellement. Elle est accompagnée de son
archet et d'une clef pour tourner les chevilles; car ce n'est
qu'au milieu du xviiie siècle que les chevilles à vis, dites
à mécaniques, furent inventées par Carl-Ludwig Bachmann,
luthier habile et virtuose sur la contrebasse, qui était musicien de la Chambre du roi de Prusse, et fut nommé luthier
de la cour à Berlin, en 1765.

Le dessin de Prætorius, reproduit page 159, détruit la
légende qui attribue l'invention de la contrebasse à Todini,
luthier établi à Rome en 1676.

Nous ne citerons que pour mémoire le « violone » à six
cordes qui se trouve dans la *Regula Rubertina* de Ganassi
del Fonnego, publiée en 1543, car ce n'est autre qu'une
contrebasse, ou plutôt une double-basse de viole, ayant des
cases sur la touche pour indiquer la place des doigts.

Il y avait des contrebasses de violon dans les églises dès la

---

1. Le 3 juillet 1900, après une longue et douloureuse maladie, Jules Delsart
fut enlevé à sa famille et à ses nombreux amis. M. Cros Saint-Ange, son
successeur au Conservatoire, a été nommé le 8 novembre de la même année.

fin du xvi⁰ siècle. Gasparo
da Salò et Maggini en
construisirent. Il en existe
encore une du premier de
ces maîtres à l'église de
Saint-Marc, à Venise.
C'est celle que Dragonetti
jouait de préférence dans
ses concerts. Il l'avait re-
çue en cadeau des moines
de Saint-Marc, lorsqu'il
quitta leur Chapelle pour
voyager, et, selon le désir
qu'il en avait manifesté
dans son testament, elle
est retournée à l'église
pour laquelle le grand luthier de Brescia l'avait
fabriquée.

Daniel et Théodore Ver-
bruggen, luthiers à An-
vers, en firent aussi pour
la cathédrale de cette ville,
en 1636 et en 1641. Il en
existe encore une, paraît-
il, dans la même église
qui aurait été construite,
toujours à Anvers, par
Pierre Porlon, en 1647.
Dragonetti en possédait
aussi une faite par l'un
des Amati.

L'usage de la contre-
basse devait être très ré-

CONTREBASSE A CINQ CORDES
D'après Prætorius.
(Début du xvii⁰ siècle.)

pandu, car sur un des panneaux d'un très beau buffet alsa-

cien, datant de Louis XIV, est représenté, en marqueterie
de bois de couleur, un personnage grotesque qui joue d'une
contrebasse à quatre cordes assez exactement reproduite[1].

Certains auteurs assurent que la contrebasse figura
à l'orchestre de l'Opéra à partir de 1700. D'autres, qu'elle n'y
entra qu'en 1706, lors de la première représentation d'*Al-
cyone*, opéra de Marais, dans lequel il y avait une tempête
qui resta longtemps célèbre. Fétis déclare que c'est en 1707
qu'elle y parut pour la première fois. Mais tous sont unanimes à déclarer que le premier qui l'y joua est le compositeur Montéclair, l'auteur de *Jephté*, opéra en cinq actes,
représenté en 1732. Michel Montéclair était né en 1666,
à Chaumont en Bassigny; il mourut en 1737, près de Saint-
Denis.

En 1757, il n'y avait encore qu'une seule contrebasse à
l'orchestre de l'Opéra, et l'on ne s'en servait que le vendredi,
jour du beau monde. Gossec en fit ajouter une seconde, et
Philidor une troisième en 1767, pour la première représentation de son opéra *Ernelinde*, *princesse de Norvège*, dont les
paroles étaient de Poinsinet.

L'Opéra était donc bien en retard, pour la contrebasse, sur
la Musique de la Chapelle; car on a vu dans notre liste des
violons du roi que, nommé en 1663, « Pierre Chabanceau
de la Barre joüe du théorbe, ou de la grosse basse de
violon[2] ».

En 1792, lorsque les musiciens ordinaires du roi de
France furent congédiés, il s'y trouvait deux contrebassistes,
les nommés Ravida et Gélineck.

Le nombre des cordes de la contrebasse a beaucoup varié.
De cinq, au temps de Prætorius, il est descendu à trois
seulement; puis on en a remis une quatrième, et parfois,

---

1. Ce buffet, sur lequel on voit plusieurs musiciens grotesques jouant de la
flûte, de la trompe de chasse, du basson, etc., appartient à Mme Marie Giroux. Il
est de la fin du XVIIe siècle et provient de l'ancien couvent de Marmoutier, près
Saverne.

2. *L'État de la France*, 1702, p. 48.

mais plus rarement, une cinquième. Bottesini ne jouait qu'avec trois cordes. La manière d'accorder n'a jamais été bien régulière, et fut toujours subordonnée au nombre des cordes dont on monte l'instrument.

PANNEAU D'UN BUFFET ALSACIEN
(Fin du XVIIᵉ siècle).

Déjà en 1787, Joseph Kaempfer, artiste hongrois, s'est fait entendre sur la contrebasse au Concert spirituel. Son instrument, qu'il appelait *Goliath*, se démontait en vingt-six parties et se reconstruisait au moyen de vis.

Dragonetti a laissé une grande réputation; quant à

11.

Bottesini, ceux qui ne l'ont pas entendu ne peuvent se faire une idée de son prestigieux talent.

Lami, Chenié, Chaft (Louis-François Chatt, dit), Labro et Verrimst ont été successivement professeurs de contrebasse au Conservatoire, à Paris. Actuellement c'est M. Viseur, qui dirige cette classe. M. Wekerlin raconte ce qui suit :

« Le duc Guillaume-Maurice de Saxe-Mersebourg, qui vivait dans la première moitié du siècle dernier, avait une telle passion pour la contrebasse, que dans son château de Mersebourg une grande salle était entièrement garnie de ces instruments. Une contrebasse monstre trônait au milieu, et pour la jouer il fallait monter sur une échelle assez haute. Beaucoup d'étrangers visitaient ce duc, hospitalier et d'un commerce facile, mais chacun d'eux était obligé d'écouter un ou plusieurs morceaux de contrebasse, exécutés par le duc, et ne pouvait se dispenser de lui témoigner son ravissement. A tous ses voyages, même à ses promenades, le duc était accompagné d'une contrebasse appelée la *Favorite*; de temps en temps, il s'arrêtait, en jouait un peu, puis continuait son chemin [1]. »

Si l'histoire est vraie, l'*octobasse* de J.-B. Vuillaume n'était pas une invention nouvelle.

XX

Quantité de locutions proverbiales et populaires se rattachent au violon :

Accorder les violons, veut dire que l'on organise une fête :

« On accorde déjà les violons pour l'Exposition universelle de 1900.

« Il va falloir, en effet, donner à ce moment-là des fêtes officielles, avoir même, à l'occasion, table ouverte, et ce n'est pas avec

1. WEKERLIN. *Musiciana*, p. 162.

leurs cinq mille francs par mois que nos ministres pourraient y suffire, etc.[1]. »

Appuyer sur la chanterelle, se dit de quelqu'un qui insiste sur un fait avec persistance.

C'est un chat qui joue du violon, pour indiquer un violoniste inhabile, qui vous écorche les oreilles.

C'est comme s'il p..... dans un violon, pour dire que l'on perd son temps, que la chose désirée n'aboutira pas. Équivalent à *travailler pour le roi de Prusse*.

C'est une corde qu'il ne faut pas toucher :

> Un jour de nobles pleurs laveront ce délire,
> Et ta main déplorant le son qu'elle a tiré,
> Plus juste, arrachera des cordes de ta lyre
> La corde injurieuse où la haine a vibré.
>
> (LAMARTINE.)

Donner les violons. Payer l'orchestre d'un bal, organiser une fête à ses frais, régaler, divertir autrui.

MADELON. — « Mon Dieu, mes chères, nous vous demandons pardon. Ces messieurs ont eu la fantaisie de nous *donner les âmes aux pieds*, et nous avons envoyé quérir pour remplir les vides de notre assemblée. »

(MOLIÈRE, *Les Précieuses ridicules*, sc. XIII.)

C'étaient les *violons* que les belles petites précieuses désignaient par les *âmes aux pieds*, dans leur argot parfumé.

Donner du mou à la chanterelle, faire un cadeau à un personnage influent.

En avant les violons ! c'est-à-dire : Vive la joie ! Vive le plaisir !

Être un plaisant violon, se dit d'un homme ridicule.

Faire entendre les violons, offrir un concert, une fête.

« En causant avec Mme Bigot, M. Servian lui dit qu'il n'aimoit rien tant que les violons, et qu'étant procureur à Grenoble, il quittoit tous ses procès pour écouter s'il y avoit le moindre rebec dans la rue. — A propos, lui dit-elle, on dit que vous nous les ferez entendre bientôt

1. *Le Figaro*, 14 septembre 1889.

les violons ; mais la salle de Mlle Avril est un peu bien petite, il faudra que sa grand'mère vous prête la sienne [1]. »

Faire danser avec un violon à bourrique, frapper une personne avec un bâton.

Gouverner la chanterelle, indique un homme puissant.

Il a beau jeu si la corde ne rompt, pour tout ira bien s'il n'arrive pas un empêchement.

Il a payé les violons pour que les autres dansent. — Les autres ont dansé et il a payé les violons, manière ironique de dire que quelqu'un a eu tout l'embarras d'une affaire, sans en bénéficier. Equivalent de *tirer les marrons du feu.*

« Les grands font les folles entreprises ou les fautes, et le peuple paye les violons. »

(LE PÈRE JOUBERT, *Dict. français-latin.*)

Les violons sont commandés, indique tout est préparé pour une fête ou une cérémonie.

Monsieur Crincrin, le ménétrier.

Mettre au violon, conduire quelqu'un dans la cellule du corps de garde qui sert de prison provisoire.

Selon Roquefort, cette expression est analogue à *mettre au psaltérion,* et il cite ce passage à l'appui de son dire :

« Ce prisonnier et lui furent mis au saltérion. »

(*Lettres de rémission en 1441.*)

Kastner vient confirmer l'opinion de Roquefort par ces citations :

« Et après le supliant fut mis en une autre prison au dit Chastel, avec un autre homme prisonnier ; et furent mis ensemble au psal-térion. »

(*Lettres de rémission de 1359.*)

« Robert le fournier, pour le soupçon d'avoir robé Colin le varlet, rompu sa huche et prins 11 solz tournois, fut mis au cep dit salterion des dites prisons. »

(*Autres lettres de 1377.*)

1. *Les historiettes de Tallement des Réaux,* t. III, p. 79.

Il semble résulter de ceci que le cep, sorte de poutre percée de trous et servant à entraver les prisonniers, reçut le nom de psaltérion à cause de sa ressemblance avec cet instrument de musique[1]; que la salle où se trouvait placé le cep ou psaltérion porta bientôt ce nom, qu'elle changea pour celui de violon, répandu partout, lorsque le psaltérion ne fut plus usité.

Cette origine de la dénomination populaire de *violon*, donnée à la salle d'un corps de garde qui sert de prison temporaire, nous paraît assez logique, et bien préférable au mauvais calembour :

On appelle la prison un *violon*, parce qu'autrefois on y était conduit par un *archer*.

Par trop tirer la corde rompt, en italien : *Chi troppo tira la corda, la strappa*.

Râcler le boyau, terme vulgaire pour désigner l'action d'un violoniste.

Se donner les violons, faire le grand seigneur, le généreux.

Selon l'argent les violons, on est plus ou moins bien servi, selon que l'on dépense.

Sentir le violon, être sur le point de devenir misérable ; sentir la prison.

Jeter l'épervier en violon, se dit d'un pêcheur maladroit.

Toucher une corde (toucher un mot), aborder une question, appeler l'attention sur tel point, tel côté d'une affaire.

Toucher la corde sensible :

« Parler de ce qui intéresse le plus vivement une personne, de ce qui fait le plus de peine, ou le plus de plaisir. »

(Acad., 6e édit.)

Toucher la grosse corde :

« Parler de ce qu'il y a de principal et d'essentiel dans une affaire. »

(Id.)

---

1. Nous avons parlé du psaltérion dans le chapitre consacré à la *rote*.

Paganini, qui exécutait souvent des morceaux entiers sur la *grosse corde*, la quatrième, racontait à son ami le peintre Ziem, de qui nous le tenons, que si les grands luthiers italiens ont laissé des violons excellents, c'est parce qu'ils prenaient toujours le soin, pour les construire, de n'employer que du bois provenant des arbres sur lesquels avaient chanté les rossignols.

Nous ignorons si les maîtres de la lutherie n'avaient pas d'autre secret. En tout cas, la légende est charmante.

ATELIER DE LUTHIER AU XVIIIe SIÈCLE
Encyclopédie de Diderot et d'Alembert).

LES LUTHIERS

I

Les débuts et les progrès de la lutherie ayant été suffisamment décrits dans les chapitres précédents, nous n'allons pas en reparler de nouveau, mais dire seulement quelques mots sur le vernis auquel s'intéressent si vivement les artistes, les amateurs et les luthiers.

II

Quatre pâtes bien distinctes se remarquent dans les vernis italiens.

Considérée comme la plus ancienne, celle qui recouvre les instruments de Gasparo da Salò, Giovanni-Paolo Maggini et autres luthiers de l'École de Brescia est aussi la plus brune de toutes. Cela provient sans doute de l'application d'une couche préparatoire sur le bois, laquelle a dû foncer celui-ci avec le temps. Toutefois, les maîtres de cette ville devaient utiliser, en outre, une gomme que l'on n'employa pas dans les autres Écoles d'Italie, et qui donne au vernis de Brescia la douceur de ton si remarquable qui le caractérise.

La plus appréciée et aussi la plus connue, est la pâte dont firent usage les grands Crémonais Amati, Stradivari, Guarneri et quelques-uns de leurs disciples. Ici, il n'y a pas de couche préparatoire sur le bois, comme à Brescia; par suite, le vernis est très transparent et possède ce reflet doré si profond, qui excite l'admiration. Fait assez curieux : en général, les vernis de l'École de Crémone ne sont pas encore complètement secs, et cela, malgré leur ancienneté. La chaleur les amollit à tel point qu'ils peuvent conserver l'empreinte de la peau, lorsqu'on y applique la main à une certaine température, en été par exemple. C'est la preuve bien évidente que les Crémonais se servaient exclusivement de gommes qui gardaient toute leur souplesse, et nous ne doutons pas que ce soit une des causes de la belle sonorité, chaude, vibrante et si en dehors que possèdent leurs instruments. Mais que ces vernis sont fragiles! Il ne faudrait pas mettre un violon crémonais, ou tout autre italien de la belle époque, près d'une vitre, ni au soleil; en peu de temps la couleur de son vernis s'affaiblirait sensiblement et perdrait beaucoup de sa puissance. Ne s'attendant pas à un pareil désagrément, et désireux d'en faire admirer de beaux spécimens, certains luthiers commirent l'imprudence de les exposer dans leurs vitrines; et la nuance de ceux-ci, de rouge qu'elle était, ne tarda pas à devenir rose pâle. Un œil exercé peut même en deviner la cause assez facilement; car les Italiens employaient des couleurs végétales, lesquelles ont l'inconvénient de s'éteindre au grand jour.

Egalement très appréciée, la troisième pâte diffère de la précédente par l'application, et aussi par l'addition de cer-

tains produits qui l'ont fait craqueler. Montagnana, Goffriler
et autres Vénitiens firent usage de ce genre de vernis qui
ne manque pas de qualités et possède une chaleur de ton
inimitable.

A de rares exceptions, la quatrième pâte fut celle de la
décadence des vernis italiens. Pourquoi les luthiers d'alors
ont-ils adopté des procédés autres que ceux de leurs prédécesseurs? C'est ce que l'on ne peut s'expliquer. Les Grancino, Testore, Gagliano, Landolphi furent les propagateurs
de la nouvelle méthode. On doit cependant reconnaître que
certains Guadagnini conservèrent encore quelques principes du beau vernis.

Il est très regrettable que ces luthiers, d'une valeur réelle,
n'aient pas conservé les belles traditions des anciens
maîtres. C'est une vraie perte pour l'art de la lutherie.

III

Les Allemands eurent aussi des vernis assez beaux, de
bonne qualité, et se rapprochant souvent de ceux des Italiens. Mais leur fâcheuse habitude de recouvrir le bois d'une
couche de colle, avant d'y appliquer la pâte, a le double
inconvénient de ternir le bois et de rendre le vernis suscep-
tible de se détremper. Ce qui arrive parfois lorsqu'on nettoie
un de leurs instruments ou que l'on y recolle une cassure.
Aussi, doit-on, dans ces deux cas, agir avec beaucoup de
prudence; car il ne resterait bientôt plus de vernis sur la
partie nettoyée ou réparée.

IV

A part Barak Norman et Jaïe, dont on voit quelques instruments dans nos musées et collections particulières,
l'ancienne École anglaise, cependant fort intéressante, est
très peu connue en France. Il est donc assez difficile

d'émettre une opinion sur le vernis des anciens maîtres qui honorent l'Angleterre. Quant à celui des deux auteurs que nous venons de citer, il se rapproche sensiblement des vieux Italiens, tout en étant plus épais et plus dur.

V

En France, au XVIIIe siècle, il y eut quelques jolis vernis, notamment ceux de Bocquay, Pierray, Bertrand, Malheureusement, les luthiers qui suivirent employèrent la gomme laque ou autres produits analogues qui donnent beaucoup de brillant à la pâte, mais la rendent dure et sèche. Ce qui n'est pas très heureux, car le vernis forme alors une cuirasse qui enserre tout l'instrument et lui enlève la souplesse indispensable pour la bonne émission du son. Lupot fut un des premiers à réagir contre cette fâcheuse coutume, et à son exemple, les luthiers français font usage depuis longtemps déjà d'une pâte beaucoup plus tendre.

VI

Que de recherches n'a-t-on pas faites sur les anciens vernis italiens! Combien d'essais sont restés infructueux! A maintes reprises les chimistes ont analysé la pâte qui recouvrait des débris d'instruments des vieux maîtres; et s'ils ont retrouvé à peu près sa composition, ils n'ont pu jusqu'ici déterminer les proportions de ses divers éléments et encore moins indiquer les procédés à employer pour l'appliquer; il faut bien admettre qu'en raison des produits qu'elle contient, chaque pâte demande à être étendue sur le bois avec un tour de main spécial.

Les vernis employés de nos jours sont généralement beaux. Mais que deviendront-ils avec le temps, car il ne faut pas oublier que les années et la patine y exerceront une influence plus ou moins heureuse? Espérons toutefois que les générations futures seront appelées à ne constater que d'heureux résultats, et que si nos luthiers modernes vivent assez longtemps pour voir leurs œuvres en pleine maturité, ils auront lieu d'en être fiers.

LES LUTHIERS ITALIENS

ABBATTI (GIAMBATISTA). — Modène, 1775-1793. Ses contrebasses sont estimées en Italie.

ABEL (LE PÈRE RODOLPHE). — Etiquette manuscrite :

> Raccommodé par le Père Rodolphe
> Abel, de l'ordre de Saint-Augustin.

ACEVO. — Saluces, 1650-1695. Elève de G. Cappa. Notre grand violiste Marin Marais jouait une « viola a gambe » de cet auteur, datée de 1693[1].

ADANI (PANCRAZIO). — Modène, 1775. Fabricant de cithares.

AGLIO (GIUSEPPE dall'). — Mantoue, 1775. Etiquette manuscrite :

> Joseph dall'Aglio fecit
> Mantua, anno 1775.

ALBANESI (SEBASTIANO). — Crémone, 1720-1744. Il passe pour l'élève de C. Bergonzi. Ses instruments rappellent ceux de l'école milanaise.

ALBANI (MATHIAS). — Botzen, 1670-1710, environ. Fils de Mathias Albani, le luthier allemand bien connu[2]; son œuvre est toute italienne ; c'est pourquoi nous croyons devoir le faire figurer ici.

1. FÉTIS. *Biographie universelle.*
2. Voyez *Les luthiers allemands.*

On croit, avec juste raison, qu'il fut l'élève d'Amati, et
son style, inspiré du maître crémonais, confirme cette opinion. Sa lutherie élégante et gracieuse n'a pas le caractère
de celle de son père, et ne s'en rapproche que par de très
faibles indices. L'onglet de ses filets se dirige presque au
milieu des coins.

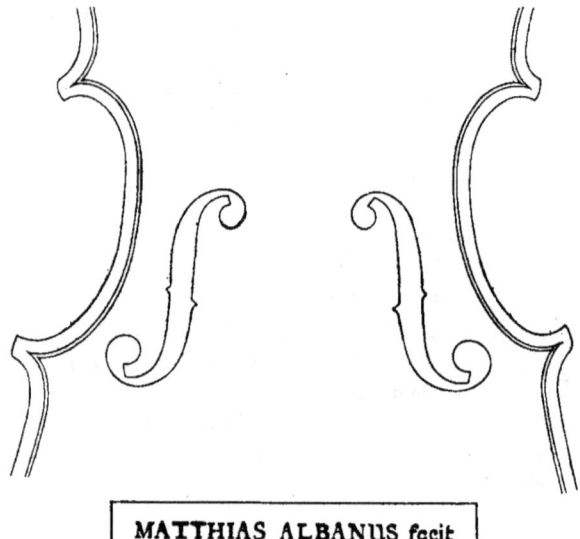

MATTHIAS ALBANUS fecit
Bulſani in Tyroli 1690.

ƒƒ, CC, COINS ET ÉTIQUETTE D'UN VIOLON DE MATHIAS ALBANI

ALBANI (PAOLO). — Palerme et Crémone, 1630-1680. On le
dit élève de Nicolo Amati. Grands patrons, facture soignée.

ALBERTI (FERNANDO). — Milan, 1749-1760. Lutherie genre
Grancino, vernis jaune.

ALBERTO (PIETRO). — Bologne, vers 1598. Célèbre pour
ses mandores et ses luths.

ALESSANDRO (detto il VENEZIANO). — Venise, fin xvi° siècle. Un violon de cet auteur figurait à l'Exposition de Turin, en 1880.

ALLETSSEE (PAULUS). — Munich et Venise[1].

ALVANI. — Crémone, xviii° siècle. Imitateur de Giuseppe Guarneri.

AMATI. — Crémone. Pour tous les luthiers de ce nom, voir dans ce volume, p. 14 et suivantes.

AMBROSI (PIETRO). — Brescia, 1712-1744. Facture ordinaire;

```
o○○○○○○○○○○○○o
() Petrus Ambrosi Fecit  ()
()                       ()
()   Brixiæ    1744      ()
()                       ()
o○○○○○○○○○○○○o
```

AMBROSIO (ANTONIO D'). — Naples, xix° siècle.

AMSELMI (PIETRO). — Crémone, début du xviii° siècle. Instruments du même type que ceux de Ruggeri. Beau vernis. Excellents violoncelles. On dit qu'il travailla aussi à Venise.

ANDRÈS (DOMINIQUE). — Bologne, 1740. Etiquette manuscrite, avec petits ornements, relevée dans un violoncelle ordinaire :

> Dominicus Andrès
> Bolognensis Diletante
> Fecit Domini 1740.

ANTAGNATI (GIAN.-FRANCESCO). — Brescia, vers 1533. Lanfranco le cite dans : *Scintille ossia regole di musica.*

ANTONIAZZI (GAETANO). — Crémone, 1860.

ANTONIAZZI (GREGORIO). — Colle, 1738 :

> Gregorio
> Antoniazzi
> In Colle, 1738.

---

1. Voyez *Les luthiers allemands.*

Antonio, dit Il Bononiensis. — Bologne. Une « viola a gambe », forme guitare, sans date, de ce maître, se trouve au musée instrumental du Lyceo filarmonico, à Bologne.

Antonio, dit Il Ciciciliano. — Le musée du Lyceo filarmonico, à Bologne, possède une « viola a gambe », à 6 cordes, sans date, de cet auteur.

Antony (Girolamo). — Crémone, 1751. Joli patron, vernis jaune :

Hieronimus Antonij
Cremonæ, anno 1751.

Assalone (Gasparo). — Rome, xviii° siècle. Voûtes élevées, travail lourd, vernis jaune.

Bagatella (Antonio). — Padoue, fin xviii° siècle. Ses violons et violoncelles sont assez estimés. Il publia, en 1786, une brochure : *Regole per la construzione di violini, viole, violoncelli e violoni*, dans laquelle il expose une méthode pour construire les violons au moyen d'une ligne perpendiculaire graduée [1].

Bagatella (Pietro). — Padoue, vers 1760.

Bagnini (Orazio di Antonio). — Florence, 1667. Faiseur de cithares.

Balestrieri (Pietro). — Crémone, xviii° siècle.

Balestrieri (Thomas). — Mantoue, 1775 :

Thomas Baleſtrieri Cremonenſis
Fecit Mantuæ. Anno. 17 75

On le dit élève d'Antonio Stradivari. Ses violons manquent parfois de fini, mais possèdent une très belle sonorité. Son vernis ressemble à celui de Guadagnini.

Barbanti (Silva Francesco). — Correggio, 1850.

Barbieri (Francesco). — Vérone, 1695. Style d'Andrea Guarneri.

---

1. Wettengel, luthier allemand, en fit paraître une sur le même plan, en 1828. Voyez ce nom.

BARNIA (FIDELE). — Venise, 1715. Faiseur de luths :

Fidele Barnia Milanese
Fece in Venezia l'anno 1715.

BASSIANO. — Rome, 1666. Faiseur de luths.

BASTOGI (GAETANO). — Livourne, xviiiᵉ siècle. Luths et cithares.

BATTISTA, de BRESCIA. — Connu par une pochette, sans date, qui se trouve au musée du Lyceo filarmonico, à Bologne.

BELLONE (PIETRO ANTONIO). — Milan, 1691. Il avait pour enseigne : *A Saint-Antoine de Padoue* :

> Pietro Antonio Bellone detto il
> Pescorino fece in Contrada,
> Larga in Milano 1691 al Se-
> gno di S. Antonio da Padoua.

BELLOSIO (ANSELMO). — Venise, 1780. Elève de Saint-Séraphin et maître de Marc-Antoine Cérin :

> Anselmus Bellosius Fecit
> Venetiis 17 80

BELVIGLIERI (GREGORIO). — Bologne, 1742-1772. Ses violons sont estimés.

BENTE (MATTEO). — Brescia, fin xviᵉ siècle. Fétis mentionne un luth de cet auteur.

BERATI. — Imola, xviiiᵉ siècle.

BERETTA (FELICE). — Côme, 1770. Facture médiocre.

> Felice Beretta alievo di Giuseppe Guadagnino
> fece in Como l'Anno 1770

Bergonzi (Carlo). — Crémone, 1716-1747. C'est incontestablement le meilleur élève d'Antonio Stradivari. Ses instruments sont pour la plupart d'une grande beauté de forme et possèdent une excellente sonorité, qui reproduit assez exactement les qualités combinées des violons de Stradivari, son maître, et de ceux de Giuseppe Guarneri del Gesù. Il imita d'abord Stradivari, puis modifia légè-

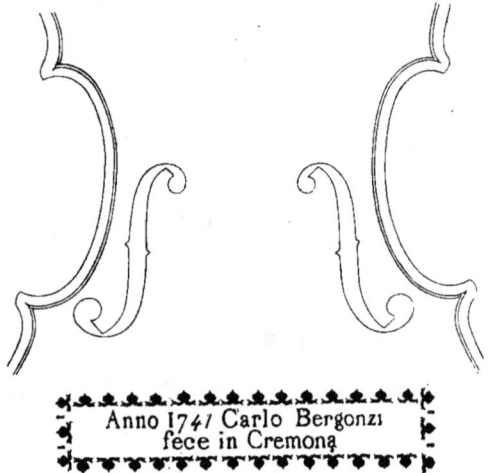

Anno 1741 Carlo Bergonzi
fece in Cremona

ſſ, CC, coins et étiquette d'un violon de Carlo Bergonzi

rement son patron. Pour cela, il allongea un peu la partie supérieure de l'instrument, à partir des C C, et augmenta la largeur du bas ; de sorte que les *ſſ* se trouvent placées moins haut que dans les modèles de Stradivari. Celles-ci sont aussi plus près des bords, et participent à la fois, quant à la coupe, du double caractère des *ſſ* de Stradivari et de Guarneri, mais en se rapprochant du style du premier. Sa volute sculptée avec une grande netteté d'exécution, paraît plus plate que celles des autres maîtres italiens. Cela pro-

vient de ce qu'elle est moins évidée dans son profil à partir
du cheviller. L'onglet de ses filets tient aussi de Stradivari
et de Guarneri. Son vernis, généralement rouge brun, est
souvent épais et croûteux ; mais grâce à la patine du temps
il est d'un bel effet.

Carlo Bergonzi, qui habitait tout près de Stradivari, alla
occuper, en 1746, la maison et le magasin de son maître.

BERGONZI (MICHEL-ANGELO). — Crémone, 1747-1760. Fils
et successeur du précédent. Il était âgé de vingt-cinq ans
lorsque son père mourut. L'œuvre de lutherie qu'il a laissée
est inférieure à celle de ce dernier. Le vernis est joli d'aspect, les patrons sont incertains :

> Michel-Angelo Bergonzi
> Figlio di Carlo
> Fece in Cremona l'anno 1755.

Il eut trois fils :

BERGONZI (NICOLO). — Crémone, 1760-1770 environ :

> Nicolaus Bergonzi
> Cremonenſis faciebat
> Anno 1765

BERGONZI (ZOSIMO). — Crémone, xviiie siècle. Dont on connaît des instruments datés de 1777 :

> Fatto da me Zozimo Bergonzi
> L'anno 1777. Cremone.

BERGONZI (CARLO). — Crémone, 1780 environ — 1820.
Lequel fit quelques violons et un grand nombre de guitares
et de mandolines. Il mourut en 1820.

Les produits des petits-fils de Carlo Bergonzi sont moins
estimés que ceux de leur grand-père.

BERGONZI (BENEDETTO). — Crémone, xixe siècle. Le dernier

11.   12

représentant de cette famille. Mort à Crémone en 1840.
Il avait donné à Tarisio des renseignements sur Stradivari
et les contemporains de celui-ci, qui ont été communiqués
par J.-B. Vuillaume à Fétis. Ce dernier les a utilisés dans
sa brochure : *Antonio Stradivari.*

BERTASSI (AMBROGIO). — Piadena, près Crémone, vers 1730.

BERTOLETI (ANTONIO). — Brescia, 1796. Etiquette manuscrite, relevée dans un violoncelle de facture ordinaire :

Antonio Bertoleti
Fece in Brescia, 1796.

BERTOLOTTI (LUIGI). — M. A. Gautier, à Nice, possède un joli cistre qui est marqué au feu : *Luigi Bertolotti*, 1815.

BIANCHI (GIOVANNI). — Florence, 1746. Lutherie lourde, assez bien faite, vernis jaune :

Giovanni Bianchi Fec.
In Firenze, anno 1746.

BIANCHI (NICOLO)[1].

BIMBI (BARTOLOMEO). — Sienne, 1753 — Florence, 1760. Etiquette relevée dans un charmant violon, petit modèle, vernis rouge orange de bonne qualité :

BISIACH (LEANDRO). — Milan. Luthier contemporain. Jolie facture :

LEANDRO BISIACH della Scuola Cremonese
fece in Milano 18 9 6 Piazza del Duomo

---

1. Voyez *Les luthiers français.*

Bodio (Giambattista). — Venise, 1792-1832 environ.

Bombergi (Lorenzo). — Florence, xviiiᵉ siècle.

Bonoris (Cesare). — Mantoue, 1568. Faiseur de violes.

Borelli (Andreas). — Parme, 1720-1746. Style de Lorenzo Guadagnini :

> **Andreas Borelli fecit Parmæ**
> **anno 1720**

Borgia (Antonio). — Milan, 1769. Style Testore :

> *Antonius Borgia me fecit*
> *In Milano, anno 1769.*

Bosi (Florianus). — Bologne, 1781. Faiseur de mandolines.

Braglia (Antonio). — Modène, xviiiᵉ siècle.

Brandilioni (Philippe). — Brescia, 1790 :

> Philippus Brandilioni
> fecit Brixiæ 1790

Brandini (Jacopo). — Pise, 1789. Lutherie ordinaire :

> JACOPO BRANDINI
> FECE IN PISA L' ANNO 17..

Branzo (Barbaro-Francesco). — Padoue, 1660.

Brensio (Girolamo). — Bologne, xviᵉ siècle. Connu par

une « viola a braccio », qui est au musée du Lyceo filarmonico, à Bologne. Style de Brescia :

Heronymus Brenfius Bonon.

BRESA (FRANCESCO). — Milan, 1708 :

*Francesco Bresa fece
alla scala in Milano 1708.*

BROSCHI (CARLO). — Parme, 1832 :

*Carlo Broschi in Parma
fecit 1832.*

BRUNO (CHARLES). — Turin. Luthier contemporain. Bonne
facture.

BUDIANI (FRANCESCO). — Brescia, xv° et xvi° siècles.
Faiseur de violes.

BUEETENBERG (MATTEO). — Rome, 1597. Faiseur de luths.

BUONFIGLIUOLI (PIER-FRANCESCO). — Florence, xvii° siècle.

BUSAS (DOMENICO). — Venise, 1740.

BUSSETTO (GIO-MARIA del). — Crémone, 1660. Faiseur de
violes :

**Gio. Maria del Buſsetto
fece in Cremona. 1660**

BUSSOLERO (LUIGI). — Rivanazzano, 1817. Fabricant de
mandolines.

BUTI (ANTONIO). — Archi, 1756. Étiquette manuscrite, avec
petits ornements, relevée dans un violon ordinaire :

*Antonio Buti d'Albano Archi :
Fece l'anno 1756.*

CABROLI (LORENZO). — Milan, 1716.

CAESTE (GAETANO). — Crémone, 1677.

CALCAGNO ou CALCAGNI (BERNARDO). — Gênes, 1710-1741.

Style Guarnari, travail très régulier, vernis rouge orange :

CALONARDI (MARCO). — Crémone, xvIIIᵉ siècle.

CALVAROLA (BARTOLOMEO). — Bologne, vers 1753 — Bergame, 1767. Modèle inspiré de Ruggeri. Travail ordinaire.

CAMILLI (CAMILLO). — Mantoue, 1739. Jolie lutherie, beaux bois, patron Stradivari ; ƒ ƒ un peu larges et courtes ; vernis genre Landolfi, mais moins brillant. Ses violons possèdent une belle sonorité :

CAPO. — Milan, 1717. Un cygne étendant les ailes est représenté sur son étiquette.

CAPPA (GIUSEPPE-FRANCESCO). — Saluces, 1600-1645 environ. Sans doute le premier luthier de ce nom. Il était ignoré jusqu'ici. Nous le connaissons, grâce à cette étiquette :

CAPPA (GIOFFREDO). — Saluces, 1640 environ—1690. Vraisemblablement le fils du précédent. C'est le plus célèbre des

Cappa. Élève des frères Antonio et Girolamo Amati. Sa

lutherie ressemble beaucoup à celle de ses maîtres, et passe souvent pour telle. Ses ff sont généralement assez étroites. L'onglet de ses filets se dirige presque au milieu des coins, lesquels sont un peu plus forts que ceux des Amati. On dit qu'il travailla pendant quelque temps à Crémone avant de se fixer en Piémont.

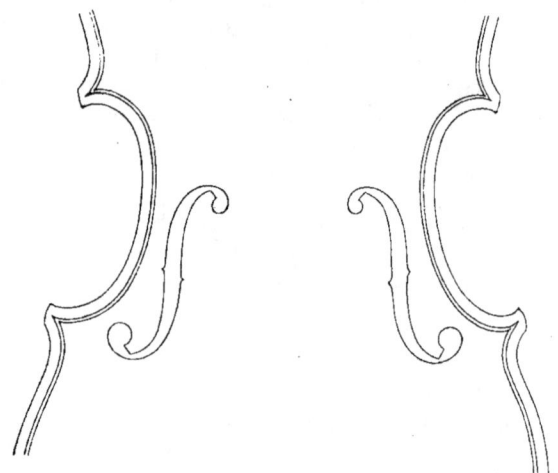

ff, CC et coins d'un violon de G. Cappa

CAPPA (GIOACCHINO). — Saluces, 1690-1725, environ. Le dernier du nom. On le connaît peu.

CARABBA (C.-O). — Catané. Contemporain. Mandolines.

CARCANUS. — Crémone, xvi° siècle.

CARCASSI (LORENZO E TOMMASO). — Florence, xviii° siècle. Les deux frères, sans doute, qui travaillèrent ensemble :

LOR.° E TOM.° CARCASSI
In Firenze nell' Anno 1745
All' Infegna del Giglio.

et qui se séparèrent ensuite :

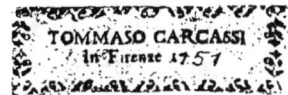

Lorenzo prit pour enseigne : *A la Madone de Rici* :

CARLOMORDI (CARLO). — Vérone, 1654.

CASELLI (FRANCESCO). — Étiquette manuscrite :

> *Fece Francesco*
> *Caselli 1740.*

CASINI (ANTONIO). — Modène, 1669-1680. Fournisseur du duc de Modène. Lutherie ordinaire. Étiquette manuscrite :

> *Antonio Casini*
> *Modena 1669.*

CASPANI (GIOVAN-PIETRO).—Venise, vers 1660. Style Amati.

CASSANELLI (GIOVANNI). — Ciano, 1777.

CASTELLANI (PIETRO). — Florence, 1780-1820. Cithares.

CASTELLANI (LUIGI). — Florence, 1809-1884. Fils du précédent.

CASTELLO (PAOLO). — Gênes, 1778. Jolie lutherie, genre Gagliano.

CASTRO. — Venise, 1680-1720. Beaux bois. Vernis rouge.

CATENAR (ENRICO). — Turin, 1671. On le dit élève de Gioffredo Cappa. Étiquette imprimée en caractères romains :

Henricus Catenar
Fecit Taurini, anno 1671.

Cati (Pietro Antonio). — Florence, 1740. Lutherie genre Gabrielli.

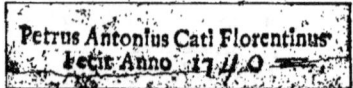

Cattenaro. — Pavie, 1639. Faiseur de violes.

Celoniati (Giovanni-Francesco). — Turin, 1734. Style Nicolo Amati, bonne facture, vernis jaune :

> **Joannes Franciscus Celoniatus**
> **fecit Taurini Anno 1734**

Cerin (Marco-Antonio). — Venise, 1794. Élève de Bellosio :

> **Marcus, Antonius, Cerin, Alumnus**
> **Anfelmii, Belofii, Fecit Venetiæ An. 1794**

Ceruti (Giovanni-Battista). — Crémone. Successeur de Lorenzo Storioni, en 1790, dans la *via dei Coltellai*, près la *piazza San Domenico*. Ceruti mourut en 1817, après avoir construit environ cinq cents violons ou violoncelles, dans le style de Nicolo Amati, lesquels sont estimés :

> **Jo: Baptista Ceruti Cremonensis**
> **fecit Cremonæ An. 1801**

Ceruti (Giuseppe). — Crémone. Fils et successeur du précédent, mort à Mantoue en 1860. Il fit surtout de la réparation. Ses instruments ne sont pas sans mérite.

CERUTI (ENRICO). — Crémone, 1808-1883. Fils de Giuseppe. Avec lui se termine la longue liste des luthiers qui ont illustré Crémone. Il avait son magasin, *via Borgospera, 14*. Les 365 instruments qu'il a construits sont très appréciés dans les orchestres italiens. Son dernier violon figura à l'exposition de Milan en 1881.

CHIARELLI (ANDREA).—Messine, 1675-1699. Faiseur de luths.

CHIAVELLATI (DOMENICO). — Lonigo, 1796. Étiquette manuscrite, imitation de caractères d'imprimerie, entourée d'un filet, relevée dans un violon ordinaire :

> *Dom⁰⁰ Chiavellati*
> *Fece*
> *Lanno 1796*
> *In Lonigo.*

CHIOCCI (GAETANO). — Padoue, xix⁰ siècle.

CIRCAPA (TOMMASO). — Naples, vers 1730.

COCKO (CRISTOFORO). — Venise, 1654. Ce luthier est connu par un très bel archiluth qui se trouve au musée du Conservatoire, à Paris[1]. Le nom de Cristoforo Cocko s'y voit marqué au feu sur le talon du manche : de plus, l'étiquette autographe placée à l'intérieur est ainsi conçue :

> *Cristofer Cocks, All'insegna*
> *Dell'Aquila d'oro*
> *Venetiæ 1654.*

COMPOSTANO (ANTONIO).—Milan, 1709. Étiquette manuscrite, écriture bâtarde, relevée dans un violon genre Grancino :

> *Antonio Compostano*
> *Fece in Contrada Larga*
> *Milano 1709.*

CORARA (GIACOMO). — Venise, 1775. Étiquette manuscrite, relevée dans un gentil violon :

> *Giacomo Corara*
> *Fecit in Aug⁰ 1775*
> *Venezia n⁰ 3.*

1. N⁰ 233, *Catal.*, édit. 1884.

CORDANO (JACOPO-FILIPO). — Gênes, 1774 :

> Iacobus Philippus Cordanus
> fecit Genuæ. Anno sal. 1774

CORNA (GIOVANNI-GIACOMO della). — Brescia, vers 1533.
Cité avec éloge par Lanfranco.

CORNELLI (CARLO). — Crémone, 1702. Étiquette imprimée
en romain :

> *Carolus Cornelli fecit*
> *Cremonæ, anno 1702.*

COSTA (PIETRO-ANTONIO dalla). — Trévise, 1741-1764. Ce
luthier fut un copiste habile des frères Amati :

> **Pietro Antonio dalla Costa**
> **fece in Trevifo Anno 1741**

Dans l'étiquette suivante, les deux premières lignes sont
imprimées en anglaise bâtarde, le reste en romain, sauf le
mot *Tarvisii*, qui est en anglaise :

> *Petrus Antonius à Costa fecit ad*
> *Similitudinem illorum quos fecerunt*
> *Antonius et Hieronymus fratres Amati*
> *Cremonenses filii Andrea Tarvisii, anno 1757.*

On connaît encore celle-ci :

> *Petrus Antonius à Costa fecit*
> *Tarvisio 1764.*

COSTA (FÉLIX-MORI). — Parme, 1807 :

> Felix Mori Costa.
> Fecit Parmae
> anno 1807

CRISTOFORI (BARTOLOMMEO). — Florence, vers 1760.

CUPPIN (GIOVANNI). — Connu par une petite basse, sans date, de la collection de M. A. Gautier, à Nice. On ignore où il travaillait.

DANIELI (JOANNES). — Padoue, 1745 :

Joannes Danieli fecit Patavii

1745.

DARDELLI (Il padre PIETRO). — Mantoue, vers 1500. (Voir dans le t. I de cet ouvrage, p. 235.)

DECONET (MICAEL). — Venise, 1754. Bonne lutherie ; les tables ont des voûtes pointues :

MICAEL DECONET
Fecit Venetiis 1754

Une étiquette imprimée en petits caractères nous apprend qu'il travailla aussi à Padoue :

Michiel Deconet
Fecit Padoua. L'anno 1790.

DEGANI (EUGENIO). — Venise. Luthier contemporain. Bonne facture.

DIEFFOPRUCHAR (MAGNO). — Venise, 1608. Le musée instrumental du Lyceo filarmonico, à Bologne, possède un luth de cet auteur.

DINI (GIOVANNI-BATTISTA). — Lucignano, 1707.

DOMINICELLI. — Ferrare, 1695-1715. Style Amati.

DONATO (SERAFINO). — Venise, xve siècle.

DONI (ROCCO). — Florence, première moitié du xviie siècle. Cristorifi, conservateur de la collection du duc de Florence, mentionne un instrument de cet auteur dans son inventaire du 23 septembre 1716.

DOSSEUR (CLAUDIUS). — Étiquette imprimée, encadrée par

un filet, relevée dans un très gentil violon ; coins camards,
forme Maggini exagérée :

Claudius Dosseur
Fecit anno 1775.

On ne sait dans quelle ville il travaillait.

DRINDA (GIACOMO). — Pianzo, xviiiᵉ siècle.

EBERLE (TOMASO). — Naples, 1776. Élève de Gagliano. Il
était sans doute parent de J.-Ulric Eberle de Prague :

> Tomaso *Eberle Fecit*
> Nap 1776

EMILIANI (FRANCESCO DE). — Rome, 1728. Comme la plupart des luthiers romains, il s'est inspiré de David Tecchler :

> Francifcus de Emilianis fecit
> Romæ Anno Dñi 1728

EVANGELISTI. — Florence, xviiiᵉ siècle.

FABRICATORE. — Naples. Plusieurs luthiers de ce nom
construisirent des guitares et des mandolines. Le premier
connu est :

> Gio: Battifta Fabricatore fecit.
> An. 1785. in S. M. dell' Ajuto.
> Napoli

Vient après :

Puis :

Gennaro Fabricatore
Anno 18   Napoli
Strada S. Giacomo n. 26.

FABRIS (LUIGI). — Venise, xixᵉ siècle.

FACINI (AGOSTINO). — Bologne, 1732-1742. Moine de l'ordre de Saint-Jean-de-Dieu. Il passe pour avoir fait de bons violons, d'après le modèle de Stradivari et s'être servi d'un excellent vernis [1].

FALCO. — Crémone, xviiiᵉ siècle. Élève de C. Bergonzi.

FARINATO (PAOLO). — Venise, xviiiᵉ siècle.

FERATI (PIETRO). — Sienne, 1764. Facture ordinaire, larges filets, vernis brun épais. Étiquette imprimée en romain :

Pietro Ferati
Fecit Siena, 1764.

FERRARI (AGOSTINO). — Budrio, xviiiᵉ siècle.

FERRARI (ALFONSO). — Carpi, 1738.

FERRARI (CARLO). — Sienne, 1740.

FIKCER (JOHANN-GOTLIED). — Crémone, 1789.

FILANO (DONATO). — Naples, 1782. Mandolines. Étiquette manuscrite, écriture bâtarde :

Donato Filano fecit alla rua
Di s. Chiara, A. D. 1782. Napoli.

FINOLLI (JOSEPH-ANTONI). — Milan, 1755 :

Joseph Antoni Finolli in
Milano. 1755

---

1 VALDRIGHI (le comte). *Nomocheliurgographia,* Modène, 1884.

Fiori (Les frères). — Modène, 1815. Lutherie lourde :

Fiorillo (Giovanni). — Ferrare, 1780. Style plus allemand qu'italien. Ses violoncelles sont assez estimés.

Fiorini. — Bologne, 1860 environ -1897.

Fiscer (Giuseppe e Carlo). — Milan, 1764. Bonne facture, vernis rose, fond ambré :

> Giuseppe, Carlo fratelli Fiscer
> Fabbricatori d'instrumenti in Milano
> Vicino alla balla 1764.

Florini (Florentus). — Bologne, xviiie siècle. Imitateur de Nicolo Amati.

> Florentus Florini
> Fecit Bononiæ 17..

Fontanelli (Giovanni-Giuseppe). — Bologne, xviiie siècle. Un très beau luth de cet auteur (collection de M. A. Gautier, à Nice) porte la date de 1733. Deux mandolines, qui se trouvent au musée du Conservatoire, à Paris, sont datées de 1771 et 1772[1].

Forni (Stefano). — Pesaro, 1666. Style de Brescia. Étiquette manuscrite, relevée dans un violon ordinaire :

> Stefano Forni Fece
> In Pesaro. Lanno 1666.

---

1. Nos 241 et 245, Catal., 1884.

GABRIELLI (ANTONIO). — Florence, seconde moitié du xviii° siècle.

GABRIELLI (BARTOLOMEO). — Florence, xviii° siècle.

GABRIELLI (CRISTOFORO). — Florence, xviii° siècle.

GABRIELLI (GIO-BATISTA). — Florence, seconde moitié du xviii° siècle. Le plus célèbre des luthiers de ce nom. Lutherie soignée, le modèle laisse parfois à désirer; mais les bois sont souvent très beaux. Vernis jaune, très transparent :

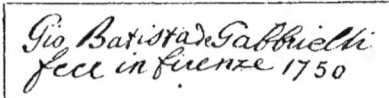

GAGLIANO (ALESSANDRO). — Naples, 1640†1725. A la suite d'un duel malheureux qui l'obligea à quitter Naples, sa patrie, Alessandro Gagliano se réfugia à Crémone, où il passa un certain temps dans l'atelier de Stradivari. Il put rentrer à Naples et s'y établir vers la fin de l'année 1695.

Ses spécimens sont généralement d'un grand patron et de forme plate, avec des ouïes plus larges et plus perpendiculaires que celles de Stradivari. Il se rapproche davantage de celui-ci dans l'inflexion des voûtes et dans les épaisseurs. Son travail est soigné. Le vernis, presque toujours jaune, est très transparent, mais diffère entièrement avec celui de Crémone :

Alessandri Gagliano Alomnus
Stradivarius fecit Neapoli anno 1701.

Il se servit aussi d'une étiquette imprimée :

GAGLIANO (GIOVANNI-BAPTISTA). — Crémone, 1728. Élève

de Stradivari. Nous ne savons s'il était de la même famille
que le précédent. Il est peu connu :

> **J B Gagliano alomnus Stradivarius
> Fecit Cremone Anno 1728**

GAGLIANO (NICOLO). — Naples, 1725-1740. Fils aîné d'Alessandro Gagliano. Lutherie supérieure à celle de son père,

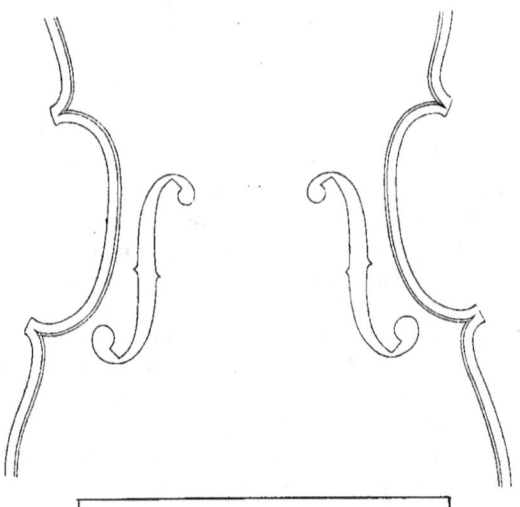

> Nicolaus Gagliano Filius
> Alexandri fecit Neap. 1735

ƒƒ, CC, COINS ET ÉTIQUETTE D'UN VIOLON DE NICOLO GAGLIANO

le vernis est un peu plus foncé. L'onglet de ses filets se
dirige presque au milieu des coins. Il était âgé de soixante-
dix ans lorsqu'il mourut, en 1740.

GAGLIANO (GENNARO). — Naples, 1740-1770 environ. Second

fils d'Alessandro. Travail d'un précieux fini. Ses œuvres rivalisent avec celles de Nicolo Gagliano, son frère :

> Januarius Gagliano filius
> Alexandri fecit Neap. 1770

GAGLIANO (FERNANDO). — Naples, 1706†1781. Fils aîné de Nicolo Gagliano. Il a construit des violons et des violoncelles d'assez bonne facture ; son vernis est d'une teinte plus chaude que celui des autres Gagliani :

> Ferdinandus Gagliano Filius
> Nicolai fecit Neap 1760

GAGLIANO (GIUSEPPE). — Naples, où il mourut en 1793, second fils de Nicolo Gagliano, il travailla seul d'abord :

> Joseph Gagliano Filius
> Nicolai fecit Neap. 1760

Puis ensuite avec son frère :

GAGLIANO (ANTONIO). — Naples, 1771. Les frères Giuseppe et Antonio Gagliano fabriquèrent surtout des mandolines et des cithares qui sont très estimées. Antonio est mort à Naples à la fin du xviiie siècle :

> JOSEPH ET ANTONIVS
> GAGLIANI FILII NICO-
> LAJ ET NEPOTES JA-
> NUARJ F. NEAP. 1771

Ils employèrent aussi une étiquette ainsi conçue :

Joseph et Antonio Gagliano
Fece Anno 1791.
In Platea dicta Correglio.

GAGLIANO (GIOVANNI). — Quatrième fils de Nicolo, mort à Naples en 1806 :

GAGLIANO (RAFFAELE E ANTONIO). — Naples. Fils de Giovanni. Ils ont continué le commerce de la lutherie. Raffaele est mort le 9 décembre 1857, et Antonio le 27 juin 1860 :

RAFFAELE, ED ANTONIO GAGLIANO
.FABBRICANTI E NEGOZIANTI
Di Violini, Viole, Violoncelli , Controbassi,
e Corde armoniche
Strada Sedile di S. Giuseppe n. *17.* primo piano

Le dernier représentant de cette famille de luthiers distingués, Vincenzo Gagliano, fils de Raffaele, est actuellement fabricant de cordes harmoniques à Naples.

Dans la plupart des violons des Gagliani qui n'ont pas encore été ouverts, on trouve, collée sur le tasseau du manche, une étiquette longue et étroite, imprimée en petits caractères, dont voici le texte :

In conceptione tua Virg. Maria Immaculata fuisti,
Ora, pro nobis Patre.., cujus Filium Jesum de Sp. s. preperitei.

GALBANI (PIETRO). — Florence, 1640.

GALIANI. — G. Chouquet, qui le cite dans son rapport sur l'Exposition de 1878, à Paris, n'indique pas dans quelle ville il travaillait.

GALTANI (ROCCO). — Florence, XVII° siècle.

GALBUSERA (CARLO-ANTONIO). — Milan, 1792-1847. En 1832, l'Académie des sciences de Milan lui décerna une médaille d'argent pour un violon forme guitare. Les braves académiciens crurent à une invention nouvelle ; ils ignoraient l'alto de Pietro Guarneri, donné plus haut, ainsi que le violon de Francis Chanot, dont celui de Galbusera nous paraît être la copie.

GARANI (MICHELE-ANGELO). — Bologne, 1681-1720. Ses altos sont estimés.

GARANI (NICOLO). — Naples, XVIII° siècle. Style Gagliano. Le bois est parfois défectueux.

GASPARO DA SALÒ. — Brescia (voyez p. 20 et suivantes de ce volume).

GATTINARI (ENRICO). — Turin, 1670.

GATTINARI (FRANCESCO). — Turin, 1704. Sans doute le fils du précédent. Bonne facture, voûtes élevées, vernis rouge brun :

Francesco Gattinari
Fecit Taurini, Anno Domini 1704.

GERONI (DOMENICO). — Ostiano, 1817.

GHERARDI (GIACOMO). — Bologne, 1677.

GIANOLI (DOMENICO). — Milan, 1731.

GIBERTINI (ANTONIO). — Parme, 1830. Lutherie soignée, vernis rouge brun. Paganini lui faisait, dit-on, réparer ses violons. Il travailla dans plusieurs villes. Étiquette imprimée en petits caractères :

Restaurò e coresse nell'anno 1839 *in Genova*
Antonio Gibertini di Parma
Premiato più volte in Milano con Medaglia, etc.

GIGLI (JULIO CESARE). — Rome, 1761.

> **Julius Cæfar Gigli Romanus**
> Fecit Romæ Anno 1761

GIORDANO (ALBERTO). — Crémone, 1740.
GIORGIS (NICOLAUS). — Turin, 1745-1750 :

> **NICOLAUS GIORGIS**
> fecit Taurini anno 1750

GIRANIANI. — Livourne, 1730. Bonne facture, vernis jaune.
GISULBERTI (ANDREA). — Parme, 1721 :

> Andreas Gifulberti fecit Parmæ
> Anno falutis 1721

GIULIANI. — Faiseur de violes, 1660.

GOBETTI (FRANCESCO). — Venise, 1690-1715. On le dit élève d'Antonio Stradivari. Ses instruments sont aussi beaux, sinon plus, que ceux de Santo Serafino, tant par la qualité des bois, que par le fini du travail et la beauté du vernis rouge pâle très transparent :

> **Francifcus Gobetti**
> Fecit Venetiis 1711

GOFFRILLER (MATTEO). — Venise, 1690-1726. Comme tous les luthiers vénitiens, il employa des bois superbes; son vernis, rouge légèrement foncé, est également remarquable. Ajoutons que sa facture est fort belle, à ce point que quantité de ses instruments, les violoncelles surtout, passent

pour des Carlo Bergonzi et se vendent comme tels. Ses premières étiquettes, portent : *A l'enseigne de Crémone :*

> Mattio Gofrilleri in Venetia
> Al' Infegna di Cremona 1691

Plus tard, il supprima cette mention :

> Matteo Goffriller fecit
> Venetijis anno 1726

GOFFRILLER (FRANCESCO). — Venise. Frère du précédent,
avec lequel il travaillait.

GRAGNANI (ANTONIO). — Livourne, 1751. Facture ordinaire :

> Antonius Gragnani fecit
> Liburni Anno 1751

GRAGNANI (GENNARO). — Livourne, 1730.

GRANCINO (ANDREA). — Milan, 1646. Ce luthier n'est pas
connu, son nom n'a encore été cité nulle part. Voici son
étiquette relevée dans un violon de facture assez ordinaire :

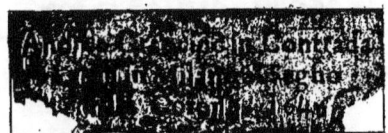

GRANCINO (PAOLO). — Milan, 1665-1690. Sans doute le fils
du précédent. Élève de Nicolo Amati. Il employa des bois
assez variés et pas toujours de très belle qualité. Ses violoncelles possèdent, pour la plupart, une excellente sonorité.
Vernis jaune. Travail soigné.

GRANCINO (GIOVANNI). — Milan, 1690-1720. Fils du précédent, même style et même vernis. Ses bois sont de meilleure qualité que ceux employés par son père :

GRANCINO (GIA-BATTISTA). — Milan, 1695-1730 environ. Fils du précédent :

> **Gia.Bapt.Grancino in Contrada**
> **Largha di Milano anno 1699**

GRANCINO (FRANCESCO). — Milan. Second fils de Giovanni. Les deux frères Grancino travaillèrent ensemble :

> Gio.& Francefco fratelli de Grancini,
> in Contrada Larga di Milano 1697

GRATIANI (JOSEPH). — Gênes, 1762 :

> *Ioseph Gratiani*
> *Fecit Genuę 1762:*

GREGORI (LUIGI). — Bologne, 1793-1808 :

> *Luigi Gregori fece in Bologne*
> *Anno 1808.*

GRILLI (JOSEPH). — Aretei, 1743. Étiquette manuscrite. écriture anglaise, dans un violon de facture ordinaire :

> *Joseph Grilli Aretei*
> *Fecit anno 1743, n° 3.*

GRISERI (FILIPPO). — Florence, 1650.

GROSSI (GIUSEPPE). — Bologne, 1803.

GRULLI (PIETRO). — Crémone. Luthier contemporain.

GUADAGNINI (LORENZO). — Plaisance et Milan, XVIIIᵉ siècle. Le premier du nom. Originaire de Plaisance. La date de sa naissance n'est pas connue. Disciple d'Antonio Stradivari. Belle lutherie, voûtes peu élevées; vernis moelleux de couleur rouge ambré. Excellente sonorité :

> Lavrentius Guadagnini Pater,
> & alumnus Antonj Straduarj
> fecit Placentie Anno 1745

GUADAGNINI (GIOVANNI-BATTISTA). — Crémone, 1711 †Turin, 1786. Fils de Lorenzo, il eut comme son père la nostalgie du déplacement. Après avoir travaillé à Milan et à Plaisance, avec son père, il alla se fixer à Parme et y devint le luthier du duc :

> Joannes Baptista Guadagnini
> fecit Parmæ ferviens
> C. S. R. 1741

On le trouve à Milan en 1760 :

Puis il se fixa définitivement à Turin, vers 1772, et y fabriqua des instruments jusqu'en 1785, une année avant sa mort.

Style Stradivari, grosse facture. Les ff sont souvent de forme arrondie comme une amande ou une poire. L'onglet du filet se trouve presque au milieu des coins, lesquels sont assez gros. Ses fonds sont souvent de deux pièces, avec des ondes très régulières. Vernis rouge, ambré, transparent et brillant.

On le considère comme l'élève de son père; mais sur son étiquette de Turin il se dit être le disciple de Stradivari :

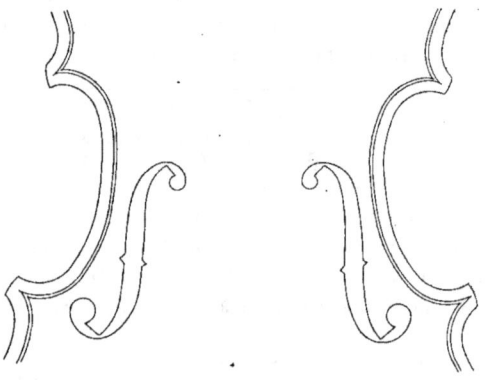

ff, CC, COINS ET ÉTIQUETTE D'UN VIOLON DE J.-B. GUADAGNINI

GUADAGNINI (GIOVANNI-ANTONIO). — Turin, 1750. Ce maître n'a encore été cité nulle part. Nous le connaissons par un violon, aussi beau que ceux de Lorenzo et de Gian-Battista, lequel contenait cette étiquette où il se dit aussi l'élève de Stradivari :

On peut supposer qu'il était le frère ou le cousin de Lorenzo.

GUADAGNINI (GAETANO). — Turin. Fils de Giovanni-Battista. Il fut surtout réparateur.

GUADAGNINI (GIUSEPPE). — Turin et Pavie, XVIIIe et XIXe siècles. Second fils de Giovanni-Battista. Il travailla d'abord à Turin avec son père, avant d'aller s'établir à Pavie, où il construisit quantité d'instruments :

> Josef Guadagnini Cremonensis
> fecit Papiae anno 1803

GUADAGNINI (CARLO). — Turin, début du XIXe siècle. Fils de Gaetano. Il fabriqua spécialement des guitares. Ses trois fils : GAETANO, GIUSEPPE et FELICE, firent de la réparation.

GUADAGNINI (ANTONIO). — Turin, 1831-1881. Fils de Gaetano et petit-fils de Carlo. Il a fait beaucoup d'instruments. Lutherie moderne.

GUADAGNINI (FRANCESCO E GIUSEPPE). — Turin. Fils d'Antonio. Luthiers contemporains.

GUARNERI. — Pour tous les luthiers de ce nom voir page 113 et suivantes de ce volume.

GUIDANTUS (JOANNES-FLORENUS). — Bologne, 1719-1731. Travail irrégulier, voûtes élevées. Une viole d'amour de cet auteur figurait à l'Exposition de Milan en 1881 :

> Joannes Florenus Guidantus Fecit
> Bononiæ Anno 17 31

HAMM (JOHANN-GOTTFRIED). — Rome, vers 1730. Instruments de grand patron, parfois bordés d'ivoire et marqués de ses initiales au fer chaud à l'intérieur.

HARTON (MICHAEL). — Padoue, 1602. Faiseur de violes.

HETEL (G.). — Rome, 1763. Faiseur de luths.

HORIL (JACOBUS). — Rome, 1759 :

> Jacobus Horil fecit
> Romæ an. 1759

INDELAMI (MATTEO). — Vidal déclare avoir trouvé ce nom imprimé sur une étiquette entourée d'une petite vignette, sans date ni indication de lieu, dans une mandore très ancienne.

JAUCK (JOANNES). — XVIIIᵉ siècle. Il avait dû voyager en Grèce, ce qui lui valut le surnom de Græcii :

> Joannes Jauck fecit,
> Græcii. Anno 1735

JULIANO (FRANCESCO). — Rome, XVIIIᵉ siècle.

KERLINO (GIOVANNI). — Brescia, vers 1450. Faiseur de violes. L'un des plus anciens luthiers.

KAISER (MARTIN). — Venise, 1609. Auteur d'un archi-luth qui se trouve au musée du Conservatoire de musique, à Paris[1].

LANDI (PIETRO). — Sienne, 1774.

LANDOLFI (CARLO-FERDINANDO). — Milan, 1735-1775. Lu-thier original, dont les modèles ont beaucoup varié :

> Carolus Ferdinandus Landulphus
> fecit Mediolani in Via S. Mar
> garitæ anno 1755

Bonne facture, gorge très prononcée sur les côtés et

---

1. Nᵒ 227, *Catal.*, 1884.

dans tout le pourtour des tables; *ƒ ƒ* inférieures au reste du travail. Onglet des filets dans le style Guarneri. Beaux

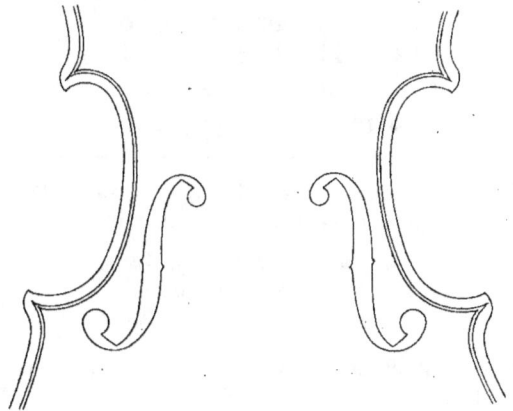

ƒƒ, CC ET COINS D'UN VIOLON DE C.-F. LANDOLFII

bois; vernis rouge, parfois jaune, brillant et très transparent. Ses violoncelles sont généralement de petit patron.

En 1758, il avait pour enseigne : *A la Sirène* :

> Carlo Ferdinando Landolfi
> nella Contrada di Santa Margarita
> al Segno della Sirena. Milano 1758

Il marquait ainsi les instruments qu'il avait revus :

> Revifto da Carlo Ferdinando
> Landolfi l'Anno 17 41

LANDOLFI (PIETRO-ANTONIO). — Milan, fin du XVIIIe siècle. Fils et successeur du précédent. Travail inférieur. Ses instruments ne sont pas toujours filetés. Ce luthier paraît avoir été ignoré jusqu'ici :

> **Pietro Antonio figlio di Carlo Ferdinando Landolfi in Milano al Segno della Seren a l'Anno 1779**

LANSA ou LANZA (ANTONIO-MARIA). — Brescia, 1774.

LAVAZZA (ANTONIO-MARIA). — Milan, 1703 :

> *Antonio Maria Lavazza fece in*
> *Milano, habita in contrada*
> *Largha 1703.*

LAVAZZA (SANTINO). — Milan, 1718. Sans doute le fils du précédent :

> **Santino Lauazza fece in Milano in Contrada Larga 1718**

LEONI (FERDINANDO). — Parme, 1816.

LEONI (CARLO). — Trévise, 1861.

LEONPORRI (GIOVANNI-FRANCESCO). — Milan, 1758. Travail soigné, style allemand. Belles ff, comme Stainer. Vernis jaune sale, rappelant celui de Grancino :

> *Fetto da Giovan Francesco*
> *Leonporri Milanese nel aqui-*
> *la 1758.*

LIAINER (ALBERTO). — Rome, 1674. Étiquette manuscrite, écriture bâtarde :

> *Alberto Liainer*
> *In Romæ 1674.*

LICILIANO (ANTONIO). — Venise, sans date :

> ## Antonio Liciliano in Uenetia

LIGNOLI (ANDREA). — Florence, xvii° siècle.

LINARELLI ou LINAROLLI (VENTURO). — Venise, vers 1520. Faiseur de luths.

LOLIO (GIAMBATTISTA). — Bergame, xviii° siècle.

LOLY (JACOPO). — Naples, 1727. Style Grancino, bois durs, voûtes presque plates, vernis jaune.

LORENZI (DE). — Cité par G. Chouquet (Exposition de 1878, à Paris), sans indication de résidence.

LORENZINI (GASPARE). — Plaisance, xviii° siècle.

LUDICI (GIROLAMO PIETRO DE). — Conegliano, 1709. Luthier amateur. Etiquette manuscrite :

> *Hieronymus Petrus de Ludice*
> *Animi causa faciebat Conegliani*
> A. D. 1709.

LUGLONI (GIUSEPPE). — Venise, 1777.

MAFFEI (LORENZO). — Lucques, 1767. Style Gabrielli :

> *Lorenzo Maffei Lucca*
> *Fecit 1767.*

MAFFEOTTO (GIUSEPPE). — Rome, xviii° siècle.

MAGGINI. — Pour les luthiers de ce nom, voir dans ce volume, p. 21 et suivantes.

MALER ou MALLER (LAUX). — Bologne, vers 1450. Célèbre faiseur de luths.

MALER (SIGISMOND). — Venise, 1526. Faiseur de luths, non moins célèbre que le précédent.

MALDURA (G.-B.). — Rome. Luthier contemporain. Mandolines et guitares.

MALVOLTI (PIETRO ANTONIO). — Florence, 1709. Jolie lutherie, genre Gabrielli :

> Petrus Antonius Malvolti
> Florent. fecit Anno 1709

MANTEGATIA (PIETRO E GIOVANNI). — Milan, seconde moitié du XVIII° siècle. Les frères Mantegatia travaillèrent ensemble; leurs altos, surtout, sont très estimés :

> Petrus Io. Fratresq
> Mantegatia Mediolani
> in Via S. Margarite anno
> 1750

L'étiquette suivante, où le mot *fratresq* ne se trouve pas, a fait croire à Vidal que Pietro avait travaillé seul; mais comme les deux prénoms y figurent, nous pensons qu'il n'en est rien :

> Petrus Joannes Mantegatia fecit Me.
> diolani in Via S. Margaritæ 1786

Sur une autre étiquette des *fratelli Mantegatia*, on lit : *al segno dell' angelo.*

MANTOVANI. — Parme, XVIII° siècle.

MARATTI. — Vérone, vers 1700.

MARCELLI (JOANNES). — Crémone. Étiquette manuscrite, sur parchemin :

> Joannes Marcelli
> Fecit Cremona
> MDCXCVI.

MARCHETTI (ABBONDIO). — Milan, 1816-1840. Belles fournitures, travail soigné, vernis brun rouge d'excellente qualité, bonne sonorité. Ce luthier a peu produit :

Marchetti-Abbondio
Fece in Milano l'anno 1816.

MARCHI (GIOVANNI-ANTONIO). — Bologne, 1662. Bonne lutherie, beaux bois, voûtes élevées, vernis jaune doré :

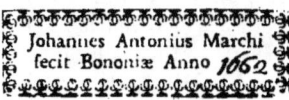

Johannes Antonius Marchi
fecit Bononiæ Anno *1662*

MARCONCINI (ALOYSIUS). — Ferrare, 1772. Elève d'Omobono Stradivari :

Aloysius Marconcini
Ferrarienzi Fecit Ferrare
Anno 1772.

MARCONCINI (GIUSEPPE). — Ferrare, XIXᵉ siècle. Fils du précédent. Elève de Storioni. Il est mort en 1841.

MARCO (ANTONIO). — Venise, 1700.

MARIANI (ANTONIO). — Pesaro, 1580-1630. Style Maggini :

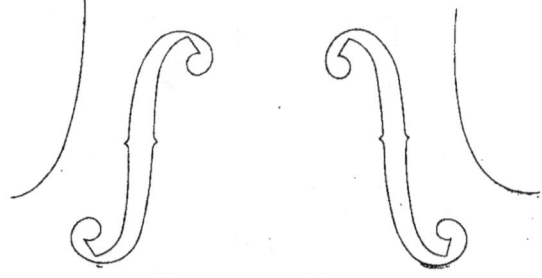

Antonio Mariani
Pefaro 1619

ƒƒ ET ÉTIQUETTE D'UN ALTO D'A. MARIANI

MARIA (GIUSEPPE DE). — Naples, 1771-1779. Célèbre facteur de mandolines. Étiquette manuscrite :

Joseph de Maria fecit
Napoli 1771.

MARINO (BERNARDINO). — Rome, 1805.
MARQUETTI (ENRICO). — Turin, XIXᵉ siècle.
MEIBERI (FRANCESCO). — Livourne, 1745-1755.
MELLINI (GIOVANNI). — Guastalla, 1768.
MELONI (ANTONIO). — Milan, 1690. Style Amati :

Antonius Meloni Mediolani
Fecit A. D. 1690.

MERIGHI (PIETRO). — Parme, 1770. Facteur de mandolines :
Petrus Merighi
Fecit Parmæ
Anno 1770.

MESSORI (PIETRO). — Modène. Luthier contemporain. Bon travail.

MEZZADRI (ALESSANDRO). — Ferrare, 1694-1723. Facture ordinaire :

MEZZADRI (FRANCESCO). — Milan, 1700-1720. Bonne facture, vernis rose à fond ambré, très transparent.

MINOZZI (MATTEO). — Bologne, XVIIIᵉ siècle.

MOLIA (ANGELO). — Gênes, 1758. Lutherie ordinaire :

Angel Molia
Fece in Genova A 1758.

MOLINARI (JOSEPHO). — Venise, XVIIIᵉ siècle. Connu par deux mandolines, datées de 1762 et 1763, qui sont au musée du Conservatoire, à Paris[1].

1. Nᵒˢ 243 et 249, *Catal.*, 1884.

MONTADA (GREGORIO). — Crémone, XVIII° siècle.

MONTAGNANA (DOMENICO). — Crémone et Venise, 1710-1750. Élève d'Antonio Stradivari. Il pratiqua pendant quelque temps à Crémone, puis il alla se fixer à Venise, où il prit pour enseigne : *A la Ville de Crémone*. Lutherie de premier ordre. Tout y est remarquable : bois, travail et vernis superbe :

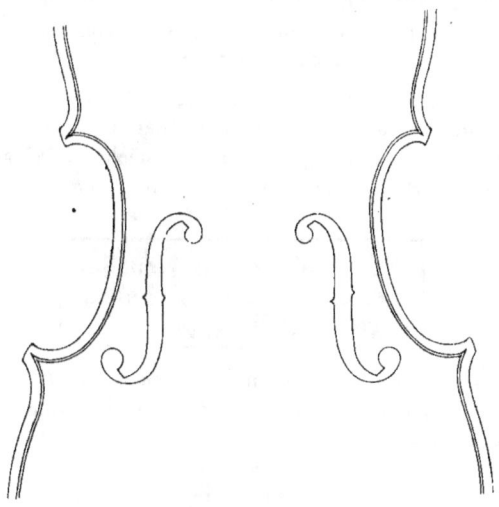

ff, CC, COINS ET ÉTIQUETTE D'UN VIOLON
DE DOMENICO MONTAGNANA

Une magnifique contrebasse de ce maître (Venise, 1730) est au musée du Conservatoire, à Paris (n° 199 du catalogue).

MONTALDI ou MONTANI (GREGORIO). — Crémone, 1730.

MONTECHIARI (GIOVANNI). — Brescia, XV° et XVI° siècles. Faiseur de luths.

II.   14*

Morella (Morglato). — Venise, 1550-1602. Célèbre pour ses violes et ses luths[1] :

> **Morglato Morella**
> **fece in Venecia 1602**

Morona (Antonio). — Istria, 1731. Étiquette manuscrite :

> *Presbyter Antonius Morona insulanus*
> *Ex Istria fecit* 1731.

Nadotti (Giuseppe). — Plaisance, 1767. Connu par un violon qui figurait à l'exposition de Milan, en 1881.

Nella (Raffaello). — Brescia, xviii° siècle. Style Maggini.

Novelli (Pietro-Valentino). — Venise, 1790. Élève de Bellosio :

> **Petrus Valentinus Nouellus**
> **Difcipulus Anfelmi Bellofi**
> **fecit Venetijs 1790**

Noversi (Cosima). — Florence, xvii° siècle.

Obbo (Marco). — Naples, 1712. Facture ordinaire. Étiquette manuscrite :

> *Marcus Obbo*
> *Napoli* 1712.

Obici (Bortolamio). — Vérone, 1681 :

> **Bortolamio Obici**
> **in Verona 1681**

Odani (Giuseppe-Morello. — Naples, 1738. Travail passable, vernis presque noir :

> *Giuseppe Morello Odani*
> *In Napoli* 1738.

1. Fétis, *Biographie universelle*, et S. Aug. Maffei, *Annali di Mantoua*.

ODOARDI (GIUSEPPE). — Ascoli, 1675.

ONGARO (IGNAZIO). — Venise, 1747.

PAGANI (J.-B.). — Crémone, 1747. Travail passable.

PAGANONI (ANTONIO). — Venise, vers 1750.

PALLOTTA (PIETRO). — Perugia, 1792. Etiquette d'un alto assez bien fait, vernis jaune :

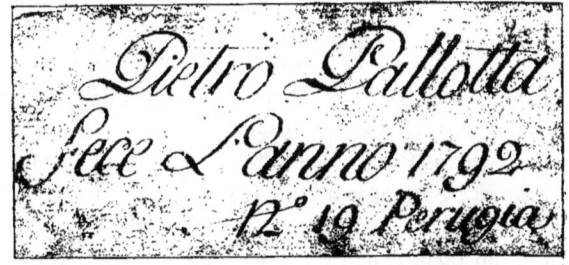

PANDOLFI (ANTONIO). — Venise, 1715-1740. Assez bonne facture :

Antonius Pandolfi
Venetiis fecit Anno 1740

PANORMO (VINCENZO) [1].

PANZANI ou PANSANI (ANTONIO). — Rome et Venise, XVIIIᵉ siècle.

PARDINI (BASTIANO). — Florence, sans date :

Bastiano Pardini
In Firenza.

PASENALLI (GIACOMO). — XVIIIᵉ siècle. Faiseur de mandolines.

PASTA (ANTONIO). — Brescia 1700-1730. Style Gasparo da Salò. Belle facture, vernis moelleux.

1. Voyez Les luthiers français.

PASTA (DOMENICO E GAETANO). — Brescia, 1705-1730.

PRATASINI (GIOVANNI). — Turin, 1780. Nous connaissons une ravissante petite mandole de cet auteur.

PAZZINI (GIOVANNI-GAETANO). — Florence, 1660. Elève de Maggini :

> Giovan Gaettano Pazzini, allieno d'ell
> Maggini di Brixiæ.
> Fecit Firenze, anno 1660

PECCENINI (ALESSANDRO DI LEONARDO MARIA), detto *del lento*. — Bologne, 1595. Faiseur de luths.

PEDRAZZI FRA PIETRO (DOMENICANO). — Bologne, 1784.

PETRONI (ANTONIO). — Rome, 1867. Jolie facture.

PEREGRINO GIANNETTO (detto ZANETTO). — Brescia, 1547. Le musée du Conservatoire, à Paris, possède une très belle basse de viole[1] de ce maître, ayant la forme de celle que le Dominicain fait jouer à sa sainte Cécile.

PEREGRINO (GIOVANNI). — Lucques, 1689 :

> Ioannes Peregrinius
> Lucenfis 1689

PEZZARDI. — Brescia, XVI° siècle.

PFRETZSCHNEF (GOTTLOB). — Crémone, 1750. Lutherie très ordinaire.

PFRETZSCHNEF (CARL-FRIEDRICH). — Crémone, XVIII° siècle. Fils du précédent.

---

1. N° 170, *Catal.*, 1881.

PIATTELLINI (GASPERO). — Florence, 1738. Style Gabrielli. Étiquette manuscrite :

Gaspero Piattellini Fece
In Firenzze Anno Domini 1738.

PICINO. — Padoue, 1712. Voûtes élevées, vernis foncé.

PIEROTTI (ALOYSIUS). — Étiquette manuscrite, sans indication de résidence :

Aloysius Pierotti fecit
Anno 1787.

PIEROTTI (LUIGI). — Cubbio, 1833. Étiquette manuscrite, relevée dans un violon ordinaire :

Luigi Pierotti
Fecit in Cubbio 1833.

PILOSIO (FRANCESCO). — Gorizia, 1748.

PIZZURNUS (DAVID). — Gênes, 1763 :

> David Pizzurnus fecit
> Genu e Ann. 1763

PLANI (AGOSTINO DE).—Gênes, 1750-1780. Travail ordinaire :

> Auguftinus de Planis
> fecit Genuæ 1750

PLATNER (MICHÆL). — Rome, 1741 :

> Michäel Platner fecit
> Romæ Anno 1741

POLIS (LUCA DE). — Crémone, 1751.

POLLUSCA (ANTONIO). — Rome, vers 1750.

POSTACCHINI (ANDREAS). — Firmi, 1824 :

> *Andreas Postacchini Amici filius*
> *Fecit Firmi anno 1824*
> *Opus 214*

POSTACCHINI (ANDREAS). — Firmi, 1854. Probablement le fils du précédent :

> Andreas Postacchini Firmanus fecit
> sub titulo S. Raphaelis Archang. 1854

POSTIGLIONE (VINCENZO). — Naples, XIX° siècle.

PRESSENDA (GIOVANNI-FRANCESCO). — Turin, 1820-1854. Le meilleur luthier italien du XIX° siècle.

Né en 1777, à Lequio-Berria, près d'Alba, en Piémont; il fut d'abord violoniste ambulant, comme Raffaele Pressenda, son père, puis il reçut quelques leçons de Storioni, à Crémone, et s'établit luthier et ébéniste à Alba, en 1814. Un peu après, il tenta la fortune à Carmagnola, et, en 1820, il s'installa définitivement à Turin, où il mourut en 1854. Il s'inspira d'Amati pour ses premiers instruments, et adopta bientôt le style d'Antonio Stradivari pour ne plus le quitter. Bois de bonne qualité, travail soigné mais un peu lourd, beau vernis :

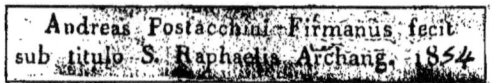

> Joannes Franciscus Pressenda q. Raphael
> fecit Taurini anno Domini 1840

PXESB (VINCENTINUS-ASCENCIO) :

> *Vincentinus Ascencio Pxesb*
> *Mat^{tt} anno Domini 1775.*

RACCERIS. — Mantoue, vers 1670.

RAILICH (GIOVANNI). — Padoue, sans date :

> Giovanni Railich
> Lattaro in Padova

RANTA (PIETRO). — Brescia, 1733.

RASURA (VINCENZO). — Lugo, 1785.

RECHIARDINI (GIOVANNI) detto ZUANO. — Venise, XVIIIᵉ siècle.

RICI (LUIGI). — Naples. Contemporain. Mandolines.

RICOLAZI (LODOVICO). — Crémone, 1729.

RINALDI MARENGO. — Turin. Luthier contemporain.

ROCCA (GIUSEPPE-ANTONIO). — Turin, 1831. Belle lutherie :

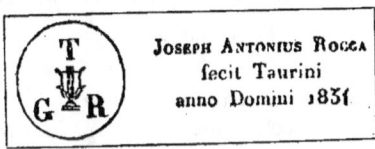

JOSEPH ANTONIUS ROCCA
fecit Taurini
anno Domini 1831

ROGERIE (GIAN-BATTISTA). — Brescia, 1665-1710. Quoique ayant exercé à Brescia, Giambattista Rogeri était élève de

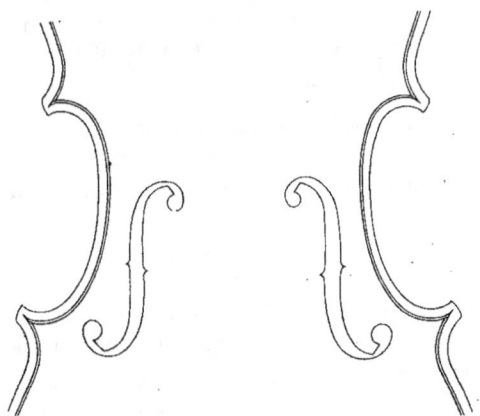

_ƒƒ_, CC ET COINS D'UN VIOLON DE J.-B. ROGERI

Nicolo Amati, ainsi qu'il prend le soin de l'indiquer sur ses étiquettes, où il fait suivre son nom de l'abréviation _Bon :_ qui signifie _Bononiensis_ (natif de Bologne). L'onglet de ses

filets arrive presque au milieu des coins. Sa lutherie est fort
belle et hautement appréciée :

> Io: Bapt. Rogerius Bon: Nicolai Amati de Cremo-
> na alumnus Brixiæ fecit Anno Domini. 1705

Rogeri (Pietro-Giacomo). — Brescia, xviiie siècle. Fils du
précédent. Belle lutherie, rappelant celle de son père :

> *Petrus Jacobus Rogeri*
> *Fecit Brixiæ* 1721.

On confond assez souvent les œuvres des deux maîtres
précédents avec celles des Ruggeri de Crémone, qui,
paraît-il, ne sont pas de la même famille[1].

Romani (Julius-Cesar). — Rome, xviiie siècle.

Romanini (Antonio). — Crémone, 1740 :

> ### Antonio Romanini fecit
> ### Cremonensis anno 1740

Romano (Pietro). — Pavie, xviiie siècle.

Rosiero (Rocco). — Crémone, vers 1730.

Rota (Giovanni). — Crémone, 1705. Travail lourd. vernis
jaune :

> *Joannes Rota fecit*
> *Cremonæ anno* 1705.

Rovetta. — Bergame, 1840-1870.

Rub (Ang. de). — Viterbe, 1763. Lutherie gracieuse :

> *Ang. de Rub. ob animi delectationem*
> *Fecit Viterbi* 1763.

Ruggieri (Gio.-Battista). — Crémone, 1666. Élève de
Nicolo Amati, ainsi que J. B. Rogeri de Brescia, avec lequel
on le confond souvent, bien qu'ils n'aient rien de commun[2].

1. De Piccolellis. *Lutai antichi e moderni*, Florence, 1885.
2. *Id.*

De même que tous les Ruggeri de Crémone, il fait suivre son nom de la mention : *Il Per* (dialecte crémonais), qui serait une corruption de *Pera* (poire). On aurait donné ce sobriquet au plus ancien des Ruggeri, parce qu'il avait l'habitude d'employer souvent le mot *per*, dans la conversation. Belle lutherie :

Gio. Battista Rugier detto il per
Fecit Cremona anno 1666.

RUGGIERI (FRANCESCO). — Crémone, 1775. Élève de Nicolo

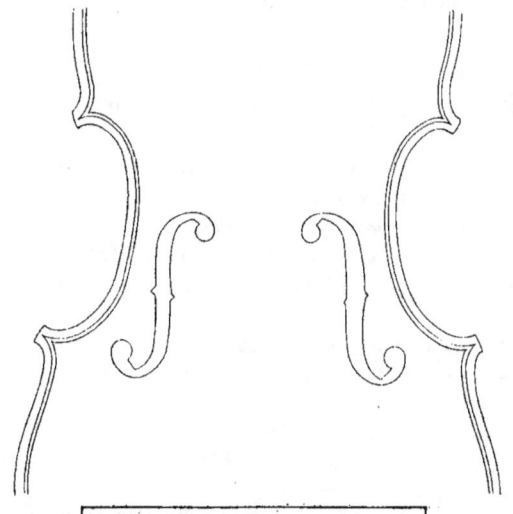

ff, CC, COINS ET ÉTIQUETTE D'UN VIOLON DE FRANCESCO RUGGIERI

Amati. Le plus célèbre des Ruggieri. Travail d'un grand fini. contours gracieux, volute s'harmonisant avec le tout. L'on-

glet des filets presque au milieu des coins. Superbe vernis
jaune orangé, tirant sur le rose.

RUGGIERI (PIETRO-GIACOMO).—Crémone, 1714. Fils de Gio.-
Battista, né vers 1675. Auteur d'un violoncelle sur lequel
Piatti se fit entendre pendant très longtemps à Londres.

RUGGIERI (VINCENZO).—Crémone, 1735. Le dernier du nom :

> Vicenzo Ruger detto il Per.
> In Cremona 1735

SACCHINI (SABATTINO). — Pesaro, 1686 :

Sabattino Sacchini
da Pesaro 1686.

SANONI (GIAN-BATTISTA). — Vérone, xviiie siècle. Voûtes
élevées.

SANTAGUILIANA (JACINTO). — Venise, 1780-1810.

SANTE. — Pesaro, 1670.

SANTE (GIUSEPPE). — Rome, 1778.

SANTO (GIOVANNI). — Naples, 1730. Travail ordinaire.

SANTO ou SANZO (SENTINO). — Milan, xviiie siècle. Style
Grancino.

SARACENI (DOMENICO). — Florence, xviie siècle.

SAPINO. — Fétis le cite comme un élève de Cappa.

SARDI. — Venise, 1649.

SAVANI (GIUSEPPE). — Carpi, 1809.

SCARAMPELLA (GIUSEPPE). — Florence, Luthier contemporain. Facture soignée.

SELLA (MATTEO). — Au musée du Conservatoire de musique, à Paris, il existe trois archiluths qui portent le nom
de cet auteur, sans indication de date, ni de lieu. Un seul
contient la mention : *Alla corona*[1].

SENI (FRANCESCO). Florence, 1634.

SENTA (FABRIZIO). — Turin, xviie siècle.

1. Nos 229, 230 et 231, *Catal.*, 1884.

SANTO (SERAPHINO). — Udine et Venise, 1680-1735. Luthe-

> Sanctus Seraphinus Nicolai Amati
> Cremonenfis Allumnus faciebat. Udinę A: 1680

rie fine et délicate. Vernis rouge d'une grande beauté. Bois
superbes. Ses instruments, qui ressemblent beaucoup à ceux

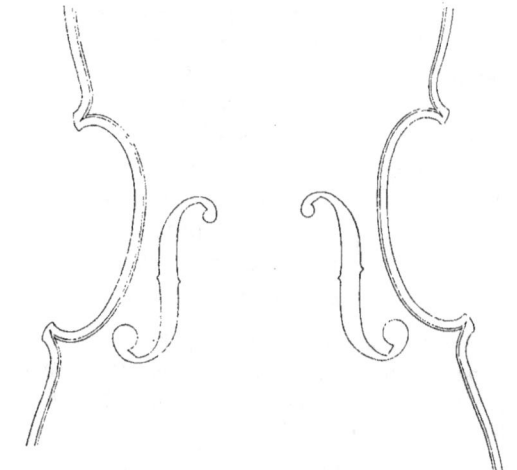

ƒƒ, CC ET COINS D'UN VIOLON DE SANTO SERAPHINO ET SON ÉTIQUETTE

de Francesco Ruggieri, sont plus étroits au milieu des CC.
Ils sont marqués au feu sur l'éclisse près du bouton.

Siciliani (Antonio). — Venise, xviiᵉ siècle.

Siciliani (Gioacchino). — Venise, fin xviiᵉ siècle. Fils du précédent.

Sneider (Joseph). — Pavie, 1709. Élève de Nicolo Amati :

> Joseph Sneider Papiæ,
> Alumnus Nicolai Amati,
> Cremonæ, fecit Anno 1709

Socchi (Vincenzo). — Bologne, 1664. Connu par une pochette qui se trouve au musée du Conservatoire, à Paris[1].

Soliani (Angelo). — Modène, 1752-1810.

Sorsana (Spirito). — Cunei, 1736 :

> Spiritus Sorsana
> fecit Cunei 1736

Spedoni (Francesco). — Pesaro, 1670.

Steffanini (Carlo). — Mantoue, vers 1781. Mandolines.

Stofs (Giuseppe-Antonio). — Padoue, 1779. Assez bonne lutherie, vernis fin :

> *Josephus Antonius Stofs*
> *Fecit Patavii 1779.*

Storioni (Lorenzo). — Crémone, 1751 † 1799. Vieuxtemps fit entendre et apprécier un violon de cet auteur, le dernier des anciens luthiers italiens ayant quelque originalité. Modèles très irréguliers, *ſ ſ* placées tantôt hautes, tantôt basses; contours inégaux, vernis genre Gagliano :

> Laurentius Storioni Fecit
> Cremonæ 1781

1. Nᵒ 110, *Catal.*, 1884.

STRADIVARI. — Pour tous les luthiers de ce nom, voir p. 94 et suivantes de ce volume.

STREGNER (MAGNO). — Venise, XVIIᵉ siècle.

TACHINARDI. — Crémone, 1690.

TADOLINI. — Modène, XIXᵉ siècle.

TAFFINI (BARTOLOMEO). — Venise, 1754 :

TANEGIA (CARLO-ANTONIO). — Milan, 1730 :

> *Carolus Antonius Tanegia*
> *Fecit in via Lata Medio-*
> *lani anno 1730.*

TANINGARD (GIO-GIORGIO). — Rome, 1745 :

> Gio Giorgio Taningard
> fecit . Romæ   Anno 1745

TECCHLER (DAVID). — Rome, 1695-1743. Le plus célèbre des luthiers romains. Né en 1666 [1], il aurait travaillé à Venise

> David Tecchler Fecit
> Romę AnnoDñi 1721

et à Salzbourg avant de se fixer à Rome. Lutherie superbe, tant par la beauté de la forme, la belle qualité du bois (les

---

1. C'est par l'étiquette d'un violon de ce maître qui appartint à l'habile luthier parisien, M. Silvestre, que l'on connaît l'année de la naissance de David Tecchler.

tables ont l'aspect tigré que l'on remarque chez Nicolo Amati), et par un vernis jaune doré, d'une grande richesse.

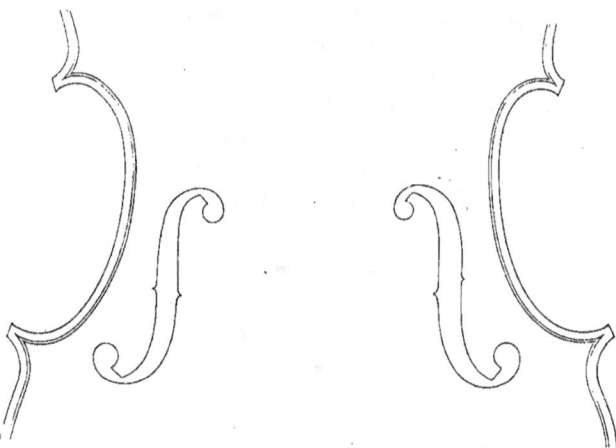

ƒƒ, CC ET COINS D'UN VIOLONCELLE DE DAVID TECCHLER

Les coins sont très allongés et la pointe des filets y arrive presque au milieu. Ses violoncelles comptent parmi ses plus beaux instruments.

TEODITTI (GIOVANNI). — Rome, XVII⁰ siècle.

TERNYANINI (PIETRO). — Modène, 1755.

TESTORE (CARLO-GIUSEPPE). — Milan, 1687-1720 environ. Style Guarneri. Lutherie assez bien faite. On estime ses violons et ses violoncelles :

Carlo Giufeppe Teftore in Con
trada Larg   di Milano
Segno dell' Aquila 1690

TESTORE (CARLO-ANTONIO). — Milan, 1720-1740. Fils aîné du précédent. Ses instruments bien faits et d'une coupe hardie, possèdent une excellente sonorité. Vernis jaune sale tirant sur le brun. La pointe des filets en arrière du C comme chez Guarneri del Gesù.

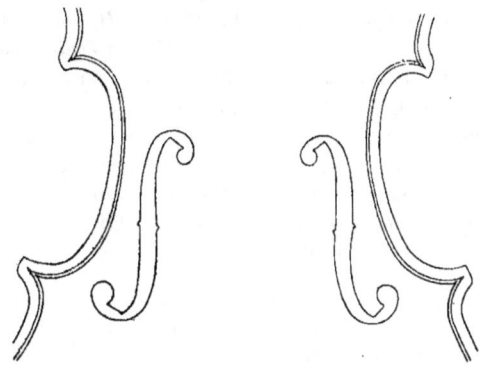

ff, CC, COINS ET ÉTIQUETTE D'UN VIOLON DE C.-A. TESTORE

TESTORE (PAOLO-ANTONIO). — Milan, 1740-1760, environ. Second fils de Carlo Giuseppe. Il a aussi copié Guarneri del Gesù et parfois Stradivari dans son modèle dit longuet. Vernis jaune :

> Paolo Antonio Teftore figlio
> di Carlo Giufeppe Teftore
> in Contrada Larga di Mila-
> no al Segno dell'Acquila.
> *1759*

TIEFFENBRUCKER (LEONARDO). — Padoue, 1587. Faiseur de luths.

TIEFFENBRUCKER. — Venise, xvi⁰ siècle. Plusieurs faiseurs de luths de ce nom travaillèrent dans cette ville.

TIRLER (CARLO). — Bologne, xviii⁰ siècle.

TODINI (MICHELE). — Rome, 1660-1690, environ. On le connaît surtout par une petite brochure : « *Dichiarazione della Galleria Armonica eretta in Roma, da Michele Todini piemontese di Saluzzo* », dans laquelle sont décrits plusieurs instruments à mécanique qu'il fut le premier à fabriquer. Quant à la contrebasse de violon dont on lui attribue l'invention, le dessin de Praetorius, reproduit dans le précédent chapitre, montre que cet instrument existait bien avant lui.

TONONI (FELICE E GUIDO). — Bologne, fin du xvii⁰ siècle. Leurs violoncelles sont estimés :

> *Tononi di Bologna*
> *Fece anno* 1681.

TONONI (GIOVANNI). — Bologne, 1689. Fils de Felice. Style Amati :

I Oannes Tunonus fecit Bononiæ
in Platea Pzuaglionis.
Anno Domini. 1689

TONONI (CARLO). — Bologne, 1698-1717. Frère du précédent. Il est connu par une pochette incrustée, portant la date de 1698, qui était exposée, à Milan, en 1881, et par un violon de 1717, que possède le musée du Lyceo filarmonico, à Bologne :

> *Carolus Tononi fecit*
> *Bononiæ anno* 1717.

TONONI (CARLO-ANTONIO). — Venise, 1728-1768. Probablement le fils du précédent. Modèles très variés. Ceux de forme plate sont supérieurs.

Très souvent ses violons sont marqués au fer chaud sur

l'éclisse au-dessous du bouton du tire-cordes. Voici son étiquette :

Gallay cite une étiquette de cet auteur où le texte ci-dessus est suivi de ces mots : *e dal 1728 defini di far prove e gl'istrumenti principio*[1].

TOPPANI (ANGELO DE). — Rome, 1738. Ecole de David Tecchler, voûtes plus élevées ; vernis jaune doré :

TORELLI. — Vérone, 1625.

TRAPANI (RAFFAELE). — Naples, 1800. Travail lourd. Les *f f* ne sont pas complètement découpées à jour ; en haut et en bas la partie ronde est adhérente à la table. Vernis rouge brun épais. Pas de date, mais un numéro sur l'étiquette, où se voit un triangle avec le fil à plomb.

TRINELLI (GIOVANNI). — Villalunga sans date.

UGAR (CRESCENZIO). — Rome, 1790.

UNGARINI (ANTONIO). — Fabriano, 1762.

VALENTE (R.).—Rome. Luthier contemporain. Mandolines.

VANDELLI (GIOVANNI). — Modène, 1796-1839.

VANGE (PIETRO-LORENZO).—Listi, 1726. Ecole de Florence, style Gabrielli. Etiquette manuscrite :

> *Pierre Lorenzo Vange*
> *Listi Fecit F. A°* 1726.

1. GALLAY. *Instruments de l'école italienne*, Paris, 1872.

VALENZANO (GIOVANNI-MARIA). — Valentia, 1804. Lutherie ordinaire :

> *Joannes Maria Valenzano*
> *Astensis in Valentia fecit 1804.*

VENERE. — Padoue, 1534. Faiseur de luths. Vidal déclare avoir relevé dans un cistre une étiquette ainsi conçue :

> *In Padova Undelio Venere*
> *De Leonardo Tiefenbrucker*
> *1534 T. S.*

VENZI (ANDREA). — Florence, 1636.

VERLE (FRANCESCO). — Padoue, sans date :

> *In Padova*
> *Francesco Verle.*

VETRINI (BATTISTA). — Brescia, vers 1629. Petit patron, beaux bois, vernis jaune.

VIMERCATI (GASPARO). — Milan, sans date. Connu par une mandoline appartenant à M. A. Gautier, à Nice.

VIMERCATI (PAOLO). — Venise, vers 1700. Facture rappelant celle de Tononi.

VIMERCATI (PIETRO). — Brescia, environ 1660.

VINACCIA (ANTONIO). — Naples, 1760-1790 environ. Célèbre facteur de mandolines. Il se servait d'étiquettes manuscrites ou de celle-ci :

> Antonius Vinaccia Fecit
> Neapoli   Anno   1780

Il eut trois fils :

VINCENZO, GENNARO E GAETANO, qui ont également construit des instruments à cordes pincées.

VINACCIA (PASQUALE). — Naples. Fils de Gaetano, il naquit le 20 juin 1806 et fabriquait encore des mandolines en 1881.

Selon G. de Piccolellis, il remplaça le premier les cordes de boyau et de laiton par des cordes d'acier[1]. Ses instruments sont très réputés.

Vincenzi (Luigi). — Carpi, 1775.

Vir (Girolamo). — Brescia, sans date :

Hieronimus di Vir in Brescia.

Vitor (Petrus Paulus de). — Brescia, 1740. Belle lutherie dans le style vénitien, riche vernis :

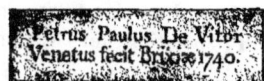

Vivoli (Giovanni). — Florence, 1642.

Wenger. — Padoue, 1622. Faiseur de luths.

Zanfi (Giacomo). — Modène, 1756-1822.

Zani (Francesco). — Etiquette manuscrite, imitation de caractères d'imprimerie, relevée dans un violon ordinaire :

Francesco Zani
Gi... anno 1724.

Zaniol (Giacomo e Gioan.-Battista). — Venise, sans date. Facture ordinaire :

Zanoli (Giacomo). — Vérone, 1751 :

Fato in Verona
di Giacomo Zanoli
1751

---

1. Ouvrage cité.

ZANOLI (GIAN.-BATTISTA). — Vérone, 1730. Forme plate. facture très ordinaire.

ZANOTI (ANTONIO). — Mantoue, 1731. Etiquette imprimée, relevée dans un beau violon style Pietro Guarneri.

Antonius Zanotus Lodegianus fecit
Mantuæ, sub Titulo Fortunæ 1731.

ZANOTTI (GIUSEPPE). — Plaisance, XVIIIᵉ siècle.

ZANTI (ALESSANDRO). — Mantoue, 1755. Style Pietro Guarneri.

ZANURE (PIETRO). — Brescia, 1509. Connu par une viole qui figurait à l'Exposition du Kensington Museum, à Londres, en 1872 :

Pietro Zanure. Brescia 1509.

ZENATTO (PIETRO). — Trévise, 1694 :

PIETRO ZENATTO FEGE IN.
TREVISO ANNO *1694*

ZIMBELMANN (FILIPPO). — Florence, 1661.

LES LUTHIERS SUISSES

BLAISE (JULES). — Genève, 1855-1870. Originaire de Mirecourt. Bon luthier. Il avait travaillé chez les frères Silvestre, à Lyon.

BOURGEOIS (SÉRAPHIN). — Genève, 1829. Etiquette manuscrite, entourée d'un filet :

Réparé par Séraphin Bourgeois
à Genève An 1829.

CALVALORIO. — Genève, 1725.

FISCHESSER (LÉON). — Genève. Luthier contemporain.
Né à Saint-Cloud (Seine-et-Oise) le 12 octobre 1861, il
s'est installé à Genève en 1884. M. Fischesser fait de
nombreuses recherches pour reconstituer le beau vernis
de Stradivari.

LUBINO. — Lugano, 1750 environ. Style crémonais.

LUTSCHG. — Berne. Luthier contemporain. Élève de
Methfessel.

LUTZ (THÉOPHILE). — Lausanne, 1850-1885 environ. Louis
Lutz, son frère et son élève, est venu s'établir à Paris
en 1878[1].

MEINEL. — Bâle. Luthier contemporain. Elève de Nicolas-
Eugène Simoutre. Bon travail.

METHFESSEL (GUSTAVE). — Berne. Luthier contemporain.
Bonne facture.

NICOLAS (THOMAS). — Genève, 1810.

PUPUNAT (FRANÇOIS-MARIE). — Lausanne, 1840-1860. Ancien menuisier, qui a fait de beaux violons. L'un de ceux-ci,
conservé au musée du Conservatoire, à Paris[2], contient une
étiquette ainsi conçue :

> *Francinus Maria Pupunatus*
> *Lausanne anno* 1844.

RIFRY (JOHANNES). — Fribourg (Suisse), 1632. Il a fait des
violoncelles et des contrebasses. M. Bedot, de Genève, possède les éclisses et la tête de l'une d'elles.

SIEBENHÜNER. — Zurich. Luthier contemporain ayant du
talent.

SIMONIN (CHARLES). — Genève, 1841-1849. Bon luthier
qui alla se fixer ensuite à Toulouse[3].

SIMOUTRE (NICOLAS-EUGÈNE). — Luthier d'origine française

---

1. Voir *Les luthiers français*.
2. N° 1014. *Premier supplément au catalogue de* 1884 *par Léon Pillaut.*
3. Voir *Les luthiers français*.

ayant travaillé à Bâle, de 1860 à 1890, et qui, depuis, est venu se fixer à Paris[1].

WILL (LÉOPOLD). — Genève, 1880.

ZUST (junior). — Zurich. Luthier contemporain. Bon travail.

LES LUTHIERS ALLEMANDS

ACHNER (PHILIPPE). — Mittenwald, 1703 :

> *Philippe Achner in Mitten*
> *Wald an der Iser 1703.*

ALBANI (MATHIAS). — Botzen, 1621 † 1673. Le premier du nom. Modèle un peu lourd, dans le style Stainer, avec voûtes très élevées. Selon G. de Piccolellis[2], Mathias Albani serait venu se fixer à Rome vers 1660 et aurait italianisé son style. Cet auteur a sans doute fait confusion avec les autres luthiers du même nom qui ont travaillé en Italie; en tout cas, on ne connaît aucune étiquette de Mathias Albani datée de Rome.

ALBANI (MATHIAS). — Botzen, 1670 environ, à 1710. Fils du précédent[3].

ALBANI (JOSEPH). — Botzen, 1719. Fils du précédent. Il est peu connu. Actuellement, presque tous ses violons contiennent des étiquettes de son père. Il signait :

---

1. Voir *Les luthiers français*.
2. Ouvrage cité.
3. Voyez *Les luthiers italiens*.

ALLETSSEE (PAUL). — Munich, 1710-1730 environ. Lutherie élégante. Il a aussi travaillé à Venise :

> **Paulus Alletffee**
> **fecit Monachii.**
> **1722**

AMAN (GEORGES). — Augsbourg, 1732 :

> **Georg Aman / Lauten-**
> **und Geigen-Macher / in**
> **Augspurg 1732**

ARTMANN. — Weimar, xviiie siècle. D'abord menuisier, puis luthier. Violons style Amati, vernis jaune ambré.

BACHMANN (CARL LUDWIG). — Berlin, 1716 † 1800. Musicien de la Chambre du roi de Prusse et luthier de la Cour; inventeur des chevilles à vis pour la contrebasse. Virtuose sur la viole, il fonda en 1770, avec Ernest Benda, le Concert des Amateurs, à Berlin. Lutherie soignée.

BACHMANN (O.). — Alberstadt, 1825-1840 environ. Ce luthier fit paraître à Leipzig en 1835 : *Theorischpraktisches Handbuch des Geigenbaues*; etc., in-8° de 92 pages, avec quatre planches, où il traite de la construction des instruments à archet.

BARTEK (E.). — Cité par G. Chouquet (Exposition de 1878, à Paris), sans indication de résidence.

BAUSCH (LUDWIG). — Leipzig, xixe siècle. Né à Nuremberg en 1815. Il apprit la lutherie chez B. Fritsche, à Dresde.

BAUSCH (LUIDWIG-B.). — Leipzig, xix° siècle. Fils du précédent.

BAUSCH (OTTO-B.). — Leipzig, xix° siècle. Né en 1841. Frère du précédent.

BECKMANN. — Stockholm, vers 1700. Lutherie très ordinaire.

BELDER (NORBERT). — Würtzbourg, 1723. Luthier de la Cour de Bavière. Auteur de la « viola bordone » qui est au musée du Conservatoire à Paris[1]. .

BINDERNAGEL. — Gotha, vers 1800. Elève de Franz-Anton Ernst. Lutherie appréciée.

BITTNER (DAVID). — Vienne, 1867. Lutherie ordinaire.

BOLLER (MICHAEL). — Mittenwald, 1796 :

BUCHER (I.-J.). — Autriche-Hongrie, 1878. Bonne facture. G. Chouquet n'indique pas la ville où il travaillait.

BUCHSTETTER (GABRIEL-DAVID). — Ratisbonne, 1750-1780 environ. Bonne lutherie, fournitures très inégales, modèle assez plat, vernis jaune foncé sans grande transparence :

Gabriel David Buchſtetter, Lautten- und Geigenmacher, Pedeponti pro- pè Ratisbonam. Anno 1752 *N° 26.*

CHRISTA (JOSEPH PAUL). — Munich, 1740 :

Joseph Paulus Christa Lauten
und Geigenmacher in München 1740.

1. N° 168, *Catal.*, 1884.

CHRISTOPHORUS (JOANNES). — Vienne, vers 1800 :

> Joannes Christophorus
> à Wienn.

DALMIGER (SÉBASTIEN). — Vienne, 1772. Jolie lutherie, genre Thir :

> Sébastien Dalmiger
> Fecit Viennæ 1772.

DARCHE (NICOLAS). — Aix-la-Chapelle, 1850-1880 environ. Né à Mirecourt, il y fit son apprentissage. C'est après avoir travaillé un certain temps chez Nicolas-François Vuillaume, à Bruxelles, qu'il alla s'établir à Aix-la-Chapelle. Bon luthier. Belle facture.

DIEL (MARTIN). — Mayence, vers 1800. Élève et gendre de Nicolaus Döpfer. Les derniers membres de la famille signent : Diehl.

DIEL (NICOLAUS). — Mayence, 1779 † 1851. Fils et successeur du précédent.

DIEL (JOHANN). — Second fils de Martin Diel.

DIEL (JACOB). — Hambourg. Décédé en 1873. Fils de Nicolaus.

DIEHL (NICOLAUS-LOUIS). — Hambourg. Fils du précédent. Mort en 1876.

DIEHL (FRIEDRICH). — Darmstadt. Né en 1814. Troisième fils de Nicolaus Diel. Facture ordinaire.

DIEHL (JOHANN). — Mayence, XIXᵉ siècle.

DIEHL (HEINRICH). — Fils du précédent.

DÖPFER (NICOLAUS). — Mayence, 1768. Il fut le maître de Martin Diel. Bonne lutherie. Voûtes moins élevées que chez ses confrères allemands.

DURFEL. — Altenbourg, XVIIIᵉ siècle. Ses contrebasses sont très réputées en Allemagne.

DVORAK. — Prague. Luthier contemporain, qui a du talent. Il a fait un assez long séjour dans l'atelier de

M. Silvestre, à Paris. M. Dvorak est le frère du célèbre compositeur de ce nom.

EBERLE (J.-U.). — Prague, 1730-1760. Il fut assez heureux dans ses imitations des maîtres italiens :

EDLINGER (THOMAS). — Prague, vers 1712.

EDLINGER (JOSEPH-JOACHIM). — Prague, XVIIIᵉ siècle. Fils du précédent.

ELSTER (JOSEPH). — Mayence, 1720-1750. Il est connu par de nombreuses basses de viole.

ENCZENSPERGER (CHRISTOPH). — Füssen 1708 :

ENGLEDER. — Munich, XVIIIᵉ siècle. Luthier habile.

ERNST (FRANZ-ANTON). — Gotha, 1778-1805. Violoniste de grand talent, né en Bohême, en 1745. Il entra comme musicien à la Cour de Gotha, en 1778, et devint plus tard le maître des Concerts du duc. Passionné de lutherie, il a fait quelques bons instruments. Jacob-Auguste Otto, un des meilleurs luthiers de l'Allemagne, fut son élève, ainsi que Bindernagel et Hartmann.

En 1804, une année avant sa mort, Ernst publia un article sur la construction du violon, dans la *Gazette musicale* de Leipzig.

ESLER (JOHANN-JOSEPH). — Mayence, 1717 :

Joann Joseph Esler
Lauten und Geigenmacher
Meyntz 1717.

FARON (ACHILLE). — Ratisbonne, 1701.

FELDEN (MAGNUS). — Vienne, 1556. Connu par une « viola bordone », qui se trouve à la Gesellschaft der Musikfreunde, à Vienne.

FICHOLD (HANS). — 1612.

FICHTL (MARTIN). — Vienne, vers 1750. Lutherie estimée, grand patron, bois et vernis de bonne qualité.

FICHTL (JOHANN ULRICH). — Mittenwald, 1764 :

FIKER (JOHANN-CHRISTIAN). — Neukirchen, vers 1730 :

Johann Christian Fiker
Lauten und Geigenmacher
In Neukirchen bey Adorf.

FIKCER (JOHANN-GOTLIEB). — Crémone, 1789[1].

FIORINI (GIUSEPPE). — Munich. Luthier contemporain. Fils de Fiorini de Bologne. Facture élégante.

FISCHER (J.). — Une trompette marine, conservée à la Gesellschaft, etc., à Vienne, est marquée ainsi :

J. Fischer, Landshut, 1722.

FISCHER (ZACHARIA). — Würtzbourg, 1730. Il faisait sécher artificiellement ses bois.

FREY (HANS). — Nuremberg et Bologne, xv⁰ siècle. Faiseur de luths. Beau-père d'Albert Dürer.

1. Voir *Les Luthiers italiens.*

Fritsche. — Leipzig, 1780-1810. Bonne lutherie.

Gartner (Eugène). — Stuttgart, où il est actuellement luthier de la Cour. Élève de N.-E. Simoutre.

Gedler (J.-D.). — Maldonner, 1796.

Geelos (Georges). — Insprück, 1680 :

Geissenhof (Franz). — Vienne, 1808. Modèle Stradiviri. Beau travail. Lutherie distinguée :

> **Francifcus Geiffenhof fecit. Viennae Anno 1808**

Parfois, ses initiales F. G. sont gravées au feu sur l'éclisse au-dessous du bouton du cordier.

Gerle (Hans). — Nuremberg, 1461 † 1521. Le plus ancien luthier allemand que l'on connaisse.

Un traité des gigues et des luths, publié à Nuremberg, en 1546, est signé *Hans Gerle Lautenmacher*. On ignore si c'est le fils du précédent.

Grabensee (J.-A.). — Düsseldorf, 1854.

Greffts (Johann). — Füssen, 1622.

Griesser (Mathias). — Insprück, 1727. Le musée instrumental du Lyceo filarmonico, à Bologne, possède une viole d'amour de cet auteur, montée de douze cordes en boyau, et de douze cordes vibrantes :

> *Mathias Griesser, Lauten und Geigenmacher*
> *in Insbrugg ann.* 1727.

Grimm (Carl). — Berlin, 1792 † 1855.

Grimm (Carl). — Berlin, 1867. Bonne lutherie.

Grobitz (A.). — Varsovie, 1750.

Gugemmos. — Bavière, xviiie siècle. Lutherie très ordinaire.

Haensel (Johann-Anton). — Rochsburg, vers 1810. Ce luthier, qui était aussi musicien du duc de Schœnburg, publia, en 1811, dans la *Gazette musicale* de Leipzig, un article : *Ueber den Bau der Violin*, où il parle d'un modèle de violon de son invention.

Halswander (Jean). — Munich, 1867. Cordes pincées.

Hamberger (Joseph). — Petersbourg, 1845 [1].

Hamm (Johann-Gottfried). — Rome, vers 1730 [2].

Hammig (V.-H.). — Leipzig. Fin xixe siècle.

Hassert. — Eisenach, vers 1780. Style italien.

Hassert. — Rudolstadt, xviiie siècle. Lutherie ordinaire.

Hartmann. — Gotha, xixe siècle. Élève de Ernst. Lutherie faible.

Hellemer (Georges). — Prague, 1720. Étiquette manuscrite, relevée dans un violon à voûtes élevées, vernis jaune sale

> *Georges Hellemer*
> *pragensis me fecit*
> *anno domini 1720.*

De plus, le mot *Hellemer* est gravé au feu dans la coulisse de la volute.

Hellmer (Carl). — Prague, 1750-1790. Élève d'Éberle. Lutherie bien faite :

Il était sans doute le fils ou le petit-fils du précédent.

1. Voir *Les luthiers russes.*
2. Voir *Les luthiers italiens.*

HILDEBRANDT (MICHAEL). — Hambourg, 1768.

HILTZ (PAUL). — Nuremberg, 1656. Une « viola a gambe » de cet auteur, portant cette date, est conservée au musée instrumental de Nuremberg.

HOFFMANN (MARTIN). — Leipzig, 1680-1725. Célèbre pour ses luths et ses violes. C'est à lui que Jean Sébastien Bach fit construire la première « viola pomposa[1] ».

HOFFMAN (JOHANN-CHRISTIAN). — Leipzig, 1725. Fils du précédent, également renommé pour ses luths et ses violes. Il fit aussi des altos et des violoncelles.

HOFMANN (ANTON). — Vienne, 1847 :

HORNSTAINER (JOSEPH). — Mittenwald, 1735 :

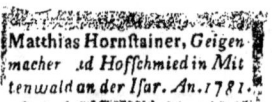

HORNSTAINER (MATHIAS). — Mittenwald, 1781 :

Matthias Hornftainer, *Geigen macher* .d Hoffchmied in Mit tenwald *an der Ifar. An. 1781.*

HORNSTAINER (ANTONIUS). — Mittenwald, 1793 :

Antonius Hornstainer
in Mittenwald Anno 1793.

HORIL (JACOB)[2].

1. Voyez t. I, p. 215.
2. Voir *Les luthiers italiens.*

Hosp (George). — Mittenwald, 1783 :

Huber (Johann-George). — Vienne, 1761.

Hulinski. — Prague, 1760. Travail soigné, vernis rouge foncé.

Huller (Auguste). — Shœneck, 1775.

Humel (Christian). — Nuremberg, 1710.

Hunger (Christophe-Friedrich). — Leipzig, 1750-1787. L'un des meilleurs luthiers allemands. Instruments dans le style italien. Il était né à Dresde, en 1718.

Jais (Anton). — Mittenwald, 1700 :

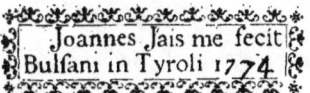

Jais (Johann). — Botzen, 1774 :

Jauch (Johann). — Gratz et Dresde, 1760-1775 environ. Luthier habile. Excellents violons, style crémonais.

Jübling. — Dresde. Luthier contemporain. Bonne facture.

KAMBL (JOHANN-ANDREAS). — Munich, 1640 :

> *Johan Andreas Kämbl Churfürstl*
> *Hof Lauten and Geigenmacher*
> *in München 1640.*

On dit qu'il travailla aussi à Darmstadt.

KAISER (MARTIN)[1].

KEMBTER. — Dibingen, 1725. Copiste de Stainer. Bonnes fournitures, filets assez réguliers.

KESSLER (ERNST). — Berlin. Luthier contemporain.

Né le 9 septembre 1856, à Markneukirchen, où son père était fabricant de cordes harmoniques, il y devint, à quatorze ans, l'élève d'Albin Voigt. Après avoir passé quelque temps chez Louis Otto, à Dusseldorf, il entra dans l'atelier d'Auguste Reichers, à Berlin, et y resta huit ans, de 1874 à 1882, avant de s'établir.

Ses instruments contiennent cette étiquette, avec, au-dessus, son nom marqué au fer chaud :

> **Ernst Kessler**
> E. K.
> fecit   **BERLIN**   18*99*

De plus, justement fier de travailler pour le grand violoniste Joachim, il met encore sur le fond de quelques violons, toujours au fer chaud, la marque :

> JOACHIM
> STIPENDIUM

Depuis le décès d'Auguste Reichers, M. Ernst Kessler est fournisseur de l'École royale supérieure de musique, à Berlin.

KIENDL (ANTOINE). — Vienne, 1867. Instruments à cordes pincées.

---

1. Voir *Les luthiers italiens.*

KIRCHSCHLAG. — Tyrol, 1780.

KIRCHWEGER (LOUIS). — Frankental, 1867. Avocat. Luthier amateur d'une certaine habileté.

KLOZ (MATHIAS). — Mittenwald, 1670-1700, environ. Le premier du nom. Il passe pour l'élève de Stainer. En tout cas, il en fut le copiste assez habile. Sa facture est soignée; mais son vernis est bien inférieur à celui du grand Tyrolien. Ses descendants continuèrent ses traditions et inondèrent le marché de faux Stainer.

KLOZ (GEORGE). — Mittenwald, 1700-1740. Fils du précédent. Bon travail, le vernis est souvent de couleur jaune :

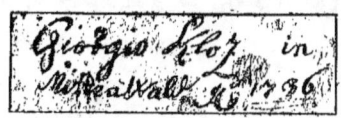

Il employait aussi une étiquette imprimée :

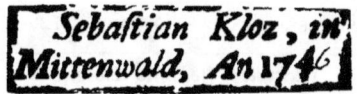

KLOZ (SÉBASTIEN). — Mittenwald, 1746. Fils de Mathias. On le considère comme le meilleur luthier de la famille. Voûtes relativement moins élevées. Vernis de couleurs variées, où les teintes foncées dominent :

KLOZ (MATHIAS). — Mittenwald, 1732-1770. Fils ou petit-fils de Mathias 1er. Une viole d'amour de cet auteur, datée de 1732, se trouve au musée du Conservatoire de musique, à Paris. Le facsimilé suivant est celui de l'étiquette d'un violon, vernis presque noir :

KLOZ (JOAN-CAROL). — Mittenwald, 1780 :

KLOZ (ÆGIDIUS). — Mittenwald, 1789 :

Ægidius Kloz in Mitten
vvald an der Ifer   1789

KLOZ (JOSEPH). — Mittenwald, 1793 :

Joseph Kloz in Mittenwald
an der Ifer   Anno 1793

KOHL (JOHANN). — Munich, 1580. Faiseur de luths et de violes. Luthier de la cour de Bavière.

KOLDIZ (MATHIAS-JOHANN). — Munich, 1720-1760 :

Matthias Joannes Koldiz,
Lauten- u. Geigenmacher in
München 1760

KOLDIZ (J.). — Rumbourg, XVIII⁰ siècle.

KNITTING (PH.). — Mittenwald, 1760. Violons peu voûtés.

KNITTLE (JOSEPH). — Mittenwald, sans date.

KRAMER (H.). — Vienne, 1717. Une « viola bordone » de cet auteur est conservée à la Gesellschaft der Musik-freunde, à Vienne.

KRINER (JOSEPH). — Mittenwald, 1791 :

LASKA (JOSEPH). — Prague. Né à Rumbourg en 1738, il mourut à Prague en 1805. Lutherie estimée.

LAUMANN. — Buda-Pesth. Luthier contemporain. Bonne facture.

LECHNER (F.). — Munich, 1867. Cithares.

LEIZMILLER (MARTIN). — Mittenwald, 1754 :

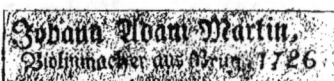

LEMBÖCK (GABRIEL). — Vienne, 1867-1878. Bonne facture.

LUPOT (FRANÇOIS). — Stuttgard, 1758-1770 (voyez *Les luthiers français*).

LUTZ (J.-T.). — Schönbach, sans date :

J. T. Lutz,
Instrumenten-Erzeuger
Schönbach (Böhmen).

MARTIN (JOHANN-ADAM). — Prague, 1726

Mathias. — Nurtingen, sans date. Lutherie ordinaire. Étiquette imprimée :

> *Mathias à Nurtingen en Suabe*
> *Anno....*

Maussiell (Leonhart). — Nuremberg, 1736. Imitateur habile de Stainer. Bois d'assez bonne qualité. Travail soigné. Vernis un peu foncé :

> *Leonhardus Maussiell*
> *un fecit Nurmberg* 1736.

Mayr (Andreas-Ferdinand). — Salzbourg, 1727. Voûtes élevées :

Andreas Ferdinandus Mayr,
Hof-Laut-und Geigenmacher
in Salzburg. An. 1727

Meusidler (Johann). — Nuremberg, vers 1550. Faiseur de violes. .

Mohr (Philipp). — Hambourg, xvi⁰ siècle. Faiseur de violes.

Moldonner. — Bavière, xviii⁰ siècle.

Neüner (Mathias). — Mittenwald, vers 1813. Lutherie très ordinaire.

Niggel (Sympertus). — Füssen, 1739. Bonne facture, voûtes peu élevées. A l'intérieur, les initiales S. N. marquées au fer chaud :

Sympertus Niggell, Lauten und
Geigen - Macher in Füssen, 1739

Ohberg (Johann). — Stockholm, 1793. Lutherie ordinaire, vernis jaune.

Onizin (Nicolaus). — Mittenwald, 1798. Étiquette manuscrite :

Nicolaus Onizin
Mittenwald 1793.

Ostler (Andreas). — Breslau, 1730. Facture ordinaire, vernis jaune.

Ott (Johann. — Nuremberg, vers 1465. Faiseur de luths.

Otto (Jacob-Auguste). — Weimar, 1790-1830. Né à Gotha en 1762. Il étudia le violon et la lutherie avec Ernst, et devint, vers 1790, luthier de la Cour, à Weimar, où il mourut en 1830. Ouvrier habile, ses instruments possèdent de grandes qualités. Il construisit six violons, un alto et un violoncelle pour la chapelle royale de Copenhague. On connaît de lui deux ouvrages sur la lutherie : *Ueber den Bau und die Erhaltung der Geige und aller Bogeninstrumente.* Halle, 1817. Et : *Ueber den Bau der Bogeninstrumente und über die Arbeiten der vorzüglichsten Instrumentemacher,* etc., Iéna, 1825.

Otto (Georges-Auguste). — Weimar, 1807 † Iéna, 1859. Fils aîné du précédent.

Otto (Christian). — Weimar, 1813 † Halle, 1876. Second fils de Jacob-Auguste.

Otto (Heinrich). — Weimar, 1815 † Berlin, 1858. Troisième fils de Jacob-Auguste.

Otto (Carl). — Ludwigslust, xixᵉ siècle. Quatrième fils de Jacob-Auguste. Né en 1825. Luthier de la Cour de Mecklembourg.

Otto (G.-U. F.). — Stockholm, xixᵉ siècle. Cinquième fils de Jacob-Auguste.

Otto (Ludwig). — Saint-Pétersbourg, xixᵉ siècle. Fils de George Auguste. Né à Cologne[1].

Otto (Ludwig). — Dusseldorf, xixᵉ siècle. Fils de Carl Otto.

1. Voir *Les luthiers russes.*

Il fut l'élève d'Auguste Reichers et le maître de Kessler.

OTTO (HERMANN). — Saint-Pétersbourg, XIX⁰ siècle. Fils de Ludwig et petit-fils de George-Auguste[1].

PADEWET. — Carlsruhe, 1867. Lutherie ordinaire.

PARTH (ANDREAS-NICHOLAS). — Vienne, XVIII⁰ siècle.

PFRETZSCHNEF (GOTTLOB). — Crémone, 1730[2].

PFRETZSCHNEF (CARL-FRIEDRICH). — Crémone, XVIII siècle[3].

PLACK (F.). — Schœnbach, 1730-1745.

PLACHT (JOHANN-FRANZ). — Schœnbach, 1785 :

> *Johann Franz Placht, Geigen-und In-*
> *strumentmacher in Schœnbach* 1785[4].

POLLER (ULRICH). — Mittenwald, 1783 :

> *Ulrich Poller von*
> *Mittenwald* 1783.

POSSEN (L.). — Schœngau (Bavière) vers 1550. Faiseur de luths et de violes.

RAUCH. — Breslau, 1730-1760. Luthier original, qui a laissé des violons ayant une bonne sonorité. Son modèle, tout personnel, ne rappelle ni celui des Italiens, ni celui de Stainer.

RAUCH. — Wurtzbourg, 1730-1760. Frère du précédent. Même genre de lutherie.

RAUCH (JACOB). — Mannheim, 1747. Étiquette imprimée :

> *Jacob Rauch*
> *Hof Lauten und geigenmacher.*
> *in Mannheim anno* 1747.

RAUCH (SÉBASTIEN). — Hambourg, 1725. C'est sans doute le même Sébastien Rauch qui travaillait à Leitmeritz

---

1. Voir *Les luthiers russes.*
2. Voir *Les luthiers italiens.*
3. Voir *Les luthiers italiens.*
4. Ce luthier est sans doute de la même famille que le précédent, bien qu'il y ait de la différence dans l'orthographe du nom.

(Bohême), vers 1750. Lutherie ordinaire, voûtes élevées[1].

REBER (PANCRATIUS). — Dusseldorff, 1716 :

REICHEL (JOHANN-GOTTEFRIED). — Absam, vers 1680. Étiquette imprimée en romain.

Johann Gottefried Reichel
... arfunden von Jacob Stainer in Apsam

REMENYI. — Buda-Pesth. Luthier contemporain. Bonne facture.

REICHEL (JOHANN-CONRAD). — Neukirchen, xviii° siècle.

REICHERS (AUGUSTE). — Berlin, xix° siècle. Élève de Bausch, de Leipzig. Facture soignée. Il était le luthier du grand violoniste Joachim et fournisseur de l'École royale supérieure de musique, à Berlin.

RIESS. — Bamberg, 1740-1760 environ. Imitateur assez heureux de Stainer.

ROISMAN (JOHANNES). — Breslau, 1680. Auteur d'un violon en écaille, qui se trouve au musée instrumental du Conservatoire de musique, à Paris[2].

ROTH (CHRISTIAN). — Augsbourg, xvii° siècle.

ROTH (JOHANN). — Darmstadt, 1675.

RUBRECHT. — Vienne, 1750. Très habile réparateur.

RUPPERT (FRANTZ). — Erfurt, xviii° siècle. Modèle plat, lutherie inférieure. Grosse sonorité.

SAINPRA (JACQUES). — Berlin, xvii° siècle. Connu par une

1. Hart cite aussi un Johannes Rauch, sans indiquer la ville où il travaillait vers 1712. C'est probablement celui de Breslau ou de Wurtzbourg.
2. N° 5. *Catal.*, 1884.

« viola bordone », exposée au Kensington Museum, à Londres, en 1872.

SAWICKI. — Vienne, vers 1830.

SCHÆNDL (ANTON). — Mittenwald, 1750 :

SCHEINLEIN (MATHIAS-FRIEDRICH).—Langenfeld, 1710 † 1771. Assez bonne lutherie. Voûtes élevées, vernis foncé.

SCHEINLEIN (JOHANN-MICHAEL). — Langenfeld, fin XVIII° siècle. Fils du précédent.

SCHELL (SÉBASTIEN). — Nuremberg, 1727. Un luth de cet auteur est au musée du Conservatoire de musique, à Paris[1].

SCHLIK. — Leipzig (sans date).

SCHLOFFER (JOHANN-CHRISTIAN). — Klingenthal, 1773 :

> *Johann Christian Schloffer, violin-*
> *macher in Klingenthal 1773.*

SCHMIDT. — Cassel, 1800-1825. Lutherie ordinaire. Il imita Stradivari, mais avec les bords plus larges et les filets penchant un peu vers l'intérieur.

SHÖNFELDER (JOHANN-ADAM). — Neukirchen, 1743 :

> *Johann Adam Schönfelder*
> *Violinmacher in Neukirchen, a° 1743.*

SCHONGER (FRANZ). — Erfurt, XVIII° siècle.

SCHONGER (GEORGES). — Erfurt, XVIII° siècle. Fils du précédent.

SCHORN (JOHANN-PAUL). — Inspruck, 1680-1696. Salzbourg, 1696-1716. Bonne lutherie, voûtes très élevées, ver-

1. N° 218, *Catal.*, 1884.

nis rappelant celui d'Albani. Une viole d'amour de cet auteur
est à la Gesellschaft, etc., à Vienne :

> **JOANN PAUL SCHORN,**
> H. F. Muficus auch Lauten
> und Geigenmacher in Salz-
> burg. *N° 171*

SCHUTER (JOSEPH-ANTON). — Schömbach, 1780 :

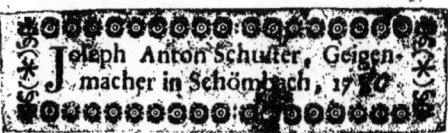

SCHWEITZER. — Pesth, 1800. Travail soigné, modèle plat.
SEITZ (PERNHARDTUS). — Mittenwald, 1776 :

> *Pernhardtus Seitz in Mitten-*
> *wald 1776.*

SIMON. — Salzbourg, 1722.
STADLMANN (DANIEL-ACHATIUS). — Vienne, 1726. Bonne
lutherie, style Stainer.

> *Daniel Achatius Stadlmann*
> *Lauten und Geigenmacher*
> *in Wienn 1726.*

STADLMANN (MICHAEL-IGNATIUS). — Vienne, 1780. Sans
doute de la même famille que le précédent. Il était le luthier
de la Cour :

STAINER (JACOB). — Absam, 1621 †1683. Le plus célèbre de tous les luthiers allemands.

Bien des légendes ont couru sur son compte. On le disait élève et gendre d'Amati. Selon d'autres versions,

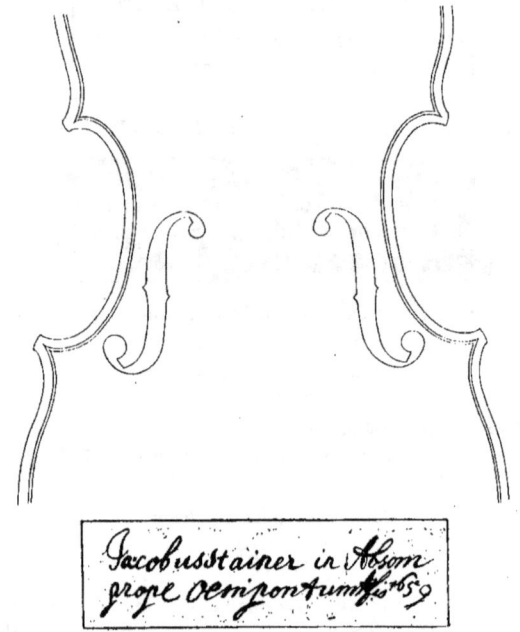

ſſ, CC, COINS ET ÉTIQUETTE D'UN VIOLON DE JACOBUS STAINER

devenu fou, il serait entré dans un couvent quelques années avant sa mort.

Déjà M. Ruf a fait justice de tous ces racontars, dans une brochure, parue à Insbruck en 1872[1]. Mais l'épitaphe, qui se lit sur son tombeau, érigé dans l'église d'Absam, et dont

[1]. S. RUF. *Der Geigenmacher Jacob Stainer*, Insbruck, Wagner, 1872.

voici la traduction, vient encore détruire la fable, et de plus, faire connaître les principales étapes de la vie de ce grand artiste.

ÉPITAPHE DE JACOB STAINER,
A L'ÉGLISE D'ABSAM, PRÈS D'INSBRUCK

—

ICI EST ENTERRÉ

LE CÉLÈBRE ET TRÈS HABILE FACTEUR DE VIOLONS J. STAINER, QUI NAQUIT A ABSAM LE 14 JUILLET 1621 ET QUI MOURUT, AVANT LE LEVER DU SOLEIL, LE VENDREDI APRÈS AEGIDI 1683 : IL FUT NOMMÉ EN 1658, MUSICIEN PARTICULIER A LA COUR DE FEU L'ARCHIDUC FERDINAND, ET CONFIRMÉ DANS CET EMPLOI PAR S. M. I. EMPEREUR LÉOPOLD 1ᵉʳ.

QUE DIEU SOIT MISÉRICORDIEUX AU DÉFUNT.

EN OUTRE EST ICI ENTERRÉE LA VERTUEUSE FEMME MARGUERITE HOLZHAMER, QUI FUT LA LÉGITIME COMPAGNE DE J. STAINER, MORTE L'AN 1689.

R. I. P.

Son œuvre est fort remarquable. Le style est bien allemand, quoi qu'on en dise, mais le travail est d'un précieux fini. La personnalité de l'auteur apparaît dans les moindres détails : les ff, la volute, les filets, dont l'onglet, comme celui de Stradivari, se dirige vers le tiers de l'angle intérieur du coin, sont traités de main de maître. Les voûtes sont très élevées. Quant au vernis rouge orange, il est d'excellente qualité.

STAINER (MARKUS-RUFSTEIN). — Tyrol, vers 1660. Il passe pour le frère du précédent.

STAINER (ANDREAS). — Absam, vers 1660. Quelques « viola bordone » sont attribuées à un luthier de ce nom.

STAUGTINGER (MATHIAS). — Würzbourg, vers 1671. Faiseur de violes.

STAUBE. — Berlin, vers 1776. Bonne lutherie.

STEININGER (JACOB). — Francfort, vers 1775. Gendre de Döpfer, oncle de Nicolas Diel, qui fut son élève.

STEININGER (FRANZ). — Saint-Pétersbourg, 1800. Fils du précédent[1].

1. Voir Les luthiers russes.

Storn (Dietrich). — Strasbourg, 1784 :

Stoss. — Vienne, fin xviii° siècle.

Stoss. — Prague, fin xviii° siècle.

Stoss. — Fürsen, vers 1780.

Stoss (Martin). — Vienne, vers 1824. Bonne facture, style Stradivari. Vernis laissant à désirer.

Straub (Mathias) :

> *Mathias Straub zu Fridenviller*
> *auf dem Schwartzwald anno 17..*

Strauss (Joseph). — Neustadt, vers 1750.

Strnad (Gaspar). — Prague, 1789. Bonne facture :

> *Gaspar Strnad*
> *Fecit Praga anno 1789.*

Strobl (Johann). — Halle, 1714 :

Strub (Martin). — Voici tout ce que l'on peut lire sur l'étiquette qui nous a fait connaître le nom de ce luthier :

> *Martin strub Geigen*
> *macher in. . . . .*
> *. . . . : swartz Walt.*

Stümpel (H.-C.). — 1879 :

> *H. C. Stümpel*
> *Minden in V. 1879.*

Sep (Matheus). — Strasbourg, xviie siècle. Dont il y a une pochette en ivoire gravée au musée du Conservatoire, à Paris[1].

Tentzel (Johann). — Mittenwal, 1720 :

> Joh. Tentzel, Lautenmacher,
> in Mittenvvald, fecit. 1720

Terne (C... — Leipzig, 1852. Étiquette relevée dans un violon très ordinaire :

C. Terne
Leipzig 1852.

Thir (Johann-George). — Vienne, 1791. Jolie lutherie, modèle élégant :

> Joannes Georgius Thir, fecit
> Viennæ , Anno 1791 .

Tieffenbrucker. — Venise, xvie siècle[2].

Tielke (Joachim). — Hambourg, 1639-1686 environ. On connaît des luths, des téorbes, des guitares et basses de viole, richement décorés d'ivoire, de nacre, d'écaille et d'argent, qui portent ce nom, et dont les dates embrassent une période de cent cinquante ans environ. Si la signature ne changea pas, trois ou quatre générations de luthiers durent se succéder pendant un aussi long espace de temps.

Un luth et une « viola bordone », de Tielke, sont au Kinsengton Museum, à Londres. La guitare, qui appartient à M. Georges Hart, est très belle. On voit aussi un téorbe de cet auteur, au musée du Conservatoire de musique, à Paris[3].

Tumbart (F.). — Salzbourg, 1867. Cordes pincées.

Voel (E.). — Mayence, vers 1840. Bonne facture d'après le modèle de Stradivari.

1. N° 104. *Catal.*, 1883.
2. Voir *Les luthiers italiens*.
3. N° 219, *Catal.*, 1884.

Vogel (Wolffang). — Nuremberg, sans date.

Vogler (Johann-Georg). — Würzbourg, 1750 :

> Johann Georg Vogler, Lauten-
> und Geigenbauer in Würzburg 1750

Voigt (Martin). — Hambourg, 1726. Connu par une basse incrustée en ivoire, qui figurait à l'Exposition du Kinsengton Museum, à Londres, en 1872.

Wachter (Antoni). — Faulenbach, 1772 :

> Antoni Wachter Geigenmacher
> im Faulenbach bey Füßen 1772

Wagner (Benedict). — Estwangen, 1769. Facture très ordinaire, voûtes élevées, vernis rouge :

> *Benedict Wagner hochfürstlichen*
> *hof Lauten und Geigenmacher*
> *in Estwangen 1769.*

Wagner (Joseph). — 1730, sans indication de résidence.

Weickert. — Halle, 1800.

Weigel (Fr.). — Salzbourg, 1867. Instruments à cordes pincées.

Weigert (Johann-Blasius). — Linz, 1721. Une viole d'amour de cet auteur, est à la Gesellschaft, etc., à Vienne :

> Joann Blafius Weigert
> Lauden- und Geigen-
> macher in Linz 1721

Weiss (Jacob). — Salzbourg, 1735 :

> Jacob Weiß/ Lauthen und Gei-
> genmacher in Saltzburg. 35.

WENGER (GREGORI-FERDINAND). — Augustæ, 1740 :

> Gregori Ferdinand Wenger
> Lauten und Geigenmacher
> Fecit Augustæ 1740.

Il travailla aussi à Salzbourg.

WETTENGEL (GUSTAVE-ADOLPHE). — Neukirchen, 1828. Il a publié un ouvrage sur la lutherie, où il décrit un système pour construire le violon qui ressemble beaucoup au plan de Bagatella[1].

WIDHALM (LÉOPOLD). — Nuremberg, 1768. Le plus habile imitateur de Stainer :

> **Leopold Widhalm, Lauten- und**
> Geigenmacher in Nürnberg fecit. A. 1768

WITTING (JOHANN-GEORGE). — Mittenwald, vers 1775.

ZACH (THOMAS). — Vienne, 1869. Il fut luthier ambulant avant de s'établir à Vienne, où il s'acquit une grande réputation :

> Thomas Zach fecit
> ad for A. S. vrennœ 1869

ZUBIRCH (JOHANN-FRIEDRICH). — Breslau, 1778. Étiquette manuscrite :

> Johann Friedrich Zubirch
> Lauten und Geigenmacher
> in Breslau a. 1778.

ZWERGER (ANTONI). — Mittenwald, 1750. Main-d'œuvre soignée, vernis genre Kloz.

1. Voir Les luthiers italiens.

LES LUTHIERS FLAMANDS, BELGES

ET HOLLANDAIS

ARDENOIS (JEAN). — Gand, 1831. Il répara les instruments de la cathédrale Saint-Bavon, à Gand.

BERNARD (ANDRÉ). — Liège. Luthier contemporain.

BERNARDEL (L.). — Amsterdam, 1844. Il était de la même famille que les luthiers parisiens de ce nom :

> *Réparé par L. Bernadel*
> *Amsterdam* 1844.

BORBON (GASPAR). — Bruxelles, 1690. Style de Brescia, vernis jaune. Un alto de cet auteur était exposé à Paris en 1878 :

> **Gaspar Borbon**
> **tot Bruffel** 16 *90*

BOUMEESTER (JEAN). — Amsterdam, 1664. Bonne lutherie, vernis jaune :

> **Ian Boumeefter**
> **me fecit in Amfterdam,**
> **Anno 1664**

BOUSSU (LE). — Eterbeck-lès-Bruxelles, 1750-1780, Lutherie dans le style Amati ; vernis jaune.

CANS (DOMINIQUE). — Alost, 1748 † Audenarde, 1806. Apothicaire. Luthier amateur connu par cette étiquette :

> *De Cans refecit Aldenarde, anno* 1801.

CHEVRIER (ANDRÉ-AUGUSTIN). — Bruxelles, 1838. Originaire de Mirecourt. Lutherie bien faite, style Lupot, vernis rouge brun un peu craquelé.

CLERQ (CH. de). — Audenarde, 1860-1880. Fabricant de brosses. Luthier amateur.

COMBLE (AMBROISE de). — Tournay, 1755. On le dit élève d'A. Stradivari. Beau travail. Bords un peu épais et filets très minces. Joli vernis rouge brun :

CUYPERS (JOHANNES). — Saint-Haye, 1720 :

ESBROECK (JEAN) VAN. — Anvers. 1585. Faiseur de luths.

DANIEL. — Anvers, 1636. Il fit une contrebasse pour la cathédrale de cette ville.

DARCHE (CHARLES et JOSEPH). — Bruxelles, seconde moitié du XIXᵉ siècle. Originaires de Mirecourt. Frères cadets de Nicolas Darche, d'Aix-la-Chapelle. Lutherie bien faite.

DARCHE FRÈRES. — Bruxelles. Luthiers contemporains. Fils et successeurs des précédents. Bonne lutherie.

DEGROOT (ROMAIN). — Quaregnon, 1900. Sculpteur qui fait des violons en noyer d'Amérique.

DELANNOIX. — Bruxelles, 1750-1780. Main-d'œuvre soignée.

FRANCK. — Gand, 1800-1830. Ancien ouvrier sculpteur, il s'est surtout occupé de réparations.

GYGOT (ANTOINE). — Bruxelles, 1801. Étiquette imprimée relevée dans un charmant violon ayant des ƒ ƒ très étroites et dont la tête et le vernis rappellent l'École des Médard :

Antonius Gygot
Bruxelles fecit
1801

HOFMANS (MATTHYS). — Anvers, 1720-1750. Belle lutherie, style italien, vernis rouge foncé :

Matthys Hofmans
tot Antwerpen, 1740.

JACOBS (HENDRIK). — Amsterdam, 1693. Jolie facture, modèle Amati, vernis rouge brun. Les filets sont faits avec de la baleine au lieu d'ébène :

HENDRIK JACOBS ME FECIT
IN AMSTERDAM   1693

JACOBS (PEETER). — Amsterdam, 1700 environ. Frère ou fils du précédent. Même lutherie.

KŒUPPERS (JEAN). — La Haye, 1760-1780. L'un des plus habiles luthiers hollandais. Travail soigné. Vernis jaune.

LAMBIN. — Gand, 1800-1830. Luthier réparateur.

LECHLETNER (CH.). — Leyde, 1784. Lutherie ordinaire :

Christian Lechletner
me fecit Leyden A° 17..

LEFEBVRE. — Amsterdam, 1720-1740. Français d'origine. Bonne lutherie, style Amati, vernis jaune.

MICHIELS (ÆGIDIUS). — Bruxelles, 1757. Étiquette relevée dans une contrebasse :

MÉNÉGAND (CHARLES). — Amsterdam, 1852-1857. (Voir *Les luthiers français*.)

MOUGENOT (GEORGES). — Bruxelles. Luthier contemporain. Né à Mirecourt en juin 1843, il y devint, en 1855, l'élève de G. Deroux (le père du luthier parisien actuel). Quatre ans plus tard, il alla travailler chez Darche, à Aix-la-Chapelle. Établi à Liège, en 1869, il quitta cette ville en 1876, pour aller à Bruxelles, où il succéda à N.-F. Vuillaume. Comme son prédécesseur, M. Mougenot est luthier du Conservatoire royal de Bruxelles :

Georges Mougenot, luthier du
Conservatoire Royal, Bruxelles 1879

Indépendamment de cette étiquette, tous ses instruments contiennent encore sa signature, en travers, sur le fond :

Très bon luthier, M. G. Mougenot est l'inventeur d'un chevalet à double pression, qui a pour but d'augmenter la sonorité de la troisième corde des instruments à archet.

PALATE. — Liège, 1750. Jolie lutherie, style italien.

PORLON (PEETER). — Anvers, 1647. Auteur d'une contre-basse ainsi étiquetée :

Peeter Porlon tot Antwerpen, f. 1647.

PORLON (JEAN et FRANÇOIS). — Anvers, 1680-1710.

ROMBOUTS (PEETER). — Amsterdam, 1720-1740. Connu par une trompette marine qui se trouve au Lyceo filarmonico, à Bologne.

ROTTENBURGH (JEAN-HYACINTHE-JOSEPH). — Bruxelles, 1745.
Style allemand :

ROTTENBURGH (JEAN-HYACINTHE). — Bruxelles, 1752. Sans
doute le fils du précédent.

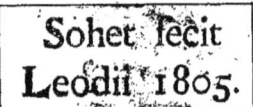

SNŒCK (EGIDIUS). — Bruxelles, 1731 :

Egidius Snœck
tot Brussel, 1731.

SNŒCK (MARC). — Bruxelles, 1750. Fils du précédent.
SOHET. — Liège, 1805 :

Sohet fecit
Leodii 1805.

VANDER STAGH MEULEN (JEAN-BAPTISTE). — Anvers, 1670.
Lutherie, style de Brescia, vernis brun :

Joannes Baptifta Vander Stagh.
Meulen, tot Andwerpen 1670

VERBRUGGEN (THÉODORE). — Anvers, 1641.
VIBRECHT (GYSBERT). — Amsterdam, vers 1700.
VUILLAUME (NICOLAS-FRANÇOIS). — Bruxelles, 1828-1876.
Très bon luthier auquel M. Georges Mougenot a succédé.

Né à Mirecourt (Vosges) le 13 mai 1802, il était le frère de Jean-Baptiste Vuillaume, chez lequel il travailla, à Paris, avant d'aller habiter la Belgique. Luthier du Conservatoire royal de Bruxelles, N.-F. Vuillaume fut nommé chevalier de l'ordre de Léopold, sur la fin de sa carrière :

> N. F. VUILLAUME, N°
> Luthier du Conservatoire Royal de Musique,
> Rue de l'Evêque, N° 30.
> Bruxelles.   L'an 1884.

WILLEMS (GEORGES). — Gand, 1642-1693. Jolie lutherie, modèle Antonio et Girolamo Amati. Coins courts et minces. Vernis sec et terreux :

> *Jooris Willems tot Ghendt,* 1642.

WILLEMS (HENRI). — Gand, 1651-1700 environ. Frère du précédent. Même style, coins plus saillants et carrés :

> *Hendrick Willems tot Ghendt,* 1651.

WILLEMS (HENRI). — Gand, 1700 environ-1743. Facture aussi soignée que celle des précédents :

> *Heyndrick Willems tot Ghendt* 1717.

WYÉMANN (CORNELIUS). — Amsterdam, xviiie siècle.

LES LUTHIERS RUSSES

ANDRÉIEW (V.-V.). — Saint-Pétersbourg, 1900. Balalaïki.
ARNOUD (ÉDOUARD). — Moscou, 1880-1892 environ. Il était né à Mirecourt (Vosges). Main-d'œuvre soignée.
DIDELOT (AUGUSTE). — Moscou. Luthier contemporain. Originaire de Mirecourt (Vosges), il a travaillé chez Ernest-André Salzard, à Moscou, de 1873 à 1879, puis il s'est installé à son compte. Bonne facture.

GEISSER (ERNEST). — Saint-Pétersbourg. Luthier contemporain. Travail soigné.

HAMBERGER (JOSEPH). — Saint-Pétersbourg, 1845.

KIAPOSSE (SAWES). — Saint-Pétersbourg, 1750.

KITTEL. — Saint-Pétersbourg, 1850-1880 environ. Bon luthier et habile fabricant d'archets.

MARIZOT (BASTIEN). — Karkoff, 1870-1892 environ. Originaire de Mirecourt. Du même âge que Ernest-André Salzard, il resta plusieurs années dans l'atelier de celui-ci, à Moscou, avant d'aller s'établir à Karkoff. Bonne lutherie.

NEINER (JOHANN-GEORGE). — Saint-Pétersbourg, 1824. Belle facture :

OTTO (LUDWIG). — Saint-Pétersbourg, xixᵉ siècle. Né à Cologne, il était le fils de George-Auguste Otto.

OTTO (HERMANN). — Saint-Pétersbourg, xixᵉ siècle. Fils du précédent.

SALZARD (ERNEST-ANDRÉ). — Moscou, xixᵉ siècle. Né à Mirecourt (Vosges), le 24 juin 1842. Élève de François Salzard, son père[1]. Venu à Paris en 1858, il y travailla pendant deux ans, et partit pour Saint-Pétersbourg, où il resta jusqu'en 1863. A cette époque, il alla s'établir à Moscou, et un an après, en 1864, on l'y nomma luthier du Conservatoire et de l'Opéra. Il y est mort le 9 septembre 1897. Ouvrier habile, Ernest-André Salzard fit venir en Russie la plupart des luthiers français qui s'y établirent depuis.

SCHPIDLEN (F.). — Moscou. Luthier contemporain.

1. Voir *Les luthiers français*.

Steininger (Franz). — Saint-Pétersbourg, 1800. Fils de Jacob Steininger, de Francfort.

Ténischéva (M.-K.) princesse. — Saint-Pétersbourg, 1900. Balalaïki artistiques.

LES LUTHIERS ANGLAIS

Absam (Thomas). — Wakefield, 1833 :

Made by Thomas Absam
Wakefield Fab. 14ᵗʰ, 1833.

Adams. — Garmouth, Écosse. Fin XIXᵉ siècle.

Addison (William). — Londres, 1670. Faiseur de violes.

Aireton (Edmund). — Londres, XVIIIᵉ siècle. Né en 1727, il débuta dans l'atelier de Peter Wamsley. Imitateur d'Amati, Aireton construisit quantité de violons et de violoncelles. G. Hart déclare que son vernis, de couleur jaune, est très passable. Ce luthier mourut en 1807, âgé de quatre-vingts ans.

Aldred. — Londres, 1560, environ. Faiseur de violes. Mace en parle dans des termes très élogieux.

Askey (Samuel). — Londres, vers 1825.

Baines. — 1780, environ. Hart, qui le cite, n'indique pas dans quelle ville il travaillait.

Baker (John). — Oxford, 1648. Ce luthier est connu par une viole mentionnée dans le catalogue de musique et d'instruments de Tom Britton, le petit charbonnier[1], et par une basse de viole à quatre cordes, sorte de violoncelle, qui figura à l'exposition du Kensington Museum, à Londres, en 1872.

Baker (Francis). — Londres, 1696. Faiseur de violes :

Francis Baker m. Paul's
Church yard, 1696. London.

---

1. Voyez p. 255 dans le tome premier.

BALLANTINE. — Édimbourg et Glasgow, 1850.

BANKS (BENJAMIN). — Salisbury, 1727 † 1795. Il est considéré comme le meilleur luthier anglais du xviiiᵉ siècle. Imitation assez habile de Nicolo Amati, ses volutes sont un peu guindées. Le vernis, bon de couleur et de qualité, est parfois un peu épais, principalement sur les tables. Ses instruments portent la marque B. B. au fer chaud et cette étiquette :

> **Benjamin Banks**
> **Musical Instrument Maker**
> **In Catherine Street, Salisbury 1779**

BANKS (BENJAMIN). — Salisbury, 1754 † Londres, 1820. Fils du précédent. Après avoir travaillé plusieurs années avec son père, à Salisbury, il vint s'établir à Londres, 30, Sherard street, Golden square.

BANKS (JAMES et HENRY). — Frères du précédent. D'abord à Salisbury :

> *James and Henry Banks*
> *musical instrument makers*
> *and music sellers*
> 18 *Salisbury* 02.

Ils allèrent plus tard s'installer à Liverpool.

BARNES (ROBERT). — Londres, 1710. Il travaillait avec Thomas Smith : *A la Harp and Hautboy*, à Piccadilly, lorsqu'il devint l'associé de John Norris[1].

BARRETT (JOHN). — Londres, 1714. Imitateur très ordinaire de Stainer, qui avait pour enseigne : *La Harpe et la Couronne*. Bois d'assez bonne qualité. Vernis jaune :

> *Made by John Barrett*
> *at ye Harp and Crown*
> *in Pickadilly, London,* 1714.

BARTON (GEORGE). — Londres, 1810 environ.

---

1. Voir ce nom.

BETTS (JOHN). — Londres, 1785-1823. Né à Stamford Lincolnshire) en 1755, mort à Londres en 1823. Élève de Richard Duke, il produisit peu par lui-même, et fit surtout le commerce des instruments italiens ; mais il s'attacha d'excellents ouvriers, tels que les Fent et les Panormo :

Jo. Betts,
n° 2 near Northgate the
Royal Exchange
London 1795.

BETTS (EDWARD). — Londres, 1775-1820 environ. Élève de R. Duke. Style Nicolo Amati. Travail très soigné.

BOLLES. — Londres, vers 1620. Faiseur de violes.

BOOTH (WILLIAM). — Leeds, 1779.

BOOTH. — Leeds, vers 1800. Fils du précédent.

BOUCHER. — Londres, 1764.

BROWN (JAMES). — Londres, 1770 † 1834. Il a travaillé avec Thomas Kennedy.

BROWN (JAMES). — Londres, 1786 † 1860. Fils du précédent[1].

BROWNE (JOHN). — Londres, vers 1743. A l'enseigne du *Lion Noir* (Cornhill). Bonne lutherie, style Amati. Vernis dur.

CAHUSAC. — Londres, 1788. Associé des fils Banks.

CARTER (JOHN). — Londres, 1789. Il a travaillé avec John Betts.

CHALLONER (THOMAS). — Londres, xviii° siècle. Style Stainer.

CHANOT (GEORGES). — Londres, 1858-1893. Né à Paris en 1830. Fils de Georges Chanot. Élève de son père, il se rendit à Londres en 1851, entra chez Maucotel, et s'installa en 1858. Bon luthier. Il mourut à Londres en 1893.

---

1. Il y a peut-être erreur pour la date de naissance de l'un des deux BROWN, que nous citons d'après G. Hart.

CHANOT (G. A.). — Manchester. Luthier contemporain. Fils aîné du précédent, né à Londres le 28 octobre 1855. Il est l'élève de son père, et aussi de Joseph Chardon, son oncle, chez lequel il passa une année à Paris. Installé à Manchester depuis 1879; ses instruments sont très estimés :

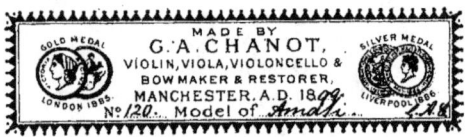

CHANOT (FRÉDÉRIC). — Londres, Luthier contemporain. Deuxième fils de G. Chanot. Bon travail.

CHANOT (JOSEPH). — Londres, Luthier contemporain. Troisième fils et successeur de G. Chanot. Jolie lutherie.

COLE (THOMAS). — Londres, 1690. Faiseur de violes :

> *Thomas Cole, near Fetter Lane*
> *in Holborn* 16..

Il eut aussi cette étiquette :

> *Made* 1690*; by Thomas Cole of London, in*
> *Holborn Hill, who selleth all sorts of*
> *musical instruments.*

COLE (JAMES). — Manchester, sans date.

COLLIER (SAMUEL). — Londres, 1750.

COLLIER (THOMAS). — Londres, 1775.

COLLINGWOOD (JOSEPH). — Londres, 1760.

CONWAY (WILLIAM). — Londres, 1750.

CORSBY. — Northampton, 1780.

CORSBY (GEORGE). — Londres, XVIIIe siècle.

CRAMOND (CHARLES). — Aberdeen, sans date.

CRASK (GEORGE). — Manchester, sans date.

CROSS (NATHANIEL). — Londres, 1700-1750. Bonne facture. Il marquait ses instruments à l'intérieur, au milieu du fond, de ses initiales N. C. surmontées d'une croix. Nathaniel Cross fut pendant quelque temps l'associé de Barak Norman.

CROWTHER (JOHN). — 1760-1810[1].

CUTHBERT. — Londres, xviiᵉ siècle. Il a fait des violes et des violons. Ceux-ci sont de forme plate et recouverts d'un vernis très foncé.

DAVIDSON (HAY). — Huntley, 1870.

DAVIS (RICHARD). — Londres, fin xviiiᵉ siècle. Il travailla d'abord avec Norris et Barnes avant de s'établir.

DAVIS (WILLIAM). — Londres, vers 1800. Successeur du précédent. Sa maison de commerce est dirigée actuellement par M. Edward Withers.

DEARLOVE (MARK). — Leeds, 1828 :

> *Dearlove and Fryer,*
> *musical instrument manufacturers*
> *Boar Lane, Leeds, 1828.*

DELANY (JOHN). — Dublin, 1808. On connaît deux étiquettes de ce luthier :

> *Made by John Delany*
> *Nº 17, Britain street, Dublin, 1808.*

La seconde est fort originale :

> *Made by John Delany*
> *In order to perpetuate his memory in*
> *future ages*
> *Dublin 1808,*
> *Liberty to all the world*
> *black and white*[2].

DENNIS (JESSE). — Londres, 1805. Lutherie ordinaire.

----

1. Cité par Hart, sans indication de résidence.
2.
> *Fait par John Delany*
> *Pour perpétuer sa mémoire*
> *dans les âges futurs,*
> *Dublin 1808.*
> *Liberté à tout le monde*
> *noir et blanc.*

DICKESON (JOHN). — Londres et Cambridge, xviii° siècle.
Style Amati. Bonne lutherie, ressemblant à celle de Cappa.

DICKINSON (EDWARD). — Londres, 1750. Lutherie ordinaire, voûtes élevées :

Edward Dickinson
Maker, at the Harp and Crown in the Strand,
near Exeter change, London, 1750.

DITTON. — Londres, vers 1700. Un de ses instruments
est mentionné dans le Catalogue de Tom Britton.

DODD (THOMAS). — Londres, fin xviii° siècle. Fils d'Edward
Dodd, de Sheffield. Presque tous les instruments qui portent son nom sont l'ouvrage de John Lott et de Bernard
Fent; car il ne fabriquait pas lui-même, mais vernissait, et
se déclarait modestement le seul possesseur de la recette
des vernis de Crémone :

T. Dodd, violin, violoncello,
and bow maker
new street Covent Garden.

DODD (THOMAS). — Londres, xix° siècle. Fils du précédent. Il fut plutôt marchand que luthier.

DORANT (WILLIAM). — Londres, 1814.

DUKE (RICHARD). — Londres, 1750-1780. Bonne lutherie,
style Amati. Belles fournitures, vernis excellent. Ses instruments, dans le style Stainer, sont inférieurs. Quantité de
violons et de violoncelles, plus qu'ordinaires, portent effron-
tément le nom de Duke, ce qui apporte une confusion très
regrettable et fait parfois déprécier les mérites réels de ce
luthier :

Richd. Duke   *Richard Duke,*
Londini fecit 1760   *maker Holborn,*
                                  London, anno 1768.

DUKE (RICHARD). — Londres, fin xviii° siècle. Fils du précédent.

Duncan (George). — Glascow, fin xixᵉ siècle.
Duncan (Robert). — Aberdeen, 1740 :

> # Robert Duncan Maker,
> ## ABERDEEN, 1740

Eglington. — Londres, 1800.

Evans (Richard). — Londres, 1750. Voici le texte de son étiquette :

> *Maid in the Paris of Lanirhengel,*
> *by Richard Evans,*
> *instrument maker in the year 1750.*

Fent (Bernhard). — Inspruch, 1773, † Londres, 1832. Ouvrier très habile, il travailla d'abord chez Dodd, qu'il quitta ensuite pour entrer chez Betts. Avant de se rendre à Londres, il avait passé quelque temps dans l'atelier de son oncle, le célèbre Fent, de Paris.

Fent (Bernhard-Simon). — Londres, 1800 † 1851. Fils du précédent. Luthier habile, qui s'associa avec George Purdy, à Finch Lane, dans la Cité : « Il fit, dit Hart, un excellent quatuor pour l'Exposition de 1851. C'étaient certainement les meilleurs instruments modernes qui fussent exposés, cependant il n'obtint point de récompense[1]. »

Fent (Martin). — Londres, né en 1812. Frère du précédent. Il travailla pour Betts.

Fent (Jacob). — Londres, 1815 † 1849. Troisième fils de Bernhard Fent. Habile imitateur de Stradivari.

Fent (Francis). — Londres, xixᵉ siècle. Quatrième fils de Bernhard Fent.

Fent (William). — Londres, 1833 † 1852.

Ferguson (Donald). — Huntley et Aberdeen, sans date.

1. Ouvrage cité

FIRTH. — Leeds, 1836.

FORSTER (JOHN). — Brampton, dans le Cumberland, où il naquit vers 1688. Faiseur de rouets et de violons.

FORSTER (WILLIAM). — Brampton, 1713† 1801. Fils du précédent. Il construisit aussi des rouets et des violons dans sa ville natale :

William Forster
Violin maker in Brampton.

FORSTER (WILLIAM). — Brampton, 1739, † Londres, 1807. Le plus célèbre du nom. Fils du précédent. Faiseur de rouets et de violons comme ses ancêtres, et, de plus, ménétrier de village. Il vint à Londres à vingt ans, travailla comme luthier pour un marchand de musique, et ne tarda pas à s'établir à son compte. Quelques-uns de ses instruments sont dans le style de Stainer, mais la plupart sont inspirés d'Amati. Bonne lutherie, excellent travail, beau vernis :

William Forster, violin maker
in St Martin's Lane
London 1780.

FORSTER (WILLIAM). — Londres, 1764 † 1824. Fils du précédent. Bonne facture, vernis aussi beau que celui de son père :

William Forster Junr
Violin, violoncello, tenor and bow maker
1809 Also music seller. N° 43
to their Royal Highness the
Prince of Wales and the Duke of Cumberland.

FORSTER (WILLIAM). — Londres, 1788 † 1824. Fils du précédent. Bon ouvrier, il a peu produit.

FORSTER (SIMON-ANDREW). — Londres, 1781 † 1869. Frère du précédent. Élève de son père et de Samuel Gilkes. Facture ordinaire.

FRANKLAND. — Londres, 1785. Lutherie passable.

FREEMAN. — Londres, vers 1700. Il fut l'associé de John Hare, près le Royal Exchange.

FURBER. — Londres, XVIIIe siècle. Plusieurs membres de cette famille ont travaillé à Londres, notamment pour Betts, du Royal Exchange.

FURBER (JOHN). — Londres, 1813. Bonne lutherie d'après les modèles de Nicolo Amati et d'Antonio Stradivari :

> John Furber, maker
> 13 John's Row,
> top of Buck Lane
> Old St Saint Luke, 1813.

FURBER (HENRY-JOHN). — Londres, fin XIXe siècle. Fils du précédent.

GIBBS (JAMES). — Londres, vers 1810. Il a travaillé pour plusieurs luthiers, principalement pour Samuel Gilkes.

GILKES (SAMUEL). — Londres, 1810-1827. Né en 1787, à Morton Pinkney, comté de Northampton. Elève de Charles Harris, il passa dans l'atelier de William Forster avant de s'établir.

Bon travail, style Amati :

> Gilkes from Forster's
> Violin and violoncello maker
> 34, James street,
> Buckingham Gate
> Westminster.

Il se servit aussi de cette étiquette :

> **Samuel Gilkes**
> **fecit London   1812**

GILKES (WILLIAM). — Londres, 1811 † 1875. Fils du précédent. Il a construit quantité d'instruments, surtout des contrebasses.

HARBOUR. — Londres, vers 1785. Facture ordinaire.

HARDIE (MATTHEW). — Edimbourg, 1800 environ. Travail soigné. Il mourut en 1825 ou 1826.

HARDIE (THOMAS). — Edimbourg, 1804 † 1856. Fils du précédent.

HARE (JOHN). — Londres, vers 1700. Lutherie lourde, forme plate, bon vernis. Il fut associé avec Freeman près le Royal Exchange (in Cornhill), et travailla seul.

HARE (JOSEPH). — Londres, 1725. Sans doute le fils du précédent, car il était établi à la même adresse. Bon vernis :

Joseph Hare, at ye viol and flute
near the Royal Exchange, in Cornhill,
London 1725.

HARRIS (CHARLES). — Londres, 1800. L'un des meilleurs luthiers de l'Angleterre. Selon Hart, ses instruments ne sont pas inférieurs à ceux de Lupot[1]. Parent de Samuel Gilkes, Charles Harris fut pendant assez longtemps employé aux douanes, en même temps que luthier.

HARRIS (CHARLES). — Londres, XIXᵉ siècle. Fils du précédent. Bonne main-d'œuvre, vernis jaune.

HART (JOHN-THOMAS). — Londres, 17 décembre 1805, † 1ᵉʳ janvier 1874.

Élève de Samuel Gilkes, chez lequel il entra au mois de mai 1820 ; John Hart s'installa, 14, Princes street, Leicester square (devenu actuellement 28, Wardour street), où il fit des instruments contenant une étiquette ainsi libellée :

John Hart maker
14, Princes street,
Leicester square, London
Anno 18..

Mais il ne tarda pas à se livrer, presque exclusivement, au commerce des anciens instruments italiens. Louis Tari-

1. Ouvrage cité.

sio lui en céda un très grand nombre, de très beaux; et John Hart devint bientôt l'intermédiaire autorisé des principaux amateurs du Royaume-Uni.

HART (GEORGE). — Londres, mars 1839 † avril 1891. Fils du précédent, dont il devint l'associé en 1863.

Violoniste distingué (il était élève de Sainton), son talent sur cet instrument lui servit beaucoup pour continuer le commerce de son père.

George Hart n'a pas fait œuvre de luthier, mais il a publié deux ouvrages importants : *Le violon, ses luthiers célèbres et leurs imitateurs* et *Le violon et sa musique*, où il fait preuve de grandes connaissances dans l'art de la lutherie et dans l'art musical.

HART (GEORGE). — Londres. Luthier contemporain. Né à Londres en 1860. Fils du précédent, auquel il succéda, après avoir été son associé pendant plusieurs années. M. George Hart séjourna quelque temps à Paris pour y compléter ses études sur la lutherie. Déjà, un peu avant la mort de son père, il avait créé un atelier pour la construction des instruments neufs, lesquels sont signés :

Voici sa dernière étiquette :

Ceux de ses instruments qui sont la reproduction fidèle de violons célèbres, sont marqués ainsi :

De facture soignée, la lutherie de G. Hart est très estimée.

HEESON (EDWARD). — Londres, 1748. Style Stainer.

HILL (JOSEPH). — Londres, XVII° siècle. Le premier du nom, que l'on connaît par ce passage des *Mémoires* de Depys :

« Le 17 février 1660, M. Hill le luthier est venu pendant la matinée et je l'ai consulté sur les changements qu'exigeaient mon luth et ma viole. »

HILL (JOSEPH). — Londres, 1716-1784. Il passe pour le descendant du précédent, mais le degré de parenté entre eux n'est pas très bien connu. Peut-être était-il son petit-fils ou son petit-neveu :

Made & Sold by JOS.ᴴ HILL
at yᵉ Violin in Angel Court
17 ᴄ Westminster. 51

Joseph Hill a fait beaucoup d'instruments, surtout des violoncelles, qui sont excellents :

Joseph Hill. Maker.
at the Harp and Flute,
in the Hay Market.
17 L O N D O N. 66

On voit d'après la précédente étiquette qu'il avait pour enseigne : *A la harpe et la flûte.*

Il eut quatre fils :

Willam,· 1745 † 1790 ; Joseph, 1747 † 1793 ; Benjamin, 1754 † 1797, et Lockey, 1756 † 1810, qui, tous, furent ses élèves et devinrent ses associés :

> JOSEPH HILL & SONS *MAKERS,*
> *at the HARP and FLUTE,*
> in the Hay Market.
> LONDON   1771

Les fils de Joseph Hill construisirent des instruments d'un certain mérite, mais pas en aussi grand nombre que leur père.

Un seul :

HILL (WILLIAM). — Fils aîné du précédent, s'établit à son compte vers 1780 :

William Hill était également instrumentiste et faisait partie, en cette qualité, de la corporation des musiciens de Londres.

Nous ne savons si c'est de William Hill ou de l'un de ses frères, qu'il est question dans le passage suivant du journal de Thomas Lewin :

« Le 23 mai 1889. Mon Amati ayant besoin d'être recollé, je l'ai porté chez M. Hill afin que les réparations nécessaires y soient faites. »

HILL (LOCKEY). — Londres 1774 † 1833. Fils de Lockey Hill, petit-fils de Joseph. Élève de son père, il travailla beau-

coup pour Betts. C'est le premier membre de la famille qui
s'inspira du modèle d'Antonio Stradivari. Jusque-là, de
même que leurs confrères de la Grande-Bretagne, les Hill
avaient presque toujours construit des instruments d'après
Amati et Stainer. Quoique de facture généralement moyenne,
les œuvres de Lockey Hill se distinguent un peu de celles
des autres luthiers anglais de son époque; on y remarque
l'heureuse influence de Fent :

HILL (WILLIAM-EBSWORTH). — Londres, 1817 † 1896. Fils
et élève du précédent. Il a peu produit et s'est surtout
occupé du commerce et de la réparation des anciens instruments. Ceux de sa facture possèdent de réelles qualités :

WILLIAM E. HILL,

Maker.   London.

—1850—

William-Ebsworth Hill a laissé quatre fils : William,
Arthur, Alfred et Walter, qui ont embrassé la profession de
leur père. Alfred et Walter firent leur apprentissage à
Mirecourt.

Associés tous quatre, ils dirigent actuellement la maison
WILLIAM EBSWORTH HILL et SONS.

Installés d'abord, Wardour street, où se trouvait déjà leur
père :

Le magasin est, présentement, New Bond street :

Fournisseurs de S. M. la reine d'Angleterre et de S. A. R. le duc d'Édimbourg, les frères Hill jouissent d'une réputation justement méritée.

HOLLOWAY (JOHN). — Londres, 1794.

HOSBORN (TH.-ALF.). — Londres, 1629. Connu par une basse de viole qui figurait en 1878, à Paris.

HUME (RICHARD). — Édimbourg, XVIᵉ siècle. Faiseur de luths.

JAÏE (HENRI). — Londres 1666. Étiquette relevée dans une très jolie basse de viole à six cordes, style Barak Norman, dont la volute est délicatement découpée à jour :

> HENRI JAÏEIN
> LONDON
> 1666

JAYE (HENRY). — Londres, 1624. Dont il y a une petite basse de viole à sept cordes au musée instrumental du Conservatoire, à Paris[1].

1. Nº 171, *Catal.*, 1884.

JAY (HENRY). — Londres, 1746. Il fit surtout des pochettes :

> *Made by Henry Jay*
> *in long acre*
> *London 1746.*

JOHNSON (JOHN). — Londres, 1753 :

> *Made and sold by John Johnson*
> *at the Harp and Crown*
> *in Cheapside*
> *17 London 53*

KENNEDY (ALEXANDRE). — Londres, 1700 † 1786. Né en Écosse. Violons style Stainer :

> *Alexander Kennedy, musical instrument*
> *maker, living in Market street, in Oxford*
> *Road, London 1759.*

KENNEDY (JOHN). — Londres, 1730 † 1816. Neveu du précédent.

KENNEDY (THOMAS). — Londres, 1784 † 1870. Fils du précédent. Il a fait quantité d'instruments.

LENTZ (JOHANN-NICOLAUS). — Londres, 1803. Vernis presque opaque :

> *Johann-Nicolaus Lentz fecit*
> *near the Church, Chelsea, 1803.*

LEWIS (EDWARD). — Londres, 1700. Bonne lutherie.

LONGMAN et BRODERIP. — Londres, vers 1760. Éditeurs de musique, qui ont signé quantité d'instruments, mais qui n'étaient pas luthiers.

LOTT (JOHN-FREDERICK). — Londres, 1775 † 1853. Luthier habile, qui travailla pendant très longtemps pour Thomas Dodd. Il est célèbre par ses contrebasses.

LOTT (GEORGE-FREDERICK). — Londres, 1800 † 1868. Fils du précédent. Il travailla chez Davis. Peu de ses instruments portent son nom.

LOTT (JOHN-FREDERICK). — Londres, XIXe siècle. Second fils de John-Frederick. Mort en 1871, Charles Reade, l'a rendu célèbre en le choisissant pour le héros d'un de ses romans : *Jack of all trades, a matter-of-fact Romance*[1].

MACINTOSH. — Dublin, XIXe siècle. Successeur de Perry et Wilkinson. Mort vers 1840.

MARSHALL (JOHN). — Londres, 1750.

MARTIN. — Londres, 1790.

MAUCOTEL. — Londres, XIXe siècle. Très bon luthier, originaire de Mirecourt. Il était le frère de Maucotel de Paris. C'est chez lui que Georges Chanot travailla de 1851 à 1858.

MEARES (RICHARD). — Londres, 1677. Dont une viole figura à l'exposition du Kensington Museum, à Londres, en 1872 :

> Richard Meares,
> Without Bishopsgate
> near to sir Paul Pinder's
> London. Fecit 1677.

MERLIN (JOSEPH). — Londres, vers 1780. Style Stainer.

MIER. — Londres, vers 1780.

MORRISON (JOHN). — Londres, 1780-1820.

NAYLOR (ISAAC). — Headingly, 1778-1792.

NORBORN (JOHN). — Londres, vers 1723.

NORMAN (BARAK). — Londres, 1688-1740. L'un des meilleurs luthiers anglais de son temps. On le dit élève de Thomas Urquhart. En 1877, au Kensington Museum, à Londres, figuraient trois basses de violes de ce maître. Dans l'une d'elles, transformée en violoncelle, se trouvait cette étiquette :

> Barak Norman at the
> Bass-Viol in
> Saint-Paul's alley
> London, fecit 1690.

Le plus souvent, il inscrivait son nom sur ses instruments,

---

1. CHARLES READE, *Jean à tout faire, histoire véridique.*

et l'entourait de filets formant des arabesques : le tout placé sous la touche. Il a fait aussi des altos, dont les $\int\int$ sont dans le style allemand. Ses violoncelles sont inspirés de Maggini : très beau bois, recouvert d'un vernis foncé.

Barak Norman s'associa avec Nathaniel Cross, vers 1715 :

Barak Norman
and Nathaniel Cross,
at the Bass-Viol
in St Paul's Churh-yard
London Fecil 1720.

Dans une « viola à gambe » de ces luthiers, se trouve une étiquette manuscrite où il est dit : « Nathaniel Cross a fait mon fond et ma table. » Les éclisses et la volute étaient le travail de son associé.

Norris (John). — Londres, 1739 † 1818. Élève de Thomas Smith, sa lutherie rappelle celle de son maître. Il fut l'associé de Robert Barnes :

Made by Norris and Barnes
Violin, violoncello, and bow makers
to Their Majesties;
Coventry street, London.

Pamphilon (Edward). — Londres, 1685. Facture très ordinaire, violons de petit patron et à voûtes très élevées. Riche vernis de couleur jaune.

Panormo (Vincent) [1]. — Londres, 1772 environ-1813. Sans doute le fils de Vincent Panormo de Paris. Belle et élégante facture. Style Stradivari.

Panormo (Joseph). — Londres, 1790-1825 environ. Fils du précédent. Même genre de lutherie.

Panormo (Georges-Louis). — Londres, XIXe siècle. Frère du précédent. Beau travail. Il fit aussi des archets [1].

---

1. Voyez *Les fabricants d'archets.*

PANORMO (LOUIS). — Londres, où il naquit en 1772. Il était sans doute de la même famille que les précédents. Ses guitares sont excellentes :

PARKER (DANIEL). — Londres, 1740-1785. Travail soigné, excellentes fournitures, vernis rouge assez transparent.

PEARCE (JAMES). — Londres, XVIIIe siècle.

PEMBERTON (EDWARD). — Londres, 1660.

PERRY et WILKINSON. — Dublin, 1790 environ-1830. Bonne facture, excellente sonorité.

POWELL (THOMAS). — Londres, 1793 :

> *Made by Thomas*
> *Powell, n° 18, Clemens*
> *Lane, Clare Market, 1793.*

PRESTON (JOHN). — York, 1791 :

> *John Preston, York*
> *1791. Fecit.*

RAWLINS (HENRY). — Londres, 1775. Giardini, chef d'orchestre de l'Opéra italien, était son protecteur :

> *Henricus Rawlins fecit*
> *auspicio Giardini*
> *Londini 1775.*

RAYMANN (JACOB). — Londres, 1620-1650. Né dans le Tyrol

allemand. C'est le premier luthier qui ait fait des violons en Angleterre. Lutherie lourde, forme plate, beau vernis. Un « extraordinaire Raymann » est mentionné sur l'inventaire de Tom Britton :

> # Jacob Raymann, at ye Bell Yard, in Southwark London, 1650

RICHARDS (EDWIN). — Londres. Luthier contemporain.

ROOK (JOSEPH). — Londres, 1777-1800, environ.

ROSS (JOHN BRIDEWELL). — Londres, vers 1562. Faiseur de violes.

ROSS (JOHN). — Londres, 1598. Fils du précédent. Connu par cette annonce : « Il y a deux jeux de violes à vendre : l'une a été faite par John Ross, en 1598 », qui se trouve dans une collection d'airs : *Tripla Concordia*, parue à Londres, en 1667 [1].

SHAW. — Londres, 1656.

SIMPSON (JOHN). — Londres, 1785 :

> *John Simpson musical instrument maker*
> *at the Bass Viol and Flute*
> *in Sweeting's Alley,*
> *Opposite the east door of the Royal Exchange*
> *London.*

SMITH (HENRY). — Londres, 1630. Faiseur de violes.

SMITH (THOMAS). — Londres, 1756. Élève et successeur de Peter Wamsley :

> *Made by Thom. Smith*
> *at the Harp, and Hautboy, in Pickadilly,*
> *London 1756.*

---

1. R. NORTH's. Ouvrage cité.

SMITH (WILLIAM). — Londres, 1770.

STRONG (JOHN). — En 1872, au Kensington Museum, à Londres, figurait une viole qui contenait cette étiquette :

John Strong, Sommerset 16..

TAYLOR. — Londres, 1780-1820. Bonne lutherie, genre Panormo.

THOMPSON (ROBERT). — Londres, 1749 :

Robert Thompson at the Bass-Violin
in Paul's ally s^t Paul's church. yard.

THOROWGOOD (HENRY). — Londres, XVIII° siècle.

TILLEY (THOMAS). — Londres, 1774.

TOBIN (RICHARD). — Londres, 1800. Élève de Perry, à Dublin. Bonne lutherie.

TOBIN. — Londres, XIX° siècle. Fils du précédent.

TURNER (WILLIAM). — Londres, 1650. Faiseur de violes

URQUHART (THOMAS). — Londres, 1650. Bonne lutherie, style Raymann, très beau vernis.

WAMSLEY (PETER). — Londres, 1733. Style Stainer :

Made by Peter Wamsley
at the Golden Harp, in Piccadilly,
London 1733.

WISE (CHRISTOPHER). — Londres, 1650. Bon travail, petit patron, modèle plat, vernis jaune.

WITHERS (EDWARD). — Londres, XIX° siècle.

WITHERS (EDWARD). — Londres, Luthier contemporain.

WRIGHT (DANIEL). — Londres, 1743.

YOUNG (JOHN). — Londres, 1724. Plus célèbre par la poésie que Purcell lui a consacrée que par ses instruments.

LES LUTHIERS AMÉRICAINS, AUSTRALIENS

ET CANADIENS

Albert. — New-York. 1878. Lutherie bien faite.

Devereux (John). — Melbourne (Australie). Luthier contemporain, qui travailla pendant plusieurs années, à Londres.

Gemunder (Georges). — New-York. Luthier contemporain. Instruments de bonne facture.

Knaggs (W.), — Toronto (Canada). Luthier contemporain. Travail soigné.

Miremont (Claude-Auguste). — New-York, 1852-1861. (Voir Les luthiers français.)

LES LUTHIERS ESPAGNOLS

Altimira. — Barcelone, 1850-1880 environ. Étienne Maire-Breton dirigeait son atelier de lutherie.

Benedict (Jose). — Cadix, 1738 :

Compuesto en Cadix p.
Jose, Benedict
año del 1738.

Contreras (Joseph). — De Grenade, 1745-1775. Surnommé Granadino. Belle lutherie, de style italien, dont les *f f* rappellent un peu celles de Giuseppe Guarneri. Vernis rouge ambré :

> *Malxili per Granadensem*
> *Josephum Contreras,*
> *Anno* 1760.

CONTRERAS. — Fils du précédent :

DUCLOS (NICOLAUS). — Barcelone, 1764. Belle lutherie, style italien :

GONZALEZ F... — Madrid, 1867. Instruments à cordes pincées.

GUILLAMI (JOANNÈS). — Barcelone, 1760 :

> *Joannes Guillami me fecit*
> *en Barcelona* 1760.

MAIRE-BRETON ETIENNE. — Barcelone, 1865-1895.

Né à Mirecourt (Vosges) en 1827. Élève de François Collin. En 1854, il alla à Barcelone diriger l'atelier des instruments à cordes de la maison Altimira et y resta vingt et un ans, avant de s'établir à son compte dans la même ville. Imitateur habile des anciens Crémonais, très peu de ses instruments portent sa signature.

MAIRE (ETIENNE). — Barcelone. Fils et élève du précédent, auquel il succéda, en 1895.

Né à Barcelone, en 1867, M. Etienne Maire est venu s'établir à Paris, en 1898[1].

ORTÉGA (SILVERIO). — Madrid, 1785 :

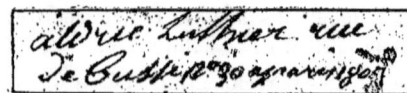

Compuesto p. Silverio Ortéga,
F.x Madrid, Año 1785

ORTÉGA (ASENCIO). — Madrid, 1799 :

> *Asencio Ortéga lo hizo*
> *por encargo en Madrid*
> *Anno 1799.*

LES LUTHIERS FRANÇAIS

ALBA. — Lyon, 1822. Il fut l'associé de Micollier[1].

ALDRIC. — Paris, 1788-1840. Bonne lutherie, d'après le modèle d'A. Stradivari. Vernis généralement rouge et de bonne qualité. Il fut d'abord établi rue des Arcis, n° 16 :

> *Fait par Aldric, luthier,*
> *rue des Arcis, 16,*
> *Paris, 1792.*

Puis il transféra son atelier rue de Bussi n° 30 :

> *Aldric Luthier rue*
> *de Bussi n° 30 agnaveriges*

1. Voir *Les luthiers français.*
1. Voir ce nom.

Il employa aussi cette étiquette imprimée :

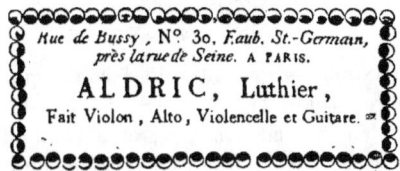

Rue de Bussy , N°. 3o, Faub. St.-Germain, près la rue de Seine. A PARIS.
ALDRIC, Luthier,
Fait Violon , Alto, Violoncelle et Guitare.

En 1820, on le retrouve rue de Seine, n° 71 :

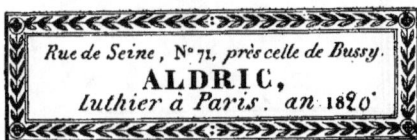

Rue de Seine , N° 71, près celle de Bussy.
ALDRIC,
Luthier à Paris. an 1820.

Un de ses violons est conservé au musée du Conservatoire de musique, à Paris[1].

Aldric fut un des premiers clients de Luigi Tarisio, auquel il acheta un certain nombre d'instruments italiens.

ALIBERT (JEAN-PIERRE). — Né à Montauban, en 1820. Inventeur d'un système de chevilles pour les instruments à archet.

ALLARD (FRANÇOIS). — Paris, 1776-1789. D'abord place Maubert, puis rue du Petit-Pont, sans doute le fils de la veuve Allard, qui était déjà à la première adresse en 1775[2].

AMBROISE. — Paris, sans date. Probablement au XVIII° siècle :

Fait par Ambroise luthier
Rue de la ..... Paris

AMELOT. — Lorient, 1829.

1. N° 27. Catal. 1884.
2. Voyez Constant Pierre, ouvrage cité.

ANDA. — Hyères, 1801. Étiquette manuscrite :

Réparé par Anda
à Hyères l'an 1801.

ANGARD (MAXIME). — Paris. Luthier contemporain. Né,
le 1ᵉʳ décembre 1849, à Arronville (Seine-et-Oise).

Il fit un violon, comme amateur, et a continué depuis.
On dit du bien de ceux qu'il fait en vieux chêne :

Tous ses instruments portent sa signature :

à l'intérieur, du côté de l'âme. M. Angard est l'inventeur
d'un système de chevilles, dit « la sécurité ».

ANTOINE (S. E.). — Mirecourt, sans date[1].

AUBERT. — Étiquette manuscrite, relevée dans une vielle
de forme guitare :

Aubert luthier
1767.

C'est peut être le même Aubert qui fit la guitare à deux
manches, de l'ancienne collection Sax, laquelle est datée
de Troyes, en 1789.

AUBRY. — Paris, 1840. On le dit neveu et successeur
d'Aldric.

AUDINOT (LÉOPOLD). — Mirecourt, 1811 † 1891. Gendre et
successeur de Laurent Bourlier.

AUDINOT (DOMINIQUE-NESTOR). — Paris. Luthier contem-

---

1. Cité par Constant Pierre.

porain. Né à Mirecourt le 12 décembre 1842. Fils et élève du précédent. Il passa cinq ans, de 1863 à 1868, chez Sébastien Vuillaume, à Paris, avant de s'établir rue du Faubourg-Saint-Denis, 17 :

En 1875, à la mort de Sébastien Vuillaume, il succéda à ce dernier, boulevard Bonne-Nouvelle, 17, où il est encore actuellement :

N. AUDINOT
17, Boulevard Bonne-Nouvelle
Année 1899.   N.º 691

Bon luthier, ses instruments sont très appréciés.

AUDINOT. — Mirecourt, première moitié du XIXᵉ siècle. Ce luthier, dont nous ignorons le prénom, n'était pas de la même famille que les précédents. Ancien hussard du régiment de Chambord, il marquait ses instruments au fer chaud. Très peu de ceux-ci portent son nom.

AUGIÈRE. — Paris, 1830, rue Saint-Eustache, 12. Associé de Calot, avec lequel il avait travaillé chez Clément. Lutherie bien faite, vernis jaune rouge.

AUTIERO (JOSEPH). — Avignon, 1886. Étiquette imprimée, relevée dans un violoncelle de Charotte-Millot :

Réparé par Jʰ Autiero
luthier
Avignon anno 1886.

BACHELIER (JEAN-GASPARD). — Paris, rue de la Tissanderie, en 1777. Place Baudoyer, près Saint-Gervais, de 1783 à 1789.

BAILLY (PAUL). — Luthier contemporain. Originaire de Mirecourt. Il fut établi successivement à Mirecourt, Douai,

Mirecourt, Paris, Londres et enfin actuellement rue de Grenelle, à Paris :

Paul Bailly luthier à Mirecourt Vosges
Elève de J.-B. Vuillaume de Paris
Luthier de l'académie de musique de Douai.

BARBÉ. — Né à Mirecourt, 1815 † 1868. Lutherie ordinaire. Cantinier dans un régiment, il se déplaçait à chaque changement de garnison. La plupart de ses instruments sont marqués :

Barbé d'Avallon

parce que c'est à Avallon qu'il séjourna le plus.

Amable-Télesphore Barbé, son fils, fut un excellent ouvrier luthier, qui travailla alternativement à Paris, chez J.-B. Vuillaume, Miremont, Gand et Bernardel, et aussi pour Jacquot de Nancy.

BARBEY (GUILLAUME). — Paris, 1717. Dont il y a une « viola a gambe » à six cordes, au musée de Bruxelles :

BASSOT (JOSEPH). — Paris, 1764-1810 environ. Lutherie élégante. Style Lupot. Vernis rouge ambré.

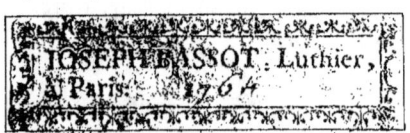

D'abord aux Quinze-Vingts, il se fixa rue Chabannais, 1, en 1788 :

BASTIEN (E.). — Nancy. Contemporain, dont nous avons vu une étiquette de réparation.

BATON. — Versailles, début du xviiie siècle.

Il passe pour avoir fait des vielles, avec d'anciennes guitares, et avec des corps de luths et de téorbes.

BAZIN (GUSTAVE). — Mirecourt. Luthier contemporain, qui travailla plusieurs années chez M. Collin-Mézin, à Paris. Il est le fils de Bazin le fabricant d'archets.

BECHONNET (JOSEPH). — Effiat (Puy-de-Dôme), 3 février 1820 † 10 mars 1900. Il a fait de très belles vielles et de non moins belles musettes.

BELLEVILLE. — Paris, 1828. Auteur d'un violon de coupe nouvelle, mais peu gracieuse, qui est au musée du Conservatoire, à Paris[1].

BERGÉ. — Toulouse, 1760-1780 environ. Connu par deux vielles organisées qui sont au musée du Conservatoire, à Paris[2]. L'une d'elles est marquée :

Bergé à Toulouse, 1771.

BERNARDEL (AUGUSTE-SÉBASTIEN-PHILIPPE). — Mirecourt, 1802 † Bougival, 6 août 1870. L'un des meilleurs luthiers parisiens du xixe siècle. Entré chez Nicolas Lupot en 1820, il resta pendant quelque temps avec Charles-François Gand, lorsque celui succéda à son beau-père. C'est en 1826 que Bernardel alla s'établir rue Coquillière, 44. Ses premiers instruments contiennent une étiquette manuscrite ainsi conçue :

Bernardel, luthier,
ex-ouvrier du s^r Lupot,
rue Coquillière, n° 44, à Paris,
l'an 1826.

---

1. N° 35 *Catal.*, 1884.
2. N°s 214 et 1048. *Catal.*, 1884 et 1894.

Un peu après, il vint se fixer au n° 23 de la rue Croix-des-Petits-Champs :

BERNARDEL *Luthier Élève de Lupot*
Rue Croix des Petits Champs, N° 23
A PARIS 18**35**

En 1830, il eut l'idée de tailler en biseau le côté gauche de la touche de l'alto, afin d'éviter le frisement des cordes. C'est aussi lui qui, en 1835, fila, le premier, les cordes à double trait. Il continua d'habiter la même maison, qui devint le n° 21 :

MÉDAILLE D'OR ET D'ARGENT
aux Expositions de 1844 et 1849
BERNARDEL, Luthier, Élève de Lupot
Rue Croix des Petits Champs, 21,
A PARIS 18**55** *Bernardel*

En 1859, il s'associa avec ses deux fils, et se retira, en 1866, lorsque ceux-ci devinrent les associés de Charles-Eugène Gand. Bernardel père a laissé quantité d'instruments remarquables comme bois, facture et sonorité.

BERNARDEL (ERNEST-AUGUSTE). — Paris, 1826 † 1899. Fils aîné du précédent. Associé avec son père et son frère, en 1859, et avec ce dernier et Charles-Nicolas-Eugène Gand de 1866 à 1887. Bon luthier, comme son père :

GAND & BERNARDEL F^{RES}
Luthiers de la Musique de l'Empereur et du Conservatoire
N° _____ Paris 18 _____

BERNARDEL (GUSTAVE-ADOLPHE). — Paris. Luthier contemporain. Né à Paris en 1832, frère du précédent, avec lequel il fut d'abord l'associé de son père en 1859, puis de

Charles-Nicolas-Eugène Gand en 1866. Il resta avec ce dernier lorsque son frère se retira, en 1886 :

> **GAND & BERNARDEL**
> Luthiers du Conservatoire de Musique
> N°‥‥‥‥‥ Paris‥‥ 18‥‥‥‥

Après la mort d'Eugène Gand, survenue en 1892, il devint l'unique directeur de la maison fondée par Nicolas Lupot. Doyen des luthiers parisiens, vice-président de la Chambre syndicale des fabricants d'instruments de musique. De même que ses prédécesseurs, M. Gustave-Adolphe Bernardel est luthier du Conservatoire, du ministère des Beaux-Arts, de l'Opéra et de l'Opéra-Comique.

Depuis que le Conservatoire ne donne plus d'instruments comme récompense aux élèves des classes de violon et de violoncelle qui remportent des premiers prix, les successeurs de Lupot en ont toujours offert aux heureux vainqueurs. M. Bernardel, qui a continué cette tradition, doit s'en féliciter, car, en novembre 1899, M. Hayot s'est fait entendre avec beaucoup de succès, aux Concerts Lamoureux, sur le violon qu'il reçut à l'occasion de son prix :

> **GUSTAVE BERNARDEL**
> Luthier du Conservatoire de Musique
> N°‥‥‥ Paris ‥‥189‥‥

M. G. Bernardel a été nommé chevalier de la Légion d'honneur le 18 août 1900.

BERNARDEL (LÉON). — Paris. Luthier contemporain. Né à Paris en 1853. Fils d'Ernest-Auguste. Après avoir fait son apprentissage chez Derazey, à Mirecourt, il entra dans la maison Gand et Bernardel frères, où il passa cinq ans dans les ateliers. Resté chez son oncle jusqu'à ces temps derniers, il a fondé sa maison le 1ᵉʳ octobre 1898. Nul doute qu'il ne fasse honneur au nom qu'il porte :

> **LÉON BERNARDEL**, Luthier
> **40ᵇⁱˢ** Faubᵍ Poissonnière
> Année 1899 Paris   Nᵒ 3

BERNARDEL (L.). — Amsterdam, 1844[1].

BERTRAND (NICOLAS). — Paris, 1687-1720. Il est connu par une basse de viole de 1687, et un dessus de viole de 1701, qui sont au musée de Bruxelles, ainsi que par un pardessus de viole, de 1714, conservé à celui de Paris[1] et encore par une « viola a gambe », qui figura à la vente Savoye en 1882. Très belle lutherie, vernis rouge :

BIANCHI (NICOLO). — (Gênes, 1796, † Nice 1880). Ce luthier, qui avait reçu des conseils de Bagatella, de Padoue, et des descendants des Calcagno, de Gênes, fut installé à Paris, de 1842 à 1868. Étiquette imprimée entourée d'un filet :

> *Réparé par Bianchi Nicolo*
> *luthier décoré*
> *in parigi 1850.*

Retourné à Gênes en 1868, il se fixa à Nice en 1872. M. Bovis est à la fois son élève et son successeur.

BIGOURAT (NICOLAS). — Moulins-sur-Allier, 1824-1880. Né

1. Voyez *Les luthiers hollandais.*
1. Nᵒ 138. *Catal.* 1884.

à Saint-Gérand-le-Puy (Allier), en 1800. Élève et successeur de Thibouville, à Moulins-sur-Allier. Il est mort dans cette ville en 1880. Étiquette manuscrite :

Réparé par Nicolas Bigoural
à Moulins en 1823.

BIGOURAT. — Le Havre, XIXᵉ siècle. Fils du précédent. De même que son père, il a surtout fait des réparations.

BLANCHARD (FRANÇOIS). — Mirecourt, où il mourut en 1859. Fabricant de guitares.

BLANCHARD (PAUL-FRANÇOIS). — Lyon. Luthier contemporain. Né à Mirecourt en 1851. Petit-fils du précédent. Auguste Darte, élève de J.-B. Vuillaume, fut son premier maître à Mirecourt. Il fit, pendant quelques mois, de la réparation chez Daniel, facteur d'instruments de cuivre à Marseille, et de là vint chez M. H.-C. Silvestre, à Lyon, où il resta de 1869 à 1876.

Établi depuis cette époque. Président de la Chambre syndicale des fabricants d'instruments de musique à Lyon. Fournisseur du Conservatoire, des théâtres et orchestres municipaux. M. Blanchard marche sur les traces des excellents luthiers lyonnais Pierre, Hyppolyte et H.-C. Sylvestre ; ses instruments sont de belle facture. La légende de Duiffoprugcar[1] se lit sur son étiquette personnelle :

Les instruments construits par ses ouvriers sont ainsi étiquetés :

Fait dans l'Atelier
DE P. BLANCHARD, LYON 1892.

1. Voir tome I. p. 240.

Ceux qui sont faits en dehors de chez lui portent cette marque :

Boivin (Claude). — Paris, 1725 environ-1760. Très bon luthier, qui habita d'abord rue de Grenelle-Saint-Honoré :

> **Claude Boivin**
> *rue de grenelle St Honoré*
> a Paris. 1730

et rue Tiquetonne, de 1732 à 1749, où il prit pour enseigne : « *A la Guittarre Royalle* » :

> **Claude Boivin**
> *Rue Ticquetonne à la Guittarre Royalle*
> à Paris 1747

Plus tard, il se fixa rue de la Poterie, 10. Boivin fut maître-juré comptable de la Corporation des maîtres luthiers en 1752. De cet auteur, on connaît une basse de viole de 1735, inventoriée par Bruni, et la superbe guitare qui est au Musée du Conservatoire, à Paris[1].

Bomé (Thomas). — Versailles, 1785-1810 environ. Luthier amateur, travail assez soigné. De cet auteur, nous

---

1. N° 273. *Catal*, 1884.

connaissons : 1° un violon contenant cette étiquette manuscrite, entourée d'un filet noir et or :

Fait par M. de Bomé
Ch^{ier} de St Louis Versailles 1788
Donné à M. de Macuson.

Au milieu se trouve un écusson avec les initiales T. B. V.

2° Le violon qui est au musée du Conservatoire, à Paris[1],
dont l'étiquette porte simplement :

Thomas Bomé, Versailles 1790.

3° Deux étiquettes. Sur l'une, on lit : *Thomas Bomé, Versailles, 1797*, avec l'écusson contenant les trois initiales et
le filet noir et or; et sur l'autre : *Bomé, 1803*, sans indication de résidence.

BONGARS (SIMON). — Connu par une basse de viole à six
cordes appartenant à M. de Bricqueville, à Versailles.

BONNEL. — Rennes, 1855 :

Réparé chez
Bonnel jeune
Luthier facteur
Musique, etc., 1855
Rennes.

BOQUAY (JACQUES). — Paris, 1700-1735 environ. Un des
bons luthiers de la vieille école française qui s'est surtout
inspiré de Girolamo Amati. Facture soignée, beau vernis
rouge-brun, de pâte tendre, un peu crémonais. Il habita
rue de la Juiverie jusqu'en 1718, et s'installa rue d'Argen-
teuil l'année suivante :

> **JACQUES BOQUAY**
> RUE D'ARGENTEUIL
> A PARIS, 1719

---

1. N° 21. *Catal.*, 1884.

Le musée du Conservatoire de musique, à Paris, possède un violon de Boquay, daté de 1718[1]. Ce maître est aussi représenté par un violoncelle au musée des Arts et Métiers de la même ville.

Botin. — Chantilly. Sans date :

Bovis (François). — Nice, où il est né en 1864. Luthier contemporain.

Élève de Nicolo Bianchi, il entra chez celui-ci en 1874 et prit sa succession en 1880. M. Bovis est luthier des Concerts de Monte-Carlo. Ses instruments sont de facture soignée :

Franciscus Bovis
Nicaensis
Fecit Anno 1899

Bourdet (Sébastien). — Mirecourt, début du xviii° siècle. L'un des premiers luthiers de cette ville ayant une certaine valeur.

Bourdet (Jacques). — Paris, 1751.

Bourgard (Jean). — Nancy, 1775-1790 environ. Il était originaire de Prague et avait francisé son nom, qui s'écri-

1. N° 9. *Catal.*, 1884.

vait primitivement Burghardt. Lutherie ordinaire, vernis brun. Étiquette manuscrite :

> Bourgard, *facteur*
> *d'instruments, rue*
> *de la Poissonnerie, à*
> 17 *Nancy* 86.

BOURLIER (LAURENT). — Mirecourt, 1798 † 1878.

BOURLIER. — Mirecourt, 1820. Lutherie ordinaire. Il fit surtout des quarts. des demi et des trois-quarts de violon.

BRETON (J.-F.). — Paris, 1740. Voici sa curieuse étiquette :

> *J. F. Breton, citharæ-fa-*
> *bricator, facit, vendit et re-*
> *concinat instrumenta musica*
> *Omnis generis. — Parisis anno*
> 1740.

BRETON (F.). — Mirecourt, 1800-1830. Lutherie assez soignée, patron généralement grand, vernis jaune. Son nom est marqué au fer chaud, sur le talon du manche. Voici la première étiquette qu'il employa :

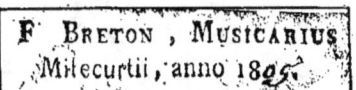

Plus tard, il devint le luthier de la duchesse d'Angoulême :

Sa marque étant devenue la propriété d'une manufacture d'instruments de Mirecourt, on vend journellement des violons neufs munis de l'étiquette ci-dessus.

BRUBAC (ANTOINE). — Mirecourt. 1817 † 1894. Bon ouvrier qui fit tous les instruments signés par M. A. Klein, à Rouen. Charles Brubac, son frère, luthier habile, travaille depuis vingt-sept ans dans les ateliers de M. Gustave Bernardel.

BRUGÈRE (CHARLES). — Mirecourt. 1842 † 1876. Il a fait de jolies guitares, assez souvent marquées au feu à l'intérieur.

BRUGÈRE (CHARLES-GEORGES). — Paris. Luthier contemporain. Né à Mirecourt le 10 novembre 1865. Fils du précédent. Il fit son apprentissage chez Drouin, à Mirecourt, et travailla deux années, 1884 et 1885, chez Paul Blanchard, à Lyon. Entré dans les ateliers de Gand et Bernardel frères, à Paris, fin 1885, il ne les quitta qu'en 1892 pour succéder à Eugène Henry, rue Saint-Martin, 151. Son installation au 11, rue du Faubourg-Poissonnière, date de 1895. Lutherie bien faite et de bonne sonorité :

Les instruments faits par ses ouvriers portent simplement :

FAIT DANS L'ATELIER DE
CHARLES BRUGÈRE
PARIS 1899

A part M. Gustave Bernardel, il est un des rares luthiers

parisiens qui construisent des contrebasses. Voici sa nouvelle étiquette :

BRUGÈRE (FRANÇOIS). — Mirecourt, 1822 † 1874. Frère
de Charles Brugère. Guitares, violoncelles et contrebasses
de bonne facture. Il avait travaillé assez longtemps chez
les frères Silvestre, à Lyon.

BRUGÈRE (MALAKOFF). — Marseille, 1890-1895. Fils aîné
du précédent. Après avoir travaillé à Paris et à Lille, il
s'était établi à Marseille, où il est mort en 1895 :

Ses deux frères, Michel et Joseph Brugère, également
luthiers, ne se sont pas installés à leur compte.

BÉTHOD. — Mirecourt, XIXᵉ siècle. Bon ouvrier luthier de
J.-B. Vuillaume, à Paris, qui fit quelques violons marqués
à son nom, avant de fonder une manufacture d'instruments à cordes qui devint plus tard la maison Thibouville-
Lamy, dirigée aujourd'hui par M. Acoulon.

CABRESY. — Bruni, qui inventoria un violoncelle de cet
auteur daté de 1725, ne dit pas dans quelle ville il travaillait.

1. M. Morand est le client pour lequel il fit le violon portant le nᵒ 10.

CABROLY. — Toulouse, 1747 :

FAIT PAR CABROLY
A TOULOUSE 1747

CAILHE-DECANTE. — Charroux (Allier). Gendre et élève de Decante[1]. M. J.-B. Cailhe, qui est né à Charroux le 21 mai 1831, s'est associé M. Henri Cailhe, son fils, né dans la même ville, le 8 août 1864. Ils ont pour enseigne : *A la vielle bourbonnaise.*

CALOT. — Paris, 1830. Originaire de Mirecourt. Il travailla d'abord chez Clément, et s'associa, en 1830, avec Augière, rue Saint-Eustache, 12. Bonne lutherie, vernis jaune-rouge.

CAMPION. — Connu par une guitare exposée à Paris, en 1823.

CARON. — Versailles, 1775-1790 environ. Luthier ordinaire de la reine. L'étiquette d'un alto, de bonne facture, vernis brun-noir, nous apprend qu'il habitait rue Royale, en 1877 :

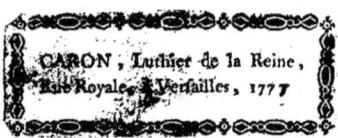

CARON , Luthier de la Reine, Rue Royale, à Versailles, 1777

Plus tard, on le retrouve rue Satory. C'est là, en 1785, qu'il construisit le dédacorde qui est au musée du Conservatoire de musique, à Paris[2], lequel est orné d'une rosette aux initiales de Marie-Antoinette.

CARRÉ (ANTOINE). — Arras, vers 1750. Luthier habile, dont on connaît des vielles organisées.

1. Voir ce nom.
2. N° 224. *Catal.*, 1884.

CASSINEAU. — Paris, 1770.

CASTAGNERI (ANDRÉ). — Paris, 1730-1750 environ. Luthier d'origine italienne installé dans les dépendances de l'hôtel de Soissons[1] :

> André Caftagneri...Fait à Paris
> à l'Hôtel de Soiffons 1733

Instruments bien faits, de bonne sonorité et recouverts d'un vernis jaune un peu sec, qui passent assez souvent pour de véritables italiens :

> ANDREA CASTAGNERI nell'
> Pallazzo di Sœffone, Pariggi 1740

CAUSSIN (FRANÇOIS). — Neufchâteau (Vosges), 1845-1875 environ. Jolis violons, à voûtes assez élevées, habilement vernis en imitations de vieux, irrégulièrement diapasonnés et contenant des étiquettes ronflantes. Il venait tous les ans à Paris, avec des caisses pleines de violons, qu'il écoulait assez facilement chez les luthiers de la capitale. On appelle couramment aujourd'hui, en fabrique : « violons Caussin », ceux qui sont vernis à sa manière.

CAUSSIN (aîné). — Rouve-la-Chétive, près Neufchâteau (Vosges). Frère du précédent, pour lequel il travailla exclusivement.

CHALON. — Châlons-sur-Marne, 1812. Luthier et facteur d'instruments à vent.

CHAMPION (RENÉ). — Paris, 1731-1756. Il habita d'abord

---

1. Situé entre les rues : Coquillière, des Deux-Écus, du Four et de Grenelle, où il occupait un vaste emplacement, l'hôtel de Soissons disparut en 1748-1749, pour faire place à une espèce de bourse où l'on négociait le papier de Law. PIGANIOL DE LA FORCE. *Description historique de la ville de Paris*, t. III, p. 235 et suiv. (Cité par Vidal).

rue des Bourdonnais, puis rue et coin de l'Échelle du Temple :

> RENÉ CHAMPION, rue & coin
> de l'Echelle du Temple, à Paris, 175

Jolie lutherie, rappelant celle de Bocquay, vernis jaune. C'est sans doute sa veuve qui est mentionnée sur l'*Almanach musical* de 1775-1777[1].

CHAMPION (JEAN-BAPTISTE). — Paris, 1783. Est-ce le fils du précédent? Il est peu connu.

CHANOT (JOSEPH). — Mirecourt, 1760 † 1830 environ. Lutherie ordinaire. Vernis tantôt rouge ou brun foncé. Marque au feu, à l'intérieur.

CHANOT (FRANCIS). — Mirecourt 1788 † Rochefort 1823. Fils aîné du précédent.

Ingénieur de la marine, savant distingué. Rendu à la vie privée, sous la Restauration, il eut l'idée, avant Savart, de modifier la forme traditionnelle du violon, dans l'espoir d'obtenir une meilleure sonorité. Pour cela il adopta la forme guitare (à peu près comme l'alto de Pietro Guarneri, que nous avons reproduit[2]).

Les *ff* furent remplacées par des ouvertures presque droites ; les tables n'eurent plus de bords dépassant les éclisses ; un filet, ébène et ivoire, borda le tout, même les ouïes ; un attache-cordes, comme celui des guitares remplaça le cordier ; et la volute fut renversée, c'est-à-dire que sa spirale se trouva au-dessous du cheviller. Cette dernière particularité, d'un effet peu gracieux, rendait très facile la pose de la deuxième corde.

Ce violon ainsi modifié, reçut l'approbation de l'Académie des Sciences, et aussi de celle des Beaux-Arts[3]. Un très

---

1. Voyez Constant Pierre, ouvrage cité.
2. Voir p. 115 de ce volume.
3. *Moniteur universel*, 1817, 26 juillet, p. 924 *Id.*, 1819, 3 avril, p. 1001.

beau spécimen, qui fut fait pour A. Viotti, est conservé au musée du Conservatoire, à Paris[1]. Il porte le numéro 26. On lit sur la table :

A. Viotti

P. I. T.[2].

Et plus bas, ce quatrain enguirlandé de fleurs peintes en grisaille :

A mes essais daigne sourire !
Fais résonner ce nouveau violon :
Et l'on dira que d'Apollon
J'ai retrouvé l'harmonieuse lyre.

La sonorité des violons de ce modèle est un peu grosse et ne manque pas de douceur ; mais elle a bien moins de timbre et d'éclat que dans les violons ordinaires. Ils contiennent cette étiquette manuscrite :

La date du 21 janvier 1818 est celle du brevet. Les lettres C. I. D. indiquent le titre de l'auteur : capitaine, ingénieur, deuxième classe. Le n° 244 est celui du violon.

Ingénieur et non luthier, Françis Chanot avait installé l'atelier pour construire ses violons chez Lété, fabricant d'orgues, et avait fait venir, pour cela, des ouvriers de Mirecourt, entre autres Georges Chanot, son frère, et J.-B. Vuillaume.

Rappelé à l'activité, il obtint le grade d'ingénieur de première classe, un peu avant sa mort. Son violon n'eut qu'un succès de peu de durée ; malgré cela, on en fit un certain nombre d'imitations à Mirecourt.

Chanot (Georges). — Mirecourt, 26 mars 1801 † Cour-

1. N° 31. Catal., 1884.
2. Abréviation de : Primiero Intrà Tutti (le premier entre tous).

celle (Seine-et-Oise), 10 janvier 1873. Frère du précédent. Excellent luthier parisien, qui fait grand honneur à l'école française du xixᵉ siècle.

Venu à Paris en 1819, il travailla d'abord pour son frère[1], puis chez Clément et se mit bientôt à son compte. Un violon, qui est au musée du Conservatoire, à Paris[2], contient cette étiquette :

> Chanot jeune à Paris,
> rue de la Vrillère, 1820.

Sa première installation fut de courte durée. L'année suivante il devint l'ouvrier de Charles-François Gand, chez lequel il resta jusqu'en 1823, époque où il s'établit définitivement. Ce luthier habita successivement : rue Oblin, près de la Halle au blé (1823); place des Victoires (1825); passage Choiseuil (1828); rue de Rivoli (1837); et quai Malaquais (1848), où il était encore en 1872, lorsqu'il céda sa maison à M. Joseph Chardon, son beau-fils :

Georges Chanot. à Paris
Quai Malaquais. Année 1856

S'inspirant des beaux et nombreux spécimens de la lutherie italienne, qui passèrent entre ses mains, Georges Chanot produisit un très grand nombre d'instruments, de belle facture et de sonorité excellente. Dans le but d'augmenter l'intensité du son, il construisit, en 1847, une basse, dans laquelle se trouvait une seconde caisse; mais comme cela rendait certaines notes défectueuses, il abandonna cet essai.

Devenu veuf, il épousa sa belle-sœur. Les deux dames Chanot firent de la lutherie.

---

1. C'est à la suite d'une discussion avec Lété qu'il quitta l'atelier de son frère. Il y avait à ce moment dix-neuf violons à polir, et J.-B. Vuillaume, qui resta seul pour faire ce travail peu récréatif, en voulut longtemps à Georges Chanot de l'avoir abandonné en pareille circonstance.

2. Nᵒ 1017. Catal., 1894.

Chanot (Georges). — Londres, xixᵉ s. Fils du précédent[1].

Chappuy (Nicolas-Augustin). — Paris, 1760-1795 environ. Bon luthier, qui fit beaucoup d'instruments, grands patrons, vernis jaune rouge, marqués, le plus souvent, N. Chappuy, au feu, sur le fond près le talon du manche. Ils contiennent parfois une étiquette intérieure, avec le titre de luthier de S. A. R. la duchesse de Montpensier, ou celle que voici :

Il n'employa pas toujours de belles fournitures; ses instruments, faits avec des bois inférieurs, sont généralement gratifiés de fortes moustaches. C'est-à-dire, que les tables y sont teintées en noir, sous le vernis, entre les $\int\int$ et les bords, et même sous le chevalet. Les plus beaux n'ont que de très fines moustaches.

Un violon de Chappuy, dont Fr. Habeneck se servit pendant trente-sept ans pour faire sa classe au Conservatoire, à Paris, est conservé au musée de cet établissement[2].

Chardon (Marie-Joseph). — Paris. Luthier contemporain. Né à Paris le 22 mai 1843. Beau-fils et élève de Georges Chanot, auquel il succéda en 1872.

Homme d'autant de talent que de modestie, il passe ses journées à travailler à son établi, qu'il ne quitte que pour recevoir ses clients. D'abord, quai Malaquais, 1, comme son prédécesseur :

Joseph Chardon à Paris
1, Quai Malaquais, Année 1872

Voir *Les luthiers anglais.*
Nº 16. *Catal.*, 1881.

En 1888, il transféra ses ateliers, boulevard Poissonnière, 22, Au mois de juillet 1896, il prit pour associé Marie-Joseph-Antoine-Georges Chardon, son fils et élève, né à Paris, le 22 avril 1870.

Actuellement les ateliers et magasins sont installés rue du Faubourg-Poissonnière, 6 :

Elevés à bonne école, habiles dans leur art, MM. Chardon père et fils possèdent de grandes connaissances en lutherie. Leurs instruments sont beaux et bons. Voici l'étiquette qu'ils mettent dans leurs violoncelles :

Les instruments qui ne sont pas leur œuvre personnelle contiennent l'étiquette suivante :

fait sous la Direction
de Chardon & Fils. Luthiers
6 Rue du Faub⁹ Poissonnière 6
Paris 1900

CHARLE. — Paris, aux Quinze-Vingts, 1748. Un violon de cet auteur, portant cette date, est mentionné sur l'inventaire de Bruni.

CHARLES (J.). — Marseille, 1783. Peut-être le fils du précédent :

> J. CHARLES, Maître Luthier de Paris, Neveu du sieur Guersan, rue St. Ferréol, à côté du Café Dupai. A Marseille 178

CHAROTTE. — Mirecourt. Seconde moitié du XVIIIᵉ siècle. Auteur d'une grande vielle, forme guitare, appartenant depuis plus d'un siècle à la famille Pajot, à Jenzat, et marquée : « *Charotte, à Paris, 1763* [1] ».

CHAROTTE (AINÉ). — Rouen, 1830-1836. Il était originaire de Mirecourt.

CHAROTTE MILLOT (JOSEPH). — Mirecourt, 1810-1850 environ. Sans doute le frère du précédent. Il a fait surtout des violoncelles, des contrebasses et des vielles :

> CHAROTTE-MILLOT,
> ÉLÈVE D'ALDRIC, DE PARIS,
> Fabricant d'Instruments
> A MIRECOURT
> (VOSGES).

Il prit aussi pour enseigne : *A la ville de Crémone* :

> A LA VILLE DE CRÉMONE.
>
> JOSEPH CHAROTTE-MILLOT.

CHAROTTE (HIPPOLYTE). — Mirecourt, 1850-1875 environ. Fils du précédent.

---

1. La plupart des luthiers de Mirecourt ont marqué bien souvent leurs instruments comme étant faits à Paris.

CHATELAIN (FRANÇOIS). — Paris, 1760-1800 environ. Bon luthier. Il fut l'associé de Sébastien Renault[1]; mais on rencontre parfois des instruments signés de son nom seul, entre autres, une harpe à sujets chinois, qui est au musée de Cluny, à Paris[2]. Installé rue de Braque, 9, de 1760 à 1789; on le trouve rue de Berry, en 1799.

CHATELIN. — Valenciennes, 1758. Connu par un quinton, qui porte cette date.

CHERBOURG. — Paris, 1760. Dans le Temple. Inventeur de la lyre renouvelée et perfectionnée. A. Sax a possédé un de ces instruments, à 22 cordes et 7 clefs, contenant une étiquette ainsi conçue : « *Cherbourg, dans le Temple à Paris enventeurre* (sic) *de la perfection de cet instrument tant désiré* ».

CHÉRON (NICOLAS). — Paris, 1658.

CHERPITEL (NICOLAS-EMILE). — Paris, XIXᵉ siècle. Bon luthier, né à Mirecourt, le 24 juin 1841, décédé à Paris, en 1893. Il fit son apprentissage chez Grandjon, et entra chez Gand frères, en 1859. Ce n'est qu'en 1870 qu'il quitta l'atelier de Gand et Bernardel frères, pour s'établir rue Saint-Denis, 364 (ancien). En 1884, il vint habiter rue du Faubourg-Poissonnière, 16 :

> N.E.Cherpitel. a Paris
> 16. Faubourg poissonniére 1892

Après sa mort, Mᵐᵉ veuve Cherpitel tint le magasin, avec le concours de M. Charles Moinel son neveu, lequel s'en est rendu acquéreur le 1ᵉʳ juillet 1897.

CHEVRIER (J.). — Mirecourt, 1820-1850 environ. Belle lutherie.

1. Voyez ce nom.
2. Nᵒ 7018 du *Catalogue*.
3. Voyez ce nom.

CHEVRIER. — Cherbourg, XIXᵉ siècle. Fils aîné du précédent.

CHEVRIER. — Beauvais, XIXᵉ siècle. Second fils de J. Chevrier.

CHEVRIER. — Mirecourt. Troisième fils de J. Chevrier. Il dirige, depuis trente-cinq ans, la fabrique d'instruments à cordes qui appartient actuellement à M. Thibouville-Lamy.

CHEVRIER (ANDRÉ-AUGUSTIN). — Bruxelles, XIXᵉ siècle[1].

CHIBON (JEAN-ROBERT). — Paris, 1757-1785. Deux altos et une basse de ce luthier figurent sur l'inventaire de Bruni. Il habitait rue de la Sourdière en 1757 :

Fait par JEAN-ROBERT CHIBON,
Maître Luthier, rue de la Sourdière,
au coin de la rue Saint Honoré.
A Paris, 1757

On le trouve rue de la Comtesse-d'Artois (1775-1779), et rue de la Grande-Truanderie (1783-1785).

CHRISTOPHLE (JEAN) D'AVIGNON. — Étiquette manuscrite imitant de gros caractères d'imprimerie :

Jean Christophle d'Avignon
1654.

Le musée du Conservatoire de musique, à Paris, possède un alto, grand patron de cet auteur[2].

CLAUDOT (CHARLES). — Mirecourt, 1794 † 1876. Il travaillait encore en 1870. Lutherie ordinaire. Vernis jaune brun, parfois avec des moustaches comme Chappuy.

1. Voir *Les luthiers belges.*
2. Nᵒ 1032. *Catal.*, 1894.

C'est Charles Claudot qui marqua ses instruments au feu, sur le fond, au-dessous du bouton du manche :

Marquis de l'air l'oiseau

De sonorité commune, mais assez forte, ils eurent une certaine vogue dans les orchestres de bals. Quelques-uns de ses instruments, en assez petit nombre, sont marqués, toujours au feu, à l'intérieur :

Charles Claudot.

Il eut deux fils, Félix et Charles. Ce dernier seul fut luthier et mourut à Rennes, où il travaillait chez Bonnel.

CLAUDOT (AUGUSTIN). — Mirecourt, XIXᵉ siècle. Frère du précédent. Même genre de lutherie. Il marquait aussi ses instruments au feu.

AUGUSTIN
CLAUDOT

CLAUDOT (NICOLAS). — Mirecourt, XIXᵉ siècle. Deuxième frère de Charles.

CLAUDOT (PAUL). — Mirecourt, 1800 † 1886 environ. Fils d'Augustin Claudot. Ses contrebasses ont de la réputation. Voici sa marque, toujours au fer chaud :

Paul. Claudot

CLAUDOT (F.). — Dijon. Luthier contemporain. Né à Mirecourt en 1865. Fils de Félix Claudot, lequel ne fut pas luthier. Petit-fils de Charles Claudot, celui qui marquait ses violons : *Marquis de l'air l'oiseau.*

Il fit son apprentissage dans sa ville natale, et vint travailler à Paris, chez Gand et Bernardel, de janvier 1884 à janvier 1886. C'est en novembre 1889, son service militaire terminé, qu'il alla se fixer à Dijon, où il est luthier du Conservatoire. Ses instruments, de facture soignée, sont marqués au feu à l'intérieur :

```
CLAUDOT LUTHIERà DIJON
    l'AN 1898    N° 67
```

CLÉMENT. — Paris, 1815-1847 environ. On dit qu'il travailla peu par lui-même; mais il eut d'excellents ouvriers, tels que G. Chanot, Calot et Augière :

Il habita aussi rue des Bons-Enfants.

CLÈVE ou CLERC. — Paris, 1777. Aux Quinze-Vingts.

COFFE-GOGUETTE. — Mirecourt, 1830-1840. Connu par des guitares.

COINCU ou COMMÉ. — Blois, xviii° siècle. Dont une guitare figure sur l'inventaire de Bruni.

COLLICHON (MICHEL). — Paris, 1683. Une charmante basse de viole de cet auteur, portant cette date, se voyait à l'Exposition rétrospective en 1889, à Paris.

COLLIN (CLAUDE-NICOLAS). — Mirecourt, où il est mort en 1864. Bon luthier, qui eut pour élèves Charles-Auguste Miremont, et :

COLLIN (CHARLES-JEAN-BAPTISTE), dit COLLIN-MÉZIN. — Paris. Luthier contemporain. Né à Mirecourt, le 12 novembre 1841. Fils du précédent. Après son apprentissage chez son père, il alla travailler chez Nicolas-François Vuillaume, à Bruxelles, et vint s'établir à Paris, en 1868. D'abord, rue du Faubourg-Poissonnière, 18 et 14, jusqu'en

1876; puis au 10; il est actuellement au 29 de la même rue.

Nous nous souvenons d'avoir entendu le *Concerto romantique* du regretté Benjamin Godard, exécuté avec beaucoup de succès aux concerts Pasdeloup et Colonne, en 1876 et 1877, par Mlle Marie Tayau, sur un violon de M. Collin-Mézin. monté, le *mi* et le *la* avec des cordes d'acier :

Ch.J.B.COLLIN-MÉZIN
Luthier à Paris
Rue du Faub^g Poissonnière, N.° 29   C.M.

Sur le fond de chaque instrument à côté de l'âme, sa signature :

COLSON. — Mirecourt, vers 1840. Il a fait spécialement des guitares et des vielles. Facture ordinaire.

COLSON. — Mirecourt, vers 1860. Fils du précédent. Il s'est aussi spécialisé dans la fabrication des mêmes instruments. Nous avons vu une vielle organisée, assez belle, de cet auteur. Elle était marquée : *Colson*, au feu, sur le côté gauche du clavier.

CONVERT. — Bourg, 1830-1870 environ. Luthier amateur qui fit un certain nombre de vielles, genre Louvet. Il possédait un moule d'un luthier parisien du xviiie siècle, dont il se servait pour construire ses vielles.

CORNU. — Marseille, 1759. Étiquette manuscrite, relevée

dans un violoncelle de bonne facture, style italien, vernis
jaune :

> *Cornu Fecit*
> *A Marseille* 1759.

Coty (Jean-Claude). — Versailles, 1787. Étiquette manuscrite :

> *Jean-Claude Coty luthier*
> *A Versailles* 1787.

Cousineau (Georges). — Paris, rue des Poulies. Il
fut maître-juré comptable de la Corporation, en 1769.
Fabricant de harpes, il faisait et vendait aussi : lyres,
violons, violoncelles, etc., d'après l'étiquette d'une contrebasse à trois cordes, actuellement au Conservatoire de
musique à Paris. On trouve de ses instruments à archet
marqués au feu. Son fils, Jacques-Georges, né en 1760,
a été harpiste à l'Opéra, de 1776 à 1811.

Couturieux. — Mirecourt, 1830-1850 environ. Lutherie
ordinaire, vernis sec, rouge foncé. Il marquait ses instruments au feu, au-dessous du talon du manche : *Couturieux
Paris*. Nous connaissons une étiquette imprimée, ainsi conçue :

> *Réparé par Couturieux*
> *luthier de Paris* 1847.

Cuchet (Gaspard). — Grenoble, 1729. Étiquette imprimée
en gros caractères :

> *Fait par Gaspard Cuchet à*
> *Grenoble Mil sept cent* 29.

Cunault (Georges). — Paris. Luthier contemporain. Né
à Paris, le 20 mars 1856.

Élève de Sébastien Vuillaume et de Miremont. Il ne
passa qu'une année, 1872-1873, dans l'atelier du premier, et
resta pendant sept ans, de 1873 à 1880, chez le second.
Etabli à son compte, en 1882, rue du Faubourg-Poissonnière, 53 ; en 1884, il transporta ses ateliers, rue des

Martyrs, 29.; puis en 1889, au n° 6 de la rue Clauzel :

Depuis 1893, il est installé rue de Navarin, 21. M. Georges Cunault a largement profité des leçons de ses excellents maîtres. Ses instruments sont de belle facture et possèdent une jolie sonorité :

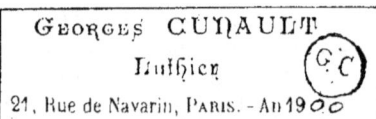

CUNY. — Paris, vers 1750. Lutherie ordinaire. Un de ses violons est au musée du Conservatoire de musique, à Paris[1]. Il est marqué au feu :

Cuny à Paris.

DARTE (AUGUSTE). — Mirecourt, XIXe siècle. Élève, beau-fils et successeur de Nicolas Vuillaume. Il avait travaillé chez J.-B. Vuillaume, à Paris. Il mourut à Mirecourt en 1888.

DAVID. — Paris, vers 1730. Travail ordinaire.

DECANTE (JACQUES). — Jenzat (Allier), 14 janvier 1801 † 5 novembre 1884. Il a construit des vielles dans le style de Pajot père et fils[2].

DECOMBE. — Paris, vers 1789. Voici le début d'un de ses prospectus :

A L'ACCORD PARFAIT.

Quai de l'École, n° 14, à côté du café du Parnasse entre la place de l'École et celle des Trois-Maris, ci-devant place de l'École près le Pont-Neuf, à Paris.

Decombe luthier, successeur de Salomon, etc., etc.

1. N° 14. *Catal.*, 1881.
2. Voir ce nom.

En l'an VII, il était au carrefour de l'École de médecine.

DE COMBLE (AMBROISE). — Tournay [1].

DEFRESNE (PIERRE). — Rouen, 1731-1750 environ :

> *Fait par Pierre Defresne maître*
> *luthier de Paris, demeurant*
> *rue Neuve S[t] Lô, à Rouen*
> *1745.*

Il eut de graves démêlés avec ses confrères de cette ville, qui refusèrent d'abord de le recevoir dans la corporation des faiseurs d'instruments malgré un brevet du duc de Luxembourg, et qui, en 1734, le poursuivirent parce qu'il prenait le titre de Maître de Paris.

DESHAYE ou DESHAYES. — Paris, vers 1780. Rue de Grenelle-Saint-Honoré, près celle des Beaux-Arts. Il se disait le seul élève et neveu de M. Salomon, et avait pour enseigne : *Au prélude espagnol.*

DELABORNE. — Il exposa des guitares, à Paris, en 1819 et en 1823.

DELANOE (PIERRE-JEAN). — 1754. Sans indication de résidence [2].

DE LANNOY. — Lille, milieu du XVIIIe siècle. Lutherie bien faite. Vidal cite cette étiquette :

> *H. J. de Lannoy, sur la petite place*
> *au-dessus des Halles, à Lille, 1747.*

En voici une autre :

> *J.-J. De Lannoy dessus les ponts*
> *de Commines à Lille 1752.*

Il doit y avoir erreur, pour un prénom, sur l'une des deux étiquettes [3].

---

1. Voyez *Les luthiers belges.*
2. Cité par Constant Pierre.
3. Constant Pierre donne N comme initiale du premier prénom. Cela fait trois ; on peut choisir.

DELANNOY (L.). — Lille, xixᵉ siècle :

Réparé par L. Delannoy
à Lille en 1835.

Une étiquette semblable datée de 1828 a été trouvée dans un violon de Fent.

DELANOY (ALEXANDRE). — Bordeaux. Luthier contemporain, qui travailla pendant assez longtemps à Paris.

DELAU (LUCIEN). — Rouen, où il fut l'associé de Pierre-Napoléon Jeandel, de 1836 à 1848.

DELAUNAY. — Paris, 1775. Connu par la petite vielle, portant cette date, qui est au musée instrumental du Conservatoire, à Paris [1].

DELEPLANQUE (GÉRARD-J.). — Lille, 1760-1790 environ. Il habita successivement : marché aux poulets, près le marché aux poissons ; grande chaussée, au coin de celle des Dominicains, vers 1766 ; et place de Ribour, près l'Hôtel-de-Ville en 1790 :

Il est avantageusement connu par de nombreux spécimens d'instruments à cordes pincées et à archets, qui se trouvent aux musées des Conservatoires de musique, à Bruxelles et à Paris.

DELINET (AUGUSTE). — Paris. Luthier contemporain. Originaire de Mirecourt, il y fit son apprentissage et passa quelques années chez M. H.-C. Silvestre, à Paris, avant de travailler à son compte, rue Paradis, 10.

1. Nᵒ 213. *Catal.*, 1884.

DELPHIN. — Mirecourt, xixᵉ siècle. Il marquait ses instruments à Paris :

DELPHIN
Brevete a Paris

DENIZOT. — Tours, 1828. Étiquette ovale, imprimée sur papier rouge :

Réparé par Denizot
luthier à Tours 1828.

DE PLANCHE. — Paris, xviiiᵉ siècle. Associé de La Lœ. Dont un par-dessus de viole fut inventorié par Bruni.

DERAZEY (HONORÉ). — Mirecourt, 1800 † 1879 environ. L'un des meilleurs luthiers de cette ville. Il passa plusieurs années dans les ateliers parisiens. Ses instruments, contiennent rarement des étiquettes ; ils sont marqués au feu, à l'intérieur.

DERAZEY (JUST). — Mirecourt. Fils et successeur du précédent. Décédé vers 1885. Il fit d'assez bonne lutherie, le plus souvent marquée au feu. En 1864, il se rendit propriétaire de la fabrique d'instruments à cordes de Joseph Nicolas fils.

DEROUX (GEORGES). — Mirecourt, 1822 † 1889. Élève d'Honoré Derazey, il travailla à son compte à partir de 1846. Lutherie très soignée, marquée au feu et assez souvent signée au crayon, à l'intérieur.

DEROUX (SÉBASTIEN-AUGUSTE). — Paris. Luthier contemporain. Né à Mirecourt, le 29 juin 1848. Fils et élève du précédent. Au sortir de l'atelier de son père, il se rendit à Lyon, chez Sylvestre, où il resta de 1866 à 1869 ; puis, son service militaire terminé, il entra, en 1873, chez Miremont, à Paris, qu'il ne quitta qu'en 1884, pour s'établir :

Auguste Deroux à Paris
An 1885.

Son long séjour dans des ateliers si recommandables en a fait un très bon luthier. Ses instruments, où se reconnaît une belle main-d'œuvre, sont très estimés :

S. A. Deroux
16, Rue Geoffroy-Marie
N° 117   Paris   1899

DESCHAMPS (CLAUDE). — Paris, rue de Seine, 1783-1785.

DESPONS (ANTOINE). — Début du xviiᵉ siècle[1].

DESROUSSAUX. — Verdun, xviiiᵉ siècle. Nous avons vu un violon de facture ordinaire, marqué au feu, sous le talon du manche :

Desrousseaux à Verdun.

DIDELIN (JOSEPH). — Nancy, 1776. Il avait pour enseigne : *A la guitare des Dames de France.*

DITER (JUSTIN). — Marseille. Luthier contemporain. Né à Mirecourt, le 16 février 1866.

Après avoir fait son apprentissage dans sa ville natale, il entra, le 20 août 1890, chez M. Paul Blanchard, à Lyon, où il resta jusqu'au mois d'avril 1897. Les sept années qu'il passa dans cet atelier l'ont rendu très habile.

Associé, pendant quelque temps, avec M. Ressuche, dans le passage de l'Argue, à Lyon, il est établi à Marseille depuis le mois de janvier 1898 :

Justin DITER
Luthier
Année   N°

DIEULAFAIT. — Paris, 1720. Connu par une très belle basse de viole à sept cordes, qui est au musée du Conservatoire de musique, à Paris[2].

---

1. Cité par Fétis sans indication de résidence.
2. N° 172. *Catal.*, 1884.

DROUET-KOEL. — Valence, XIXᵉ siècle. Étiquette imprimée :

> *Raccommodé par Drouet-Koël*
> *A Valence*
> *département de la Drôme.*

DROULEAU. — Paris, rue du Temple, 1788-1800.

DROUYN (DIMANCHE). — Paris, sans date. Connu par une
pochette.

DUCHÉRON (MATHIEU). — Paris, 1700-1730 environ. Étiquette manuscrite, imitant de gros caractères d'imprimerie :

> *Mathieu Ducheron à Paris*
> 1711.

DUMESNIL (N.). — Sur l'inventaire de Bruni, figure un
violon de cet auteur portant la date de 1786.

DU MESNIL (JACQUES). — Paris, 1655. Connu par une
pochette, forme violon, véritable petit bijou, qui est au
musée du Conservatoire de musique, à Paris[1].

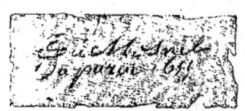

ELÉMENT (JEAN-LAURENT). — 1783. M. Constant Pierre, qui
le cite, ne dit pas dans quelle ville il travaillait.

ENGELHARD. — On conserve au musée de Cluny[2] une
vielle, ayant un clavier de clavecin et dont la manivelle se
trouve à gauche, sur laquelle on lit *Engelhard fecit, 1742*.
La ville où cet instrument fut construit n'est pas indiquée.
Ce luthier était-il Français ?

ERABR. — Mâcon, vers 1820. Vielles genre Louvet.

EURY (JACOB). — Mirecourt, 1780 environ. Bonne lutherie.

---

1. Nᵒ 1007. *Catal.*, 1891.
2. Nᵒ 7019 du *Catalogue*.

II. 21

Ève. — Paris, 1770. Un violon dont les voûtes sont élevées, vernis jaune, est au musée du Conservatoire, à Paris[1]. Il contient une étiquette ainsi conçue :

Eve, luthier, rue
Culture-Sainte-Catherine, 1770.
A la Fortune.

On ne sait si Jacques-Charles Ève, qui habita rue Saint-Antoine, en 1883, et rue Vieille-du-Temple, en 1788-89, est le même que nous venons de voir rue Culture-Sainte-Catherine.

Fent (François). — Paris, 1774-1789 environ. L'un des meilleurs luthiers français de la fin du xviiie siècle. Il s'inspira du modèle d'Antonio Stradivari. Instruments remarquables comme facture et comme sonorité, dont le beau vernis rouge brun est devenu assez foncé. Quelques-uns sont de couleur jaune ambré. Ses étiquettes ne portent généralement pas de date :

Les *Tablettes de Renommée*, de 1791, désignent un Sendt, rue Montmartre, près le cul-de-sac, comme faisant les raccommodages. Il se peut que ce soit le même luthier dont le nom aurait été estropié[2].

Féret. — Paris, 1708 :

Fait par Féret
élève de Médard, 1708.

1. N° 18. *Catal.*, 1884.
2. Voir Constant Pierre.

FEURY (FRANÇOIS). — Paris, où il fut maître-juré comptable de la Corporation, en 1752 et aussi en 1757 :

F. Feury, rue de l'Arbre-Sec,
vis-à-vis Saint-Germain-l'Auxerrois,
Paris 1753.

FÉVROT. — Lyon, 1788-1813. Étiquette imprimée :

Raccommodé par Févrot, à Lyon
en 1801.

FEYZEAU. — Bordeaux, 1760. Connu par un quinton, bien fait, vernis gris brun. Étiquette imprimée :

Feyzeau
à Bordeaux
1760.

FINZ. — Avignon, 1853. Étiquette manuscrite relevée dans un violon ordinaire :

Réparé par Finz
Avignon 1853.

FLAC (PHILIPPE). — Lyon, 1568-1572. Faiseur de luths et de guiternes.

FLEURI (JEAN-FRANÇOIS). — Paris, 1783.

FLEURY (BENOIT). — Paris, 1745-1791 environ. Bon luthier, qui fut maître-juré comptable, en 1755. Le musée du Conservatoire de musique, à Paris, possède une très belle basse de viole de cet auteur portant la date 1755[1]. Un alto de Benoît Fleury, de 1751, sert aussi dans les classes de cet établissement. Ce luthier a aussi fait de très bonnes vielles :

Benoist Fleury, ruë des Boucheries
Faubourg St. Germain a Paris 1759

1. N° 174. *Catal.*, 1884.

Fouquet-Lecomte, ou simplement Lecomte. — Paris, 1775-1800. Rue des Fossés-Saint-Germain-des-Prés.

Fourier (Nicolas-François), appelé Nicolas. (Voyez ce nom).

François (Jean). — Mirecourt, 1758. Lutherie ordinaire. Étiquette manuscrite :

> Gian Françoit à
> Mircour an Lorraine
> Fai en 1758.

Frébrunet (Jean). — Paris, 1760-1780 environ. Bonne facture. Vernis jaune brun. Fournitures généralement belles et de très bonne qualité. Un de ses violons, de 1760, est au Conservatoire de musique, à Paris, pour le service des classes. Étiquette manuscrite, portant rarement une date :

Gaffino (Joseph). — Paris, xviiie siècle. Luthier d'origine italienne, qui travailla chez Castagneri avant de s'établir, ainsi que le montre le facsimilé suivant de l'étiquette d'un alto, grand patron, vernis jaune sale, dont les extrémités des spirales de la volute sont sculptées en formes de rosace, et qui se trouve au musée des Arts et Métiers à Paris[1] :

M. de Piccolellis[2] a traduit l'abréviation C^{to} par le mot

---

1. Cet alto fut sans doute saisi chez les émigrés, car il provient de l'ancien dépôt du Louvre. Il n'est pas mentionné sur l'inventaire de Bruni.
2. Ouvrage cité.

compagno; cela veut sans doute dire quelque chose d'approchant.

Joseph Gaffino fut juré-comptable en 1766. Il avait pour enseigne : *A la musette de Colin.* Son magasin, toujours rue des Prouvaires, était encore tenu par sa veuve en 1789.

GAILLARD. — Mirecourt, 1830-1855 environ. Lutherie ordinaire.

GAILLARD (CHARLES). — Paris, 1850-1870 environ. Originaire de Mirecourt. Fils et élève. du précédent. Très bon luthier, qui fut longtemps le premier ouvrier de C.-A. Gand, avant de s'établir. En 1851, il était rue Poissonnière, 15 :

Plus tard, il habita le n° 20 de la rue Notre-Dame-de-Recouvrance. Sa lutherie rappelle, comme facture et vernis, celle de la maison Gand :

> ## CHARLES GAILLARD
> N° 20, RUE NOTRE-DAME-DE-RECOUVRANCE, N° 20
> **Paris, 18*65***

GAILLARD-LAJOUE (JULES). — Mirecourt, 1855. Frère du précédent.

GAIRAUD (LOUIS). — Nantes, 1740 :

> Fait par **LOUIS GAIRAUD,**
> à Nantes, 1740   L. † G

GALLAND (JEAN). — Paris. Juré-comptable en 1744, il mourut vers 1761. Sa veuve tenait encore son magasin, rue Saint-Honoré, en 1779.

- GAND (CHARLES-MICHEL). — Mirecourt, 1748 † Versailles 1820. Il était venu se fixer à Versailles, en 1780, d'abord rue du Commerce, 71, puis rue de la Paroisse, 32, à l'enseigne : *Aux tendres accords.*

GAND (CHARLES-FRANÇOIS). — Versailles, 5 août 1787 †.Paris, 10 mai 1845. Fils aîné du précédent. Elève, gendre et successeur de Nicolas Lupot.

C'est à l'âge de quinze ans, le premier germinal an X (1802), qu'il devint l'apprenti de Nicolas Lupot « pour l'espace de quatre années, moyennant la somme de 732 livres seulement, pour sa nourriture, plus 100 livres tournois reçues comptant, pour apprendre l'état de luthier ». Pendant son séjour chez Lupot, il signa quelques instruments :

> Gand. chez Lupot, rue de Grammont, 1805.

Le 17 juillet 1806, son contrat expiré, il retourna chez son père, à Versailles, où il signa également plusieurs violons :

> Ch. f. Gand fils
> Luthier à Versailles 1807.

En 1810, il vint s'établir à Paris, rue Croix-des-Petits Champs, 5. Son étiquette d'alors était manuscrite, entourée d'un filet, et portait un numéro d'ordre :

> Ch. f. Gand. Elève de Lupot
> Luthier, rue Croix-des-Petits-Champs n° 12 à Paris
> an 1812.

En 1820, il acheta le fonds de Koliker situé au n° 24 de la même rue, et, à la mort de N. Lupot, son beau-père, survenue en 1824, il prit la suite de ses affaires et devint ainsi luthier de la Musique du roi et de l'École royale de musique :

Ce fut lui qui termina les instruments commencés par
Lupot, pour la Chapelle royale : 6 violons, 3 altos, 5 violoncelles et 4 contrebasses. Tous ont été détruits en 1871, lors
de l'incendie du palais des Tuileries. On peut voir au musée
du Conservatoire de musique, à Paris, un fragment du fond
d'une contrebasse, laquelle fut brisée par la populace, le
29 juillet 1830. Le chiffre de Charles X s'y voit, ainsi que
la date 1827, l'écusson des Bourbons et l'inscription :
Musique de la Chapelle du Roi [1]. Le même musée possède
aussi un alto, fait en plus de ceux commandés, et qui servait
lorsque l'orchestre comptait des artistes supplémentaires [2].
Demeuré la propriété de la famille Gand, cet alto, que l'on
ne portait au palais que pour certains concerts, échappa au
désastre de 1871, et fait regretter, par sa belle facture, la
perte de ces superbes instruments.

De 1830 à 1833, Gand se servit de cette étiquette :

GAND Luthier du Conservatoire de Musique
Rue Croix des Petits Champs N°.20. PARIS 18

Il employa la suivante, de 1833 à 1845, date de son
décès :

GAND, Luthier de la Musique du Roi
et du Conservatoire de Musique,
Rue Croix des Petits Champs, N°24, Paris, 18

Faits d'après le modèle de Lupot, les instruments de
C.-F. Gand, dont le vernis rouge manque parfois de transparence, sont de belle facture et comptent parmi les meilleurs de l'école française moderne.

GAND (GUILLAUME). — Paris, 22 juillet 1792 † Versailles,
31 mai 1858. Frère du précédent. Également élève de

---

1. N° 200. *Catal.*, 1884.
2. N° 163. *Id.*

N. Lupot, il prit la succession de son père, à Versailles. Ses instruments rappellent ceux de son maître.

GAND (CHARLES-ADOLPHE). — Paris, 11 décembre 1812 † 24 janvier 1866. Fils aîné de Charles-François Gand, dont il fut l'élève et le successeur immédiat. Luthier de la Musique du Roi et du Conservatoire, et plus tard de la Chapelle de l'Empereur. Il dirigea seul cette importante maison, de 1845 à 1855. A cette époque, il s'associa son frère :

GAND (CHARLES-NICOLAS-EUGÈNE). — Paris, 5 juin 1825 † Boulogne-sur-Seine, 5 février 1892. Second fils de Charles-François Gand. Voici l'étiquette dont ils firent usage, de 1855 à 1866 [1], époque de la mort de Charles-Adolphe Gand, lequel était chevalier de la Légion d'honneur du 19 août 1862 :

> **GAND FRÈRES,** Luthiers de la Musique de l'Empereur
> et du Conservatoire Impérial de Musique
> N° _____ Paris 18 _____

Après le décès de son frère, C.-N.-E. Gand, qui, dans sa jeunesse, avait fait d'excellentes études musicales au Conservatoire, dans les classes de Leborne, Guérin et Baillot, s'associa avec les frères Bernardel (Auguste-Ernest et Gustave-Adolphe), sous la raison sociale : Gand et Bernardel frères [2].

Fournisseurs de l'État, les étiquettes se modifiaient selon les régimes. Celle qui suit, servit de 1871 à 1886, époque où Auguste-Ernest Bernardel se retira des affaires :

> **GAND & BERNARDEL F^{res}**
> Luthiers du Conservatoire de Musique
> N°   Paris   18

---

1. C'est après le décès d'Albert Thibout, 25 décembre 1865, que les frères Gand devinrent luthiers de l'Opéra.
2. Voyez l'étiquette employée de 1866 à 1870, dans la notice consacrée à Auguste-Ernest Bernardel.

De 1886 à 1892, date de sa mort, C.-N.-E. Gand resta associé avec Gustave-Adolphe Bernardel[1].

Nommé chevalier de la Légion d'honneur, le 20 octobre 1878, C.-N.-E. Gand fut élevé au grade d'officier du même ordre, le 29 octobre 1889. Ainsi que les autres membres de sa famille, il a laissé la réputation d'un luthier très habile.

GAND. — Amiens, 1803. Étiquette relevée dans un violoncelle tyrolien :

> *Recoupé par Gand*
> *luthier à Amiens*
> *en 1803.*

Il était sans doute de la même famille que les luthiers parisiens de ce nom.

GAUTIER. — Toulouse. Luthier contemporain. Successeur de Simonin. Il s'occupe surtout de réparations.

GAVINIÈS (FRANÇOIS). — Paris, 1734-1770. Père du célèbre violoniste. Il fut d'abord établi à Bordeaux, et vint se fixer à Paris, à cause de son fils. Maître-juré comptable, en 1762; on connaît de ses instruments datés de 1734. Un violon et un quinton, saisis chez les émigrés, figurent sur l'inventaire de Bruni. Le Conservatoire de musique, à Paris, possède, pour le service des classes, une excellente contrebasse de cet auteur, portant la date de 1757, dont la tête sculptée représente un roi David; et au musée de ce même établissement, on conserve un quinton, à 6 cordes, de 1744[2]. Il habitait rue Saint-Thomas-du-Louvre :

> GAVINIÈS, rue
> S. Thomas du Lou-
> vre, à Paris, 1770

---

1. Voyez l'étiquette qui servit de 1886 à 1892, dans la notice sur Gustave Adolphe Bernardel.
2. N° 1020. *Premier sup. au Catal.*, 1894.

GERMAIN (JOSEPH-LOUIS). — Paris, 1862-1870. Né à Mire-court, le 23 juillet 1822; il y apprit la lutherie. Venu à Paris, en 1840, il entra chez Charles-François Gand, et n'en sortit qu'à la mort de ce dernier, survenue en 1845, pour aller chez J.-B. Vuillaume. En 1850, Charles-Adolphe Gand le prit comme premier ouvrier. Il tint cet emploi pendant douze ans, et ne s'installa à son compte, rue Saint-Denis, 364, qu'en 1862 :

> Louis Joseph   Germain Luthier
> A Paris, Année 1867   (LTJ)

Cette étiquette, où ses prénoms sont intervertis, lui servit pour marquer ses instruments, jusqu'en 1867. Il la changea alors pour la suivante, sur laquelle ses prénoms se trouvent en bon ordre :

> Joseph Louis Germain, à Paris
> Année 69   (JLG)

Homme trop modeste, Joseph-Louis Germain n'a pas occupé, de son vivant, une place à la hauteur de son talent. Il mourut à Mirecourt le 5 juillet 1870.

GERMAIN (ÉMILE). — Paris. Luthier contemporain. Fils et élève du précédent, né à Paris le 24 juillet 1853.

En 1876, il s'associa avec M. Dehommais, un amateur, qui avait fait des recherches sur les vernis. Leurs ateliers et magasins furent d'abord, 12, rue Croix-des-Petits-Champs :

> Dehommais & Germain, à Paris
> 12, Rue Croix des Petits Champs   1877

Ils vinrent ensuite rue du Faubourg-Montmartre, 5, où,

depuis 1882, M. Émile Germain est resté seul à la tête de la maison.

Emile Germain, à Paris 5, Faubourg Montmartre 1898

Artiste habile, travailleur consciencieux, ses instruments font honneur à la lutherie française moderne.

GILBERT (NICOLAS-LOUIS). — Metz, 1701, connu par un pardessus de viole, à cinq cordes, appartenant à MM. Mabillon frères, à Bruxelles, qui figura à l'Exposition, en 1878, à Paris.

GILBERT (SIMON). — Metz, 1737-1760 environ. Un quinton de cet auteur, daté de 1744, fit partie de la collection Sax; un instrument semblable, de 1749, appartint à M. Loup :

SIMON GILBERT, Luthier, Muficien de la Cathedrale. A Metz. 1754

GIQUELIER (CRISTOFO). — Paris, 1712. Dont il y a une viole bâtarde, laquée, à six cordes, au musée du Conservatoire, à Paris[1].

GIROD (CLAUDE). — Bruni, qui inventoria une viole de cet auteur, n'indique ni l'époque ni la ville où il travaillait.

GIRON. — Troyes, 1792. Sans doute les fils du précédent :

GIRON. — Troyes, 1770. Associé de Villaume[2].

GONNET (PIERRE-JEAN). — Paris, 1775-1783.

GOSSELIN (JEAN). — Paris, 1814-1830 environ. Luthier

1. N° 153. Catal., 1884.
2. Voir ce nom.

amateur, ami de Koliker, qui fit un certain nombre d'instruments, pour lesquels il employa souvent de l'érable moucheté :

*fait par Gosselin amateur
Paris Année 1821*

Ses filles, les *demoiselles Gosselin*, danseuses à l'Opéra, eurent une certaine célébrité sous la Restauration.

GOSSET. — Reims. Connu par un rapport qu'il présenta, en 1769, à l'Académie des Sciences, pour remplacer les touches, faites avec des cordes à boyau, des manches de violes, mandoles, etc., par des sillets bas collés sur la touche et indiquant les demi-tons majeurs et mineurs.

GRAND-GÉRARD. — Mirecourt, 1780-1820 environ. Lutherie commune. Vernis jaune. Un de ses violons figure sur l'inventaire de Bruni. Il marquait ses instruments au feu, sur le fond, au-dessous du talon du manche :

Grand gerard.

GRANDJON. — Mirecourt, 1830-1850 environ. Lutherie ordinaire.

GRANDJON. — Mirecourt. XIXᵉ siècle. Fils aîné et successeur du précédent. Lutherie plus soignée.

GRANDJON (JULES). — Mirecourt, 1855, frère du précédent. Il travailla assez longtemps à Paris, avant de fonder sa fabrique :

BREVETE
S. G. D. G.   J. Grandjon à Paris   J. G.
Fabrique de Mirecourt. (Vosges)
105 Boulevard Sébastopol et Rue Réaumur 74

GROBERT. — Mirecourt, 1794 † 1869. Auteur de la guitare qui porte les signatures de Paganini et de Berlioz (musée du Conservatoire, à Paris, n° 278).

GROSSET (PIERRE-FRANÇOIS). — Paris, 1739-1760 environ. Élève de Claude Pierray. Lutherie inférieure à celle de son maître. Vernis jaune. Il avait pour enseigne : *Au Dieu Apollon*. Étiquette manuscrite en caractères romains :

P. F. Grosset Au dieu Appollon
rue de la Verrerie, à Paris 1757.

Vidal et Constant Pierre lui donnent les prénoms de Paul-François. Bruni, qui inventoria trois de ses instruments : un alto sans date, un violoncelle de 1739 et un quinton de 1749, le nomme Pierre-François Grosset.

GROU. — Paris 1752. Il est connu par la viole à manivelle [1] indiquée au catalogue de la collection Arrigoni (Milan 1881), et par une petite vielle de 1752.

GUÉDON (JACQUES-ANTOINE). — Paris, rue de la Tissanderie (1775-1777), de la Barillerie (1779-1783).

GUÉNET. — Bourg, 1850. Horloger, qui fit quelques vielles dans le style de Louvet.

GUERSAN (LOUIS). — Paris, 1730-1769 environ. Élève et successeur de Claude Pierray :

Il se servit plus souvent d'étiquettes rédigées en latin :

On trouve la suivante dans ses violoncelles :

_____

1. Cette viole à manivelle n'est-elle pas une vielle?

Louis Guersan fut maître-juré comptable en 1748. [Il produisit beaucoup, ses instruments sont de coupe élégante et d'un très beau fini. On doit regretter toutefois qu'il ait été un des propagateurs du vernis à l'alcool. Voici la dernière étiquette dont il fit usage :

Fournisseur du Dauphin et de l'Opéra, Louis Guersan était le doyen de la Corporation en 1769.

GUILLAUME. — Paris, 1789. On ne le connaît que par la guitare inventoriée par Bruni, et qui avait été saisie chez la marquise de Marbeuf.

GUINOT (NICOLAS). — G. Chouquet, qui le cite comme étant le beau-frère de Nicolas Maire, le fabricant d'archets parisien, ne dit pas dans quelle ville il travaillait.

HARMAND. — Mirecourt, où il prêta serment comme maître du corps des luthiers, le 19 février 1771.

HEINLE (J.). — Paris, 1761.

HEL (PIERRE-JOSEPH). — Lille. Luthier contemporain. Né à Mazirot (Vosges), le 8 février 1842.

Il fit un apprentissage de sept années à Mirecourt, passa deux ans chez Sébastien Vuillaume, à Paris, et un an (1864-1865) chez Nicolas Darche, à Aix-la-Chapelle, avant de s'installer à Lille, où il s'est acquis une très belle réputation.

Ses instruments attestent l'habileté de leur auteur, et

montrent que tous les luthiers de talent n'habitent pas la capitale. Voici son étiquette :

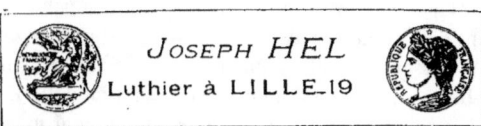

JOSEPH HEL
Luthier à LILLE_19

M. Hel est l'inventeur d'une pique de violoncelle (1878), et d'un système de chevilles (1886), qui, sans rien changer à la forme de la tête, permet de tendre les cordes avec facilité.

HELMER (JEHAN). — Lyon, 1568-1572. Faiseur de luths et de guiternes.

HENOCQ (FRANÇOIS). — Paris, rue Jacob (1775-1777), rue des Saint-Pères (1779-1789).

HENOCQ (JEAN). — Paris. Dont il y a un très beau cistre, de 1769, au musée du Conservatoire de musique, à Paris [1]. Il fut maître-juré comptable en 1773 et syndic en 1775-1777. Un Henocq portant les prénoms de Jean-Georges-Bienaimé habita rue Saint-Germain, de 1783 à 1789. Était-ce le même, ou l'un de ses descendants?

HENOCQ. — Paris. Faubourg Saint-Antoine, en 1785. On ignore son prénom et ses œuvres.

HENRY (H.). — Paris, 1292. « l'escreur de vièles », dit Henry aux vièles, Le plus ancien luthier connu jusqu'à ce jour.

HENRY. — Paris, rue Saint-André-des-Arts. Première moitié du XVIIIᵉ siècle. Bonne lutherie, vernis rouge brun. Une basse de cet auteur, datée de 1737, fut inventoriée par Bruni, ainsi qu'une vielle ordinaire estimée 150 francs. Pour celle-ci, Bruni a inscrit une H. comme initiale du prénom de Henry.

Sa parenté avec les Henry qui suivent n'est pas établie.

1. Nᵒ 256. Catal., 1884.

HENRY (JEAN-BAPTISTE). — Paris, 1781-1831.

Né, en 1757, à Mataincourt (Vosges), près Mirecourt. Il vint s'établir à Paris, en 1781, dans les dépendances du couvent des moines Saint-Martin, où il resta jusqu'en 1788. A cette époque, il alla s'installer rue Saint-Martin, 175, (actuellement, 151). Bonne lutherie, dans laquelle il ne mit ni marque ni étiquette. Les instruments marqués à son nom l'ont été par ses fils. Il mourut à Paris, en 1831, âgé de soixante-quatorze ans.

HENRY (JEAN-BAPTISTE-FÉLIX). — Paris, 1793 † 1858. Fils aîné et élève du précédent. Il fut établi successivement à Paris, rue Montmartre, 1817; à Bordeaux, 1823; à Marseille, 1825; puis, définitivement, à Paris, rue Fléchier, 1844, où il mourut en 1858. Ses instruments, de bonne facture, ne sont pas signés. Il en a fait un très grand nombre.

HENRY (CHARLES dit CAROLUS). — Paris, 1803 † 1859. Second fils de Jean-Baptiste Henry, dont il fut l'élève et le successeur.

Il avait vingt-huit ans lorsqu'il fut appelé à diriger la maison fondée par son père. Très travailleur, il a produit quantité d'instruments, violons, altos et violoncelles, qui contiennent cette étiquette manuscrite :

> *Carolus Henry luthier,*
> *rue Saint-Martin, N° 151;*
> *fecit anno Domini 18..*

Belle lutherie supérieure à celle de son père ; vernis rouge. En 1847, il fit un violon-baryton, qui s'accordait une octave au-dessous du violon[1].

HENRY (OCTAVE). — Grenoble, xix° siècle. Fils de Jean-Baptiste-Félix Henry. Né à Marseille, en 1826. Il fut l'élève de

---

[1]. Le baryton de Carolus Henry se joue placé sur l'épaule gauche, comme le violon.

Un instrument analogue fut fait par Dubois, ancien contrebassiste de l'Opéra, qui le nomma violon-tenor. Il se joue placé entre les genoux, comme le violon-celle.

son oncle Carolus et travailla chez Maucotel, à Paris. C'est en 1854 qu'il alla s'établir à Grenoble, où il a fait quelques violons.

HENRY (EUGÈNE). — Paris, 1843 † 7 septembre 1892. Fils et élève de Carolus Henry, auquel il succéda en 1859. Il fut un luthier estimé :

EUGÈNE HENRY LUTHIER
RUE St MARTIN, 151, PARIS.
ANNÉE 18......

C'est M. Charles Brugère qui a repris son fonds [1].

HUEL (HENRI). — Paris, seconde moitié du XVIIIe siècle :

HUET. — Paris, 1783. Connu par un alto qui figure sur l'inventaire de Bruni.

HUREL (JEAN). — Paris, 1686-1717 environ. Il est mentionné : « faiseur d'instruments pour la Musique du Roy » sur le premier volume des *Pièces à une et deux violes* de Marais, imprimé en 1686. Il habitait alors rue des Arcis « *A l'image de Saint-Pierre* »; on le trouve rue Saint-Martin, proche la fontaine Maubué, de 1689 à 1717. Sauveur le cite comme un luthier des plus habiles [2].

JACQUET. — Mirecourt, vers 1850. Il construisit spécia-

1. Voyez ce nom.
2. *Mém. de l'Acad. des sciences*, 1701 (Cité par Constant Pierre).
II.   22

lement des contrebasses. Ses deux fils lui succédèrent. Le
plus jeune est actuellement fabricant d'outils pour luthiers,
à Mirecourt.

JACOT. — Metz, xixᵉ siècle. Né en 1811, il mourut à
Pont-à-Mousson il y a une dizaine d'années.

JACQUOT (CLAUDE). — Mirecourt, 1645 [1].

JACQUOT (CHARLES). — Nancy, 1827-1854. Paris, 1854-
1880. Né à Mirecourt en 1804 ; son père était maître tailleur
dans un régiment de ligne.

Charles Jacquot fit son apprentissage à Mirecourt, chez
Nicolas aîné et chez Breton. En 1823, il se rendit à Nancy,
y travailla pendant quatre ans comme ouvrier luthier et s'y
établit en 1827.

En 1854, il quitta Nancy pour venir s'installer à Paris :
d'abord, rue des Vieux-Augustins ; puis, en 1857, rue de
l'Échiquier, 42, où il resta définitivement :

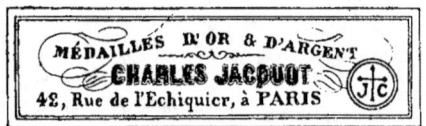

Il mourut à Saint-Maur-les-Fossés, près Paris, le
29 mars 1880, après avoir fait de la très belle lutherie.

JACQUOT (PIERRE-CHARLES). — Nancy, 10 mars 1828 † janvier 1900. Fils et élève du précédent auquel il succéda
en 1854, lorsque celui-ci vint s'établir à Paris. Pierre-
Charles Jacquot fut nommé chevalier de la Légion d'honneur le 14 juillet 1891.

JACQUOT (ÉTIENNE-CHARLES-ALBERT). -- Nancy. Luthier
contemporain. Né à Nancy, le 13 septembre 1853. Fils,
élève et successeur du précédent, dont il fut l'associé pendant plusieurs années, M. Albert Jacquot a publié : *La
musique en Lorraine* et un *Dictionnaire des instruments de
musique*.

1. Cité par Constant Pierre.

JEAN. — Paris, 1667. Auteur d'une guitare de la collection du baron de Rothschild.

JEANDEL (PIERRE-NAPOLÉON). — Rouen, 1836-1878. Né à Courcelles-sous-Vaudémont (Meurthe) en 1812. Il fit son apprentissage chez Charotte, à Mirecourt, et alla en 1835 travailler chez le frère aîné de celui-ci, à Rouen. Un an après, en 1836, Charotte aîné mourut, et Jeandel lui succéda avec Lucien Delau comme associé. Cela dura ainsi jusqu'en 1848, puis ils se séparèrent. Resté seul, Jeandel quitta le 36 de la rue Beauvoisine, où se trouvaient l'atelier et le magasin, pour aller habiter quai de Paris, 51. Il exerça jusqu'en 1878. Pauvre et infirme, Jeandel mourut, le 10 mai 1879, à l'Hospice Général de Rouen. Ses instruments sont de belle facture et de bonne sonorité.

JOMBAR (PAUL). — Paris. Luthier contemporain. Né à Paris en 1868. Élève de Nestor-Dominique Audinot, chez lequel il resta quatre ans, de 1882 à 1886 ; il entra ensuite dans l'atelier de Gand et Bernardel, et ne le quitta qu'en 1892, pour s'établir rue Rochechouart, 20 :

Lutherie de facture élégante. Les instruments faits par ses ouvriers contiennent l'étiquette suivante :

> Fait sous la Direction
> de PAUL JOMBAR, Luthier
> 20, Rue Rochechouart à PARIS

JOMIER. — Lyon, 1827 :

> *Fait par Jomier*
> *à Lyon 1827.*

KLEIN (A.). — Rouen. En 1884, M. Klein, chef de l'importante maison A. Klein et Cⁱᵉ, installé à Rouen rue Ganterie, 65, créa un atelier pour la facture des instruments à archets et engagea Antoine Brubac[1] pour le diriger. Pendant dix ans on y construisit des violons, altos et violoncelles, contenant une étiquette ainsi conçue :

> A. Klein
> Luthier à Rouen
> 18..   A K.

KOLIKER (JEAN-GABRIEL). — Paris, 1783-1820. Il excella, paraît-il, comme réparateur, mais on prétend qu'il ne construisit aucun instrument. Installé rue des Fossés-Saint-Germain-des-Prés de 1783 à 1799, il vint habiter le 24 de la rue Croix-des-Petits-Champs en 1800, et y resta jusqu'en 1820, époque à laquelle il céda son fonds à Charles-François Gand.

KRUPP (PIERRE). — Paris, rue Saint-Honoré, 1777-1791. Une harpe de ce luthier figure sur l'inventaire de Bruni.

LACOTE. — Paris, 1820-1855 environ. Très célèbre pour ses guitares, dont deux sont conservées au musée du Conservatoire de musique, à Paris[2]. L'une d'elles, montée de sept cordes, est téorbée, c'est-à-dire que sa corde la plus grave est placée en dehors de la touche, comme dans le téorbe :

En 1826, Lacote fit breveter une guitare à dix cordes.

---

1. Voyez ce nom.
2. Nᵒˢ 1069 et 1070. Catal., 1894.

LACROIX (SALOMON). — M. Constant Pierre, qui cite ce luthier, n'indique ni l'époque ni la ville où il travaillait.

LAFLEUR (J.). — Paris, 1783-1833. Il habita successivement rue de la Coutellerie, 1783; de la Verrerie, 1785; de la Juiverie, 1788-1789. On le dit né à Nancy en 1760 ; il mourut en 1833.

LAGETTO (LOUIS). — Paris, 1745-1753. Luthier d'origine italienne, qui avait pour enseigne : *A la Ville de Crémone* :

> *Louis Lagetto, luthier, rue des Saints-*
> *Pères, faubourg Saint-Germain, à Paris,* 1753.
> *A la ville de Crémone (signé) Lagetto.*

LA LOË. — Bruni qui inventoria un pardessus de viole de ce luthier, ne dit pas si cet instrument porte une date, ni dans quelle ville il fut construit.

LAMBERT (JEAN-NICOLAS). — Paris, xviiie siècle. On ne connaît pas exactement à quelle époque il commença à exercer. Maître juré comptable en 1745, il mourut avant 1761 ; car, cette année-là, signification du jugement concernant sa gestion fut faite à sa veuve, laquelle exerçait encore la profession maritale, rue Michel-le-Comte, en 1789.

De J.-N. Lambert : une basse de 1752 figure sur l'inventaire de Bruni ; un violoncelle de 1759 et une vielle (sans date) faite avec une ancienne guitare sont conservés au musée du Conservatoire, à Paris[1]; M. le Dr Chevalier, à La Clayette (Saône-et-Loire), possède une vielle richement incrustée d'ébène, d'ivoire et de nacre[2]:

1. Nos 178 et 212. *Catal.*, 1884.
2. Fétis indique un luthier du nom de Lambert, vivant à Nancy vers 1750, et connu sous le nom de charpentier de la lutherie. Vidal déclare que malgré de

LAMY (JULES). — Paris. Luthier contemporain. Originaire de Mirecourt. Il travailla longtemps dans cette ville, puis chez M. Thibouville-Lamy, à Paris, avant de s'y établir rue de Turenne, 74. Actuellement il habite au 41 de la même rue.

LAPAIX (J.-A.). — Lille, 1841-1855 environ. Luthier d'un certain mérite, il chercha, mais sans succès, à modifier la forme classique du violon.

LAPRÉVOTTE (ETIENNE). — Paris, 1822-1856. Né à Mirecourt, vers 1790; il travailla pendant quelque temps à Marseille avant de venir se fixer à Paris. Il a fait de beaux violons, mais plus spécialement des guitares. Le musée du Conservatoire de musique, à Paris, possède un violon de Laprévotte[1] et trois guitares[2]. La première contient cette étiquette imprimée :

> Guitare La Prévotte
> Dédiée aux dames
> Luthier, breveté, auteur,
> rue du Bac, 38, Paris
> 1838.

La deuxième renferme une étiquette semblable, avec l'adresse « rue du Dragon, n° 3, Paris ».

LAURENT (LOUIS-SIGISMOND). — Paris, passage du Saumon, 1775-1789. Dont il y a un téorbe de 1775 au musée de Bruxelles. Il faisait aussi des harpes et avait pour enseigne : « Au cytre allemand ».

LAVINVILLE. — Paris, 1777. Fournisseur du duc de Chartres. Il fit surtout des mandolines.

LEBLOND (G.). — Dunkerque, 1779. Un cistre de ce luthier est au musée du Conservatoire de musique, à Bruxelles.

LE CAMUS (PIERRE). — Lyon, 1573-1575. Faiseur de luths.

---

nombreuses recherches, il n'a pu découvrir le moindre renseignement sur ce Lambert de Nancy.

1. N° 40. Catal., 1881.

2. N°s 279, 286 et 1068. Catal., 1884 et 1894.

LECAVELLÉ (VICTOR). — Béziers. Luthier contemporain. Originaire de Mirecourt.

LECLERC (J.-N.). — Paris. Deuxième moitié du xviii⁰ siècle :

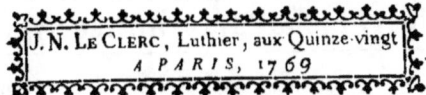

J. N. LE CLERC, Luthier, aux Quinze-vingt
A PARIS, 1769

Sur l'inventaire de Bruni figure un violon « *raccommodé par Le Clerc* ».

LECOMTE (ANTOINE). — Paris, 1775-1800. Rue des Fossés-Saint-Germain-des-Prés.

LÉCUYER (PIERRE). — Paris, rue des Fossés-Saint-Jacques, 1775-1783.

LEDUC (PIERRE). — Paris, xvii⁰ siècie. Dont on connaît des pochettes de 1646 et 1647. Il habitait rue Saint-Honoré et avait pour enseigne : *Au Duc doré.*

LEFÈVRE (TOUSSAINT-NICOLAS-GERMAIN). — Paris, rue du Cimetière-Saint-Jean, 1788-1789.

LEJEUNE (BENOIT). — Lyon, 1557. Faiseur de luths.

LEJEUNE (FRANÇOIS). — Paris, 1750-1783 environ. Il avait pour enseigne : *A la Harpe royale* :

François leJeune rue dela
Juivérie, à Paris. Annee 1750

De ce luthier, il y a un pardessus de viole de 1755[1] au musée du Conservatoire de musique, à Paris. Un violon de 1754 est utilisé pour le service des classes, dans le même Établissement. François Lejeune fut juré comp-

1. N⁰ 144. *Catal.*, 1884.

table en 1764. On trouve aussi de ses étiquettes sur lesquelles il n'y a pas de harpe :

François le Jeune rue de la Juiverie a Paris année 1752

LEJEUNE (JEAN-CHARLES). — Paris, rue du Four-Saint-Germain, 1775-1783.

LEJEUNE (JEAN-BAPTISTE). — Paris, rue Montmartre, 1775-1789.

LEJEUNE (LOUIS). — Paris, rue de la Juiverie, 1783-1789. Sans doute le fils et successeur de François Lejeune. Bruni inventoria une harpe de Lejeune fils. Est-ce de celui-ci ?

LEJEUNE (J.-C.?). — Paris, 1776-1822. Il avait pour enseigne : *Au Dieu de l'harmonie.* Guillaume Martin, son neveu, fut son successeur.

Un autre Lejeune, dont on ignore le prénom, habitait rue du Marché-Palu, à Paris, en 1769.

LE LIÈVRE. — Paris, 1754-1779. Étiquette imprimée relevée dans un violon bien fait, vernis jaune :

> *Le Lièvre, rue des*
> *Noniandières (sic)*
> *à Paris 1754.*

Un violon de ce luthier, daté de 1760, figure sur l'inventaire de Bruni. On lit aussi son nom et son adresse, rue des Nonaindières, sur la *Vielleuse habile* de J.-F. Bouin, publiée vers 1765.

LE PILEUR (PIERRE). — Paris, 1754 :

Pierre Le Pileur dans L'abbaye St Germain A Paris 1754

Le Riche. — Lille, rue de la Clef. Dont on connaît un cistre de 1771.

Lété (Joseph). — Nantes, 1834. Il avait travaillé chez Charles-François Gand, à Paris. Belle lutherie, avec des bords un peu forts.

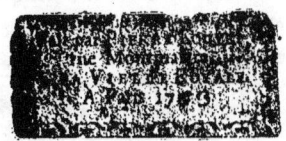

Levallois. — Paris, rue de la Calandre, en 1769.

Levinville. — Besançon, sans date.

Racommodé par
Levinville à Besançon.

Lorange. — Lyon. Luthier contemporain. Né à Mirecourt en 1872. Ex-ouvrier de M. Paul Blanchard. Il s'est installé en novembre 1899. Main-d'œuvre soignée.

Louvet (Pierre). — Paris, où il fut juré comptable en 1742, ce qui indique un exercice déjà ancien. Il avait pour enseigne : *A la vielle royale*, et habita rue Montmartre pendant très longtemps :

En 1775, il alla rue Pastourelle, et, l'année suivante, rue Saint-Denis, où il était encore en 1783.

Luthier habile, il a fait des vielles, qui sont les plus beaux modèles du genre. En 1782, Pierre Louvet était le doyen de la corporation des luthiers de la ville de Paris. Il est représenté au musée du Conservatoire, à Paris, par une vielle de 1747[1]. Bruni inventoria une guitare de ce

1. N° 209. *Catal.*, 1884.

maître qui fit aussi des harpes, des violes et des violons.

LOUVET (JEAN). — Paris, 1733-1791. Probablement de la même famille que le précédent. On le nomme souvent Louvet le jeune. Deux vielles de ce luthier sont au musée du Conservatoire de musique, à Paris[1]. La première nous apprend qu'il habitait rue Grenier-Saint-Lazare en 1733; et la seconde rue Croix-des-Petits-Champs en 1750. Nous en connaissons une autre de 1751 portant la même adresse. Voici son étiquette :

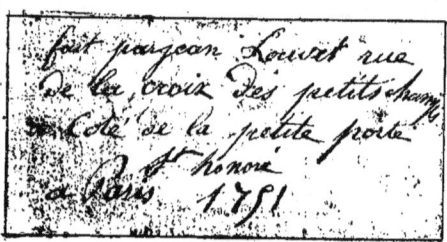

Jean Louvet, qui exerça les fonctions de juré comptable en 1759, figurait encore sur les *Tablettes de renommée* de 1791. Il fut le premier, avec Salomon, à construire des harpes à pédales. Bruni en inventoria deux, ainsi qu'une guitare.

LULLIER (CHARLES). — Douai, 1849-1860 environ :

LUPOT (JEAN). — Mirecourt, XVIIe siècle. On n'est pas d'accord sur la date de sa naissance, que les uns fixent à 1670 et d'autres à 1684. De plus, une étiquette portant la date de 1647 lui est attribuée. Quoi qu'il en soit, Jean Lupot est considéré comme le chef de la famille des luthiers de ce nom.

LUPOT (LAURENT). — Fils du précédent. Selon Vidal, il serait né à Mirecourt en 1696; aurait été maître d'école à

1. Nos 1049 et 210, *Catal.*, 1894 et 1884.

Plombières en 1747; luthier à Lunéville de 1751 à 1756, et de là à Orléans, où on le retrouve en 1762.

Lupot (François). — Plombières, 1736 † Paris, 1804. Fils du précédent. Il travailla avec son père à Lunéville, et partit pour Stuttgard en 1758, comme luthier du duc de Wurtemberg, où il resta pendant dix ans. Voici le libellé de sa curieuse étiquette :

> *François Lupot, luthier de*
> *la coure de Wirtenbergt*
> *à Stoutgard l'anno 1763.*

Lorsqu'il quitta Stuttgard, Jomelli, alors directeur de la Musique du duc, lui délivra un certificat des plus élogieux[1]. En 1770, il vint à Orléans, rue Sainte-Catherine, et y demeura jusqu'en 1794 :

A cette époque (1794) il suivit son fils Nicolas à Paris, et mourut dans cette ville âgé de soixante-huit ans. Le musée du Conservatoire de musique, à Paris, possède un très beau violon de François Lupot, fait à Orléans en 1772[2].

Lupot (Nicolas). — Stuttgard, 1758 † Paris, 13 août 1824. Fils du précédent. Le plus célèbre des luthiers français.

Élève de son père, ses premiers instruments sont datés d'Orléans :

> *Nicolaus Lupot filius*
> *fecit in Aurelianensis anno 1776,*

Il se servit aussi d'une étiquette en français :

> N. LUPOT Fils, Luthier,
> rue d'Illiers, à Orléans, l'An *1790*

---

1. Voyez Constant Pierre.
2. N° 19. *Catal.*, 1884.

Sa réputation ne tarda pas à s'établir, même à Paris, et Pique lui fit faire à la fois des violons en blanc et du vernis[1]. C'est sans doute ce qui l'engagea à venir habiter la capitale.

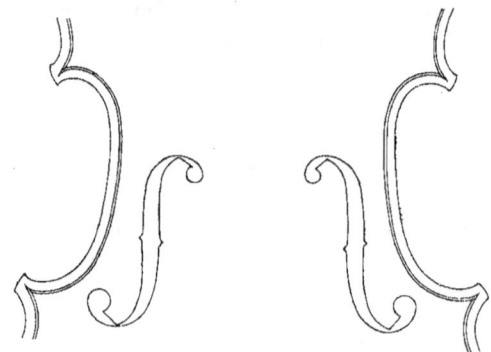

ƒƒ, CC ET COINS D'UN VIOLON DE NICOLAS LUPOT

Arrivé à Paris en 1794, il n'y fonda sa maison, rue de Grammont, qu'en 1798 :

Nicolas Lupot Luthier rue de Grammont ; a Paris l'an 1798 🅛

et la transféra rue Croix-des-Petits-Champs en 1806.

En pleine possession de son talent, Nicolas Lupot produisit alors ses plus beaux instruments. Il s'était livré à une étude approfondie de la lutherie italienne et s'inspira d'A. Stradivari, sans toutefois le copier servilement. Détail caractéristique, l'onglet de ses filets se termine en bec de corbeau.

Déjà, sur la demande de Gaviniès, il avait fourni les vio-

1. Voyez Constant Pierre, pour les lettres de Pique.

lons distribués aux premiers prix du Conservatoire. En 1815,

> Nicolas Lupot, Luthier rue Croix
> des petits-Champs, à Paris, l'an *1815* 🅟

il devint le luthier de la Chapelle royale, et, un an après, de l'École royale de musique. Voici l'étiquette qu'il adopta et qu'il ne changea plus :

> N. Lupot Luthier de la Musique du Roi
> et de l'Ecole Royale de Musique.
>   Paris: 18*2O*   🅟

Chargé, en 1823, de remplacer les instruments de la Chapelle royale, il ne put achever son œuvre ; ce fut Ch. F. Gand, son gendre et successeur, qui la termina.

Nicolas Lupot exerça une heureuse influence sur la lutherie, tant en France qu'à l'étranger. C'est lui qui fournit à l'abbé Sibire les éléments de son ouvrage : *La Chélonomie ou le parfait luthier*, paru en 1806.

LUTHAUD. — Saint-Laurent-les-Mâcon (Ain), 1845-1875. Vielles dans le style de Louvet.

LUTZ (LOUIS). — Paris, 1878-1895. Originaire de Lausanne. Élève de Théophile Lutz, son frère[1]. Spécialité de guitares et de mandolines. Il est mort à Paris en 1895 :

> LOUIS LUTZ, LUTHIER   N° *64*
> 17, Rue des Fontaines, 17, PARIS   189*1*

LUTZ (GEORGES). — Paris. Luthier contemporain. Neveu, élève et successeur du précédent.

1. Voir *Les luthiers suisses.*

Luzzi. — Paris, rue Mazarine, en 1788. Luthier qui faisait toute sorte d'instruments.

Maire (Etienne). — Paris. Luthier contemporain. Né à Barcelone en 1867.

Fils et élève d'Etienne Maire-Breton[1], auquel il succéda à Barcelone en 1895. C'est après une brillante audition de ses instruments au Conservatoire de musique, à Madrid, qu'il vint se fixer en 1898, à Paris. En Espagne, il marquait ses instruments au feu. A Paris, c'est avec l'étiquette suivante :

> Etienne Maire fils Luthier
> a Paris 1900 rue Poissonnière 31

Maline. — Mirecourt, vers 1840. Lutherie ordinaire marquée au feu : « *Maline à Paris* ». Il travailla beaucoup. Ses fils ont aussi produit des violons du même genre.

Mareschal. — Paris, fin xviiiᵉ siècle. Luthier et facteur de pianos, qui habitait rue Neuve-Le-Pelletier.

Martin (Guillaume). — Paris. Neveu de Lejeune, auquel il succéda en 1822. La maison passa ensuite à son fils Charles ; puis, en 1890, à son petit-fils Alexandre. Depuis longtemps déjà, ces messieurs ne s'occupent que de ventes et de réparations.

Martin (Nicolas). — Vichy, 1872-1897. Il a fait des réparations.

Masgontier (Jacob). — Étiquette manuscrite relevée dans un violon ordinaire :

> *Jacobus Masgontier*
> *Gallicanus reaedificatif*
> *Cesar Augustus* 1806.

Masson (Nicolas et Antoine). — Paris. Luthiers contem-

---

1. Voir *Les luthiers espagnols.*

porains. Nés à Tons (Vosges) en 1863 et 1864. Fils de leurs propres œuvres, ils se sont formés seuls et ne reçurent des leçons d'aucun luthier. Leurs instruments ne sont pas sans mérite et portent chacun un nom différent :

MAST (JEAN-LAURENT). — Paris, seconde moitié du XVIIIe siècle. Lutherie un peu lourde. Vernis rouge brun très épais. Nous connaissons un violoncelle de cet auteur, qui est marqué au feu :

J.-L. Mast, Paris.

C'est sans doute le même qui était à Toulouse en 1808 :

Racommodé par Mast rue
des Balances à Toulouse 1808.

MAST (JOSEPH-LAURENT). — Toulouse, 1825-1836. Fils du précédent. Élève de Nicolas aîné : *A la Ville de Crémone*, à Mirecourt. Bonne lutherie dans le genre de son maître. Un violon recouvert d'un vernis jaune, qu'il dut faire avant de se fixer à Toulouse, est au musée du Conservatoire de musique, à Paris[1]. Il contient deux étiquettes : *Josephus Laurentius Mast fecit Appollini Deo Harmoniæ*, 1816; et, *réparé chez Schubert*. Epinal, 1831. On connaît d'autres violons, qui sont marqués au feu :

Mast fils, Toulouse, 1825.

MAUCOTEL (CHARLES-ADOLPHE). — Paris, 1844-1858. Né à Mirecourt en 1820, il y fit son apprentissage et vint à Paris en 1839, où il entra chez J.-B. Vuillaume. Après y être

1. N° 1013. *Catal.*, 1894.

resté cinq ans, il s'installa à son compte galerie Vivienne, ensuite rue Croix-des-Petits-Champs :

Charles Adolphe Maucotel à Paris
Rue Croix des Petits Champs Année 1855

puis, rue Princesse, où il mourut d'un accès de fièvre cérébrale le 6 février 1858.

Charles-Adolphe Maucotel fit de la belle lutherie ; son frère se fixa à Londres[1].

MAUCOTEL (ERNEST). — Paris. Luthier contemporain. Associé de M. H.-C. Silvestre (voir ce nom).

MÉDARD (FRANÇOIS). — Paris, XVIIᵉ siècle. Originaire de Nancy, il construisit, paraît-il, des violons pour la Chapelle de Louis XIV. Lutherie fine, style Amati, beau vernis.

MÉDARD (NICOLAS). — Frère du précédent. Il travailla à Nancy et à Paris :

Nicolas Médard
Paris 1641

Selon M. Albert Jacquot, né à Nancy vers 1605, Nicolas Médard fut reçu bourgeois de cette ville en 1658. Même lutherie que son frère.

MÉDARD (TOUSSAINT). — Fils du précédent. Né à Nancy le 5 avril 1622. Aucun de ses instruments n'a encore été signalé.

MÉDARD (ANTOINE). — Nancy, XVIIᵉ siècle. Connu par une pochette qui fit partie de la collection Samary et qui contenait cette étiquette :
          « Antonius Medaro,
            Nancy 1666. »

1. Voir Les luthiers anglais.

Une viole de 1701 et un alto de 1770, portant le nom de Nicolas Médard, sont conservés au musée de Bruxelles. Ils furent sans doute construits par des descendants des luthiers ci-dessus.

MELLING. — Paris, 1753-1771. Il avait pour enseigne : *A la belle vielleuse* et habitait en 1753, rue Fromenteau, place du Louvre. En 1771, son magasin, où l'on trouvait la « *Méthode de cytre ou guitare allemande* » de l'abbé Carpentier, était installé rue des Orties, aux galeries du Louvre. Une mandore, sans date, de ce luthier, figurait dans la collection Loup.

MENEGAND (CHARLES). — Paris, 1857-1885. Né à Nancy le 19 juin 1822. Après avoir fait son apprentissage à Mirecourt, il vint à Paris en 1840, travailla chez Rambaux jusqu'en 1851, passa ensuite une année chez Maucotel et partit à Amsterdam en 1852, où il s'établit à son compte. En 1857, il revint à Paris, qu'il ne quitta que pour aller mourir à Villers-Cotterets, le 9 janvier 1885 :

> Mennégand,
> Luthier, 26, Rue de Trevise
> Paris. 1867

Luthier de talent, il a peu produit et s'est plutôt spécialisé dans la réparation.

MENNESSON (EMILE). — Reims. Luthier, facteur et éditeur contemporain. Lutherie moderne à bon marché, d'aspect flatteur, et portant le nom de *Guarini*.

MÉRIOTTE (CHARLES). — Lyon, xviiie siècle :

> Carolus Meriotte, ab extremo Pontis saxei,
> juxta Forum - Argentarium fecit, Lugduni
> anno 1750

II.   23

Il fit aussi usage d'une étiquette manuscrite :

Mermillot (Maurice). — Paris. Luthier contemporain.
Né dans la Haute-Savoie en 1835. Venu enfant à Mirecourt,
il y fit son apprentissage chez Gaillard, entra ensuite chez
J.-B. Vuillaume, à Paris, puis chez Gand. Pendant son service militaire en Piémont, il travailla chez Guadaguini,
à Turin. De retour à Paris, il rentra chez Gand et Bernardel, avant de s'établir en 1876 rue d'Argout. Devenu
depuis chef de l'atelier de lutherie de la maison Gautrot
(actuellement dirigée par M. Couesnon), il habite actuellement rue Moret. Voici son étiquette :

> M. *Mermillot luthier*
> 18 *rue Moret* 1898
> (signé) *Paris.*
> *Mermillot.*

Mette (François). — Mirecourt, 1855.

Michaud. — Paris, rue Guérin-Boisseau, au coin de la
rue Saint-Denis, en 1788.

Michelot (Jacques-Pierre). — Paris, 1760-1795 environ.
Dont il y a une petite guitare de 1781, au musée du Conservatoire, à Paris[1]. Bruni inventoria aussi une guitare de
cet auteur :

---

1. Nº 1062. *Catal.*, 1894.

MICOLLIER. — Lyon, 1822. Il était l'associé d'Alba.

Réparé par Micollier
et Alba luthier place
Confort N° 12 à Lyon
1822

MILLE. — Aix, xviii° siècle. Connu par une pochette qui est à Bruxelles et qui fut réparée par Rémy.

MIRAUCOURT (JOSEPH). — Verdun, 1736. Étiquette manuscrite :

A Verdun par Joseph Mirau-
court 1736.

MIRAUCOURT (LOUIS). — Verdun, 1743. Sans doute le fils du précédent, dont une viole à six cordes, portant cette date, figura à Paris, en 1889.

MIREMONT (SÉBASTIEN). — Mirecourt. Première moitié du xix° siècle. Père de :

MIREMONT (CLAUDE-AUGUSTE). — Paris, 1861-1884. Né à Mirecourt en 1827. Il y fut l'élève de Sébastien Miremont, son père, puis de Claude-Nicolas Collin. Venu à Paris en 1844, il travailla chez Lafleur, puis chez Bernardel père, en qualité de premier ouvrier, jusqu'en 1852. A cette époque, il alla s'établir à New-York, où il resta pendant neuf ans. Revenu à Paris, en 1861, il habita rue du Faubourg-Poissonnière. Le 15 juillet 1884, Miremont quitta les affaires et se retira d'abord à Belleville, puis à Pontorson (Manche), où il mourut en 1887.

Il fut un luthier très habile ; ses instruments, les violoncelles surtout, sont souvent excellents :

Moinel-Cherpitel (Charles). — Paris. Luthier contemporain. Né à Paris le 24 juin 1866. Neveu et successeur de Nicolas-Emile Cherpitel.

Élève de François Moinel, son père, bon ouvrier luthier parisien; il travailla chez M. Émile Germain, à Paris, et entra en 1882 chez N.-E. Cherpitel, son oncle. Après la mort de celui-ci, survenue en 1893, il resta avec la veuve, qui lui céda sa maison le 30 juin 1899.

Jolie lutherie, rappelant celle de son oncle :

Moitessier (Louis). — Étiquette relevée dans un violon, dont la table est en érable comme le fond et les éclisses :

Ludovicus Moitessier fecit
anno Domini 1781.

En 1820, il y avait à Mirecourt un Louis Moitessier qui marquait ses instruments « *Moitessier à Paris* ». C'est chez lui que Claude-Victor Rambaux fit son apprentissage de 1820 à 1824. Était-ce le même, ou un de ses descendants ?

Moitessier (P.-A.). — Montpellier, 1833, sans doute de la même famille que le précédent :

Montgilbert. — Cusset (Allier), 1780 † 1850 environ. Conservateur des hypothèques. Luthier amateur.

Montron. — Paris, 1783-1789, rue du Grand-Hurleur.

Mougenot. — Rouen, seconde moitié du xviiie siècle :

MOUGENOT,
A SAINTE CECILE,
rue Ganterie, à Rouen,
1776

Mougnet. — Lyon, 1811. Inventeur d'une lyre-guitare.

Musnier (Joseph). — Metz, 1789. Étiquette imprimée, entourée d'un filet :

> Réparé par Joseph Musnier Maître
> Luthier à l'envi de la basse restant sur
> la place d'armes à côté de la maison de ville
> à Metz 1789.

Nadermann (Jean-Henri). — Paris, seconde moitié du xviiie siècle. Juré comptable en 1774. Réputé pour ses harpes. Il construisit le *bissex*, sorte de luth à douze cordes, inventé par Van Kecke en 1773.

Namy (Jean-Théodore). — Paris, « luthier chez Mme Salomon » en 1772; place du Louvre, 1783-1789. Il mourut vers 1808. Cité par l'abbé Sibire comme un réparateur très habile :

> Fait par Namy, luthier chez
> Madame Salomon, à Paris, 1772.

Nermal (J.-M.). — Paris, rue Saint-Germain-l'Auxerrois, 1777; du Pot-de-Fer, 1783; du Vieux-Colombier, 1788-1789.

Nézot. — Paris, xviiie siècle. Contemporain de L. Guersan. Le musée du Conservatoire de musique, à Paris, possède un pardessus de viole d'Antoine Véron, qui fut réparé par Nézot.

Nicolas (François-Nicolas Fourrier, dit). — Paris, 1780 environ — 1816. Né à Mirecourt le 5 octobre 1758. Élève d'Edmond Saunier, à Paris, chez lequel, d'après Choron, il serait entré à l'âge de douze ans. Il fut nommé luthier de l'École royale en 1784, de l'Académie royale de musique en 1789, et, plus tard, fournisseur de la Chapelle et de la Musique particulière de l'Empereur.

Place de l'École, en 1789; rue Saint-Nicaize, en 1797 :

Vidal cite l'étiquette manuscrite suivante, trouvée dans un violon de Cuny :

> *Réparé par Fourrier Nicolas,*
> *luthier de la chapelle de S. M. l'empereur*
> *pour son ami Julien, chef d'orchestre*
> *des bals de la cour, 1806.*

C'est peut-être la seule étiquette où il inscrivit son nom de famille. Son dernier domicile fut rue Croix-des-Petits-Champs :

Nicolas rue Croix
des petits Champs à
Paris 1812

Il y mourut en 1816. Bonne lutherie, faite avec de belles fournitures. On l'appelle *Nicolas de Paris*, pour le distinguer d'avec les suivants :

NICOLAS. — Aix, 1830 :

> *Restauré par Nicolas*
> *à Aix 1830.*

NICOLAS (DIDIER L'AÎNÉ, dit le SOURD). — Mirecourt, 1757 † 1833. Son enseigne était : *A la ville de Crémone.* Bons violons d'orchestre, grand patron, ayant des *ƒƒ* très ouvertes dans le milieu. Vernis rouge-brun, parfois un peu

jaune. Ils contiennent cette marque au feu, dans l'intérieur,
sur le fond, à la place habituelle de l'étiquette :

Nicolas (Joseph). — Mirecourt, 1796 † 1864. Fils, élève et
successeur du précédent. Lutherie un peu plus soignée. Il
signait tous ses instruments à la plume et les marquait au
feu à l'intérieur :

J. NICOLAS FILS

On ne sait dans quel but il fit, en 1855, un violon à
deux tables pouvant se jouer des deux côtés, et ayant deux
touches, deux chevalets, deux cordiers, etc.

Les deux marques ci-dessus sont actuellement la propriété de la maison Derazey.

Nigout. — Jenzat (Allier). Ancien ouvrier de la maison
Pajot, qui s'est établi en 1863. Spécialité de vielles.

Obrecht. — Colmar, 1819. Étiquette manuscrite :

Réparé
par M. Obrecht réparateur
à Colmar
1819.

Olry. — Amiens, 1835. Bon luthier. Élève de Georges
Chanot :

Ouvrard (Jean). — Paris, 1725-1750 environ. On le dit
élève de Claude Pierray. Il fut juré comptable en 1743.

On connaît un dessus de viole de ce luthier de 1726 et le quinton de 1745 qui est au musée du Conservatoire, à Bruxelles :

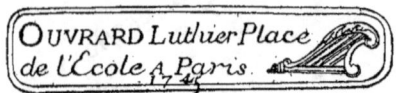

PACHERELE (MICHEL). — Paris, 1779. Étiquette manuscrite relevée dans un violon, style Guersan, vernis jaune :

> Michel Pacherele, luthier,
> rue d'Argenteuil, à Paris, 1779.

De plus, *Michel Pacherele* est gravé au feu, sur le fond, au-dessous du talon du manche.

PACHERELE (PIERRE). — Mirecourt, 1803 † Nice, 31 décembre 1871. Bon luthier qui fut dans son enfance le camarade d'atelier de J.-B. Vuillaume. Vers 1830, il alla travailler à Nice, puis à Gênes, et ensuite chez Pressenda, à Turin. C'est en 1839, qu'il revint s'établir définitivement à Nice. Ses instruments sont de belle facture. Vernis rouge brun un peu épais.

PACQUET. — Marseille, 1785. Auteur d'une arpi-guitare appartenant à M. Gautier, à Nice :

> Pacquet d'Aix,
> Luthier à Marseille, 1785.

PAJOT (JEAN). — Jenzat (Allier), 1765 † 1847. Cultivateur qui construisit des vielles, à partir de 1795. Les caisses des premières étaient faites le plus souvent d'un seul morceau de noyer creusé.

PAJOT (GILBERT). — Jenzat (Allier), 1795 † 1853. Fils du précédent. Véritable fondateur de la lutherie de vielle, à Jenzat. Un de ses cousins, curé à Saint-Sornin (Allier), lequel jouait de la vielle et faisait parfois danser ses paroissiens, le prit tout jeune en pension. Il lui donna une certaine instruction ainsi que des leçons de vielle et lui fit cadeau de celle qu'il possédait, signée : « *Charotte à Paris, 1793* »[1].

Cette vielle, de forme guitare, du bon curé, servit de modèle à Gilbert Pajot pour en construire. Plus tard, il en fit en forme de luth, d'après une vielle de « *Varquin, à Paris, 1730* »[2].

Ses instruments sont marqués au feu, sur le côté gauche du clavier :

Pajot à Jenzat.

Il eut deux fils : Jean-Baptiste, l'aîné, dont nous allons parler. Le second sortit de l'École polytechnique avec le grade d'ingénieur des Mines et mourut fort jeune.

PAJOT (JEAN-BAPTISTE). — Jenzat (Allier), 1817 † 1863. Fils et élève du précédent, dont il fut l'associé, puis le successeur. Il passa quelque temps à Mirecourt et à Paris, où il étudia la lutherie et apprit à travailler l'ébène, l'ivoire et la nacre. C'est le plus célèbre de la famille. Ses vielles sont bien supérieures à toutes celles que l'on construisit à Mirecourt durant le XIXᵉ siècle. Elles sont marquées au feu, sur le côté gauche du clavier :

PAJOT
A JENZAT

et contiennent cette étiquette :

PAJOT (JACQUES-ANTOINE). — Jenzat (Allier), 1835 † 1877.

1. Voir ce nom.
2. Voir ce nom.

Cousin, élève et successeur du précédent. Même travail. Étiquette à l'intérieur : *Ancienne maison Pajot père et fils. Pajot successeur*, et au feu, sur le côté gauche du clavier : *Pajot à Jenzat*.

PAJOT (JEAN-BAPTISTE). — Jenzat (Allier), où il est né en 1863. Contemporain. Fils et successeur du précédent. Agé seulement de quatorze ans à la mort de son père, il fut l'élève de M. Pimpard, un ancien ouvrier de la maison.

Il a beaucoup perfectionné son outillage. Ses instruments sont plus réguliers que ceux de ses prédécesseurs. Pour des raisons commerciales, il signe toujours « *Pajot fils* » et a adopté la marque déposée que voici :

PAJOT JEUNE (JACQUES-ANTOINE, dit). — Jenzat (Allier), où il est né en 1847. Il travailla d'abord chez Jean-Baptiste Pajot, puis chez Jacques-Antoine Pajot, et s'est installé à son compte en 1875. Ses vielles sont marquées au feu, sur le côté gauche du clavier : *Pajot jeune à Jenzat*, et contiennent l'étiquette suivante : *Pajot jeune, facteur d'instruments à Jenzat, par Gannat (Allier)*.

PAJOT JEUNE (JOSEPH, dit). — Jenzat (Allier), où il est né en 1868. Contemporain. Élève du précédent, auquel il a succédé en 1897. Ses vielles sont marquées et étiquetées comme celles de son père.

PANORMO (VINCENT). — Paris, XVIIIe siècle. A cause de son nom[1] et des armes de Palerme qui figurent presque toujours sur ses étiquettes, on croit qu'il naquit dans cette ville, vers 1705 ou 1710. D'après Gallay, il était établi rue de l'Arbre-Sec, à Paris, en 1735. Vidal déclare avoir vu de

---

1. La ville de Palerme n'est autre que l'antique *Panormos*.

ses instruments datés de 1738. Il employa deux étiquettes :

*Vincent Panormo, rue
de l'Arbre-Sec, Paris,* 1741.

Voici la plus répandue :

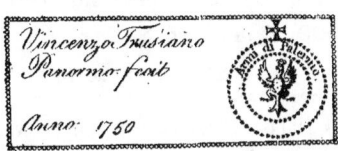

Belle lutherie. Style italien. Vernis jaune clair. Vincent Panormo figure encore sur l'*Almanach musical* de 1783. Un luthier de ce nom habitait rue de Chartres, 70, à Paris, en 1789. Il nous semble difficile que ce soit le même. Plusieurs Panormo travaillèrent à Londres[1].

PAQUOTTE (SÉBASTIEN). — Paris, 1830-1863. Né à Mirecourt en 1800. Il avait trente ans, lorsqu'il s'installa rue de la Harpe, 51. La percée du boulevard Saint-Michel le fit aller rue de l'École-de-Médecine, 20[2]. Il y mourut en 1863, laissant la réputation d'un luthier consciencieux.

PAQUOTTE (JEAN-BAPTISTE). — Paris, 1863-1888. Neveu et successeur du précédent. Né à Mirecourt, le 22 avril 1827, il y est mort le 15 avril 1900. J.-B. Paquotte fut d'abord fabricant d'archets, et fit son apprentissage à Mirecourt dans le même atelier que F.-N. Voirin. Venu à Paris en 1841, il travailla pendant huit ans chez son oncle et quatorze ans chez J.-R. Lafleur. En 1863, à la mort de S. Paquotte, il reprit la maison de celui-ci et la transféra, en 1877, boulevard Saint-Germain, 99. Il s'était retiré en 1888. Bonne lutherie.

PAQUOTTE (HENRI-FÉLIX et PLACIDE). — Paris. Luthiers contemporains. Nés à Paris en 1857 et 1864. Fils du pré-

1. Voir *Les luthiers anglais.*
2. S. Paquotte habitait rue de l'École-de-Médecine, 20, l'appartement dans lequel Marat fut assassiné par Charlotte Corday. Cette maison fut démolie en 1877, lorsque l'on reconstruisit l'École de Médecine.

cédent, auquel ils ont succédé en 1888. M. Henri Paquotte a fait d'excellentes études musicales au Conservatoire dans les classes de MM. Lavignac et Sauzay. Bonne lutherie[1] :

```
PAQUOTTE  Frères  Luthiers
   99, Boulevard St-Germain
      .PARIS   année 1900
```

PARALDIC. — Paris, 1722. Connu par un violoncelle qui passa à la vente Vidal.

PARDI. — Paris, 1788, rue Saint-Honoré, 412.

PARIS (CLAUDE). — Paris, rue du Roule-Saint-Honoré, 1775-1791.

PARIS (oncle et neveu). — Paris, 1816.

PERAULT. — Paris, rue du Petit-Musc, 1775-1777.

PEROU (NICOLAS). — Paris, rue de l'Arbre-Sec, 1775-1779; rue Mauconseil, 1783; place de la Comédie-Italienne, 1785; et rue de Richelieu, près la Comédie-Française, 1787-1789. Il construisit la lyre espagnole inventée par l'abbé de Morlane et fut luthier de la duchesse d'Orléans. Un grand sistre et un téorbe de cet auteur firent partie des collections Sax et Savoye. Belle lutherie.

PETIT (L.). — Saint-Omer. Luthier amateur contemporain. Professeur de violon à l'École de Musique. Étiquette manuscrite :

Réparé par L. Petit, à Saint-Omer, 1856.

PIERRAY (CLAUDE). — Paris, 1700-1735 environ. L'un des meilleurs luthiers de l'ancienne école française. Belle facture, vernis rouge un peu foncé :

```
CLAUDE PIERRAY , rue des Foffés
Saint Germain-des-Préz a Paris, 1714.
```

1. Placide Paquotte est mort le 1er septembre 1900.

Une très belle basse de viole de Claude Pierray est au musée du Conservatoire de musique, à Paris[1].

Pillementi (F.). — Gravé au feu dans le fond de l'instrument. Lutherie genre Gaviniès[2].

Pimpard. — Jenzat (Allier). Spécialité de vielles. Ancien ouvrier de la maison Pajot, il s'est établi en 1881.

Pingrié (Frédéric). Paris. Luthier amateur contemporain. Élève de Marie-Joseph Chardon.

Pique (François-Louis). — Paris, 1777-1816 environ. Né à Roret près Mirecourt en 1758. Élève de Saunier.

D'après un téorbe qui est au musée du Conservatoire, à Paris[3], Pique habitait en 1779 « rue Coquillière, au coin de la rue du Bouloy ». Il alla ensuite rue Plâtrière, 1787-1789, « vis-à-vis l'hôtel de Bullion » (sic). En 1791, rue Coquillière, « vis-à-vis le roulage de France » :

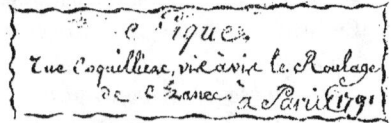

Plus tard, il se fixa rue de Grenelle-Saint-Honoré :

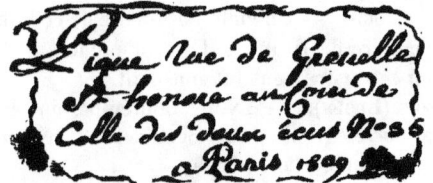

Il se servit aussi d'une étiquette lithographiée :

*Pique, rue de Grenelle
St Honoré, au coin de celle
des 2 Écus, à Paris, 18*

1. N° 173. *Catal.*, 1881.
2. Cité par Vidal.
3. N° 221. *Catal.*, 1881.

Très belle lutherie. Vernis rouge brun. Ses instruments furent réputés. Spohr les cite avec ceux de Lupot, dans sa méthode de violon, comme étant les meilleurs de l'époque. On a vu, dans la notice consacrée à N. Lupot, que celui-ci fit des violons pour Pique[1].

Pirot (Claude). — Paris, 1800-1820 environ. Bonne lutherie. Vernis rouge-brun, assez épais. Deux violons de Pirot, 1803 et 1813, sont au musée du Conservatoire, à Paris[2] :

Pitais. — Paris, xviii° siècle. Contemporain de Bocquay. Lutherie, style Amati. Marque au feu, sur le fond, au-dessous du talon du manche.

Plumerel. — Paris, 1740. Lutherie ordinaire. Vernis jaune.

Plumerel (Charles). — Angers, 1837. Étiquette imprimée :

Réparé par Charles Plumerel luthier
rue Sourdière n° 4 Angers 1837.

Poinot aîné. — Mirecourt, xix° siècle. Il marquait au feu à l'intérieur.

Poiros (Louis). — Un violon ordinaire de ce luthier figure sur l'inventaire de Bruni. Celui-ci n'indique ni l'époque ni la ville où cet instrument fut construit.

Poirson (Eloph). — Lyon. Contemporain. Ex-commis principal du télégraphe, qui, depuis 1870 environ, fait des violons ayant un certain mérite.

Ponce (Jean-François). — Étiquette manuscrite relevée dans un violoncelle de style italien :

« *Joannes franciscus*
Ponce monsensis
me fecit anno
1740. »

1. Voir Constant Pierre, pour les lettres de Pique à Lupot.
2. N°ˢ 1012 et 29. *Catal.*, 1894 et 1884.

Pons (César). — Grenoble, 1750. Dont on connaît une vielle organisée portant cette date. Est-ce le même qui travaillait encore dans cette ville en 1801?

Pons fils (L.). — Grenoble, 1819-1827 :

Porion (Charles). — Paris, 1707. Cité par Fétis comme luthier de la Cour de Louis XIV.

Pouille (Joseph). — Lille, 1865-1879. Étiquette manuscrite relevée dans un violon marqué au feu : C.-F. Vuillaume, sur le fond un peu au-dessous du talon du manche :

Réparé à Lille
par Pouille luthier
rue Basse, en 1879.

Nous connaissons le prénom de ce luthier par une autre étiquette de réparation de 1865, sur laquelle ne figure pas le nom de la rue.

Pouget. — Ardente (Indre), 1866. Etiquette relevée dans une vielle ordinaire :

Pouget père et fils
fabricants d'instruments
Ardente près Châteauroux
1er *mars* 1866.

Prévost (Charles). — Paris, rue de la Verrerie, 1775-1789 :

> *Réparé par Prevost*
> *rue de la Verrerie à Paris, en 1786.*

Prieur (Claude-Edme-Jean). — Paris, rue de la Pelleterie, 1775-1777, et de la Calandre, 1779-1789.

Prudhomme (Jean-Pierre). — Paris, 1753. Étiquette manuscrite :

> *Fait par Jean-Pierre Pru-*
> *dhomme l'année 1753*
> *à Paris.*

Quinot (Jacques). — Paris, 1670. Luthier habile :

> *Jacques Quinot*
> *à Paris 1670.*

Rachète (François). — Étiquette manuscrite :

> *François Rachète*
> *année 1762.*

Raffy (J.). — Avignon, 1893 :

> *Réparé par J. Raffy*
> *Avignon 1893.*

Rambaux (Claude-Victor). — Paris, 1838-1857. Luthier habile. Né à Darney (Vosges), le 25 février 1806. Il fit son apprentissage, 1820-1824, chez L. Moitessier, à Mirecourt ; travailla, 1824-1827, chez Thibout, à Caen ; vint ensuite chez Gand père, à Paris, où il resta comme premier ouvrier pendant onze ans et s'établit, le 7 juin 1838, rue du Faubourg-Poissonnière, 18. Retiré à Mirecourt en 1857, il y mourut le 25 juin 1871.

En 1838, C.-V. Rambaux tenta de modifier la forme de la voûte et des éclisses. Afin de ne pas trancher le fil du bois, il donna en 1847 la courbure à la table de ses violons au moyen d'un fer chaud. Il fit aussi, en 1855, un violon ayant une seconde barre collée sur le fond et sur laquelle l'âme était posée. Tous ces essais n'eurent pas de suite :

RAUT (JEAN). — Rennes, seconde moitié du XVIIIᵉ siècle. Lutherie ordinaire.

REGNAULT (JACQUES). — Auteur d'une pochette à filets d'argent, de 1682, appartenant à M. Blondin, à Choisy-le-Roy.

REISSE. — Strasbourg, 1802.

REMY (MATHURIN-FRANÇOIS). — Paris, 1760-1800 environ. D'abord, rue Sainte-Marguerite-Saint-Antoine, puis rue Tiquetonne. Lutherie genre Guersan, mais un peu moins élégante : « fait des quintes qu'il voûte comme si elles étaient prises dans l'épaisseur du bois et qu'il vernit à l'huile [1] ». L'étiquette suivante d'une viole d'amour, vernis jaune clair, sans date, nous apprend qu'il faisait aussi des harpes :

REMY,
Luthier, & Facteur de Harpe,
A PARIS.

REMY (JEAN-MATHURIN). — Paris, 1770 † 1854. Né rue Tiquetonne. Fils et successeur du précédent. Il transporta ses ateliers et magasins rue de Grenelle-Saint-Honoré, 30.

REMY (JULES). — Paris, 1813 † 1896. Fils et successeur du précédent. Son magasin était passage Brady en 1854. Vers 1872 il alla se fixer rue du Faubourg-Saint-Denis, 60, qu'il ne quitta plus. Jules Rémy a fait un très grand nombre de pochettes qui portent son nom marqué au feu. De 1850 à 1870, il transforma beaucoup de vielles anciennes en instruments pincés « de fantaisie », comme

1. Cité par Constant Pierre.

II.   24

.l disait. Plusieurs de ceux-ci : luths, téorbes, etc., sont
entrés dans diverses collections. Il construisit aussi des
hautbois et fut le contremaître de l'atelier de Brod[1], pour
lequel il avait conservé un très grand culte.

RENAUDIN (LÉOPOLD). — Paris, 1776-1795. Voici sa carte-
adresse :

Lutherie de bonne facture, voûtes un peu élevées, vernis
jaune sale. Ses contrebasses furent réputées :

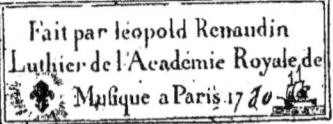

1. Brod. Célèbre hautboïste, qui, vers 1830, construisit des hautbois. Il avait
acheté l'ancien outillage de Delusse.

Ami de Fouquier-Tinville, il fut juge au Tribunal révolutionnaire, où il comptait parmi « les solides ». Condamné à mort, il périt sur l'échafaud le 7 mai 1795.

RENAULT (NICOLAS). — XVII⁰ siècle. Luthier lorrain.

RENAULT (JACQUES). — XVII⁰ siècle. Luthier lorrain, lequel aurait travaillé à Paris.

RENAULT (SÉBASTIEN). — Paris, 1760-1810 environ. Il fut l'associé de Chatelain :

> RENAULT & CHATELAIN , rue de Braque, au
> coin de la rue Ste Avoye . A Paris, 1760

Mais il figure seul parfois, toujours à la même adresse, soit sur des instruments ou des almanachs. Belle lutherie, dont on peut voir un cistre de 1785, au musée du Conservatoire, à Paris[1]; ainsi qu'un sistre de 1786 et un archicistre, de 1804, à celui de Bruxelles. Il fit aussi des harpes et des vielles.

RESSUCHE (CHARLES). — Bordeaux. Luthier contemporain qui travailla à Paris et à Lyon, où il fut pendant très peu de temps l'associé de Justin Diter.

REYNAUD (ANDRÉ). — Tarascon, 1761. Etiquette relevée dans un violon ordinaire :

> *Andreas Reynaud olime*
> *canonicus*
> *Tarascone in Provincia* 1761.

RICHELME (ANTOINE-MARIUS). — Marseille, 1832 † 1896. Luthier de valeur. Il y fit son apprentissage chez Yong, à Marseille, et travailla successivement, toujours dans la même ville, chez Coviaux Sippy et chez Daniel, avant de s'y établir en 1867. Richelme a construit des instruments d'une forme spéciale, et non sans qualités, à propos

---

1. N° 206. *Catal.*, 1884.

desquels il publia, en 1868, une brochure : *Essais et obser-vations sur la lutherie ancienne et moderne.*

Roger (G.). — Montpellier, 1820.

Rol. — Paris, cour Saint-Denis-de-la-Chartre, 1753. Dont il y a une pochette au musée du Conservatoire, à Paris. (N° 120. *Catal.*, 1884).

Rolin. — Etiquette relevée dans un violon ordinaire :

Rolin luthier de Paris.

Ropiquet. — Paris, vers 1815. Artiste à l'orchestre de l'Opéra, qui a fait quelques violons. Il avait une fille danseuse au même théâtre.

Rousselot. — Marseille, 1830. Etiquette manuscrite :

Réparé par Rousselot
à Marseille en 1830.

Roze. — Orléans, 1756 :

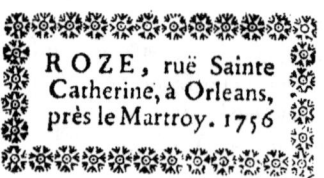

ROZE, ruë Sainte Catherine, à Orleans, près le Martroy. 1756

Ruzoùt. — Paris, 1795. Etiquette manuscrite :

Mis en état par Ruzout
rue de Grenelle Honoré à Paris 1795.

Sacquin. — Paris, 1830-1860 environ. On le dit élève d'Aldric. Très belle lutherie, style Lupot. Etiquette imprimée :

Sacquin, luthier,
rue Beauregard, 14
à Paris, 1851.

Saint-Paul. — Paris, 1640. Cité par Fétis.

SAINT-PAUL (PIERRE). — Paris, vers le milieu du XVIIIe siècle. D'abord rue de la Comédie-Française :

Pierre Saint-Paul, rue de la Comédie-
Françoise, Paris, 1741.

Il habita ensuite rue Saint-André-des-Arts :

Lutherie ordinaire, vernis jaune sale. Il avait pour enseigne : *A la lyre d'Apollon* :

SAINT-PAUL (ANTOINE). — Paris, seconde moitié du XVIIIe siècle. Sans doute le fils du précédent. Juré comptable en 1768. Il était beau-fils et successeur de L. Guersan. Vidal cite une étiquette de ce luthier, imprimée dans le cartel de Guersan et relevée dans un pardessus de viole de 1772. Il habitait rue des Fossés-Saint-Germain-des-Prés, proche la Comédie-Française, et avait pour enseigne : *Au luth royal.* Il exerçait encore en 1789.

SAJOT. — Paris, 1732 :

Sajot. a
paris. 1732

SALES. — Caen, 1784. Etiquette manuscrite :

Raccommodé par Sales fils
Md Luthier à Caen
rue Saint-Etienne 1784.

SALLE. — Paris, 1825-1850 environ. On le cite comme un réparateur habile.

SALOMON. — Reims, 1755 :

*Fait à Reims,
Par SALOMON, 1755*

Vidal dit avoir vu une étiquette de ce luthier, portant la date de 1747.

SALOMON (JEAN-BAPTISTE DESHAYES). — Paris, 1740-1771 environ. Il habita d'abord place de l'Ecole :

*Salomon Luthier à Ste Cecille
Place de L'ecole à Paris. 1746*

Juré comptable en 1760, il était rue de l'Arbre-Sec en 1769, toujours avec l'enseigne : *A Sainte-Cécile.*

SALOMON,
Maitre Luthier à Paris, Rue
l'Arbre-sec à Ste. Cecille

Lutherie, style Guersan, mais un peu lourde. Le musée du Conservatoire, à Paris, possède une viole d'amour de cet auteur[1]. Après sa mort, survenue vers 1771, sa veuve tint boutique au carrefour de l'Ecole, 1775-1783, puis quai de la Mégisserie, 1788-1789.

C'est sans doute de ce luthier dont parle Mme de Genlis dans sa *Nouvelle méthode de harpe*, 1805, et qui passe pour avoir été le premier à faire dorer les harpes.

---

1. N° 156. *Catal.*, 1884.

Saraillac. — Lyon, 1679. Connu par une pochette.

Saunier. — Bordeaux, 1754. D'après cette étiquette manuscrite citée par Vidal :

Saunier
à Bordeaux
1754.

M. Constant Pierre croit que ce luthier et le suivant ne font qu'un.

Saunier (Edmond). — Paris, 1770-1780 environ. D'abord rue Tiquetonne, puis rue des Prouvaires. Il a surtout fait des guitares. L'une d'elles fut inventoriée par Bruni.

Savart (Félix). — Mézières 1791 † Paris 1841. Savant physicien qui fit construire des violons de forme trapézoïde.

Salzard (François). — Mirecourt, 1808 † 1874. Il s'était établi en 1836 :

François SALZARD

Salzard (Ernest-André), — Fils du précédent. Il fut établi à Moscou[1].

Schubert. — Epinal, 1830. Etiquette manuscrite :

Réparé par Schubert
à Epinal en 1830.

Schwartz (Bernard). — Strasbourg, où il est décédé en 1822.

Schwartz (Georges-Frédéric et Théophile-Guillaume). — Strasbourg, 1822-1852. Fils du précédent. Nés à Strasbourg en 1785 et 1787. Elèves et successeurs de leur père, sous la raison sociale : « Frères Schwartz ». L'aîné, Georges-Frédéric, mort en 1849, se spécialisa dans la fabrication des archets[2]. Théophile-Guillaume, le plus jeune,

1. Voir *Les luthiers russes.*
2. Voir *Les fabricants d'archets.*

mort en 1861, s'occupa surtout de lutherie. Leurs instruments portent une étiquette ainsi conçue et entourée d'une vignette à guirlande de feuilles :

Frères Schwartz
à Strasbourg 1833
n° 15.

Bonne lutherie. Nous avons vu cette étiquette :

Réparé par Schwartz
à Strasbourg, 1843.

SCHWARTZ (THÉOPHILE-GUILLAUME). — Strasbourg, XIX° siècle. Né à Strasbourg en 1821. Fils de T.-G. Schwartz, auquel il succéda en 1852. Etiquette imprimée en caractères romains, entourée d'une vignette :

Schwartz
à Strasbourg, 1857.

SERDET (PAUL). — Paris. Luthier contemporain. Né à Mirecourt, le 10 janvier 1858.

Elève de Gaillard, à Mirecourt; il entra chez M.-H.-C. Silvestre, à Lyon, en 1877, suivit celui-ci lorsqu'il transféra ses ateliers à Paris, et ne le quitta qu'en 1894, pour s'établir à son compte rue du Faubourg-Poissonnière, 28. Ce long séjour chez M. Silvestre a fait un luthier habile de M. Paul Serdet. Ses instruments, de belle facture, sont très appréciés :

SILVESTRE frères (PIERRE et HIPPOLYTE). — Lyon, XIX° siècle. Luthiers de grande valeur.

Pierre, l'aîné (Sommerviller, Meurthe, 9 août 1801 † Lyon 1859), fit son apprentissage chez Blaise, à Mirecourt, et travailla chez Lupot et chez Gand père, à Paris, avant d'aller s'établir à Lyon, en 1829.

Hippolyte (Saint-Nicolas-du-Port, Meurthe, 14 décembre 1808 † Sommerviller, 3 décembre 1879) fit aussi son apprentissage chez Blaise, à Mirecourt. Il vint ensuite chez J.-B. Vuillaume, à Paris, et alla rejoindre son frère, à Lyon en 1831 :

> Petrus et Hipolitus Fratres **Silvestre** (PHS)
> Fecerunt Lugduni. Anno 1838 N.*163*.

En 1848, Hippolyte se retira, et Pierre resta seul :

> **Pierre Silvestre**
> à Lyon 18*48* (PS)

Ce sont les instruments de celui-ci qui sont les plus recherchés, tant à cause de leur belle facture que pour leur excellente sonorité. Il mourut en 1859. Hippolyte, son frère, revint alors à Lyon et reprit la maison qu'il dirigea jusqu'en 1865.

SILVESTRE (HIPPOLYTE-CHRÉTIEN, dit). — Paris. Luthier contemporain. Né à Sommerviller (Meurthe), le 1er avril 1845. Fils d'une sœur de Pierre et Hippolyte Silvestre. Neveu des précédents.

Après avoir fait son apprentissage à Mirecourt, il alla travailler chez son oncle Hippolyte, à Lyon, et lui succéda en 1865. Artiste consciencieux, il conserva les bonnes traditions de ses prédécesseurs et ne tarda pas à acquérir une belle réputation :

> **H. C. SILVESTRE** NEVEU.
> à Lyon en 18*72*. N° *44*

En 1884, il transféra ses ateliers et magasins, à Paris, rue du Faubourg-Poissonnière, 24. Actuellement, il est au 20 de la même rue. On le considère, avec juste raison, comme l'un de nos meilleurs luthiers parisiens :

H . C . Silvestre
à Paris 18 99 (HCS)

Le 1er juillet 1900, M. H.-C. Silvestre s'est associé avec M. Ernest Maucotel. Celui-ci, né à Mirecourt, le 20 juillet 1867, est le petit-neveu du luthier parisien Charles-Adolphe Maucotel, et le neveu, par sa mère, d'Ernest-André Salzard, décédé à Moscou, en 1897.

Elève de Paul Bailly, à Mirecourt, M. Ernest Maucotel alla en 1883, se perfectionner chez son oncle Salzard, à Moscou. Il revint en France en 1891, et entra en qualité de premier ouvrier chez M. H.-C. Silvestre, à Paris, qu'il n'a pas quitté depuis. C'est un bon luthier.

Voici leur nouvelle étiquette :

Silvestre et Maucotel
Paris, 19   N°

SIMON. — Lyon. 1568-1573, « joueur et faiseur de luths ».

SIMON (CLAUDE). — Paris, rue de Grenelle-Saint-Honoré, 1783-1799.

Un autre luthier du même nom, dont la date d'installation n'est pas connue, décéda sans doute vers 1783 ou 1784, car : « Les violons de la veuve Simon, carrefour de l'École, étaient renommés en 1785 [1]. »

SIMONIN (CHARLES). — Genève, 1841-1849 ; Toulouse, 1849-1880 environ. Originaire de Mirecourt. Il fut l'élève de J.-B. Vuillaume, à Paris, et devint l'un de ses meilleurs

_____

1. Cité par Constant Pierre.

ouvriers. Installé d'abord à Genève, en 1841 il alla se fixer
définitivement à Toulouse en 1849. Luthier de valeur
Étiquette imprimée, entourée d'un filet :

> *Réparé par Ch. Simonin*
> *luthier à Toulouse*
> *élève de M. Veuillaume* (sic) *de Paris.*

SIMOUTRE (NICOLAS). — Mirecourt, 1788 † Metz, 1870.
Élève de Nicolas Lupot, à Paris. Il fut établi à Mirecourt,
1820-1844, puis à Metz, 1844-1870. Bon luthier. Les
instruments qu'il a signés contiennent cette étiquette :

> **Nicolaüs Simoutre**
> **Lupot Nicolaÿ discipulus**
> **Divoduri fecit 18**

SIMOUTRE (NICOLAS-EUGÈNE). — Paris. Luthier contemporain. Né à Mirecourt le 19 avril 1834. Fils et élève du
précédent. Il travailla chez Darche, à Paris, 1852; puis chez
Roth, à Strasbourg, 1856; et s'établit à Bâle en 1860 :

Il y resta jusqu'en 1890 et vint alors se fixer à Paris, rue
de l'Échiquier, 38 :

> N°   **N. E. SIMOUTRE** Inventeur breveté
> des Supports harmoniques et de la Barre semi-adhérente,
> 38, *rue de l'Échiquier* à **PARIS.** — Année 189

Ainsi qu'il est dit ci-dessus, M. Simoutre est l'inventeur
du support harmonique, 1885; et de la barre semi-adhérente,
1887; dont il a donné des descriptions détaillées dans : *Premier progrès en lutherie* et *Second progrès en lutherie*, et qui ont
pour but d'améliorer la sonorité. Les instruments auxquels
il applique ses inventions portent l'étiquette suivante :

> N°   N. E. SIMOUTRE
> reparavit Lutetiæ Parisiorum A. D. 189

Il est aussi l'auteur d'une brochure : *Aux amateurs de violon*. Actuellement rue du Faubourg-Poissonnière, 21, M. Simoutre s'est associé son fils et élève, qui le seconde dans ses travaux artistiques. Très bonne lutherie :

N. E. SIMOUTRE et Fils, luthiers à **PARIS**
21, Faubourg Poissonnière
Près du Conservatoire de Musique

Socquet (Louis). — Paris, 1750-1779. Étiquette manuscrite relevée dans une charmante viole d'amour :

fait par Louis Socquet
à Paris en 1750.

Plus tard, il se servit d'étiquettes lithographiées :

Socquet
Au-Génie de l'Harmonie.
Place du Vieux Louvre, à Paris 1771.

Un alto de ce luthier, portant la date de 1779, figure sur l'inventaire de Bruni.

Vidal parle d'un Socquet qui travaillait à Paris au commencement du xixᵉ siècle, et dont les instruments étaient peu estimés. Nous ne savons s'il était de la même famille que celui-ci.

Steininger (François). — Paris. Première moitié du xixᵉ siècle. Bonne lutherie. Étiquette manuscrite :

F. Steininger
Paris, 1827.

Il tenta d'améliorer les cordes basses du violon, en renforçant la table près de la barre d'harmonie.

Stork. — Strasbourg, 1775. Étiquette relevée dans un violon ordinaire :

Stork à Strasbourg
1775.

En 1784, il y avait un J. Reinhart Storck, facteur d'instruments de musique, « *Au concert des cigognes*, près le pont du Corbeau », à Strasbourg. Etait-ce le même?

Sulot (Nicolas). — Dijon. En 1829, il prit un premier brevet pour des violons et basses à tables ondulées; et un second en 1839, pour un violon à double écho, lequel avait trois tables.

Thériot (J.-B.). — Paris, 1783.

Thibout fils. — Caen, 1774. Étiquette manuscrite :

Racommodé par Thibout fils
m^d luthier rue Saint-Jean à Caen
1774.

Thibout (Jacques-Pierre). — Paris, 1807-1856. Luthier de valeur. Né à Caen, le 16 septembre 1779. Sans doute le fils du précédent. Il entra chez Koliker. à Paris, en 1796; s'établit vers 1807 rue Montmartre, 24; et alla habiter en 1810 rue Rameau, 8, qu'il ne quitta plus. L'Académie des Beaux-Arts approuva ses violons en 1820[1].

Nouveau procédé approuvé par l'Institut.
THIBOUT, Luthier, rue Rameau,
N°. 8, à Paris, 1835

Ses talents lui valurent d'être nommé luthier de l'Opéra :

A u Roi David.
THIBOUT, Luthier de l'Académie Royale de Musique,
Rue Rameau, N°. 8, à Paris,

1. *Moniteur universel*, 1820, p. 134.

Belle lutherie, un peu lourde. Les instruments construits dans ses ateliers sont ainsi étiquetés :

> *Fait sous la Direction de* **Thibont,** *Luthier du Roi, rue Rameau, N° 8, à Paris.*

J.-P. Thibout mourut à Saint-Mandé, le 4 décembre 1856.

THIBOUT (GABRIEL-ADOLPHE). — Paris, 1804 † 14 juin 1858. Fils et successeur du précédent. Il mourut deux ans après son père.

THIBOUT (ALBERT). — Paris, 27 avril 1839 † 25 décembre 1865. Fils et successeur du précédent. Après sa mort les frères Gand devinrent luthiers de l'Opéra.

THIBOUT (AIMÉ-JUSTIN). — Caen, 1808-1862. Sans doute le frère ou le cousin de Jean-Pierre Thibout. On a vu, plus haut, que Rambaux travailla de 1824 à 1827 chez un Thibout, à Caen. C'était probablement chez celui-ci.

THIBOUVILLE. — Moulins-sur-Allier, 1800-1824 environ. Il eut Nicolas Bigourat pour élève et successeur.

TIPHANON (JEAN-FRANÇOIS). — Paris, 1775-1800. Dont il y a un cistre téorbé au musée du Conservatoire, à Paris. Il habita rue Saint-Honoré-du-Louvre et aussi rue Saint-Thomas-du-Louvre, d'après une étiquette manuscrite citée par Vidal :

> *Tiphanon, rue S.-Thomas-du-Louvre, à Paris,* 1780.

TIRIOT. — Marque au feu relevée dans un alto de facture ordinaire :

> *Tiriot*
> *à Paris.*

Il travaillait sans doute à Mirecourt.

TISSIER (PIERRE). — Jenzat (Allier). Contemporain. Ancien ouvrier de J.-B. Pajot. Spécialité de vielles.

Thomassin. — Paris, 1825-1845. Bon luthier, qui avait travaillé chez Clément.

Tolbecque (Auguste). — Niort. Contemporain. Né à Paris en 1830. Fils d'Isidore Tolbecque, chef d'orchestre des bals de la Cour. Premier prix de violoncelle au Conservatoire de Paris en 1849 (classe Vaslin); il s'occupe de lutherie et a fait de nombreuses reproductions d'anciens instruments.

Touly (Jean). — Nancy, 1747. Petite étiquette imprimée, entourée d'une vignette :

Fait par moy Jean
Touly, à Nancy,
1747.

Trévillot (Claude). — Mirecourt, 1698[1].

Tywersus. — Nancy, xvie siècle. Luthier des princes de Lorraine.

Thouvenel. — Mirecourt, seconde moitié du xixe siècle. Élève de Colson, il s'est aussi spécialisé dans la fabrication des guitares et des vielles.

Vaillant (François). — Paris, 1736-1783. Jolie lutherie style Boquay :

François Vaillant
rue de la Juiverie,
à Paris, 1738.

Il habita rue Notre-Dame-de-Bonne-Nouvelle, de 1775 à 1783.

Vaillant. — Bordeaux, 1850. Prédécesseur de Delannoy.

Vanderlist. — Paris, rue des Vieux-Augustins, 1788-1789 :

Vanderlist, rue des Vieux-Augustins,
près de l'égout de la rue Montmartre

---

1. Cité par A. Jacquot.

Il habitait rue Montmartre, an VIII (1800), et faisait aussi des harpes. Jolie lutherie.

VARQUAIN ou VARQUIN. — Paris, 1720-1750 environ. Rue et carrefour de Bussy. Il fit d'excellentes vielles et publia la *Suite à deux vielles* de Ravet.

VERMESCH (LE PÈRE). — Beaumont-sur-Oise, 1781, où il était religieux minime. Luthier amateur. Étiquette manuscrite d'un violon très ordinaire, vernis jaune :

Fait par le P. Vermesch
rel. minime
à Beaumont-sur-Oise, 1781.

VÉRON (ANTOINE). — Paris, xviiiᵉ siècle. Lutherie, style Pierray. Il a un pardessus de viole au musée du Conservatoire, à Paris[1] :

VERPY. — Blois, 1807. Étiquette manuscrite :

Réparé par
Verpy à Blois
en 1807.

VIARD (NICOLAS). — Versailles, 1760 :

Fait par Nicolas Viard,
à Versailles
1760.

VIBERT. — Paris, rue de Seine, 1775-1783.

VILLARS (THÉOPHILE). — Cusset, 1805 † 1880 environ. Imprimeur. De même que Montgilbert, son oncle, il a fait des violons.

1. Nº 139. *Catal.*, 1884.

VILLAUME et GIRON. — Troyes, 1770. Lutherie assez bien faite.

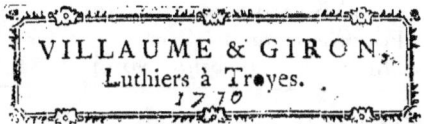

VINATTE (ANDRÉ). — Lyon, 1568. Faiseur de violes.

VISSENAIRE. — Lyon, 1830-1870 environ. Originaire de Mirecourt. Il a fait quelques violons et beaucoup de guitares. Étiquette imprimée :

> *Réparé par*
> *Vissennaire*
> *M^d luthier*
> *à Lyon*
> *Place Confort N° 16.*

VISSENAIRE FRÈRES. — Lyon, seconde moitié du XIX⁰ siècle. Fils et successeurs du précédent. L'aîné avait travaillé chez Bernardel père, à Paris, et fabriquait une colophane spéciale. L. Nicolas Vissenaire, le plus jeune, ne quitta pas Lyon, et fut pendant longtemps second violon à l'orchestre du grand théâtre de cette ville. A la mort du père, Nicolas tint la maison pendant quelque temps :

> Nicolas Vissenaire, Luthier, Place
> des Jacobins, à Lyon, l'an

Puis il s'associa avec son frère. En 1872, M. E. Mangin, directeur-fondateur du Conservatoire de musique, à Lyon, les nomma luthiers de cette École :

> Vissenaire frères, Luthiers
> Fournisseurs du Conservatoire
> Place des Jacobins, Lyon, l'an 1873

L'aîné mourut vers 1878. Nicolas resta seul de nouveau :

> L.N. Vissenaire, Luthier
> Fournisseur du Conservatoire
> Place des Jacobins, Lyon, l'an *1880*

Il mourut vers 1890. La lutherie des frères Vissenaire n'est pas sans mérite. Leurs violons, quoique de facture un peu lourde, possèdent une bonne sonorité.

VOBOAM (ALEXANDRE). — Paris, seconde moitié du xviiᵉ siècle. Célèbre pour ses guitares. Nous avons parlé de celle qui est au musée de Cluny, nᵒ 6.006, dans notre *Introduction*.

VOBOAM (JEAN). — Paris, seconde moitié du xviiᵉ siècle. Sans doute le frère du précédent. Le musée du Conservatoire, à Paris, possède deux belles guitares de ce maître, datées de 1676 et de 1687.

C'est sans doute un descendant d'Alexandre ou de Jean, qui est l'auteur de la basse de viole du musée des Arts et Métiers, à Paris, laquelle contient cette étiquette manuscrite :

> *Voboam 1730.*

VUIDARD. — Paris, xixᵉ siècle. Étiquette manuscrite relevée dans une guitare :

> *Réparé par Vuidard*
> *luthier et mᵈ de corde*
> *rue Grenéta Nᵒ 9*
> *à Paris.*

VUILLAUME (JEAN). — Mirecourt, 1700 environ — 1740. Lutherie très ordinaire. Fétis le dit élève d'A. Stradivari (?)

VUILLAUME (CLAUDE-FRANÇOIS). — Mirecourt, où il est né vers 1740. M. A. Jacquot signale un violon de 1770, de cet auteur. Nous en connaissons un, sans date, qui appartient à M. Casselin, violoniste, à Paris. Facture ordinaire, vernis très foncé. Sur le fond, un peu au-dessous du talon du manche, le nom du luthier, entouré d'un petit ornement, est gravé au feu. Ce violon contient une étiquette de réparation de Ponille, luthier à Lille en 1879[1].

VUILLAUME (CLAUDE). — Mirecourt, 1772-1840 environ. On ne sait s'il était le fils du précédent. Lutherie ordinaire, où son nom seul est gravé au feu. Il eut quatre fils, qui embrassèrent la profession paternelle et furent ses élèves. Les instruments qu'ils construisirent durant leur apprentissage sont ainsi marqués :

> Au roi David
> Paris.

VUILLAUME (JEAN-BAPTISTE). — Paris, 1823-1875. L'un des plus habiles luthiers parisiens du XIXᵉ siècle. Né à Mirecourt, le 7 octobre 1798. Fils aîné du précédent. Venu à Paris en 1818, il travailla pendant deux ans pour Francis Chanot[2], lequel avait ses ateliers chez Lété, et resta chez ce dernier en 1821, lorsque F. Chanot reprit du service dans la marine. Ses premières étiquettes sont manuscrites et portent un numéro d'ordre. Voici celle d'un très beau violon, style Lupot :

> J. B. Vuillaume. Nᵒ 4
> Chez N. A. Lété Rue pavée St Sauveur Nᵒ 20
> à Paris 1823.

Devenu l'associé de Lété, ils s'installèrent rue Croix-des-Petits-Champs, en 1825, sous la raison sociale : Lété et Vuillaume, et se séparèrent trois ans plus tard, en 1828. Resté seul, J.-B. Vuillaume déploya une grande activité. Commerçant habile, il fit quantité de copies d'œuvres italiennes, qu'il vendit sensiblement plus cher que ses autres instruments. On doit reconnaître qu'il réussissait parfois à reproduire non seulement l'usure du vernis, mais aussi la sono-

---

1. Voir ce nom
2. Voir ce nom.

rité du modèle copié. Ces imitations, faites trop souvent avec des bois séchés au four, sont revêtues de sa signature à l'intérieur, sur le fond, et de cette étiquette :

Jean Baptiste Vuillaume à Paris
Rue Croix des Petits Champs (BV)

Plus tard, lorsqu'il alla habiter sa propriété des Ternes, il se servit de la suivante :

Jean Baptiste Vuillaume à Paris
3, rue Demours - Ternes   (BV)

On en rencontre assez souvent avec sa signature :

Jean Baptiste Vuillaume à Paris
3, rue Demours - Ternes.   (BV)
1844

Il occupa un très grand nombre d'ouvriers, mais ne cessa de travailler avec eux. Les instruments qu'il ne termina pas lui-même sont ainsi étiquettés :

J.-B. Vuillaume se rendit en Italie à la mort de Tarisio, et acheta tous les instruments qui se trouvaient au domicile de ce brocanteur ; entre autres, était le violon d'A. Stradivari, surnommé *Le Messie*.

En 1850, il construisit l'octobasse, qui est au musée du Conservatoire, à Paris[1]. Cinq ans plus tard, il fit un con-

1. Nᵒ 203. *Catal.*, 1884. En 1873, on voyait une octobasse de J.-B. Vuillaume, à

tralto, qui est au même musée; et en 1867, il produisit une pédale sourdine. Ces trois inventions n'eurent pas de succès. Il fut plus heureux avec les archets, dont nous parlerons dans le chapitre suivant.

J.-B. Vuillaume occupe une place importante dans l'histoire de la lutherie, sa réputation fut aussi grande que méritée. Il mourut à Paris, le 19 mars 1875.

VUILLAUME (NICOLAS). — Mirecourt, XIXᵉ siècle. Frère du précédent. Né à Mirecourt en 1800. Il vint travailler, chez son frère Jean-Baptiste, à Paris de 1832 à 1842. A cette époque, il retourna s'établir à Mirecourt, qu'il ne quitta plus :

Il fit des violons à bon marché qu'il marquait : *Violons stentor*.

VUILLAUME (FRANÇOIS-NICOLAS). — Bruxelles, XIXᵉ siècle. Troisième fils de Claude Vuillaume. Né à Mirecourt en 1802. Il alla se fixer à Bruxelles[1].

VUILLAUME (CLAUDE-FRANÇOIS). — Mirecourt, XIXᵉ siècle. Quatrième fils de Claude Vuillaume. Né à Mirecourt en 1807. Il abandonna la lutherie pour la fabrication des orgues d'église.

VUILLAUME (SÉBASTIEN). — Paris, 1850 environ † 1875. Fils du précédent, neveu de Jean-Baptiste. Il vint s'établir à Paris, où il mourut, le 17 novembre 1875. Bonne lutherie :

l orchestre de Monte-Carlo. Il y en a, paraît-il, une troisième à Vienne (Autriche). Dubois, contrebassiste à l'Opéra, avait déjà fait une octobasse en 1834.
1. Voir *Les luthiers belges*.

VUILLAUME. — Lyon, où il mourut à l'Hôtel-Dieu en 1855 ou 1856. Il était le beau-frère de Charles Jacquot, qui travailla à Paris. Étiquette imprimée :

> *Rue du Palais-Grillet N° 14 au 2ᵐᵉ*
> *Luthier*
> *Vuillaume*
> *Fait et vend toutes sortes d'instruments*
> *à Cordes, les raccommode ainsi*
> *que les serinettes*
> *à Lyon*
> *Tient un assortiment de cordes.*

WALTER. — Paris, rue Coquillière, 1775 ; rue Saint-Denis, vis-à-vis la rue Mauconseil, 1776-1777 ; et rue Quincampoix, 1779. (Ce luthier et le suivant ne font peut-être qu'un ?)

WALTER (JEAN). — Paris, rue Bourbon, 1783-1799.

WOLTERS (JEAN-MATHIAS). — Paris, 1749. Jolie lutherie, vernis jaune. Étiquette manuscrite :

> *J. M. Wolters fecit Lutetiæ*
> *Parisiorum, au faubourg Saint-Antoine,*
> *Paris,* 1749.

Il travaillait encore en 1759.

YONG. — Marseille, rue de Noailles, en 1850. C'est chez lui qu'Antoine-Marius Richelme fit son apprentissage.

LES LUTHIERS PORTUGAIS

CALDEIRA. — Lisbonne. Luthier contemporain. Associé de Rosa. Ils sont les successeurs de Manoel Pereira. Guitares et mandolines.

CRUZ-ABRANTES (JOSÉ-GAETANO DA). — Villa Nova de Fakem. Luthier contemporain. Instruments à cordes pincées.

CRUZ-MURA (ANTONIO-JOSEPH DA). — Porto, 1867. Connu par un violon qu'il exposa à Paris.

CUNHA-MELLO (JOAQUIM DA). — Porto. Luthier contemporain. Instruments à cordes pincées.

DUARTE (ANTONIO). — Porto. Contemporain. Fabricant de guitares et de mandolines.

DUARTE-MENDES (ANTONIO). — Figueira da Foz. Luthier contemporain. Instruments à cordes pincées.

GALRAS (JOAQUIM-JOSÉ). — Lisbonne, 1760 environ-1825. Luthier habile, dont un quatuor (deux violons, un alto et un violoncelle) est conservé au Palais royal de Lisbonne. De style italien, vernis jaune, ces instruments contiennent une étiquette imprimée, ainsi conçue :

Joachim Josef Galram
fecit Olesiponæ 1769

GRACIO (JOAO-PEDRO). — Lisbonne. Luthier contemporain. Instruments à cordes pincées.

LOBO (BEATO-MARTINO). — Coïmbre. Luthier contemporain. Guitares et mandolines.

MELLO (ABREU). — Porto. Luthier contemporain. Instruments à cordes pincées.

MONTEIRO (HENRIQUE). — Lisbonne. Luthier contemporain. Instruments à archets.

PAULO (JOSÉ). — Lisbonne. Luthier contemporain. Guitares et mandolines.

PEREIRA (MANOEL). — Lisbonne, XIXᵉ siècle. Instruments à cordes pincées.

RODRIGUES (ANTONIO-MARIA). — Lisbonne. Luthier contemporain. Instruments à cordes pincées.

RODRIGUES (JOAO-JANNARIO). — Lisbonne. Luthier contemporain. Guitares et mandolines.

ROSA. — Lisbonne. Luthier contemporain. Associé de Caldeira (voir ce nom).

SANTOS (ANTONIO). — Coïmbre, 1867. Guitares.

SANTOS (AUGUSTO-NUNES DOS). — Coïmbre. Luthier contemporain. Instruments à cordes pincées.

SILVA (JOAO-MARIA DA). — Lisbonne. Luthier contemporain. Guitares et mandolines.

SILVA (JULIO-THOMAZ DA). — Porto. Luthier contemporain. Guitares et mandolines.

TEIXEIRA (M.-C.). — Lisbonne. Luthier contemporain. Instruments à cordes pincées.

VIEIRA (AUGUSTO). — Lisbonne. Luthier contemporain. Guitares et mandolines.

WAGNER (ERNESKO-VICTOR). — Lisbonne. Luthier contemporain. Instruments à archets. Il s'occupe surtout de réparations.

LES LUTHIERS GRECS

EVANGÉLIDÈS (GEORGES). — Athènes. Contemporain. Fabricant de guitares.

MACROPOULOS. — Athènes, 1867-1878. Luths et mandolines.

MOURTZINOS (DÉMÉTRIUS). — Athènes. Contemporain. Instruments à cordes pincées.

PERRE (MYLONAKOS). — Gythion, 1867. Instruments à cordes pincées.

PERGAMALY. — Syra, 1867. Guitares.

SATHOPOULOS (JEAN). — Athènes. Contemporain. Guitares et mandolines.

VELONDIO. — Athènes, 1867. Mandolines et guitares.

MUSICIENS RÉGLANT LA DANSE
Orchésographie, Thoinot Arbeau (Jean Tabourot), XVIᵉ siècle.

L'ARCHET

ON a vu sur les nombreuses figures contenues dans notre tome premier, que l'archet conserva pendant longtemps une forme très rudimentaire.

Malgré cela, cet agent du son était parfois d'une grande richesse :

> Li uns tiennent une vièle, l'arçon fu de saphir.
>
> *Roman d'Alexandre.*

Il fallait aussi savoir s'en servir avec une certaine habileté :

> Mal saps viular,
> Mal t'enseignet
> Cel que t'montret.
> Los detz à menar ni l'arçon.
>
> GIRAUD DE CABRIÈRE, XIIIᵉ siècle [1].

Colin Muset le désigne un des premiers par le mot archet :

> J'alai o li el praelet,
> O tote la vièle et l'archet.
> Si li ai chanté le muset.
>
> COLIN MUSET.

1. Voir tome I, p. 73.

Les diverses représentations de l'archet (sculptures, dessins, etc.) sont trop sommaires pour qu'on puisse préciser la matière dont était composé ce qu'on dénomme aujourd'hui la « mèche de crins » de l'archet.

A défaut de description, il y a lieu de penser qu'on a dû se servir dès le début du crin de cheval, qui, parmi les matières connues, présentait toutes les qualités exigées dans la circonstance, sauf à l'enduire avec une résine quelconque pour lui donner du mordant sur la corde.

La mèche des premiers archets était tout simplement fixée à chacune des extrémités de la baguette au moyen d'une ligature, et l'instrumentiste empoignait à la fois le bois et la mèche de sa main droite[1].

Assez souvent, le bois se prolongeait un peu à l'un des bouts au delà de la ligature de la mèche, de façon à former une sorte de poignée dont le musicien se servait pour faire mouvoir l'archet[2].

La hausse prit naissance sur les archets de forme allongée, qui, beaucoup plus faciles à manier que les petits arcs courts, devinrent d'un usage général dès que les instrumentistes eurent acquis un peu d'habileté. Or, avec un archet presque droit, il fallait bien empêcher que la mèche ne touchât le bois. C'est pourquoi on plaça une sorte de cale ou de coin entre eux, à l'emplacement actuel de la hausse, afin de les maintenir à une certaine distance l'un de l'autre et d'éviter ainsi tout frottement.

Ce fut cette cale, sur laquelle passait la mèche, qui devint la hausse.

Dans son tableau *Le couronnement de la Vierge*, Fra Angelico nous montre un ange qui joue du rebec avec un archet sur lequel un petit relief en bois sert de point d'appui

1. Voir les figures qui se trouvent dans le tome 1, pages 24, 47, 55, 58, 67, 83, 105, 120, 122, 138, 145 et 183.
2. Voir les figures qui se trouvent dans le tome 1, pages 2, 37, 46, 89, 91, 106, 125, 126, 172 et 190.

au pouce de la main droite. Ce n'est point encore la
hausse, car fixé au-dessous de la ligature de la mèche, cette
sorte de petit talon n'est pas utilisé pour éloigner le crin
de la baguette. Son rôle est d'indiquer l'emplacement du
pouce[1].

Mais une autre peinture, également du xvᵉ siècle, va nous
fournir un des premiers exemples de la hausse. Nous voulons parler de la verrière des Grands cordeliers de la rue de
Lourcine, à Paris, où l'on voit un viéleur qui tient en main
un archet possédant une véritable hausse en forme de
crochet, et après laquelle est attachée la mèche[2].

Du temps de Mersenne, c'est-à-dire pendant la première
moitié du xviiᵉ siècle, aucune modification sensible n'avait
encore été apportée à l'archet, qui était resté à peu près dans
le même état que celui dont il vient d'être question. Nous en
trouvons la preuve dans la description que cet auteur fait de
l'archet de violon, à tête pointue et hausse très élevée, qui
se trouve à côté de la pochette que nous avons reproduite
dans notre tome premier, page 163.

En se reportant à cette figure, on saisira plus facilement
les explications du savant physicien :

« Les quatre chevilles servent pour bander les chordes
et pour les accorder comme l'on veut, de sorte qu'il ne
reste que l'archet NQ, lequel est composé de trois parties, à sçavoir du bois NQ, de la soye NO, et de la demie
roüe, ou de la hausse PO. L'on appelle ordinairement
ledit bois, le bâton ou le brin, et la soye le crin, parce
qu'elle est composée de quatre-vingts on cent brins de crin
de cheval, quoy qu'elle puisse estre prise du crin de plusieurs autres animaux ou que l'on puisse user de la soye
tirée des vers, ou mesme de tel brin de bois que l'on
voudra, car s'il est frotté de colophone (sic), il fera son-

1. Voir cette figure, tome I, p. 140.
2. Voir cette figure, tome I, p. 104.

ner les chordes, comme l'on expérimente aux vielles, dont je parlerai après [1] ».

On voit que Mersenne dit à peine quelques mots de la hausse. C'est incontestablement parce que celle-ci, absolument adhérente à la baguette, n'offrait aucune particularité ; dans le cas contraire il n'eût pas manqué de nous l'apprendre.

Un premier perfectionnement fut apporté à l'archet très peu d'années après la publication de l'important ouvrage du P. Mersenne, c'est-à-dire vers 1650. La hausse y devint mobile au moyen d'une crémaillère, laquelle était faite le plus souvent avec une bande de métal fixée sur la baguette, en regard de la hausse, et divisée en un certain nombre de dents. Une bride, en fil de fer ou en laiton, attachée à la hausse, permettait d'accrocher cette dernière à n'importe quel cran, et par suite, de tendre ou de détendre la mèche au gré de l'exécutant.

Ce système, quoique grossier, rendait de réels services ; mais il mettait l'instrumentiste dans l'obligation de tenir l'archet à une certaine distance de la crémaillère ; s'il avait négligé de prendre cette précaution, il se serait sûrement écorché les doigts. Corelli n'eut pas d'autre archet [2].

C'est par erreur sans doute que l'on attribue la suppression de la crémaillère et son remplacement par la vis à écrou à Tourte (le père du célèbre François Tourte), lequel fabriqua des archets à Paris, depuis 1740 environ, car le bouton de cette vis se distingue parfaitement à l'extrémité de l'archet qui figure sur le portrait de Marin Marais, que nous avons reproduit dans le tome premier, page 221. Or, le peintre nous montre un homme d'une cinquantaine d'années environ, et le célèbre violiste en avait soixante-douze lorsqu'il mourut le 15 août 1728. Tout porte donc à

---

1. MERSENNE. *Harmonie universelle*, p. 178-179.
2. Plusieurs archets à crémaillère sont conservés au musée du Conservatoire de musique, à Paris, notamment les n°ˢ 148 et 183. *Catal.*, 1884.

croire que ce portrait fut exécuté vers 1705 ou 1710 au plus
tard, et que, déjà à cette époque, la grossière crémaillère
avait été remplacée avantageusement par la vis à écrou,
qui rend si facile la tension du crin et dont la hausse
actuelle est encore munie.

Déjà Corelli avait fait apporter une légère amélioration
dans le haut de la baguette, en lui faisant donner la forme
d'une tête de brochet, afin que le crin s'y trouvât à peu près
à la même distance que vers la hausse.

Avec Tartini, la tête ne fut pas modifiée, mais la baguette
s'allongea un peu et devint droite au lieu d'être courbée
comme avant. De plus, ce grand artiste fit faire des cannelures à la partie de la baguette que l'on tient avec la main,
pour qu'elle ne tournât pas entre les doigts [1].

Ces cannelures, que l'on pratiqua ensuite dans toute la
longueur de la baguette parce qu'elles la rendaient plus
légère tout en lui laissant de la résistance, devinrent très à
la mode. Les luthiers d'alors avaient grand soin d'indiquer
sur leurs prospectus qu'ils faisaient et vendaient des
archets cannelés. Du reste, on s'intéressa vivement au jeu
de l'archet dès le commencement du xviiie siècle. Il paraît
même, si nous nous en rapportons à Pluche, qu'on en
obtenait des effets assez inattendus. Voici ce que cet auteur
dit du violoniste Guignon, dans son *Spectacle de la nature* :

« Le jeu de cet habile artiste est d'une légèreté admirable ; il prétend que l'agilité de son archet rend un double
service, qui est de tirer les auditeurs de l'assoupissement
par son jeu et de former, par le travail de l'exécution, des
concertants qu'aucune difficulté n'arrête. »

En Allemagne, vers 1770, l'habile violoniste Cramer, le
père du célèbre pianiste, fit aussi apporter plusieurs modifications à l'archet. Le modèle que l'on construisit d'après ses

---

1. Depuis bien longtemps on met une garniture, le plus souvent en soie, que
l'on nomme *poignée*, autour de cette partie de la baguette.

indications a même porté son nom. La baguette y est droite et un peu grosse ; la tête presque carrée, comme celle des archets français de la même époque; très légère, la hausse est évidée à chacun de ses bouts. Cet archet avait le défaut d'être mal équilibré, la tête en était trop lourde.

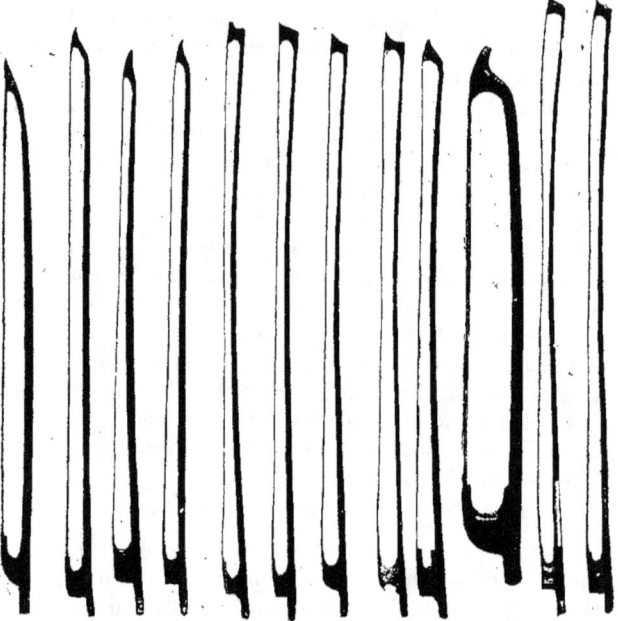

ARCHETS (XVIIe, XVIIIe ET XIXe SIÈCLES)

Ce fut François Tourte, un modeste, mais très habile ouvrier parisien, qui eut le grand honneur de donner à l'archet sa forme définitive et de le rendre parfait.

Pour satisfaire les grands violonistes d'alors, principalement Viotti, il allégit la tête, tout en lui laissant de la force; régla la cambrure de la baguette ; détermina la distance

entre le crin et la baguette, par la hauteur de la hausse et de
la tête ; imagina la virole en métal adaptée à la hausse,
laquelle permet d'écarter également la mèche, qui, jusque-là était restée en une masse presque ronde. Il fixa
la longueur de l'archet de violon à 75 centimètres, y compris le bouton, celui de l'alto à 74, et celui du violoncelle à
73 centimètres. Après de nombreux essais, il adopta exclusivement le bois de fernambouc, qu'il reconnut préférable à
tout autre à cause de sa raideur et de sa légèreté ; de plus,
il réussit à équilibrer l'archet et à le rendre aussi facile à
jouer, soit au talon, au milieu ou à la pointe.

Cet homme qui ne savait ni lire ni écrire, dont le bon sens
et la sûreté du coup d'œil furent les seuls guides, réalisa
ces si importantes et si heureuses transformations en l'espace de huit années, de 1775 à 1783.

Tourte, dont l'influence fut aussi grande pour l'archet
que celle de Stradivari pour le violon, a fait école, principalement en France où, marchant sur ses traces, ses successeurs ont fait d'excellents archets, surtout lorsqu'ils ont
employé pour cela des bois de bonne qualité.

Les archets que nous reproduisons sont des xvii°, xviii°
et xix° siècles. On peut suivre la transformation de la tête
et celle de la hausse en commençant par celui de gauche,
qui est un archet français de basse de viole. Les trois qui
suivent sont des archets français de dessus de viole. Après,
viennent quatre archets français de violon (le dernier possède une hausse genre Kramer). Ensuite, un archet français
de violoncelle, style Tourte aîné. Puis un archet de contrebasse de Guidantus, Bologne, vers 1750 (Dragonetti se servait
d'un archet à peu près semblable). L'avant-dernier est un
archet de violon de Tourte aîné, 1780 environ. Enfin, pour
terminer, un superbe archet de violon, fait vers 1810, par
Tourte jeune.

LES FABRICANTS D'ARCHETS

ADAM (JEAN). — Mirecourt, où il travailla de 1790 à 1820 environ. Archets ordinaires, qui ne portent pas souvent son nom.

ADAM (JEAN-DOMINIQUE). — Mirecourt, 30 décembre 1795 † 1864 environ. Fils, élève et successeur du précédent. Il fit quantité d'archets pour le commerce, lesquels ne portent pas son nom. Ceux qu'il vendait directement sont marqués :

Adam.

Parmi ces derniers, il en est de remarquables, surtout quand les baguettes sont à huit pans.

C'est à Vidal que nous empruntons les dates d'exercices des deux fabricants d'archets précédents [1]. Selon Gustave Chouquet, leur vrai nom était *Grandadam*, et le dernier qui aurait exercé, dont il ne donne pas le prénom, serait né à Mirecourt le 26 février 1823 et décédé dans la même ville le 19 janvier 1869 [2]. Il s'agit peut-être d'un fils de Jean-Dominique Adam, dont nous n'avons pas connaissance.

BAROUX. — Paris, rue des Petits-Carreaux, 57, en 1830. Facture soignée.

BIENFAIT (PAUL-EMILE). — Paris. Contemporain. Né à Rouen en 1857.

Violoniste qui, depuis cinq ans environ, fait des archets, lesquels ne manquent pas de qualité et sont marqués :

P. E. Bienfait.

DODD (EDWARD). — Londres, XVIII° siècle. Luthier et fa-

---

1. VIDAL. *La lutherie et les luthiers*, p. 367.
2. G. CHOCQUET. *Le musée du Conservatoire national de musique*, Paris, 1884, p. 23.

bricant d'archets, originaire de Sheffield, qui mourut à Londres en 1810, âgé, dit-on, de cent cinq ans. Il eut deux fils, Thomas Dodd, qui fut luthier [1], et :

DODD (JOHN), dit le *Tourte anglais*. — Kew, fin xviiie et début du xixe siècle. Fils du précédent. Né en 1752. Son existence fut peu heureuse, car il mourut à l'asile des pauvres (*Workhousse*) de Richmond, le 4 octobre 1839, âgé de quatre-vingt-sept ans.

Ses archets sont très réputés en Angleterre et le méritent pour la beauté du bois et le fini du travail. Cependant, on leur trouve parfois le défaut d'être trop courts.

John Dodd ne voulut jamais former un seul élève.

EURY. — Paris, rue des Lyonnais-Saint-Jacques, 20, en 1820. Archets remarquablement beaux, sur la plupart desquels est gravé au feu :

Eury.

G. Chouquet croit que ce fabricant d'archets était un descendant de Jacob Eury, bon luthier, établi à Mirecourt dans la seconde moitié du xviiie siècle [2].

FONCLAUSE (JOSEPH). — Paris, 1838 environ-1864. Né à Luxeuil (Franche-Comté) en 1800. Il fit son apprentissage chez un fabricant d'archets, à Mirecourt. Venu à Paris en 1820, il travailla d'abord chez François Lupot, puis chez François Tourte, ensuite chez J.-B. Vuillaume, où il resta dix ans avant de s'établir à son compte, rue Pagevin, et plus tard à Montmartre. Joseph Fonclause mourut en 1864. Il fut l'un des plus habiles fabricants d'archets de son temps. Henry (Charles dit Carolus) [3] lui fit faire l'archet du violon qu'il offrit au comte de Paris en 1842.

Le nom de *Fonclause*, gravé au feu, se lit sur la plupart de ses archets.

HENRY (J.). — Paris 1848-1870. Né à Mirecourt, le 10 dé-

1. Voir *Les luthiers anglais*.
2. Ouvrage cité.
3. Voir *Les luthiers français*.

cembre 1823. Il vint à Paris en 1837, travailla successivement chez Georges Chanot et chez Dominique Peccatte,
puis s'associa avec Simon en 1848. Trois ans plus tard,
en 1851, il se sépara de celui-ci, s'installa seul rue des
Vieux-Augustins, 8, et ensuite rue Pagevin, où il mourut
en 1870.

Archets estimés, marqués :

Henry Paris.

J. Henry n'était pas de la même famille que les luthiers
parisiens de ce nom.

HUSSON (CHARLES-CLAUDE). — Mirecourt, où il travailla de
1850 à 1870 environ. Excellent ouvrier, qui eut l'honneur
d'avoir MM. Alfred Lamy, Joseph-Arthur Vigneron et
Charles-Claude Husson, son fils, pour élèves.

HUSSON (CHARLES-CLAUDE). — Paris. Contemporain. Né à
Mirecourt en 1847. Fils et élève du précédent.

Il vint à Paris et travailla successivement chez J.-B. Vuillaume (1873), F.-N. Voirin (1875), Gand et Bernardel (1878).
Installé rue du Faubourg-Saint-Denis, 8. Ses archets, de
belle facture, portent son nom :

Ch. Husson.

KITTEL. — Saint-Pétersbourg, 1850-1880 environ. Bon
luthier et très habile fabricant d'archets, surnommé le
Tourte russe.

LAFLEUR (JACQUES). — Paris, 1790 environ-†1832. Né à
Nancy en 1760, il mourut à Paris, du choléra, en 1832.
Excellent fabricant d'archets, qui avait ses ateliers rue de
la Juiverie, 30.

LAFLEUR (JOSEPH-RENÉ). — Paris, 9 juin 1812 † Maisons-
Laffitte, 18 février 1874. Fils, élève et successeur du précédent. Il a produit des archets comparables à ceux de François Tourte.

Dans le but d'empêcher l'archet de fouetter, J.-R. Lafleur
en fit dont la baguette est aplatie. L'un deux est conservé

au musée du Conservatoire de musique, à Paris (n° 85. *Catalogue* de 1884).

Lamy (Alfred). — Paris. Contemporain. Né à Mirecourt en 1850.

Élève de Charles-Claude Husson, à Mirecourt. Il travailla avec Joseph Voirin, à Château-Thierry, puis chez François-Nicolas Voirin, à Paris, où il resta de 1878 jusqu'à la mort de ce dernier, survenue en 1885. Depuis cette époque, il s'est établi rue Poissonnière, 24, et n'a pas tardé à s'acquérir une très belle réputation. Sur ses archets, qui sont fort beaux, on lit, gravé au feu :

A. Lamy.

Lenoble (Auguste). — Paris, 1862-1895. Né à Mirecourt en 1828, il y fit son apprentissage chez François Peccatte. Pendant les quatorze années (1848-1862) qu'il passa au 8ᵉ bataillon de chasseurs à pied, il travailla dans les différentes garnisons où séjourna ce corps, principalement à Rennes, pour Bonnel[1].

En 1862, il vint s'établir à Paris, boulevard des Martyrs, 5 (actuellement boulevard de Clichy); puis, en 1866, boulevard des Poissonniers, 32 (actuellement boulevard Rochechouart); et, en 1874, rue de Clignancourt, 37, où il mourut le 4 janvier 1895. Archets bien faits, portant son nom :

Lenoble.

Lefèvre. — Paris, rue du Cimetière-Saint-Jean, en 1789. Luthier, dont un archet marqué à son nom : *Lefèvre, à Paris*, est conservé au musée du Conservatoire de cette ville (n° 63. *Catalogue* de 1884).

Lupot (François). — Orléans, 1774 † Paris, 4 février 1837. Second fils de François Lupot. Frère du grand luthier Nicolas Lupot. Ses archets sont réputés. C'est lui qui,

1. Voir *Les luthiers français*.

dit-on, appliqua le premier la coulisse à la hausse[1]. Ses ateliers furent installés rue d'Angevilliers, 18, de 1815 à 1837, date de sa mort.

Maire (Nicolas). — Paris, 1830 environ-1878.

Né à Mirecourt, le 28 décembre 1800, il mourut à Paris le 17 juillet 1878, rue de Viarmes, où il s'était établi après être resté assez longtemps comme ouvrier chez Jacques Lafleur, dont il était l'élève. Archets estimés.

Pageot (Louis-Simon). — Mirecourt, 1790-1800 environ. Facture ordinaire.

Pageot (dit Pajeot). — Mirecourt, 25 janvier 1791 † 23 août 1849. Fils, élève et successeur du précédent. Il fit quantité d'archets excellents, lesquels ne portent pas toujours son nom, car il travailla beaucoup, dit-on, pour le compte de Lafleur.

Panormo (Georges-Louis). — Londres, première moitié du xixᵉ siècle. Fils du célèbre luthier Vincent Panormo de Londres. Un de ses archets est au musée du Conservatoire de musique, à Paris. (Nᵒ 71. Catalogue, 1884.)

Peccatte (Dominique). — Paris, 1837-1847; Mirecourt, 1847-1874. Né à Mirecourt, le 15 juillet 1810. Fils d'un barbier, il embrassa d'abord la profession paternelle, mais abandonna bientôt le rasoir pour la lutherie. Venu à Paris en 1826, il entra chez J.-B. Vuillaume et ne tarda pas à acquérir une grande habileté dans la fabrication des archets. Il quitta Vuillaume en 1837, pour succéder, rue d'Angevillers, 18, à François Lupot, qui venait de mourir. Dix ans plus tard, en 1847, il retourna à Mirecourt, où il décéda le 13 janvier 1874.

Ses archets, qu'il marquait :

Peccatte.

sont remarquablement beaux et très recherchés.

Peccatte (François). — Mirecourt, 1840 environ-1850;

---

1. On nomme coulisse la doublure en métal dont est garnie la hausse dans la rainure qui s'applique sur la baguette.

Paris, 1853-1855. Frère du précédent. Né à Mirecourt en 1820, il y fit son apprentissage et s'y établit vers 1840. Il quitta cette ville en 1850, pour venir travailler chez J.-B. Vuillaume. à Paris. Trois ans plus tard, en 1853, il s'installa à son compte, rue des Lavandières-Sainte-Opportune, où il mourut le 1er novembre 1855. Marqués :

Peccatte.

comme ceux de son frère, ses archets, d'un très beau travail, passent souvent comme étant de Dominique. On peut les reconnaître par la marque, dont les caractères sont un peu plus forts sur celle de François.

Peccatte (Charles). — Paris. Contemporain. Né à Mirecourt le 14 octobre 1850. Fils du précédent. Il fit son apprentissage chez J.-B. Vuillaume, à Paris, sous la direction de F.-N. Voirin, travailla ensuite chez Lenoble et s'établit en 1870, rue Rochechouart, 90. Depuis 1878, ses ateliers sont rue de Valois, 8.

Archets d'excellente facture, marqués comme ceux de son père :

Peccatte.

Persois. — Paris, où il travailla principalement pour J.-B. Vuillaume, de 1821 à 1843. Il marquait : P. R. S. les archets qu'il vendait directement. Ces derniers, devenus très rares, rivalisent avec ceux de Tourte. Persois mourut concierge d'une maison de la rue Saint-Honoré.

Poinson (Justin). — Paris. Contemporain. Né à Mirecourt en 1851.

Élève de Nicolas Maire, à Paris, chez lequel il entra en 1865. Il travailla ensuite chez J.-B. Vuillaume, puis chez Gand et Bernardel, et s'établit en 1879. Ses archets, de bonne facture, portent cette marque :

Poirson à Paris.

Pragua. — Gênes. Contemporain. Archets soignés.

Sartory (Eugène). — Paris. Contemporain. Né à Mirecourt en 1871, il y fut l'élève de son père, qui était ouvrier chez un fabricant d'archets.

En 1890, il entra chez Charles Peccatte, à Paris; puis un an après, en 1891, chez Alfred Lamy. Il s'est installé boulevard Bonne-Nouvelle en 1893. Archets de belle facture, signés :

Sartory.

Schwartz (Georges-Frédéric). — Strasbourg, 7 avril 1785 † 29 décembre 1849. Élève de Richard Schwartz, son père, luthier à Strasbourg. Ses archets sont très estimés. Il les marquait :

Schwartz. Strasbourg.

Süss (Christian). — Markneukirchen, 1831 † 1900. Ses archets sont réputés.

Simon. — Paris, 1845-1882. Né à Mirecourt, en 1808, il y fit son apprentissage et vint à Paris en 1838. Il travailla quelque temps chez D. Peccatte, puis chez J.-B. Vuillaume, qu'il quitta en 1846, pour s'établir à son compte. En 1847, il succéda à D. Peccatte, rue d'Angevillers, 18; s'associa avec Henry, de 1848 à 1851 ; et resta seul ensuite jusqu'à sa mort, survenue à Paris en décembre 1882.

Archets estimés, marqués :

Simon. Paris.

Sirjean. — Paris, 1818. Rue de l'École, 31.

Thomassin (Louis). — Paris. Contemporain. Né à Mirecourt en 1855, il y fut l'élève de Charles Bazin.

Entré chez F.-N. Voirin, à Paris, en 1872. Après la mort de celui-ci, survenue en 1885, il resta pendant cinq ans avec la veuve, et s'établit boulevard Rochechouart en 1891. Bons archets, signés :

L. Thomassin.

Tourte. — Paris, xviiiᵉ siècle. On ignore les dates de sa naissance et de sa mort. Ouvrier habile, qui travailla de

1740 à 1780 environ. Il fit de très belles baguettes cannelées et apporta quelques perfectionnements à la tête de l'archet. C'est à tort qu'on lui attribue la suppression de la crémaillère et son remplacement par la vis à écrou[1].

TOURTE (XAVIER), dit TOURTE L'AÎNÉ. — Paris, deuxième moitié du XVIIIe siècle. Fils aîné du précédent. Ainsi que son père, il apporta plusieurs améliorations à l'archet. De 1770 à 1780, Xavier Tourte en construisit d'une grande légèreté, mais dont le bois n'est pas toujours de très bonne qualité. La plupart de ceux qu'il fit ensuite, d'après le modèle de son frère, sont remarquablement beaux.

TOURTE (FRANÇOIS), dit TOURTE LE JEUNE. — Paris, 1747 † 1835. Frère du précédent. Il ne reçut aucune instruction et ne sut jamais lire ni écrire. D'abord apprenti, puis ouvrier horloger, il abandonna cette profession au bout de huit années, pour embrasser celle de son père et de son frère. Ainsi que nous l'avons déjà dit, François Tourte amena l'archet à son état de perfection[2]. Sa réputation est universelle.

Né rue Sainte-Marguerite, il passa presque toute son existence quai de l'École, 10 :

Il avait sans doute choisi ce domicile afin de pouvoir

1. Voir dans ce volume, p. 396.
2. Voir dans ce volume, p. 388 et 399.

satisfaire plus facilement sa passion pour la pêche à la ligne; car, à peine sa journée de travail terminée, on le voyait toujours sur la berge se livrer à son plaisir favori.

A quatre-vingt-cinq ans, il cessa de travailler et mourut trois ans plus tard, en avril 1835.

F. Tourte ne marquait jamais ses archets; il y en a cependant quelques-uns qui contiennent cette étiquette minuscule, collée dans la coulisse :

VIGNERON (JOSEPH-ARTHUR). — Paris. Contemporain. Né à Mirecourt en 1851, il y fut l'élève de Charles Husson et ne vint à Paris qu'en 1880, pour entrer chez Gand et Bernardel, où il resta jusqu'en 1888. A cette date il s'installa rue de Cléry, 54, qu'il n'a pas quittée depuis.

Ses archets, d'un très beau travail, sont marqués :

A. Vigneron à Paris.

VOIRIN (JOSEPH). — Paris, 1855 environ-1867. Né à Mirecourt, vers 1830, il fit son apprentissage dans cette ville et travailla ensuite pendant quelques années, à Paris, avant de s'y établir, vers 1855, rue Sainte-Marguerite. En 1867, il alla diriger les ateliers de la maison Gautrot (actuellement maison Couesnon), à Château-Thierry, où il est encore. Albert Lamy y resta quatre ou cinq ans sous sa direction avant de venir à Paris.

Quoique d'une très grande habileté, Joseph Voirin est peu connu. Il est vrai que la plupart de ses œuvres ne portent pas son nom.

VOIRIN (FRANÇOIS-NICOLAS). — Paris, 1870-1885. Frère du précédent. Né à Mirecourt le 1ᵉʳ octobre 1833, il y fit son apprentissage et entra chez J.-B. Vuillaume, à Paris, en 1855, où il resta jusqu'en 1870. A cette époque, il alla s'établir rue du Bouloi, 3, et devint bientôt très célèbre.

Jamais réputation ne fut plus méritée que la sienne, car

ses œuvres si recherchées aujourd'hui sont remarquablement belles et justifient l'appellation de *Tourte moderne*, donnée à leur auteur.

Le 4 juin 1885, F.-N. Voirin fut frappé d'une attaque d'apoplexie, devant le n° 17 de la rue du Faubourg-Montmartre. Un archet, recouvert d'un étui en papier portant son nom, qu'il allait livrer, le fit reconnaître. Transporté chez lui, il y mourut sans avoir repris connaissance.

Ce grand artiste marquait ses archets :

F. N. Voirin, à Paris.

VUILLAUME (JEAN-BAPTISTE). — Paris, 1823-1875. Ce luthier, dont nous avons déjà parlé, s'occupa beaucoup de la construction de l'archet. On a vu, par les notices précédentes, que la plupart des ouvriers qu'il employa à cette fabrication sont devenus célèbres.

J.-B. Vuillaume fit une étude approfondie de l'archet de F. Tourte et arriva, à l'aide d'un procédé graphique, à faire reproduire mathématiquement le *filage* des baguettes de ce maître.

En 1834, il fit construire des archets en acier (il en existe au musée du Conservatoire de musique, à Paris). Plus tard, il imagina l'archet à hausse fixe. Afin de pouvoir tendre la mèche à volonté, une hausse mobile en cuivre se trouvait à l'intérieur de la première. De plus, la hausse intérieure et la tête étaient percées de part en part pour recevoir des petites pinces cylindriques qui fixaient les crins à chacune de leurs extrémités. Afin que la hausse ne puisse tourner, il en fit faire ayant une coulisse ronde, laquelle se place dans une rainure aménagée à cet effet.

Les archets de J.-B. Vuillaume sont très beaux.

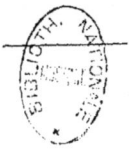

TABLE DES MATIÈRES

CONTENUES DANS LE TOME DEUXIÈME

Paris. — L. Maretheux, imprimeur, 1, rue Cassette. — 1898.

www.ingramcontent.com/pod-product-compliance
Lightning Source LLC
Chambersburg PA
CBHW050746030726
47505CB00002B/420